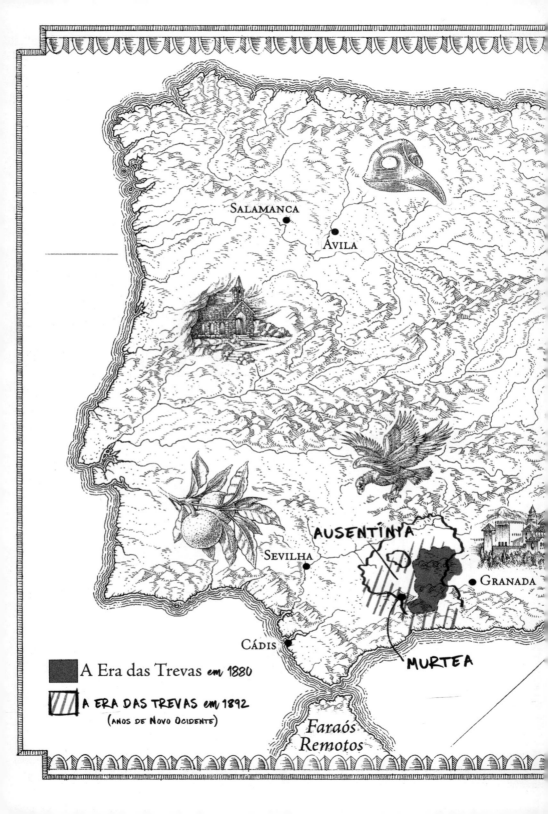

S. E. Grove

O amuleto de ouro

MAPMAKERS
Livro 2

Tradução
Monique D'Orazio

1ª edição
Rio de Janeiro-RJ / Campinas-SP, 2017

VERUS
EDITORA

Editora
Raïssa Castro

Coordenadora editorial
Ana Paula Gomes

Copidesque
Maria Lúcia A. Maier

Revisão
Cleide Salme

Capa
Adaptação da original (Eileen Savage e Jim Hoover)

Ilustrações da capa
© Stephanie Hans

Ilustrações dos mapas
Dave A. Stevenson

Projeto gráfico e diagramação
André S. Tavares da Silva

Título original
The Golden Specific

ISBN: 978-85-7686-505-6

Copyright © S. E. Grove, 2015
Todos os direitos reservados.

Tradução © Verus Editora, 2017
Direitos reservados em língua portuguesa, no Brasil, por Verus Editora. Nenhuma parte desta obra pode ser reproduzida ou transmitida por qualquer forma e/ou quaisquer meios (eletrônico ou mecânico, incluindo fotocópia e gravação) ou arquivada em qualquer sistema ou banco de dados sem permissão escrita da editora.

Verus Editora Ltda.
Rua Benedicto Aristides Ribeiro, 41, Jd. Santa Genebra II, Campinas/SP, 13084-753
Fone/Fax: (19) 3249-0001 | www.veruseditora.com.br

CIP-BRASIL. CATALOGAÇÃO NA FONTE
SINDICATO NACIONAL DOS EDITORES DE LIVROS, RJ

G926a

Grove, S. E.
    O amuleto de ouro / S. E. Grove ; tradução Monique D'Orazio. - 1. ed. - Campinas, SP : Verus, 2017.
    23 cm.   (Mapmakers ; 2)

    Tradução de: The Golden Specific
    ISBN 978-85-7686-505-6

    1. Romance infantojuvenil americano. I. D'Orazio, Monique. II. Título. III. Série.

16-38483
CDD: 028.5
CDU: 087.5

Revisado conforme o novo acordo ortográfico

Para Alton

É difícil para nós entendermos o glamour peculiar e o significado que o metal amarelo tinha para os conquistadores. Respondemos imediatamente à fria ironia de um Hernán Cortés ao explicar a um líder tribal mexicano que os espanhóis sofrem de uma doença do coração para a qual o ouro é o único remédio; mas nessa frieza e ironia, como em quase todo o resto, Cortés é atípico.

— INGA CLENDINNEN, *Conquistas ambivalentes: os maias e os espanhóis em Yucatán, 1517-1570**

---

* *Ambivalent Conquests: Maya and Spaniard in Yucatan, 1517-1570*. Cambridge: Cambridge University Press, 1987, inédito no Brasil. (N. da T.)

Sumário

Prólogo 17

PARTE 1 – As pistas

1 – A convertida 23
2 – Os apócrifos niilistianos 29
3 – O *Francelho* 39
4 – Dizendo a verdade 44
5 – Notícias do mar Eerie 52
6 – O *Poleiro* de Wren 63
7 – O parlamentar Gordon Broadgirdle 70
8 – Índice 82 d.R.: volume 27 77
9 – A liga das Eras Encéfalas 86
10 – Guiada por Remorse 93
11 – Sozinho entre os mapas 104
12 – À deriva 110

PARTE 2 – A caçada

13 – A praga 115
14 – Guardando segredos 121
15 – Verdade revelada 127
16 – A perda de Bligh 131
17 – O leme do *Verdade* 138
18 – A estrada para Ausentínia 143
19 – Conquistando Nettie 151
20 – Perseguindo Graves 158

21 – Quarentena	162
22 – Falcoeiro e fantasma	169
23 – Duvidando do campeão	177
24 – A busca de Errol	187

PARTE 3 – O teste

25 – Os vestígios perdidos estão perdidos	197
26 – A cura de Virgáurea	201
27 – Seguindo a Marca	209
28 – Usando o bigode	216
29 – Estradas para leste	229
30 – Dois mapas, um ano	236
31 – Andarilhos	244
32 – Lançando-se em campanha	254
33 – A votação	260
34 – Sete asas	269
35 – Cordão branco, cordão azul	277

PARTE 4 – A resposta

36 – Os Climas	285
37 – Lendo a régua	299
38 – Perdendo o bigode	306
39 – Uma era de trevas	312
40 – O fantasma de Minna	321
41 – Executando a prisão	327
42 – Arrombando a fechadura	334
43 – A confissão do crime	342
44 – Ausentínia	347
45 – O resgate	352
46 – Deixando a prisão	356

Epílogo – A vela oferecida	363
Agradecimentos	369

Em Boston ainda era 1799, mas, em outros lugares, as eras tinham tomado rumos diferentes. Ao norte, havia as Geadas Pré-Históricas. Do outro lado do oceano, estavam os portos medievais. Ao sul, ficava uma terra de muitos futuros e passados entremeados. E, além dela... quem poderia dizer? O mundo havia sido refeito. Acadêmicos e cientistas estudavam o problema e não encontravam uma solução. Muitas coisas permaneciam desconhecidas. Muitas outras do novo mundo ainda eram inexplicáveis. Considere que nem ao menos sabemos com certeza se a Grande Ruptura foi causada pela humanidade e, em caso afirmativo, em que era isso aconteceu.

— SHADRACK ELLI, *História do Novo Mundo*

Prólogo

4 DE SETEMBRO DE 1891

Caro Shadrack,

Você me pede notícias dos Eerie, e posso lhe dizer que não há nada recente sobre eles nos Territórios Indígenas. Há mais de cinco anos eles não são vistos por aqui.

No entanto, os rumores são verdadeiros; viajei em busca deles há três anos, quando precisei de um curandeiro. Tudo começou com um garoto preso em uma das minas. Durante dias, seus gritos ecoaram pelo duto de ventilação, aterrorizando qualquer um que se aproximasse. Seus lamentos eram tão dolorosos que todos que o ouviam afundavam em um desespero paralisante, e todas as tentativas de resgatá-lo falharam. Por fim, vieram até mim. Obstinados, quatro de nós fomos para as minas, a fim de procurar pela criança perdida. Nós a encontramos na mais profunda escuridão, arranhando inutilmente as paredes. Ela veio conosco em silêncio, choramingando pelo caminho. Só quando saímos da mina que percebemos que o menino não tinha rosto.

As criaturas, chamadas de "Lamentosos" aqui e de "Lachrimas" nas Terras Baldias, raramente aparecem nos Territórios. Até vê-las com meus próprios olhos, eu não acreditava muito em sua existência. Agora não me restavam dúvidas. Eu havia sido afastado dos meus deveres no escritório para resgatar uma criança aprisionada; depois de ver sua condição, fui levado, pela piedade, a buscar um remédio. Deixei Salt Lick nas mãos dos meus auxiliares e levei o menino lamentoso para o norte, em direção ao mar Eerie, em busca dos Eerie e de seus lendários curandeiros.

A viagem tornou-se muito mais longa do que se pretendia, e a presença do menino, por mais que eu tivesse pena, deixava-me inexoravelmente desanimado. Foi por mero acaso que, à beira-mar, cruzamos com uma Eerie viajando para leste. Ela entendeu minha tarefa de imediato. "Que distância ele viajou desde que ficou sem rosto?", ela me perguntou. Eu não sabia dizer. Ela examinou as mãos do garoto, como se para responder à própria pergunta. "Vamos tentar", concluiu. Sem mais discussão, concordou em nos levar ao Temperador mais próximo, nome que eles davam aos curandeiros Eerie mais talentosos.

Viajamos por dez dias rumo a um lugar que tento encontrar desde então, mas não consigo. Um canto estranho entre os pinheiros, onde os ventos do mar glacial emitem sons como vozes de enlutados murmurantes. O Temperador vivia em uma casa feita de pinho, coberta de terra e com telhado de grama. Estava anoitecendo quando nos aproximamos, e avistei veados e aves, esquilos e coelhos correrem para dentro da floresta, evitando nossa chegada. Correram sobre as agulhas de pinheiro, fizeram tremular os ramos e deixaram o local em total quietude.

O próprio Temperador era pouco mais que um garoto, e eu nunca soube seu nome. Estava esperando por nós, pois havia antecipado nossa chegada. Sem sequer olhar para mim, ele levou o menino lamentoso pela mão até um toco de árvore polido. Colocou as mãos sobre seu rosto, como se para protegê-lo do frio. Em seguida, o Temperador fechou os olhos, e eu senti todos os seus pensamentos e intenções se deslocando dele para o menino. O Lamentoso se inclinou para frente, para as mãos do curandeiro, como se para aceitar uma bênção.

Senti a mudança antes de vê-la. A floresta ao nosso redor pareceu ficar imóvel, como se cada árvore, pedra e nuvem tivesse notado o que estava acontecendo e parado para assistir. A luz mudou do cinzento lúgubre do crepúsculo para um tom prateado puro e límpido. Eu via as partículas de poeira no ar, imóveis como uma constelação de estrelas. As agulhas de pinheiro mais próximas pareciam brilhar como lâminas. Os troncos das árvores se tornavam labirintos complexos de cascas curvadas e buracos perfurados. Tudo ao meu redor ficou mais vívido, cristalino e nítido. Senti certo desânimo por ter me acostumado a me elevar e dissipar. De repente, o ar limpo da floresta, que entrava pelos meus pulmões, parecia chegar a cada recanto do meu corpo e me inundar com um tipo de alegria feroz e possessiva. Nunca me senti tão vivo.

Eu não tinha fechado os olhos, mas minha atenção fluíra para o mundo renovado ao meu redor. Quando olhei novamente para o Temperador, ele se afastou do Lamentoso. Um menino estava diante dele, inteiro e intacto, com uma expressão de espanto no rosto finalizado.

Desde então, muitas vezes contemplei o que ocorreu naquele bosque, e determinei que o esclarecimento que me foi concedido naquele momento não era diferente do que transformou o garoto lamentoso. Estamos todos, em algum nível, entorpecidos em nossos sentidos e em nossa experiência de mundo. Estamos todos, em algum nível, suprimidos por camadas de tristeza acumulada. Minhas feições incólumes desmentem o embotamento gradual de todas as faculdades que deveriam animar um ser humano. Todos nós, em algum nível, não temos rosto.

Então você me pergunta se eu conheço os Eerie. Dificilmente. Deixamos os pinhais, o menino e eu, tendo trocado menos de vinte palavras com nossa guia e menos ainda com o Temperador.

Você me pergunta se eu poderia encontrá-los novamente. Não posso. Como eu disse, já procurei por aquela floresta, mas ela parece ter desaparecido.

Você me pergunta se os poderes de cura dos Eerie são verdadeiros. Sem dúvida. Alguém que pode curar uma Lachrima certamente pode curar essas outras enfermidades para as quais só encontramos curas imperfeitas.

Atenciosamente,

— Adler Fox,
Xerife, Salt Lick City, Territórios Indígenas

PARTE 1
As pistas

1
A convertida

> **31 de maio de 1892: 9h07**
>
> *Em Novo Ocidente, a maioria das pessoas se apega às Parcas, divindades todo-poderosas que, acredita-se, tecem o futuro e o passado de cada ser vivo em sua grande tapeçaria do tempo. Um número menor de pessoas cultua a Vera Cruz, que tem mais seguidores nas Terras Baldias. O restante da população adere a seitas mais obscuras: o nülistianismo é a mais dominante delas.*
>
> — Shadrack Elli, *História de Novo Ocidente*

NA MANHÃ DE 31 de maio, Sophia Tims estava na Beacon Street observando, entre os vãos de uma grade de ferro, o monólito da construção. Zimbros, altos e imóveis, ladeavam o caminho estreito e sinuoso que subia até a entrada da mansão. O edifício em si, de longe, parecia frio e proibitivo, todo feito de paredes de pedra e janelas acortinadas. Sophia respirou fundo e ergueu os olhos novamente para uma placa ao lado do portão de entrada, que dizia:

Arquivo Nülistiano
Acervo de Boston

Pela centésima vez naquela manhã, Sophia perguntou a si mesma se estava cometendo um erro. Colocou a mão no bolso da saia e pegou os dois itens que sempre viajavam com ela: um relógio de bolso e um carretel de linha prateada. Ela os apertou com força, desejando que lhe proporcionassem algum sinal de certeza.

O bilhete que a levara ao Arquivo Niilistiano havia chegado três dias antes. Ao retornar de mais uma visita infrutífera à Biblioteca Pública de Boston, Sophia encontrara um envelope esperando por ela na mesa da cozinha, onde a sra.

Clay, a governanta, o havia deixado. Não tinha o endereço do remetente, e Sophia não reconheceu a caligrafia. Abriu o envelope de imediato e encontrou um panfleto. Na frente, a ilustração de uma gárgula usando venda, encolhida embaixo do título:

Arquivo Niilistiano: Acervo de Boston

Dentro, duas longas colunas de texto explicavam o propósito do arquivo. Começava assim:

O mundo que você vê ao seu redor é um mundo falso. O verdadeiro, a Era da Verdade, desapareceu em 1799, época da Grande Ruptura. No Arquivo Niilistiano, arquivistas e preservacionistas dedicaram a vida a encontrar e colecionar os documentos do mundo real que perdemos, os documentos da Era da Verdade. Com uma coleção extensa pertencente à perdida Era da Verdade, assim como à Era Apócrifa na qual habitamos, o Arquivo se esforça para determinar quanto nos desgarramos do verdadeiro caminho.

O panfleto vangloriava-se das quarenta e oito salas que compunham o arquivo, com documentos relativos a todos os cantos do mundo conhecido: jornais, correspondências pessoais, manuscritos, livros raros e todo tipo de textos impressos. Terminava com uma frase curta, mas importante:

Somente niilistianos são autorizados a consultar o Arquivo.

Atrás, na mesma caligrafia que havia endereçado o envelope, lia-se:

Sophia, se você ainda estiver procurando a sua mãe, vai encontrá-la aqui.

Se o panfleto tivesse chegado alguns meses antes, Sophia poderia tê-lo jogado fora com um estremecimento, assim que visse o que ele continha. Ela conhecia os niilistianos; conhecia a ferocidade de suas convicções e sabia que essas convicções faziam deles pessoas perigosas. Às vezes, ainda acordava do pesadelo no qual tentava correr pelo teto de um trem em alta velocidade, mas seus pés estavam pesados como chumbo, enquanto um niilistiano atrás dela mirava seu coração e lançava um gancho brilhante para acertá-lo.

Mas o último ano havia mudado as coisas.

—◦ఌ◦—

Sophia se lembrava claramente daquele episódio em dezembro, quando desceu as escadas para a sala de mapas escondida, no número 34 da East Ending Street, agarrada a uma pista sobre o desaparecimento de seus pais, que ocorrera tantos anos antes. Seu tio Shadrack Elli estava sentado à mesa com tampo revestido de couro, ao lado de seu amigo mais próximo, o famoso explorador Miles Countryman, e Theodore Constantine Thackary, o menino das Terras Baldias que passara a fazer parte de seu círculo familiar próximo. Os três ficaram em silêncio enquanto Sophia, com a voz embargada pela emoção, lia a carta de seu pai.

Bronson havia escrito oito anos atrás, dizendo a Sophia que sua viagem tinha tomado um rumo inesperado: agora estavam planejando seguir os vestígios perdidos que levavam a Ausentínia.

Miles deu gritinhos de alegria com a descoberta e um tapa nas costas de Theo — que dava risadas — e começou a fazer planos para a partida imediata. Shadrack ouviu com entusiasmo, mas que logo se transformou em desconcerto depois de reler a mensagem uma, duas, três vezes.

— Nunca ouvi falar de Ausentínia ou dos vestígios perdidos — declarou, perplexo. — Mas não importa! *Alguém* deve ter ouvido falar deles.

No entanto, conforme os dias se transformavam em semanas, ficou claro como a luz que ninguém tinha ouvido falar deles. Shadrack Elli, o maior cartógrafo de Novo Ocidente, o homem que era capaz de criar e ler quase todos os tipos de mapas do mundo, escrevera a todos os exploradores, cartógrafos e bibliotecários, mas ninguém havia nem sequer ouvido ou lido tais palavras.

Ainda assim, Sophia não perdeu as esperanças. Tinha fé que, enquanto continuasse a aprender cartografia, as Parcas, em sua sabedoria, planejariam como conduzi-la no caminho, com uma linha auspiciosa de descoberta. Sua orientação já dirigira Sophia para a verdade antes e certamente o faria de novo.

Às vezes surgia alguma pista, e Shadrack enviava Miles ou algum outro amigo explorador para investigá-la. Entretanto, todas elas minguavam e terminavam num beco sem saída. Com o passar dos meses, e conforme a lista de tentativas fracassadas crescia, Sophia continuou convencida de que certamente apareceria uma outra pista melhor — talvez aquela que enfim a levaria a Bronson e Minna.

No final do inverno, com a eleição de um novo primeiro-ministro, ofereceram a Shadrack um cargo no governo, como ministro das Relações com Eras Estrangeiras. O primeiro-ministro Bligh era um amigo de confiança, e Shadrack não pôde recusar a oferta para substituir um outro amigo, Carlton Hopish, que ainda definhava no Hospital da Cidade de Boston. Terrivelmente ferido e privado de seus sentidos em decorrência de um ataque violento, Carlton não mostrava nenhum sinal de recuperação.

Saindo de madrugada e voltando depois do jantar, Shadrack tinha dias mais e mais longos no ministério. Sophia ainda esperava em casa por ele todas as noites, ansiosa para discutir os resultados do seu dia, mas, ao que parecia, Shadrack ficava cada vez mais desgastado. Seus olhos estavam cansados; seu olhar, perdido. Uma noite, no jantar, Sophia saiu para pegar seu caderno e, quando voltou, encontrou Shadrack caído sobre a mesa da cozinha, dormindo. Pouco a pouco, as pesquisas de Shadrack pararam. As aulas de cartografia, pelas quais Sophia esperava desesperadamente a cada noite, também foram interrompidas.

O inverno se estendia, e Sophia afundou-se em uma longa melancolia. Shadrack não tinha tempo. Miles partira em busca de um leve indício e levou Theo com ele. Sophia lutava contra a sensação de estar sozinha. Tentava, geralmente sem sucesso, continuar com as lições de cartografia sozinha. Depois da escola, ela rondava a Biblioteca Pública de Boston, debruçando-se sobre cada livro relevante que pudesse encontrar, e, em casa, mergulhava nas profundezas da sala dos mapas, encontrando mais enigmas do que soluções na coleção obscura de Shadrack. Quando chegou a primavera, ela sentiu que a esperança estava se esvaindo. Enfrentava dificuldades para dormir, o que a deixava esquecida, instável e insegura. Havia momentos, ao desenhar no caderno um relato de seu dia, em que as lágrimas transbordavam sobre as páginas. As linhas cuidadosas de texto se tornavam grandes nuvens cinzentas, os desenhos ficavam borrados e enrugados, e Sophia não conseguia compreender o motivo.

E então, finalmente, as Parcas lhe enviaram um sinal. Apareceu pela primeira vez durante o crepúsculo. Sophia estava esperando por Shadrack na janela de seu quarto quando viu uma silhueta pálida se demorar no portão da frente. Estava indecisa, dava um passo em direção à rua, depois tornava um passo em direção à casa. As pedras da rua brilhavam por conta de uma chuva recente, e um nevoeiro baixo havia se assentado ao redor dos postes de iluminação.

A mulher parecia familiar. Devia ser uma vizinha, mas qual? Ela colocou a mão no coração e, em seguida, levantou a palma em direção à janela de Sophia — um gesto gentil de afeto.

Foi como se um golpe a tivesse atingido. Por um momento, Sophia olhou fixamente, imóvel. Depois saiu do quarto em disparada, lançando-se escada abaixo, cruzando a cozinha e saindo para a rua. A mulher ainda estava lá, pálida e incerta, perto do portão. Sophia deu um passo hesitante em direção a ela, mal ousando respirar.

— Mãe? — sussurrou, e então a figura desapareceu.

No entardecer seguinte, ela apareceu novamente. No curso do longo dia, Sophia havia se convencido, em parte, de que sua mente estava lhe pregando peças e de que a pessoa que ela vira tinha sido conjurada por sua exaustão e sua esperança equivocada. Ainda assim, ela esperou na janela. Quando viu Minna no portão, silenciosa e hesitante, Sophia se levantou, trêmula, e saiu de casa correndo.

Dessa vez, Minna esperou. Recuou um passo em direção à calçada e outro para a rua. Sophia abriu o portão e deu um passo para acompanhá-la. Minna se movia em silêncio sobre as pedras.

— Espere, por favor — suplicou Sophia.

Minna parou. À medida que Sophia se aproximava, com passos ecoando altos no silêncio, ela conseguia ver o rosto de sua mãe: pálido e insubstancial, mas ainda perceptível à luz do crepúsculo. Havia algo estranho a seu respeito que Sophia não conseguiu decifrar até cobrir a distância que as separava: a silhueta parecia feita de papel. Parecia uma representação perfeita de Minna Tims que ganhara vida. Ela estendeu a mão melancolicamente quando Sophia se aproximou e então falou:

— *Desaparecidos, mas não perdidos; ausentes, mas não sem volta; invisíveis, porém audíveis. Encontre-nos enquanto ainda respiramos.* — As últimas palavras pareciam provar a parte essencial do enigma, porque soaram depois de Minna ter, mais uma vez, desaparecido.

Mas Sophia não se importava. Sentia como se tivesse acabado de tomar o ar nos pulmões pela primeira vez em meses, depois de se afogar e ser resgatada das profundezas pelas palavras da imagem de Minna no crepúsculo. Ainda estava naquelas águas escuras, mas agora, pelo menos, podia respirar. Agora conseguia enxergar a tristeza paralisante que a havia dominado durante todo o inverno: conseguia ver como era vasta, conseguia ver quanto ainda precisava nadar.

No dia seguinte, apareceu o segundo sinal: o panfleto niilistiano. Sophia disse a si mesma, quando leu o bilhete manuscrito de novo e de novo, que as Parcas não poderiam ter falado com mais clareza.

A Shadrack, ela não tinha mencionado que vira Minna nem que recebera o panfleto.

Havia algumas coisas que só mantinham seu encantamento, sua plena promessa, quando permaneciam não ditas. Sophia sabia que a figura pálida que vira ao anoitecer era improvável e, quando imaginava falar dela, sentia o poder da presença de Minna se dissipar como neblina. A maravilha daquilo tudo e a potência das palavras sussurradas eram incomunicáveis. Na verdade, mesmo em sua mente, era difícil abordar o pensamento do que vira e ouvira perto demais, pois, quando o fazia, uma enxurrada de perguntas perturbadoras a inundava: *O que ela é? É real? O que significa que eu possa vê-la e ouvi-la?* Sophia afastou resolutamente essas perguntas e não refletiu demais sobre a visão. Em vez disso, aceitou um par de verdades mais simples e, para ela, inegáveis: sua mãe estava pedindo ajuda, e as Parcas estavam lhe enviando um sinal.

Shadrack não acreditava nas Parcas. Mesmo que Sophia pudesse, de alguma forma, transmitir a sensação de desespero na mensagem de Minna e a sensação de clareza provocada pelo panfleto, Shadrack não enxergaria o trabalho da mão orientadora. Ele veria outra coisa, e Sophia queria ver o que ela via agora: uma urgência inconfundível, um caminho claro para a frente. Em vez de dizer tudo isso ao tio, Sophia refletiu por dois dias. E então tomou uma decisão.

—ello—

Diante dos portões de ferro muito altos, Sophia respirou fundo. Suas botas rangiam no caminho de cascalho durante a lenta subida pela colina, à medida que a visão da casa grandiosa ficava mais próxima. Aqui e ali as cortinas estavam abertas. Um jardineiro perto da entrada da mansão rastelava cuidadosamente o cascalho, criando um conjunto perfeito de círculos concêntricos. Exceto pelo som do rastelo passando em meio às pedras finas, o ar estava parado.

O jardineiro ignorou Sophia, que caminhava em direção aos degraus de granito. No telhado acima da porta aberta, a gárgula de olhos vendados retratada no folheto quedava confortavelmente empoleirada, com sua língua de pedra incrivelmente longa.

Uma passadeira escarlate percorria o piso de mármore, das portas abertas até um balcão alto de madeira. Sophia manteve a cabeça erguida e caminhou até ele com firmeza. O homem atrás do balcão olhou para cima quando ela se aproximou e colocou de lado o livro que estava segurando.

— Bom dia — ele cumprimentou com um aceno de cabeça.

— Bom dia — respondeu Sophia, obrigando-se a olhar o atendente nos olhos. Ele era careca e tinha olhos azuis tão claros que pareciam quase transparentes. Sophia engoliu em seco. — Estou aqui para consultar o arquivo.

O homem calvo assentiu com a cabeça outra vez e desviou o olhar.

— Os clientes que desejarem consultar o arquivo podem se inscrever para fazer um cartão de pesquisador, o que permite acesso ilimitado ao acervo. No entanto — ele fez uma pausa —, o acesso só é permitido para niilistianos.

— Sim, eu entendo — ela respondeu. — Eu sou niilistiana.

2
Os apócrifos niilistianos

31 de maio de 1892: 9h09

Os niilistianos começaram a enviar missões a outras eras na década de 1850. Essas missões tinham como objetivo incentivar as eras anteriores a se desenvolverem como tinham se desenvolvido no passado de Novo Ocidente. Os obstáculos práticos e filosóficos são inumeráveis. Imagine, por exemplo, a loucura de assegurar que os exploradores dos Estados Papais navegassem para leste e "descobrissem" o Hemisfério Ocidental. No entanto, as missões continuam, e só Boston envia dezenas de missionários aos Estados Papais, ao Império Fechado e aos Faraós Remotos todos os anos.

— Shadrack Elli, *História de Novo Ocidente*

PRIMEIRO, SOPHIA PENSOU QUE o panfleto niilistiano pudesse ter sido enviado por alguém da Biblioteca Pública de Boston que a estava ajudando em sua pesquisa havia tantos meses. Talvez um deles fosse secretamente niilistiano.

Mas depois lhe ocorreu que poderia ter vindo de um amigo de Shadrack, acreditando, com razão, que ele recusaria a ideia de consultar um arquivo niilistiano por conta própria. Shadrack não era uma pessoa de mente fechada, mas os eventos do verão anterior o haviam colocado decididamente contra os niilistianos. Ele sempre acreditara que as ideias dos niilistianos eram mal concebidas, mas agora também acreditava que eles eram pessoas perigosas.

Em um terceiro momento, Sophia considerou que o remetente anônimo pudesse ser alguém que realmente trabalhasse no arquivo, alguém que soubesse com certeza que a coleção continha algo de valor para sua pesquisa. Por mais improvável que parecesse que um niilistiano estranho pudesse querer ajudá-la, a ideia de que alguma pista real existia e era conhecida deixava Sophia trêmula de expectativa.

Talvez, pensou ao olhar para o atendente do outro lado do balcão, aquele homem fosse o aliado que enviara a mensagem, embora o olhar fixo e persistente do sujeito fizesse essa hipótese parecer improvável. Sophia apertou o pingente pendurado no pescoço e pigarreou discretamente. A atenção do niilistiano obrigatoriamente se voltou para o amuleto circular. Em seguida, ele se virou lentamente e abriu uma gaveta da mesa. Dali, tirou um pedaço de papel e o entregou a Sophia com uma caneta.

— Aqui está o formulário de requisição do cartão de pesquisador.

— Obrigada.

— É meu dever enfatizar — disse ele em voz baixa, indicando a linha de assinatura — que esse formulário funciona como um contrato legal. Se você o assinar e alguém descobrir que qualquer coisa escrita aqui não é verdade, isso será considerado fraude.

— Eu entendo. — Sophia fez uma pausa, mas continuou mesmo assim, contrariando seu bom senso. — O que acontece em caso de fraude?

O careca olhou para ela, sem expressão.

— Depende de se o arquivo quiser levar o assunto ao tribunal ou não. O arquivo processou três desses casos de fraude no ano passado e venceu todos. — Ele inclinou a cabeça ligeiramente para o lado, como se considerasse uma pergunta silenciosa. — A única coisa que esses "pesquisadores" vão ler durante algum tempo será a correspondência que receberem na prisão.

Sophia assentiu energicamente.

— Entendo. Obrigada. — Então pegou a caneta e o formulário e os levou a uma das amplas poltronas de cor borgonha que compunham a recepção no saguão de entrada. Suas mãos tremiam. Ficou em silêncio por um momento, tentando se controlar, depois enfiou a mão no bolso e apertou o carretel de linha prateada para tomar coragem.

Ela pegou o caderno de sua bolsa, colocou-o debaixo do formulário e se pôs a preencher cada lacuna o mais rápido possível.

Nome? *Every Tims*. Data de nascimento? *28 de janeiro de 1878*. Endereço? *East Ending Street, 34, Boston*. Era uma cidadã de Novo Ocidente? *Sim*. Ela jurava que era da fé niilistiana? Sophia hesitou um milésimo de segundo. *Sim*. Era niilistiana desde o nascimento ou era convertida? *Convertida*. Nesse último caso, qual era o nome e o endereço do niilistiano que havia oficializado sua conversão? *Seeking Montfort, Commonwealth Avenue, 290, Boston*.

Sophia assinou na parte inferior, deslizou o caderno de volta na bolsa e se levantou para devolver o formulário ao atendente.

— Entraremos em contato com Seeking Montfort para confirmar — disse ele, em tom baixo, sem levantar os olhos.

— Claro.

— "Every" — disse ele, pensativo. — Dia 25 de março. "Cada visão ao seu redor é falsa, cada objeto uma ilusão, cada sentimento falso como um sonho". Você vive na era dos apócrifos." — Ele olhou para Sophia, esperando.

— A Verdade de Amitto — ela murmurou, pressionando o amuleto ao redor do pescoço. Como os niilistianos adotavam novos nomes do Livro de Amitto quando se convertiam, Sophia escolhera o que parecia menos censurável e evitou aqueles que significassem coisas como "pureza", "lamento" e "inferior".

O atendente inclinou a cabeça para o lado novamente.

— Por favor, sente-se. Vou chamar um arquivista. Seu cartão estará pronto para ser retirado hoje, em sua saída do arquivo.

— Obrigada. — Sophia começou a se virar.

— Every — o atendente observou. — Seu amuleto é bastante incomum. — Sophia ergueu as sobrancelhas. — Você o fez sozinha?

— Sim. — Ela sustentou seu olhar, apertando a trouxinha circular azul--escura bordada com linha prateada, com uma pequena mão espalmada e dedos estendidos.

— Vemos esse tipo de coisa em muitos casos em que as famílias não aprovam. Os fiéis encontram um caminho. — Ele assentiu para mostrar sua aprovação.

Sophia o observou enquanto ele deixava o saguão, os saltos do sapato ecoando no piso de mármore. Depois respirou fundo e deslizou de novo na poltrona borgonha.

⚬დ⚬

Seeking Montfort era, de fato, um niilistiano autêntico, mas não tinha oficiado nenhuma cerimônia para a conversão de Sophia e já não residia no número 290 da Commonwealth Avenue. Havia falecido no ano anterior e deixado apenas sua viúva e dois cachorrinhos velhos. Sophia calculou que tinha pelo menos três dias, talvez até seis, antes que os niilistianos do Acervo de Boston descobrissem a verdade. Tudo dependia do zelo da sua consulta e da cooperação da sra. Montfort.

Uma carta enviada naquele dia chegaria no dia seguinte. A viúva de Montfort levaria pelo menos um dia para responder. Sophia lhe fizera uma visita, naqueles cômodos apertados e malcheirosos, com uma pergunta sobre um parente inventado que havia se convertido ao niilistianismo e partido em missão para o Império Fechado. Vira o formidável armário de madeira onde ficavam guardados os registros de Montfort e observara a sra. Montfort procurar, de modo um tanto descuidado, pelo documento imaginário. Alguns minutos depois, a mulher desistiu; estava muito mais interessada em seus cães que não paravam de latir do que na história da prática legal de seu marido. Se as Parcas lhe sorrissem, Sophia imaginava que a sra. Montfort pudesse levar vários dias para procurar, inutilmente, no armário e responder.

Ou, ao contrário, ela poderia responder imediatamente.

Sophia se levantou da poltrona quando o atendente retornou, agora acompanhado de um homem alto com um bigode grisalho. O homem a cumprimentou com uma pequena mesura.

— Whether Moreau — disse ele, estendendo a mão.

— Every Tims — Sophia respondeu, apertando-a.

— É um prazer recebê-la no Acervo de Boston.

— Obrigada.

— Por favor, siga-me. — Caminhando em direção ao corredor principal do arquivo, Whether Moreau deixou que Sophia o acompanhasse apressadamente. Apesar do clima quente de primavera, o edifício estava silencioso e estranhamente frio. Tapetes escarlates abafavam seus passos. Sophia vislumbrou várias salas à medida que passavam: tetos altos, estantes de carvalho escuro, papéis de parede e lâmpadas-tocha esféricas. Cortinas escuras sobre as janelas impediam que a luz solar alcançasse os documentos.

Chegaram a uma escadaria de mármore. Enquanto subiam, Sophia decidiu, olhando-o de canto de olho, que Whether não era nenhum aliado secreto. Ele olhava para frente, o olhar perdido, quase como se já houvesse esquecido a presença de Sophia ao seu lado. O terno escuro que vestia havia sido passado a ferro com uma precisão quase feroz, e seu negror era refletido nos sapatos bem lustrados.

No segundo andar, pegaram outro corredor e pararam, enfim, em uma das muitas portas abertas. Sophia olhou além do homem e espiou uma sala muito parecida com as demais que tinha visto no andar de baixo.

— Você está familiarizada com a estrutura do Arquivo Niilistiano? — perguntou Whether, olhando por cima da cabeça de Sophia, em um ponto na parede.

— Só sei o que está escrito no panfleto informativo.

— Deixe-me explicar nosso sistema de organização antes de perguntar sobre sua linha de pesquisa. — Um instante depois, Whether continuou: — O arquivo contém quarenta e oito salas. — E apontou para o corredor. — As salas de 1 a 13 são dedicadas à Era da Verdade. *Veritas*, nós chamamos aqui. O significado é claro. São onde as crônicas da época anterior à Grande Ruptura, bem como os textos produzidos durante esse período, estão armazenadas. As salas dos Apócrifos contêm as crônicas da Era da Ilusão, o tempo decorrido a partir da Grande Ruptura. E, como você pode notar pelo número de salas, de 14 a 48, essa coleção é a maior. Pode parecer contraditório — continuou ele —, já que menos tempo se passou desde a Ruptura do que antes dela, mas você vai descobrir que os documentos e textos de antes da Ruptura são extremamente raros. Cada sala tem seu próprio curador. Eu sou o curador da sala 45. — E indicou a porta aberta.

— Então o arquivo está organizado em ordem cronológica?

Whether assentiu.

— Correto. Organizamos todas as crônicas e textos sequencialmente, uma vez que esse método está no cerne da missão do arquivo: demonstrar o grande abismo que separa nosso mundo daquele que perdemos há mais de noventa anos. — Ele entrou com Sophia na sala 45. — Procuramos concretizar essa missão contrastando e comparando as diferenças registradas entre as ocorrências na Era da Verdade e na Era da Ilusão.

Whether levou Sophia para uma mesa de leitura feita de mogno.

— Sente-se, por favor. Vou lhe mostrar mais claramente o que quero dizer.

Enquanto Whether ia até o fundo da sala, Sophia estudou o espaço ao seu redor. A sala 45 tinha grandes janelas com vista para os jardins nos fundos do prédio, mas as cortinas, novamente, estavam fechadas, e lâmpadas-tocha iluminavam cada canto. Estantes enchiam as paredes do chão ao teto, separadas na metade por uma sacada de ferro que se ligava a uma escada em espiral. Ao longo do chão acarpetado perto da mesa de leitura, prateleiras independentes suportavam o peso de fileiras e mais fileiras de volumes e caixas de documentos precisamente rotulados. Uma jovem mulher vestindo roupas incomuns — calças folgadas e uma camisa de homem — tirava livros de um carrinho e os guardava em uma das estantes. Ela olhou de relance para Sophia e parou por um momento.

Talvez esta seja a minha aliada secreta, pensou Sophia, fazendo um leve aceno de cabeça. A moça não fez nada em retribuição e voltou para sua tarefa.

Sophia engoliu em seco. Endireitou-se na cadeira, determinada a não se desconcertar pela frieza dos arquivistas niilistianos.

Um instante depois, Whether voltou com uma caixa grande. Ele espalhou o conteúdo em cima da mesa e colocou diante de Sophia dois itens, um ao lado do outro: um jornal dobrado que parecia bastante novo e uma única página rasgada de jornal que parecia bastante velha. Então bateu os dedos longos e brancos sobre o primeiro.

— Este jornal, como você pode ver, foi impresso no início deste mês. — O exemplar do *The New-York Times* era datado de 1º de maio de 1892. Sophia se inclinou para a frente a fim de ler as manchetes, que incluíam uma reportagem sobre a deportação de um importante financista que tinha sido descoberto como sendo um nativo das Terras Baldias não naturalizado, um breve relatório sobre ataques de piratas perto de Seminole e um longo artigo sobre a disputa em curso com os Territórios Indígenas. — Este, no entanto — disse Whether, emoldurando o fragmento mais antigo de jornal com o polegar e o indicador —, também foi impresso em 1º de maio de 1892. — Ele inclinou o corpo para trás e esperou.

À primeira vista, os jornais pareciam idênticos. Eram intitulados *New-York Times*, na fonte familiar, e no lugar da data dizia: "Nova York, domingo, 1º de maio de 1892". Mas, então, conforme examinava as manchetes, Sophia percebeu que as reportagens eram muito diferentes. "Sherman está de olho?", dizia a página, perto do meio. "O senador de Ohio recusa-se a responder a um questionamento hipotético", declarava o subtítulo. "Um retorno à barbárie", dizia outra manchete na extremidade direita e, abaixo dela: "A Europa treme diante das bombas anarquistas. Paris e Bruxelas temem o Primeiro de Maio — a ignorância estrangeira da Bomba de Chicago". "Minnesota ainda quer Blaine", dizia uma manchete menor, mais para baixo.

— É um jornal diferente — disse Sophia, intrigada. — Eu não reconheço a maioria dessas pessoas e desses lugares.

— Eles pertencem à Era da Verdade — Whether afirmou. — Este é o 1892 que nós *deveríamos* estar vivendo, mas que perdemos; o 1892 que teria transcorrido sem a Grande Ruptura.

— Então este documento sobreviveu à Ruptura?

— Exatamente. Foi encontrado em um armário velho nas Terras Baldias ocidentais. Alguém usou o jornal para forrar uma gaveta. O balcão foi vendido para um colecionador de curiosidades, e o jornal só então foi reconhecido como algo de valor. O colecionador o passou para um negociante de livros raros, que, por sua vez, o trouxe à nossa atenção. É imensamente esclarecedor, um achado de valor inestimável.

— Existe alguma sobreposição entre os dois jornais?

— Você perguntou exatamente a mesma coisa que o arquivo se esforça para responder. Até que ponto a nossa Era da Ilusão coincide com a Era da Verdade? Quanto desse mundo falso podemos considerar verdadeiro? É isso que trabalhamos dura e continuamente para descobrir, estudar e provar. Neste caso — continuou, com um jeito severo —, parece que nos afastamos demais da rota que deveríamos seguir. Na verdade, Novo Ocidente como um todo se desviou terrivelmente. Entre estes dois jornais, não existem duas histórias iguais. O jornal da Era da Verdade menciona, como você apontou com razão, muitos lugares e pessoas que parecem nem existir no nosso mundo.

Sophia considerou a sala ao seu redor.

— O panfleto diz que sua coleção abrange outros lugares além de Novo Ocidente. Isso é verdade em todas as salas?

— É sim. Cada fragmento de texto pertinente que encontramos fica coletado aqui, ou em um de nossos arquivos afiliados. Há algumas áreas para as quais temos mais documentação do que outras, mas isso é de se esperar. Além do mais — ele continuou, ao pegar um volume com encadernação de couro —, os apócrifos têm referências cruzadas em índices que usam nosso próprio método de marcação do tempo. — E abriu o volume ao acaso, mostrando a Sophia um lugar no topo da página em que se lia "43 d.R.". — Para nós, em Novo Ocidente, hoje é dia 31 de maio de 1892. Para os habitantes do Império Fechado, hoje é 31 de maio de 1131. No entanto, estamos vivendo no mesmo momento — continuou Whether —, e os nossos índices levam isso em conta. — Ele deslizou o livro em direção a Sophia. No canto superior esquerdo da página, lia-se:

1642 — Livro contábil, por Tomas Batiste
Localização: Acervo das Índias Unidas

1642 — Registro do Convento, mantido pela irmã Maria Therese
Localização: Acervo das Índias Unidas

1642 — Jornalões, compilados, publicados em Havana
Localização: Acervo das Índias Unidas

Sophia olhou para cima.

— Há outro acervo nas Índias?

— Há acervos no mundo todo. Dezesseis, para ser exato. Duas vezes por ano, eles nos enviam atualizações de suas coleções para que possamos inserir as informações em nossos índices. Se você olhar algumas páginas adiante — disse Whether, fazendo exatamente isso —, verá que outras eras também estão inclusas.

Ainda olhando a seção cujo título era "43 d.R.", Sophia passou os olhos por uma lista de documentos de Novo Ocidente, datada de 1842:

1842 – Jornais, compilados, publicados em Nova York
Localização: Acervo de Boston

1842 – Diário particular de Maxwell Osmond
Localização: Acervo de Boston

1842 – Compilação de cartas de Peter Simmons
Localização: Acervo de Boston

— Entendo — disse Sophia lentamente. — Todos esses foram escritos ao mesmo tempo, mas em eras diferentes.

Whether confirmou com um leve movimento de cabeça.

— Todos esses foram escritos, ou datados, para os propósitos do arquivo, em 43 d.R.: ano 43, depois da Ruptura; ou, como chamamos, ano 43, Era da Ilusão. Se desejar rever todos os apócrifos produzidos em um determinado ano, você pode simplesmente consultar o índice. É uma indicação muito clara — concluiu, sério — de quanto nosso mundo apócrifo se tornou disperso e interrompido.

— Certamente — ela concordou, voltando para o índice e percebendo com crescente temor o tamanho da tarefa que tinha pela frente. Ela não fazia ideia do que estava procurando, muito menos do ano em que tal informação fora originalmente escrita. Pesquisar no Arquivo Niilistiano se mostraria um desafio formidável e um trabalho maçante, não muito diferente de procurar uma agulha em um palheiro cuidadosamente organizado. *Como vou encontrar qualquer coisa útil em três dias?*, Sophia se perguntou, olhando os verbetes com um sentimento de consternação que beirava o pânico.

— O que você deseja consultar no arquivo? — questionou Whether.

Sophia pegou o caderno e retirou uma carta.

— Recebi esta carta em dezembro, muito tempo depois de ter sido escrita. O autor não deu nenhuma notícia durante todos esses anos, e eu tinha esperanças de que o arquivo pudesse conter informações sobre o lugar mencionado nela.

Whether leu a carta em silêncio, depois a colocou sobre a mesa e olhou para Sophia como se a enxergasse pela primeira vez.

— Bronson Tims — disse ele, com uma expressão ilegível. — Você tem parentesco com Shadrack Elli, o cartógrafo?

— Sim. Ele é meu tio.

— Você é recém-convertida. Sua família não é niilistiana. — Eram afirmações, não perguntas.

— Não, não é. E, sim, eu sou recém-convertida. — Houve uma longa pausa. Whether continuou a fitá-la com um semblante tão sombrio que chegava a ser enervante. Sophia percebeu que a assistente que guardava os livros na estante havia parado. Ela continuava com a mão no carrinho e não fazia nenhum esforço para disfarçar que os encarava.

— E ainda assim você busca duas pessoas neste mundo... neste mundo apócrifo.

— O senhor está interpretando mal a minha pesquisa — disse Sophia, contida. — Sou niilistiana, sim, mas, como meu tio, ainda sou uma cartógrafa. Assim como o seu objetivo é revelar as histórias divergentes entre o nosso mundo e a Era da Verdade, meu objetivo também é mapear as diferenças que existem entre eles. Meu desejo é confirmar a localização dessa Ausentínia, pois não encontrei nenhuma menção a ela em outros lugares.

Pensativo, Whether a olhou por um instante.

— Compreendo — disse, finalmente. Então se levantou da cadeira e, com cuidado, devolveu os dois jornais na caixa de documentos. — Vou pedir a Remorse para ajudá-la, já que costumo trabalhar com clientes mais experientes — disse ele, sem fazer nenhuma questão de disfarçar o ar de superioridade. — Remorse? — chamou por cima do ombro.

— Obrigada, sr. Moreau — disse Sophia, levantando-se do assento. — Obrigada por me apresentar o arquivo.

— Não há de quê — disse Whether, afastando-se com a caixa na mão.

Remorse sentou-se em frente a Sophia.

— Posso ver a carta? — perguntou sem preâmbulos, tirando um par de óculos cor de âmbar do bolso da camisa.

Sophia observou a moça enquanto ela lia. Não devia ter mais de vinte anos. Suas mãos pequenas, delicadas e ligeiramente afiladas ainda pareciam as mãos de uma criança. A camisa de botões que vestia para o trabalho estava desgastada, mas passada com esmero, assim como as calças, pouco usuais. O cabelo preto curto e as sobrancelhas escuras emolduravam-lhe o rosto; por trás dos óculos, enquanto ela lia, seus olhos eram de uma inexpressividade resoluta. *Provavelmente também não é minha aliada*, Sophia concluiu.

Remorse devolveu a carta e cruzou os braços. Com a voz monótona, disse:

— "15 de março de 1881. Minha querida Sophia, sua mãe e eu pensamos em você a cada minuto de nossa jornada. Agora, ao nos aproximarmos do fim da expedição, esse pensamento é ainda mais forte. Esta carta levará eras para chegar até você, e, se tivermos sorte, chegaremos antes destas palavras. Mas, se você recebé-la e nós ainda não estivermos aí, saiba que estamos em busca de vestígios perdidos em Ausentínia. Não pense em vir atrás de nós, minha querida; Shadrack saberá o que fazer. É uma rota muito perigosa. Não desejávamos viajar para Ausentínia. Ela viajou até nós. Com todo o meu amor. Seu pai, Bronson."

Sophia olhou para ela. Era desconcertante ouvir as palavras carinhosas de seu pai dubladas por uma estranha de forma tão absolutamente sem emoção. No entanto, mais desconcertante ainda era que a estranha *soubesse* as palavras.

— Como você fez isso? — perguntou Sophia.

— Consigo me lembrar de qualquer coisa depois de vê-la uma única vez — disse Remorse, impassível.

— É uma habilidade invejável.

A moça desviou o olhar.

— Depende do que se vê. Existem coisas que a gente quer lembrar. E coisas que não.

Sophia piscou.

— Sim. Com certeza.

— Então você está procurando Ausentínia — disse Remorse.

— Estou. Você já ouviu falar desse lugar? — Sophia perguntou subitamente, percebendo que Remorse poderia ser o melhor atalho em sua busca. — Se você se lembra de tudo o que já viu, talvez tenha visto esse nome em algum lugar, não?

— Não vi — Remorse respondeu, olhando de novo para Sophia. Depois se levantou abruptamente. — Acho que você deveria procurar no índice pelo ano em que a carta foi escrita, 82 d.R. Vou buscá-lo. — Sem esperar pela resposta de Sophia, ela deixou a mesa e desapareceu entre as estantes de livros.

Poucos minutos depois, voltou empurrando um carrinho de biblioteca.

— Eu trouxe os primeiros trinta. — E começou levantando os volumes pesados e os colocando sobre a mesa de leitura.

Sophia franziu o cenho ao ver o carrinho.

— Os primeiros trinta o quê?

— Os primeiros trinta volumes do índice de 82 d.R. — Remorse fez uma pausa, e, pela primeira vez, seu rosto mudou de vazio a divertido. — Você não achou que o índice para cada ano era de apenas um livro, achou? O ano 82 d.R. tem mais de trezentos volumes.

Trezentos volumes!, Sophia pensou, chocada. *Como é que eu vou ler trezentos volumes em três dias?*

3
O *Francelho*

20 de fevereiro de 1881

Acordei em nossa décima e última noite a bordo do *Francelho*, ouvindo um uivo terrível. Quando me virei para acordar Bronson, um choque súbito o atirou contra mim. Nós nos desvencilhamos apressadamente e nos vestimos. Do jogar violento do navio e dos gritos da tripulação, quase inaudíveis por causa do vento, sabíamos que estávamos no meio de uma tempestade feroz. A escuridão total era cortada por prata brilhante quando caía um raio, preenchendo o mundo além da nossa vigia. Entendi, naquele momento, com inequívoca clareza, que a noite não acabaria bem. Eu sentia falta de Sophia desde o momento em que deixamos Boston. Agora, o pensamento dela em sua caminha, dormindo em paz, perfurava-me como uma lâmina. Ela estava lá e nós estávamos aqui, em uma tempestade perigosa num vasto oceano. O que tínhamos feito?

Não havia nada a fazer a não ser enfrentar o desastre que nos aguardava. Em meio ao rugido da tempestade e ao quebrar das ondas, ouvíamos os gritos se tornarem berros. Bronson pegou minha mão.

— Meu amor — disse ele —, seja lá o que formos encontrar além daquela porta, temos que ficar juntos.

— Sim. — Apertei sua mão, e ele apertou a minha de volta.

Então ele pegou um pedaço de corda que tinha usado para manter nossos baús no lugar sobre as tábuas do chão e rapidamente a amarrou na cintura; a outra extremidade, ele amarrou em torno da minha.

— Vamos precisar das nossas mãos. Se tivermos de nadar, vamos nadar juntos.

— Sim, Bronson — falei novamente. — Eu te amo, meu querido.

E encostou a mão no meu rosto.

— E eu te amo, Minna. — Com um clarão de relâmpago, eu o vi sorrir. Em seguida, seu rosto foi lançado na escuridão mais uma vez, e eu o senti se virar para abrir a porta.

A água caía em cima de nós como se viesse de uma grande altura. Perdi o equilíbrio imediatamente e me inclinei para trás. A tração da corda me deu tempo suficiente para me equilibrar. Dei um passo hesitante para o convés, sem conseguir enxergar nada, mas sentindo um puxão na minha cintura quando Bronson saiu da cabine.

Caminhamos de mãos dadas para o convés principal. Um grito terrível perfurou o ar, e o uivo do vento continuou a subir e a descer, inabalável. De repente, o navio parou de jogar. Espiei na escuridão em busca de alguma orientação para meus pés que deslizavam e de alguma pista quanto ao que tinha nos feito parar. Como se a conceder meu desejo, outro relâmpago atravessou o céu e iluminou as nuvens manchadas.

De início, eu não conseguia entender o que via. A popa do navio estava acoplada a um maciço rochoso coberto de algas, como se uma mandíbula de pedra gigantesca tivesse tomado o *Francelho* entre os dentes. Ouvi o capitão Gibbons gritar, acima dos uivos:

— Abandonar o navio! — No próximo lampejo, vi a correria das silhuetas escuras. Elas ondulavam sobre a massa rochosa que segurava o *Francelho*, e então percebi, quando o uivo mudou, que aquele barulho todo não era provocado pelo vento. Era mais como o uivo de criaturas animadas: cães ou talvez bestas.

A silhueta mais próxima a nós avançou para o capitão com os movimentos inconfundíveis de um homem. Em meio às algas marinhas densas que pareciam cabelos sobre sua cabeça, vi um rosto: branco e feroz, com dentes arreganhados, barba cerrada e olhos vidrados. No lampejo seguinte, vi a criatura arremessar os braços e fazer o som que eu confundira com o vento; as algas gigantescas que formavam a parte inferior de seu corpo ondularam e o empurraram para cima; os braços brancos — levemente verdes e luminescentes, como se iluminados por dentro — lançaram uma rede feita de alga que capturou o marinheiro mais próximo em sua malha escorregadia e o jogou estatelado no convés.

— Minna, para a proa! — Bronson gritou, enquanto o mundo mergulhava mais uma vez na escuridão. Ele me guiou para longe dali, e eu sabia que ele buscava a frente do navio para que nos lançássemos às ondas e nos entregássemos ao mar.

O capitão e sua tripulação tiveram a mesma ideia. Dava para ouvi-los enquanto caminhávamos sem firmeza em direção à proa. O cenário com o qual nos deparamos foi um caos. Formas se atiraram na água; outras foram capturadas e arrastadas pelas redes de algas; outras ainda, presas no abraço perverso, lutavam umas contra as outras. Houve gritos e uivos, mas aparentemente não havia nenhum comando, e assim que avistei o capitão Gibbons a poucos passos de distância, empunhando ferozmente sua faca contra a criatura que tentava agarrá-lo, percebi o que aconteceria em seguida.

Uma rede jogada de trás de nós caiu sobre o capitão, e ele foi lançado ao chão.

— *Capitão!* — gritou Bronson, saltando para a frente. Eu o acompanhei com dificuldade, e nós dois quase caímos sobre o infeliz Gibbons, que lutava com todas as suas forças. Contudo, o capitão deixou cair a faca. Bronson a pegou antes que a água a levasse embora e se pôs a cortar a rede o mais rápido possível sem ferir Gibbons. Caí de joelhos ao seu lado e puxei inutilmente a alga escorregadia; era como tentar puxar a própria água: inútil.

Eu sabia que tínhamos apenas alguns instantes antes de sermos capturados. De repente o capitão, rugindo como um javali, foi puxado com um tranco e, antes que pudéssemos nos levantar, a rede a qual eu esperava foi lançada sobre nós.

Com um brado de frustração, Bronson a golpeou com a faca. Tive de gritar em seu ouvido para que me ouvisse.

— *Não, Bronson, não. Não corte... puxe!*

Por um momento ele não entendeu, mas, quando me observou, percebeu que nossos pés ainda estavam sobre o convés de madeira e que, juntos, poderíamos dar um puxão na criatura que segurava a rede.

— *Agora!* — gritei.

Nós nos atiramos contra o gradil mais próximo. Pega de surpresa, a criatura de alga nos largou. Saltamos para o ar como uma massa confusa e deixamos o navio para trás.

Por alguns segundos, todo o som parecia ter sido sugado dali. Então mergulhei na água e senti a pressão fria de seu peso ao redor de mim. A rede de alga havia sido arrancada. Eu estava chocada demais para lutar. Achei que perdia a noção de lugar, e um pensamento passou pela minha cabeça levemente, como uma curiosidade: eu poderia estar perdendo a consciência.

Então aquilo aconteceu comigo: a tendência que tenho me esforçado para controlar desde a infância; o hábito que quase consegui banir, mas que retorna às vezes, imprevisível e incontrolável, roubando meu equilíbrio. Perdi a noção do tempo.

Eu estava à deriva. A água era escura com manchas de luz alaranjadas, tão linda como um tipo de fantasma marinho. Em vez de buscar a superfície, eu me percebi contemplando uma visão — não, uma memória — da noite anterior. Bronson e eu estávamos sentados à mesa do capitão Gibbons, partilhando com ele o jantar como tínhamos feito ao longo de toda a viagem. Comi uma porção de ensopado, que tinha gosto de abóbora e manteiga. A cabine estava silenciosa e tranquila, e a comida nos saciava maravilhosamente. Ainda assim, havia uma fonte de inquietação dentro de mim, e eu decidi dar voz a ela.

— Não podemos deixar de notar — comentei, olhando para Bronson, que assentiu com a cabeça — que a tripulação fica cada vez mais inquieta à medida que navegamos para leste.

Gibbons parou e fitou a tigela de ensopado. Tomou um longo gole d'água de um copo de cristal.

— Não é nada — ele nos garantiu, ao pegar a colher. — Vocês já navegaram para leste antes e sabem que os marinheiros guardam todo tipo de superstição sobre o mar aberto.

Bronson me lançou um olhar.

— Sim, já navegamos para leste, embora não tenha sido por essa rota — disse ele.

— Existe alguma "superstição" particular, como você diz, que devemos saber? — perguntei.

Gibbons negou com a cabeça.

— Meus homens são muito equilibrados em terra firme, mas sempre há um ponto na metade do Atlântico que parece transformá-los em crianças assustadas, encolhidas debaixo das cobertas, com medo de pesadelos. — Ele passou as mãos sobre a toalha da mesa, alisando o enrugado no tecido branco.

— Gibbons — disse Bronson, em tom amigável. — Ora, diga-nos o que é que eles temem. Minna e eu não costumamos entrar em pânico com histórias de marinheiro.

— Claro, peço desculpas. — Gibbons olhou para nós com um sorriso. — Eu não queria assustá-los, mas têm toda razão. Vocês dois são muito racionais para se alarmarem sem motivo. — E deu de ombros. — Os homens acreditam que atravessar o Atlântico nos faz cruzar uma barreira, isto é, uma barreira invisível, que separa o velho mundo dos Estados Papais, o Império Fechado, as Estradas Médias e os Faraós Remotos, do nosso Hemisfério Ocidental.

— Se é invisível — perguntei —, então em que consiste?

— Ah. — Ele sorriu. — É aí que os relatos divergem. Os marinheiros acreditam que algum poder misterioso protege essa barreira, mas não concordam quanto à forma. Vocês vão ouvir meus homens falarem dos Algascaídas, criaturas com a Marca da Vinha que guardam o velho mundo. — Ele riu e raspou o fundo da tigela, provocando um tilintar da colher de prata contra a porcelana fina. — Algascaídas — ele zombou. — Acho que o verdadeiro perigo na travessia do Atlântico é o tédio! Homens demais com tempo demais ocioso, deixando a mente vagar em todas as direções. Absurdo. — E empurrou a tigela de lado, como se para afastar todos os pensamentos supersticiosos de seus homens. — Meu cozinheiro fez pudim de limão para a sobremesa — anunciou alegremente.

A memória desvanecia, como se toda a luz tivesse sido removida dela. Eu me mexia com indiferença dentro d'água. De repente, senti um leve puxão na cintura. O pensamento de Bronson me atingiu em cheio. Meus braços se agitaram e agarraram a corda; fui puxando-a pouco a pouco com dificuldade, até me dar conta de meu temor: não havia nada na outra ponta. Só então lutei para alcançar a superfície, batendo os braços com desespero.

Quando a alcancei, uma onda de ruídos encheu meus ouvidos. Eu não conseguia ver nada. Ouvia a tempestade e os grandes uivos dos Algascaídas, mas era impossível saber onde eu estava, e onde Bronson estava. Afundei novamente, mergulhada em terror; se não me mexesse, poderia me afogar. Meus braços lutavam contra as ondas; minhas pernas chutavam freneticamente. Quando minha cabeça bateu em algo sólido, estendi a mão, às cegas, e me agarrei a um grande pedaço de madeira.

Inspirei e abri os olhos. Uma parte do mastro do navio me salvara, mas o *Francelho* estava condenado. Perto de mim, vi fragmentos do poderoso navio afundarem e desaparecerem sob as ondas, como pedaços de um brinquedo quebrado.

4
Dizendo a verdade

> **31 de maio de 1892: 17h#**
>
> *"País Indígena", à época da Grande Ruptura, era uma designação não oficial para a região a oeste da costa oriental dos antigos Estados Unidos. Tratados anteriores à Ruptura haviam garantido às tribos indígenas parcelas específicas de terra, mas esses acordos eram frequentemente violados. Após a Ruptura, em 1805, Novo Ocidente formalizou seu relacionamento com os Territórios Indígenas, estabeleceu limites firmes por meio de uma série de tratados e lhes concedeu o estatuto especial de território incorporado organizado. Infelizmente, mas sem surpresa, os colonos nos estados continuaram a ignorar as novas fronteiras.*
>
> — Shadrack Elli, *História de Novo Ocidente*

EM PARTE, O INVERNO e a primavera foram tão difíceis por causa do relógio quebrado. A cidade de Boston tinha relógios em cada esquina, e todos os cidadãos de Novo Ocidente carregavam um relógio da vida. Além disso, todos os cidadãos carregavam dentro de si um relógio interno que marcava, na mente e de forma confiável, as vinte horas do dia — todos os cidadãos, exceto Sophia. Seu relógio interno estava quebrado. Perder a noção do tempo com tanta facilidade já havia lhe causado inúmeros transtornos e vergonha considerável, mas, no verão anterior, ela havia feito as pazes com sua condição. Tinha se dado conta de que um relógio interno instável poderia lhe ser útil. E se ela se concentrasse em um único pensamento, debruçada sobre todos os seus detalhes, uma hora inteira poderia transcorrer como se fosse um segundo. E se conseguisse se concentrar no momento que passava, imaginando suas profundezas ocultas, um segundo poderia parecer uma hora.

No entanto, a tristeza que havia se infiltrado nela com o frio do inverno, primeiro como uma goteira e depois como uma onda que tudo engolia, tornou impossível para Sophia se concentrar. Ela já não conseguia expandir e contrair o tempo à sua volta, dobrá-lo à sua vontade. Mais uma vez, Sophia se viu à mercê daquelas horas e segundos ilimitados, impotente em sua falta de limites.

Mas agora sentia seus poderes de concentração retornarem. Eles a enchiam com um tamborilar de satisfação, com uma determinação constante e resoluta. Em seu primeiro dia no Arquivo Niilistiano, Sophia percorrera inúmeros índices, até Remorse enxotá-la da sala 45 para que o prédio pudesse fechar. Sophia pegou seu cartão de associada na recepção e correu para casa, a fim de chegar antes do crepúsculo.

Minna não apareceu.

Estimulada por seu renovado senso de propósito, Sophia não se intimidou. Havia decidido contar a Shadrack sobre o Arquivo Niilistiano. Ao se acomodar na cadeira de sua escrivaninha, onde tinha uma vista clara da East Ending Street, ela esperou.

Para fazer o tempo passar depressa, Sophia se concentrou na última visão que tivera de Minna, resgatando todos os detalhes, como se mergulhasse em um mapa de memória: a luz que perdia força, o aroma de lilases que recaía sobre o portão, o ruído distante dos bondes. E imaginou a própria Minna, o cabelo escuro trançado e enrolado em volta da cabeça, o vestido incolor de viagem que alcançava o chão. Uma longa fileira de botões percorria a frente do traje e cada uma das mangas longas. Sua voz era gentil e abafada, como se falasse por detrás de uma cortina: *Desaparecidos, mas não perdidos; ausentes, mas não sem volta; invisíveis, porém audíveis. Encontre-nos enquanto ainda respiramos.* Quando ela estendeu a mão para Sophia, seu rosto tinha uma mistura de ternura e arrependimento. Seu vestido se dependurava folgado por seu corpo, como se Minna tivesse emagrecido, e a bainha estava manchada com água e lama.

Sophia franziu a testa. Seus pensamentos tinham tomado um rumo inesperado. Ela balançou a cabeça, tentando se lembrar do júbilo que a havia percorrido quando avistou sua mãe, mas o sentimento desaparecera.

Sophia abriu os olhos ao ouvir passos rápidos nas pedras do pavimento. Observou o tio caminhar até a porta lateral e sentiu uma súbita onda de tristeza. Titubeou. Será que era a visão de Shadrack ou a memória maculada de Minna que fizera virar a embarcação tranquila em que ela havia navegado ao longo do dia? Sophia respirou fundo para se firmar e considerar a tristeza de modo crítico, para que não fosse tragada por ela.

Não era tristeza sobre algo em particular, mas sobre muitas coisas de uma só vez. Lamentou que Shadrack chegasse tão tarde do ministério e que provavelmente tivesse que trabalhar mais em casa. Vê-lo cansado o tempo todo a deixava triste. Assim como o fato de que, mais uma vez, não haveria tempo para estudar cartografia. O pensamento de todos os mapas intocados na sala de mapas subterrânea a enchia de frustração. Ela se sentia mal por invejar o tempo de Shadrack, já que tudo o que ele fazia para o ministério era tão importante. Acima de tudo, ela se sentia infeliz sobre como as coisas pareciam tão diferentes entre eles. Não sabia dizer se era a exaustão de Shadrack ou o ressentimento dela que trouxera aquela sensação de distanciamento, mas a sensação existia de fato. No passado, Sophia pensou, infeliz, teria corrido escada abaixo para recebê-lo. Agora ela se levantava lentamente da cadeira, temendo o olhar cansado de Shadrack e sua partida veloz para a biblioteca.

Sophia desceu até a cozinha, onde o encontrou tirando compras de uma sacola de lona na mesa.

— Você chegou — disse ela, passando os braços do redor do tio.

— Finalmente cheguei, Soph — ele respondeu, retribuindo o abraço de um jeito cansado. — Não precisava me esperar. Você deve estar com fome.

— Ah, eu não me importo de esperar. — Sophia se pôs a desembalar a comida enquanto Shadrack se sentava, exausto. Ela ouviu o ressentimento em sua própria voz, o significado oposto do que dissera, implorando para ser ouvido: *Eu me importo, sim. Eu me importo de esperar. Todas as noites.* Isso a surpreendia. Agora também ouvia, da mesma forma que enxergava, a grande extensão de sua tristeza. Será que Shadrack também conseguia ouvir?

— Bem, *eu* estou com fome — disse Shadrack, largando-se no encosto da cadeira. — Com tanta fome que simplesmente peguei o que estava nas prateleiras do Morton's, sem nem pensar. Sorte da sra. Clay que tem a chance de fugir de nós em sua noite de folga, mas nosso estômago sempre sofre quando ela se vai.

Não, ele não conseguia ouvir.

Tomada pela consciência desse fato, Sophia se virou para a sacola e a fitou com o olhar perdido. Devagar e com firmeza, afastou a descoberta. Então se obrigou a olhar para o conteúdo da sacola.

— Picles, carne de porco, queijo cheddar, um filão de pão de centeio e quatro tomates — disse, inexpressiva. — Vou pegar os pratos. — De repente ficou claro que aquilo acontecia todas as noites: ela dizia coisas nas quais não acreditava porque desejava que se tornassem realidade.

— Outro dia impossível — Shadrack suspirou, apoiando os cotovelos na mesa e a cabeça entre as mãos. — Invasores nos Territórios Indígenas, como de costume. Ou "colonizadores", como se intitulam. Não tem jeito, eles não agem de acordo com a razão. Para eles, qualquer pedaço de terra sem uma cerca ao redor é uma terra para ser tomada. A maioria deles é apenas canalha, mas alguns são niilistianos e insistem em prosseguir para oeste, pois foi o que aconteceu na "Era da Verdade". — E revirou os olhos. — Parecem incapazes de entender que habitamos este mundo real, e não um lugar diferente.

Sophia olhou para ele. *Agora é o momento de lhe contar sobre o arquivo*, pensou. *Ele vai se aborrecer, mas então vou explicar, e ele vai entender.* Ela abriu a boca para falar, mas as palavras não saíam.

Shadrack balançou a cabeça e prosseguiu:

— Mas chega de falar sobre o ministério. Tenho notícias mais urgentes. Notícias boas e más.

Sophia se sentou na cadeira.

— E quais são?

— Hoje eu recebi uma carta de Miles. O homem que eles foram procurar perto do mar Eerie, o que supostamente sabia sobre Ausentínia, parece que faleceu muito, muito recentemente. — Ele olhou para seu prato antes de erguer os olhos e encontrar os de Sophia. — Sinto muito, Soph.

Ela esperava por notícias melhores.

— Eles não descobriram nada?

— Miles só disse que o homem estava morto. A maior parte da carta falava sobre um ataque que eles testemunharam. Bem, testemunharam o que aconteceu depois, colonos de Connecticut em uma cidade indígena perto da fronteira. — Shadrack passou a mão pelo cabelo. — O primeiro-ministro Bligh e eu passamos três horas hoje sem encontrar absolutamente *nada* que servisse de solução.

Desde o verão anterior, quando o parlamento adotou uma postura intransigente em relação aos estrangeiros, fechando as fronteiras e deportando pessoas nascidas no exterior, Novo Ocidente tinha mudado. Para Sophia, isso era mais evidente nas fachadas vazias das lojas, nos vizinhos das Índias que haviam se mudado para longe, nos condutores de bonde que ela já não via mais e na sensação indefinível de *mesmice* dos habitantes de Boston. Não havia mais comerciantes das Terras Baldias vendendo turquesas, ou leitores de mãos das Índias se oferecendo para ver o futuro das pessoas. Até mesmo gente dos Territórios Indígenas e do estado de Nova Akan, que tinham todo o direito de viver em Boston, haviam pouco a pouco se afastado.

Para eles, o fechamento da fronteira era inútil. Os Territórios Indígenas e Nova Akan ficavam vizinhos às Terras Baldias; os habitantes tinham família e amigos lá. As pessoas iam e vinham o tempo todo. Os *verdadeiros* estrangeiros, eles argumentavam, eram colonos de lugares como Connecticut, que ignoravam os tratados existentes e tentavam confiscar terras nos Territórios Indígenas. As tensões entre colonos e moradores locais tinham ficado cada vez mais tensas. O primeiro-ministro Cyril Bligh, que desejava derrubar o fechamento da fronteira e procurava uma solução pacífica para as divergências, tinha sido nomeado tarde demais, ao que parecia. Quando recebeu a nomeação em janeiro, tantas confusões já tinham irrompido que até sua renomada habilidade de negociação se mostrou ineficaz. Sophia respirou fundo.

— E qual é a boa notícia?

— A boa notícia é que Miles disse que eles estão voltando. Parece que estão a caminho neste exato momento. — Shadrack tentou um sorriso. — Então vão estar em casa logo, logo.

Finalmente, pensou Sophia.

— Quando você acha que eles vão chegar?

— Em breve. Eu sei que você vai ficar feliz com a volta de Theo.

— Vou sim. — Era verdade, ela ficaria feliz. A busca por Minna e Bronson e as coisas de modo geral haviam se tornado muito mais difíceis na ausência de Theo.

Não que ele tivesse sido particularmente útil na busca. Quando iam à Biblioteca Pública de Boston para procurar pistas, Sophia passava horas lendo, enquanto Theo, depois de ler por alguns minutos, inevitavelmente deixava sua mesa e ia conversar com outros usuários da biblioteca. Além disso, ele fazia de tudo uma piada, mesmo das coisas muito sérias. Quando uma pista promissora se transformava em um beco sem saída, seus comentários ridículos prosseguiam e prosseguiam até Sophia achar graça e dar risada. Talvez por isso as coisas fossem piores sem ele. Becos sem saída não eram engraçados, mas Theo poderia fazê-los parecer a coisa mais engraçada do mundo.

Sophia e Shadrack ficaram sentados em silêncio, olhando para a comida intocada. Os segundos ecoavam alto no relógio da cozinha, acima de suas cabeças. *Agora é a hora de eu falar alguma coisa*, Sophia disse a si mesma. *Devo contar sobre o arquivo.*

— Hoje eu fui a um novo arquivo — disse ela, antes que acabasse se convencendo a não falar.

Houve uma pausa.

— Foi? — perguntou Shadrack, sua voz denotando falso entusiasmo. Sophia via em seus olhos que ele se odiava pela falsidade, o que a encheu de empatia.

Eu sinto a mesma coisa, pensou. *Também odeio falsidade*. Ela queria dizer algo que deixasse tudo bem, algo que explicasse que estava sentindo falta das aulas de cartografia e que desejava desesperadamente a ajuda dele, mas que entendia. Embora ficasse decepcionada, ele ainda era seu amado tio Shadrack.

De alguma forma, falar sobre a busca por Minna e Bronson havia se tornado algo que fazia ambos se sentirem culpados: Shadrack, porque não estava fazendo o suficiente para ajudar; e Sophia, porque parecia estar acusando Shadrack de não fazer o suficiente para ajudar. De uma hora para outra, ela não queria mais lhe contar sobre o Arquivo Niilistiano.

— Fui. — Sophia mostrou seu próprio sorriso falso. — Ainda não encontrei nada interessante. Eu conto se descobrir alguma coisa.

— Parece uma excelente proposta. Venha — disse ele. — Vamos comer. Nós dois tivemos um longo dia. E receio que vou ter de me esconder na biblioteca para trabalhar mais um pouco depois do jantar.

Sophia assentiu com a cabeça, enterrando o sentimento de decepção.

— Então vamos comer.

1º de junho de 1892: 7h59

ELA ESTAVA ESPERANDO NO Arquivo Niilistiano quando as portas se abriram no dia seguinte. O atendente careca apareceu na porta, e Sophia analisou seu rosto rapidamente em busca de algum sinal: indignação, suspeita, alarme. Nada disso estava presente ali. Quando ela apresentou o cartão, ele assentiu com um gesto de cabeça, sem expressar nada, e a conduziu para dentro. *Então ainda estou segura por hoje.* Ela retribuiu o movimento de cabeça e seguiu para a sala 45.

Remorse havia se oferecido para deixar os índices de 82 d.R. sobre uma das mesas de mogno para que Sophia pudesse retomar o trabalho sem interrupção. Quando começou, descobriu que os volumes haviam sido mexidos. Aqueles de "82 d.R.: v. 1" a "82 d.R.: v. 5", que já haviam sido lidos, ainda estavam cuidadosamente colocados à esquerda de seu espaço de trabalho. Mas, em vez de "82 d.R.: v. 6", que ela havia deixado ali para trabalhar em seguida, Sophia encontrou diante de si o "82 d.R.: v. 27". Ela devolveu o volume ao carrinho, onde era seu lugar, e pegou o "82 d.R.: v. 6".

Começou a percorrer os volumes rapidamente, passando em revista cada linha e seguindo para a próxima. De quando em quando, conforme seus olhos percorriam os verbetes do índice, ela ouvia o eco daquela voz inesquecível incitando-a a continuar: *Encontre-nos enquanto ainda respiramos.*

Estou tentando, ela respondeu em silêncio. *Estou tentando.*

Remorse trabalhava em ritmo constante ali por perto, tirando a poeira de estantes e reorganizando os volumes. Em dado momento, quando Whether deixou a sala, ela foi até a mesa e colocou de lado o espanador.

— Como vai a leitura? — perguntou, sem expressão.

— Vai indo — Sophia respondeu e voltou para o índice. Um momento depois, percebeu que Remorse ainda estava ali. Então ergueu os olhos, desconcertada. — Como vai o seu trabalho?

— Vai bem. — Remorse sentou-se abruptamente. — Não vou continuar aqui por muitos dias mais. Aceitei uma missão niilistiana.

Sophia piscou.

— Para onde você vai?

— Para os Estados Papais. — Remorse fez uma pausa antes de perguntar: — O que você acha sobre as missões?

Sophia franziu a testa.

— Não tenho certeza — respondeu com sinceridade.

Remorse assentiu.

— Alguns niles acham que é o trabalho mais devoto no mundo, viajar a outras eras para mantê-las no caminho certo. No ano passado, fiquei sabendo que a missão aos Estados Papais impediu um desastre que teria resultado na morte precoce de Cristóvão Colombo.

A voz de Remorse era neutra, mas Sophia respondeu com cuidado:

— Parece importante. Embora com certeza as viagens de Colombo não pudessem acontecer agora da forma como aconteceram no nosso passado.

Remorse inclinou a cabeça.

— Isso é o que Whether diz. Ele acha que as missões são inúteis porque vivemos em uma era apócrifa, então por que deveria importar o que acontece nela? Afinal, este não é um mundo real.

Sophia hesitou. Era claro que Remorse não acreditava naquilo, ou não estaria partindo na missão.

— Acho que as duas explicações fazem sentido.

— Se este não é um mundo real — continuou Remorse, como se Sophia não tivesse falado —, então por que nos sentimos tristes, zangados e felizes nele? Se isso tudo não é real, não deveríamos sentir nada.

Sophia tinha aprendido o suficiente sobre os niilistianos para saber por que eles se comportavam daquele jeito. Eles tentavam demonstrar que não sentiam nada, que não sentiam tristeza ou felicidade, porque não havia nenhuma razão para emoções em um mundo falso. Mas ela nunca tinha considerado que os niilistianos pudessem realmente lutar para esconder o que sentiam. E mais: que eles lutavam para *não* sentir. Sophia sentiu uma pontada de compaixão inesperada.

— Isso é difícil de responder — ela disse, devagar. — Eu não sei.

— Nem eu — respondeu Remorse e olhou para a mesa.

— Você pode dizer mais sobre qual vai ser sua missão?

Remorse se levantou da cadeira do mesmo jeito abrupto com que tinha se sentado.

— Não, mas vou partir em breve. — Colocou o espanador debaixo do braço. — Nem sempre é mais produtivo ler os volumes na ordem — disse ela, para mudar de assunto.

— Dessa maneira é mais fácil acompanhar o que eu já fiz.

Remorse a observou por mais um momento.

— Muito bem. — Então se virou e retomou o trabalho.

Sophia observou a niilistiana e refletiu sobre o comentário, considerando que fora Remorse quem havia sugerido o índice de 1881. Ou será que estava sugerindo algo mais do que um conselho genérico? Sophia procurou por algum outro sinal, alguma indicação do que ela queria dizer, mas a niilistiana continuava a espanar com uma disciplina perfeita, sem trair absolutamente nada.

5
Notícias do mar Eerie

2 de junho de 1892: 15h22

Outrora chamados "grandes lagos", os corpos d'água no extremo noroeste de Novo Ocidente se transformaram com a Grande Ruptura. Agora são extensões glaciais por onde poucos passam. O nome "mar Eerie" tem vários significados. Um dos lagos era conhecido como lago Erie antes da Ruptura, em homenagem às tribos indígenas que viviam ali perto. Agora, o mar é o lar tanto dessas tribos como dos Eerie, povo que migrou para leste, vindo da costa do Pacífico. E, por último, não pode haver dúvida de que o mar é de fato estranho, como sugere a tradução de seu nome. Os palácios glaciais com grandes cavernas e piscinas congeladas e as câmaras geladas do mar têm confundido exploradores com luzes estranhas, nevoeiros repentinos e sons misteriosos.

— Shadrack Elli, *História de Novo Ocidente*

SOPHIA PASSARA TRÊS DIAS lendo os índices de 82 d.R. Nesses três dias, ela percorreu dezenove volumes. Remorse a encorajou com comentários impassíveis sobre como ela lia rápido. No entanto, Sophia sabia que era o oposto disso. Os três dias em que ela estaria segura haviam se esgotado, e agora ela precisava jogar às cegas todas as manhãs, quando chegava ao arquivo, com a possibilidade de que fosse descoberta e acusada de fraude.

Encontre-nos enquanto ainda respiramos. A frase ecoava em sua mente quando ela desceu do bonde e enquanto caminhava de volta para a East Ending Street. *Não sei como*, pensou. *Não sei mais o que fazer.* Ela não sabia nem se estava pesquisando nos volumes corretos. E se a pista que ela estava procurando estivesse a três estantes de distância, em 83 d.R.?

Sophia se sentia especialmente desanimada ao subir os degraus do número 34 da East Ending Street. Ela abriu a porta lateral, largou a bolsa no banco e congelou de repente.

O som de risadas chegava de algum lugar lá dentro. Três vozes... não, quatro. Seu pulso acelerou. Escutou por um instante mais, e um lento sorriso se insinuou em seu rosto. Então disparou pelo corredor, entrou na biblioteca de Shadrack e desceu por uma porta aberta até a sala de mapas subterrânea.

— Aí está ela! — ouviu Shadrack dizer alegremente enquanto ela descia os degraus.

Sophia irrompeu dentro da sala e viu Shadrack sentado à mesa, e a sra. Clay e Miles Countryman nas poltronas ali perto. Ao pé da escada, com os braços cruzados sobre o peito e os olhos castanhos observando-a com expectativa, estava Theo. Sophia parou a um passo de distância dele. Após alguns instantes — que para ela não pareceram tempo algum —, uma sensação de felicidade e um alívio estonteante a inundaram só de vê-lo: de aparência cansada, mais alto do que ela se lembrava, mas, em essência, o mesmo.

Ele descruzou os braços e estendeu a mão com cicatrizes, mas havia ali um tremor estranho.

— Você vai me fazer esperar mais uma hora por um abraço ou o quê? — perguntou em tom ranzinza.

Sophia avançou com uma risada deliciosa e o envolveu nos braços.

— Onde é que você *estava*? — ela exclamou. — Você ficou fora uma eternidade!

— Ainda com dificuldades para marcar o tempo, pelo que vejo — ele respondeu com uma risada, mas o sorriso satisfeito em seu rosto quando Sophia se afastou não lhe deixava dúvidas de que ele também havia sentido falta dela.

Ela se virou com esforço para cumprimentar Miles, que a abraçou alegremente, e cuja juba de cabelos brancos, ainda mais despenteada do que o habitual, a ameaçou com a asfixia iminente.

— Minha querida Sophia! — Miles exclamou, ao finalmente soltá-la. — Lutamos com unhas e dentes para retornar a vocês, e aqui estamos enfim, de volta para o nosso lugar. — E mostrou um sorriso conspiratório. — Se bem que, se você me perguntar, é o momento perfeito para outra viagem. — Shadrack e a sra. Clay gemeram. — É sim! — Miles protestou. — Sophia finalmente terminou com as aulas, a previsão no *Almanaque do fazendeiro* é muito auspiciosa, e eu amo o cheiro das brisas estrangeiras em junho!

Shadrack balançou a cabeça, fingindo irritação.

— 53 —

— Pelo menos nos conte um pouco sobre os Territórios Indígenas antes de sair em busca de saborosas brisas estrangeiras, Miles.

— Bem, se todos nós sairmos juntos, Theo e eu podemos fazer nosso relato ao longo do caminho!

Sophia e a sra. Clay riram.

— Miles — Shadrack se queixou —, sou forçado a concluir que você tem a intenção expressa de me atormentar, sabendo muito bem que o ministério me confina em Boston como um coelho num curral ou uma galinha numa gaiola, ou, mais precisamente, um prisioneiro indefeso na cadeia...

— Muito bem, muito bem — zombou Miles. — Vejo que o ministério lhe deu licença para respirar, e que agora há muitas outras questões importantes que concorrem pelo seu tempo, de modo que até mesmo a mais ínfima viagem marítima, um pulinho e um salto, é uma interrupção aos grandes assuntos de Estado.

Sophia e Theo trocaram sorrisos.

— Certamente, Miles — Shadrack retrucou —, deixe-me renunciar ao cargo de uma vez e indicar você no lugar. Eu faria qualquer coisa para me livrar dos insondáveis assuntos de Estado e das inevitáveis dores de cabeça que os acompanham. — Ele suspirou e disse em um tom mais sério: — Na verdade, eu não desejaria o cargo de ministro nem para o meu maior inimigo.

— Nem mesmo para o magnífico, belo e brilhante Gordon Broadgirdle? — A voz de Miles soou carregada de sarcasmo. — Com certeza você poderia poupar ao estimado membro do parlamento uma dor de cabeça ou duas, nem que seja só para lembrá-lo de qual é a sensação de ser mortal.

— Bem. — Shadrack sorriu, determinado a enxergar o problema com humor. — Talvez a Broadgirdle. — E se levantou com energia repentina. — Mas, em uma noite como esta, nós deveríamos comemorar, não evocar o nosso parlamentar menos preferido! Se puderem se juntar a mim no andar de cima, verão que não estou totalmente despreparado para uma pequena comemoração. Tenho cerveja de gengibre e duas tortas de carne da Selo e Assobio, e a sra. Clay comprou o maior bolo de açúcar de bordo que conseguiu encontrar na Oliver Hamilton's. Miles e Theo, se puderem fazer a gentileza de trazer os mapas para nos mostrar cada quilômetro do seu progresso, não nos faltará mais nada.

Miles seguiu para as escadas.

— O Theo é quem vai ter de falar, porque a minha boca vai estar cheia.

A sra. Clay o seguiu, segurando as saias de musselina para evitar tropeçar na escada. Shadrack veio logo atrás.

— Depressa, sra. Clay, pelo amor das Parcas — Shadrack a instigou. — O homem não vai deixar nada para comermos, e vamos ser forçados a fazer nossa refeição com as migalhas do chão.

— Que bom que o bolo de bordo está lá em cima, no meu quarto — respondeu a sra. Clay.

— Ah, mas ele vai encontrá-lo! — exclamou Shadrack. — Nada está a salvo do estômago desse homem, nem mesmo a mesa da cozinha.

Sophia e Theo riram.

— Ei — disse Theo, agarrando a mão de Sophia enquanto subiam as escadas. — Como você tem passado?

Sophia sorriu e sentiu retornar a repentina timidez de quando viu Theo logo que chegou.

— Ótima. — E deu um apertinho em sua mão. — Estou feliz por você estar de volta.

— Eu também. Shadrack disse que você tem passado todo o seu tempo na biblioteca.

Sophia olhou para os pés.

— Tenho sim. Tentando decifrar a carta, mas não fiz nenhum progresso. Agora estou tentando ler trezentos volumes que podem levar a alguma pista.

— Bem, é verão. Talvez — ele continuou, com a voz suave — seja hora de parar um pouco com a carta.

Sophia o olhou, surpresa. Tinham chegado ao topo da escada.

— Parar um pouco com a carta? — ela perguntou, espantada, como se ele tivesse sugerido queimá-la na lareira.

— Claro. Sabe, às vezes as coisas parecem diferentes depois de uma pausa. Descanse um pouco a cabeça. Faça alguma coisa que não seja ler, por algum tempo.

Sophia retirou a mão.

— Não vou parar um pouco.

— Não estou falando para esquecer a carta, não é isso que quero dizer. É só uma pausa. Poderíamos persuadir Shadrack a nos deixar navegar por um mês com Calixta e Burr. Talvez você tenha algumas ideias novas.

— Não quero parar. Quero encontrar meus pais.

— Tudo bem, tudo bem — respondeu Theo de imediato, em tom conciliador. — Eu acabei de voltar. Não quero que você já fique zangada comigo. — E sorriu. — Eu posso ir com você. Vamos ler os trezentos volumes juntos e acabar duas vezes mais rápido. O que me diz? — Ele pegou sua mão novamente.

Sophia levantou os olhos para Theo, e sua expressão ficou mais suave.

— Eu mesma tenho que ler, mas obrigada. Estou feliz que você tenha voltado.

— Sophia, Theo — chamou Shadrack, aparecendo na porta da biblioteca. — Vocês vão nos ajudar a enfrentar Miles pela comida ou não? Ele já mergulhou o garfo em uma das tortas, e não sei se vamos conseguir segurá-lo por muito mais tempo.

— O canalha! — exclamou Theo, puxando Sophia atrás de si. As tortas de carne e as garrafas de cerveja de gengibre tinham o lugar de honra na mesa da cozinha; enquanto a sra. Clay colocava os pratos, guardanapos e utensílios, ela batia nas mãos de Miles para afastá-las do prato principal.

Quando estavam todos sentados, Shadrack dividiu a primeira torta, serviu cerveja de gengibre para todos e ergueu o copo em um brinde.

— Sejam bem-vindos em casa, Theo e Miles. Um brinde ao fim de mais uma viagem segura.

— E às muitas mais que virão — Miles acrescentou, levantando o copo. — A começar amanhã.

Todos riram e mergulharam nas tortas, que estavam muito boas, como Shadrack havia prometido. Assim que terminaram, deixando apenas migalhas e copos vazios, a sra. Clay desceu com a sobremesa e serviu porções generosas do bolo amarelo-claro com bastante cobertura de açúcar de bordo, acompanhadas de xícaras de chá Charleston.

Miles se recostou com um suspiro de satisfação depois da terceira fatia. Então começou a relatar a viagem, descrevendo a longa rota para oeste através de Nova York e do canto noroeste da Pensilvânia, que levava aos Territórios Indígenas. Às vezes se envolvendo em discussão acalorada com Theo, quando as lembranças de certas circunstâncias diferiam, Miles admitiu que a viagem para oeste havia sido bastante monótona até chegarem ao mar Eerie.

— A única dificuldade que encontramos foi uma visão decididamente prejudicial que as pessoas têm dos bostonianos — disse Miles com azedume. — O fechamento da fronteira não melhorou nossa popularidade. Um idoso em Salt Lick inclusive cuspiu em mim quando eu lhe disse de onde vínhamos.

Theo riu com a lembrança.

— Miles cuspiu de volta, é claro.

— Bem, eu tive que cuspir! — ele protestou. — Precisei explicar por que eu abomino mais que ele o fechamento das fronteiras.

— A não ser por esse momento animado, o único obstáculo foi encontrar Cabeza de Cabra. Quando chegamos ao mar Eerie, levamos o mesmo tempo para encontrá-lo do que tínhamos levado de Boston até lá.

— É verdade — Miles assentiu.

— Cada um dizia uma coisa a respeito de onde ele morava — Theo explicou aos outros. — E, para começo de conversa, a pista que estávamos seguindo era muito vaga.

Miles e Theo haviam partido no final do inverno, impulsionados por um boato. Chegara a Boston o rumor de que um eremita vivia perto do mar glacial de Eerie, um homem dos Estados Papais chamado Cabeza de Cabra que, durante trezentos e sessenta e quatro dias no ano, evitava todo tipo de contato humano. Depois, no tricentésimo sexagésimo quinto dia — no solstício de inverno —, ele saía de sua solidão para ranhetar sobre o fim do mundo, a próxima Grande Ruptura e os mistérios de Ausentínia. Ele falava numa curiosa mistura de erie, castelhano e inglês, e os sermões indesejados eram ignorados pelos aldeões como devaneios de um louco.

Mas os ecos distantes de seus delírios anuais tinham viajado todo o caminho até Boston, ao lado do nome "Ausentínia", que não havia sido mencionado em nenhum outro lugar, a não ser na earta de Bronson. As neves de março ainda caíam quando Miles e Theo viajaram para oeste.

— Quando encontramos a casa na árvore onde Cabeza de Cabra vivia — Miles continuou —, já era final de abril, e seu corpo estava exposto havia tanto tempo que os corvos o tinham retalhado em pedaços.

— Eca! — disse a sra. Clay, estremecendo.

Shadrack suspirou com decepção.

— E vocês encontraram alguma coisa lá, na casa dele, que indicasse como ele poderia saber sobre Ausentínia?

— Cabeza de Cabra vivia como um animal — disse Miles, franzindo a testa. — Ele se vestia com peles e dormia em um pedaço imundo de couro. Não havia bules ou panelas, nem sapatos, livros ou ferramentas. Não faço nem ideia de como ele se alimentava. Estávamos prestes a deixar o local, depois de encontrá-lo tão estéril, quando Theo notou algo que eu, francamente, teria deixado passar.

— E *eu* só notei graças aos cartógrafos daqui de casa que passavam pela minha mente de vez em quando — acrescentou Theo, com um leve sorriso para Sophia. — Era uma cortina. Ou melhor, parecia mais uma tela. Um quadrado de tecido escuro, pregado a uma pequena janela para bloquear o sol. Fiquei surpreso com a limpeza daquilo, já que todo o resto do lugar estava imundo. Arrancamos os pregos e pegamos o tecido. Como esperado, quando eu o deixei flutuar na brisa...

— Era um mapa! — exclamou Sophia.

— Era — disse Miles. — Embora eu seja capaz de comer meu chapéu de inverno mais quente se você ou Shadrack puderem extrair dele qualquer sentido.

— Bem, traga-o aqui! — Shadrack exigiu. — E o chapéu também, pois ele vai parar bem naquele prato de bolo vazio.

— Tudo bem, tudo bem. Vamos ver até onde vão suas ameaças quando vocês o virem.

Theo desapareceu dentro da biblioteca de Shadrack, onde ele e Miles tinham deixado a bagagem, e voltou com um embrulho branco volumoso do comprimento de seu antebraço. Shadrack e a sra. Clay limparam a mesa, e Theo desenrolou o tecido suavemente, revelando, no interior, um pedaço quadrado de linho verde-floresta.

Num primeiro momento, o tecido parecia não ter nada de mais. As beiradas estavam esgarçadas, mas a superfície permanecia limpa, íntegra e lisa. Theo o virou com cuidado, e tanto Sophia quanto Shadrack prenderam a respiração. O outro lado do quadrado de linho estava densamente coberto de pequenas contas — menores que grãos de pimenta —, cuidadosamente costuradas ao tecido.

— Exato — disse Theo, em resposta às exclamações. — Assim que o tiramos, vimos o trabalho das contas, e precisei de algum tempo para compreender o que era, já que as pedrinhas não formavam nenhum padrão ou figura.

— Metal, argila e vidro — Sophia suspirou.

— Muito refinado! — exclamou Shadrack, inclinando-se sobre a mesa para examinar o mapa mais de perto. — Eu nunca tinha visto essa técnica. Que método simples e belo, incorporar outras camadas de mapeamento *dentro* do mapa climático. Brilhante.

— E não se parece em nada com os mapas de que me lembro da academia em Nochtland — comentou a sra. Clay, observando-o com uma expressão perplexa.

— Não tenho o benefício da experiência em nenhuma academia de cartografia — disse Miles. — E Shadrack nunca se deu o trabalho de me explicar as técnicas misteriosas adquiridas lá.

— Nunca me *dei o trabalho*? — Shadrack protestou. — Toda vez que eu tentava explicar esses mapas, você me dizia que eles não poderiam substituir a exploração e fazia ouvidos moucos.

Theo riu.

— Ele fez o mesmo comigo.

— A culpa não é minha se vocês fazem isso soar tão *erudito* — Miles disse com desgosto. — Eles são *úteis*? É isso que desejo saber.

— Incrivelmente úteis — explicou Sophia, ansiosamente. — Podem nos dizer tudo o que aconteceu em um determinado lugar e período. Normalmente, um mapa de tecido mostra o clima, e, se colocarmos por cima camadas de outros mapas de memória, ou seja, um mapa de argila para a terra, um mapa de metal para mostrar tudo o que é feito pelo homem e um mapa de vidro para mostrar a vida humana, temos uma impressão completa do que estava acontecendo.

Shadrack ergueu os olhos com uma expressão de prazer.

— Mas este mapa omitiu a necessidade de outros ao criar uma única camada de contas de argila, metal e vidro. É uma inovação significativa. E eu nunca vi um mapa de metal feito de ouro, pois é muito caro, mas essas contas são de ouro, tenho quase certeza. — Fez uma pausa. — Você vê alguma conta de vidro aqui, Soph? Minha impressão é de que são principalmente de argila, com cerca de um quarto de ouro e...

— Cinco de vidro — Theo interveio. — Levei um tempo para encontrá-las. — Uma por uma, ele apontou as cinco contas de vidro transparente escondidas num padrão irregular entre as outras.

— Cinco pessoas? — perguntou a sra. Clay.

— Mais de cinco — disse Shadrack. — Mas talvez não muito mais.

— Não há muita vida humana neste mapa — disse Sophia, pensativa.

— Não há muito de nada! — Miles reclamou. — Vá em frente, pode olhar.

Theo levantou o mapa e deu um sopro, fazendo o pano vibrar. Então o colocou de volta na mesa com as contas voltadas para baixo. Uma fina rede de linhas brancas se espalhou por cima da superfície do linho.

— Agora que o mapa despertou — disse Shadrack com expectativa —, podemos especificar o tempo. — Ele indicou um conjunto aninhado de círculos concêntricos em um canto. O círculo externo contava até sessenta, assim como o segundo; o terceiro ia até o número oito, o quarto até trinta, e o círculo central até doze. — Segundos, minutos, horas, dias e meses — ele murmurou —, e as horas não são horas de Novo Ocidente. Nenhum ano. Sophia...?

Ela já estava no armário.

— Que tal cevada? Ou arroz?

— Acho que arroz. — Depois de uma breve procura, ela voltou com um pequeno punhado de arroz, que derramou sobre a mesa. — Você escolhe — disse Shadrack, olhando para ela com um sorriso.

Sophia sentiu uma enxurrada de felicidade quando colocou um grão de arroz dentro de cada círculo. Parecia que os velhos tempos tinham voltado, e lá estavam eles, lendo mapas juntos, exatamente como costumavam fazer.

— Para ficar fácil de lembrar — disse, sorrindo para ele —, dia 4 de abril, às quatro horas, quatro minutos e quatro segundos.

Cada um colocou a ponta do dedo em uma das linhas brancas que corriam em direção às bordas do quadrado de tecido. Imediatamente, a mente de Sophia foi preenchida pela memória viva de um lugar e um tempo que ela nunca tinha visto. Uma paisagem vasta e seca a cercou em todas as direções. O terreno era plano e salpicado aqui e acolá de arbustos rasteiros verde-escuros. A distância, algumas colinas se elevavam poeirentas ao céu azul, um azul tão vivo que quase cegava. O sol estava baixo e pesado, e o calor seco a deixava sem fôlego. O ar estava perfeitamente parado. Por alguns instantes mais, Sophia procurou em sua memória aquela planície árida ao seu redor e depois ergueu o dedo.

— Hum — disse Shadrack, recostado na cadeira, com os braços cruzados sobre o peito.

— Eu diria — Miles comentou — que é tudo assim. Quente, seco e vazio. Completamente inútil.

— Mas não pode ser *tudo* assim — Theo contrapôs —, porque tem aquelas contas de metal e algumas poucas de vidro. Em algum lugar deste mapa deve ter pessoas e muitas coisas feitas por elas... uma cidade, um vilarejo, estradas, alguma coisa. Só não tivemos tempo de percorrer tudo ainda. Quer dizer, o mapa abrange um ano inteiro, então, na verdade, é preciso passar um ano inteiro em todos os lugares representados aqui, e parece que ele cobre pelo menos duzentos e cinquenta quilômetros quadrados.

Miles sacudiu a cabeça.

— Você poderia passar a vida inteira vasculhando esse mapa. Não, obrigado. Vou deixar os mapas com você. Eu prefiro ir até lá pessoalmente.

— Fica nos Estados Papais, eu acho — disse Shadrack, pensativo.

Miles assentiu.

— Eu concordo. A paisagem, sem dúvida, corresponde à dos Estados Papais... Meu palpite é a parte sul da península.

— Sim. E, supostamente, Cabeza de Cabra era dos Estados Papais — disse Shadrack.

— Então, essas poderiam ser as memórias dele? — Sophia perguntou.

— Ou de outra pessoa, mas o mapa provavelmente veio com ele dos Estados Papais — Shadrack concluiu. — A menos... Pode ser que tenha sido feito nos Territórios Indígenas, usando as memórias de Cabeza de Cabra.

— Chegamos à mesma conclusão — disse Miles. — Mas, como eu disse antes, por mais notável que o mapa possa ser como artefato, não consigo enxergar nenhum valor nele para a nossa pesquisa. Receio que Cabeza de Cabra, se é que sabia alguma coisa sobre Ausentínia, tenha levado os segredos com ele para o túmulo.

Sophia olhou para as linhas brancas entremeadas à peça de linho quadrada; sua mente se voltava para cada uma das informações. Cabeza de Cabra tinha falado de Ausentínia. Ele vinha dos Estados Papais, e seu mapa mostrava um ano de vida lá. Apesar dessa ligação clara, não tinham descoberto nenhuma certeza. Cabeza de Cabra poderia não estar falando sobre Ausentínia; uma palavra tão estranha poderia facilmente ser distorcida viajando tantos quilômetros de boca em boca. No entanto, ela pensou, estreitando os olhos, o mapa poderia conter algum segredo útil. Só não havia como afirmar ainda.

Seus pensamentos, bem como a conversa que vinha acontecendo ao seu redor, foram interrompidos por uma batida repentina na porta da frente. Outra batida soou em seguida, rápida e leve. Ninguém nunca usava a porta da frente na East Ending Street, 34. Todos ficaram em silêncio e, depois de um momento, a batida se repetiu. A sra. Clay colocou-se em pé com nervosismo.

— Quem poderia ser?

Shadrack franziu a testa.

— Provavelmente é alguém do ministério.

A sra. Clay saiu da cozinha, seus saltos fazendo *clique-claque* nas tábuas de madeira do assoalho.

Eles esperaram, apurando os ouvidos. Quando ela abriu a porta, uma voz masculina se anunciou. Momentos depois, a sra. Clay reapareceu, seguida por um homem franzino em um traje cinza-pálido.

— Bligh! — Shadrack exclamou, levantando-se. — O que aconteceu?

— Sinto muito interromper a celebração de vocês — disse o primeiro-ministro Bligh, notando num olhar o bolo meio comido e as pessoas reunidas —, mas o assunto é urgente. Broadgirdle está vindo para cá neste exato momento. Ele vai tentar persuadi-lo a tomar medidas para dissolver os tratados com os Territórios Indígenas. Ele tem algum artifício para convencer você, mas eu não sei o que é. Ele não sabe que eu sei e não pode saber que estou aqui, mas eu tinha que avisá-lo.

Shadrack o encarou, horrorizado.

— Dissolver os tratados? Isso é o mesmo que declarar guerra.

Bligh sacudiu a cabeça.

— Ignore isso por enquanto. Que vantagem ele poderia ter? O que ele sabe sobre você que poderia prejudicá-lo? E o que podemos fazer para anular os efeitos disso?

— Eu não sei. Eu... — Shadrack passou a mão pelo cabelo. — Nada. Ou muitas coisas. Depende de quanto ele está disposto a sujar as mãos.

— Eu acredito que muito. — A boca de Bligh formou uma linha firme.

Houve outra batida na porta da frente, alta e constante. Todos ficaram paralisados.

— Você deve atender — disse Bligh, tenso. — Se não fizer isso, pode parecer suspeito.

Shadrack respirou fundo.

— Miles, leve Bligh para a sala de mapas e não saia de lá até eu descer para encontrá-los. Sophia, Theo... lá em cima. Sra. Clay, eu vou esperar por Broadgirdle na biblioteca. — E rapidamente enrolou o mapa sobre a mesa.

— Muito bem, sr. Elli — disse ela, com a voz trêmula, saindo da cozinha. Bligh seguiu Miles na direção oposta.

Sophia ficou plantada no lugar.

— Vamos — disse Theo, puxando-a pela mão.

— Vai ficar tudo bem — disse Shadrack, apertando o ombro da sobrinha. — Agora suba. Eu chamo quando isso acabar.

6
O *Poleiro* de Wren

20 de fevereiro de 1881

Eu me agarrava ao pedaço de mastro do *Francelho*, cercada pelo mar agitado e cheio dos destroços do navio. Embora o céu permanecesse escuro e inescrutável, os uivos dos Algascaídas tinham diminuído, e eu ouvia um chamado distante sobre o quebrar constante das ondas:

— *Minna! Minna!*

Era meu marido. Mesmo com a garganta raspando e em carne viva por causa da água salgada, gritei o mais alto que pude. Finalmente, ele me ouviu.

— *Fique onde está e continue chamando meu nome!* — bradou. — *Vou nadar até você.*

Chamei seu nome até minha voz sair entrecortada, até notar um pedaço do navio se mover em direção a mim através das águas que começavam a se acalmar. Ajoelhado em um grande pedaço irregular do convés, Bronson usava uma prancha quebrada como remo. Ele me puxou com cuidado para cima da jangada improvisada, e, em seguida, desabamos, exaustos, nos braços um do outro.

O alívio durou pouco. Logo o terror de estarmos tão perdidos em uma extensão tão grande de água acabou levando o melhor de nós. Eu teria chorado, mas meu corpo e minha mente estavam exaustos, e por um tempo eu dormi, ou perdi a consciência, ou simplesmente me deixei levar naquele imenso vazio feito pelo mar à noite.

Quando voltei ao mundo, Bronson e eu ainda estávamos abraçados um ao outro. As águas estavam calmas como eu nunca tinha visto em mar aberto, e o céu tinha começado a clarear. Percebi que fora desperta pelo som de gritos, e sacudi Bronson para acordá-lo.

Viramos ao mesmo tempo e olhamos para o navio que navegara em nossa direção: tinha tamanho similar ao do *Francelho*, e sua figura de proa era uma sereia com um pássaro pequeno dentro das mãos estendidas. O *Poleiro*, como declarava o navio em letras finas e brancas, aproximava-se de nós suavemente, e um par de marinheiros jogou para baixo uma escada de corda. Por alguns segundos, pensei que estava delirando. Eu não podia acreditar em nossa sorte.

Pelo nome do navio, seu aspecto familiar e seus equipamentos, e pelos altos brados em inglês dos marinheiros, consideramos que viesse de Novo Ocidente. Na verdade, o capitão Wren, que nos recebeu no convés, confirmou que ele havia navegado de um porto remoto do qual nenhum de nós tinha ouvido falar, no norte do Maine. Incrivelmente alto — como, aliás, toda a tripulação —, ele tinha um olhar azul arguto que falava poderosamente tanto de sua competência como capitão quanto de sua curiosidade em relação às nossas circunstâncias.

O capitão nos conduziu imediatamente para dentro de sua cabine, onde nos providenciou roupas limpas e água fresca. Então nos deixou para que tomássemos banho e nos recompuséssemos.

— Estou ansioso para ser informado de sua desventura, logo que estiverem bem o suficiente para falar a respeito — ele disse com um tipo de formalidade, até mesmo rigidez, que eu não tinha observado com frequência em capitães de navios marítimos. — Mas sei que vocês devem estar completamente exaustos. Por favor, descansem e me encontrem no convés quando puderem.

Nós lhe agradecemos por sua bondade e começamos a seguir suas instruções generosas.

Bronson muitas vezes afirmou que tanto eu quanto ele havíamos sido ludibriados e que não notamos nada de estranho no capitão Wren e em sua tripulação. Ele argumenta que estávamos um tanto devastados pela destruição do *Francelho* e pela longa noite em mar aberto, e que não teríamos como estar alertas, observadores e circunspectos. Mas eu sustento que minha lembrança está correta e que, mesmo naqueles primeiros instantes na cabine do capitão Wren — na verdade, desde o primeiro momento em que ele nos recebeu a bordo do *Poleiro* —, eu suspeitei de que ele não era quem dizia ser.

As roupas que ele nos fornecera eram bem-feitas demais. Vai soar absurdo, mas isso me deixou desconfortável desde o início. Eram melhores e mais compactas do que as nossas. Eu mencionei que Wren e sua tripulação eram todos homens altos; e também tinham dentes extraordinariamente brancos e alinhados. Eles pareciam saudáveis demais, arrumadinhos demais para ser marinheiros. Os itens na cabine de Wren também pareciam diferentes dos objetos que havia na cabine do capitão Gibbons. Eles me pareciam errados, mas não consigo explicar de outra forma a não ser dizendo que metade parecia ser formada por objetos peculiarmente novos, como se nunca tivessem sido usados, enquanto a outra metade parecia inteiramente velha demais, como se desenterrada de uma loja de curiosidades. Algumas das cartas náuticas, por exemplo, que notei sobre sua mesa enquanto me secava eram impressas em um papel muito branco, como eu nunca tinha visto antes. Ao mesmo tempo, a lupa — idêntica à que pertencia a Gibbons, feita por um fabricante em Boston — parecia carregar séculos de uso. O cabo de madeira estava rachado e enegrecido, como se tivesse sido manuseado durante milhares de travessias pelo Atlântico. Posso notar essas coisas com maior clareza agora, em retrospectiva. Na época, eu só sabia que a soma total da cabine do capitão Wren, embora familiar em sua forma e composição, me deixava pouco à vontade; algo não estava certo. Foi o que eu disse a Bronson antes de subirmos para o convés.

— O que você acha dele? — perguntei.

— Parece um bom homem — respondeu Bronson, estendendo a mão e segurando meu queixo. — Não se preocupe, meu amor. Agora estamos seguros.

— Sim. Sim, estamos seguros. — Fiz uma pausa. — Você não fica com a pulga atrás da orelha, achando que existe algo de diferente nele e na tripulação? Ele não se parece com nenhum homem do Maine que eu já conheci.

Bronson riu.

— Verdade. Vai ver não é do Maine. Ele disse que zarparam de um porto lá, não que ele era *de* lá. — E passou o braço em volta de mim. — Não se preocupe. Se ele quisesse nos fazer mal, só tinha de nos deixar no oceano.

Eu não podia negar essa lógica infalível, e minha sensação de desconforto foi tranquilizada pela recepção amigável do capitão, mesmo enquanto muitos aspectos de seu porte e do próprio navio continuavam a me soar estranhos. Ele queria ouvir cada detalhe da nossa desventura.

Bronson começou mostrando-lhe a carta de Bruno Casavetti que tinha motivado nossa viagem:

2 de dezembro de 1880

Minna e Bronson, meus queridos amigos,

Escrevo a vocês em grande necessidade, com a mais desesperada das súplicas.

Como sabem, parti de Boston há seis meses para mapear a fronteira entre as Estradas Médias e os Estados Papais. Não posso, neste momento, contar os detalhes de como esse objetivo mudou ao longo do caminho, de forma que perdi toda a possibilidade de cumprir com meu propósito. Meus amigos, algo terrível aconteceu. Neste lugar que eu pensei conhecer tão bem, descobri uma nova era.

Não posso explicar como ela veio parar aqui, mas traz consigo o medo, a intolerância e a perseguição.

Escrevo para vocês agora — em papel contrabandeado — graças à bondade de uma criança que salvei de um destino do qual eu, infelizmente, não consegui escapar. Eles acreditavam que essa criança fosse uma bruxa, e acreditam que eu seja algum agente semelhante de artes malignas. Uma praga terrível que eles chamam de lapena espalhou estragos na região, e as pessoas agora enxergam bruxaria em tudo e em todos. Fui capaz de provar que estavam errados no caso da menina, Rosemary, mas a acusação contra mim é mais forte, e eu não tenho a vantagem de ser uma criança cativante e simpática, nativa da era deles.

No momento, estou preso na cidade de Murtea (também encontrei como Múrcia ou Mursiya em alguns dos volumes de Shadrack, portanto não confiem na minha ortografia), e os juízes lentamente reúnem provas contra mim. Por mais relutante que eu esteja em chamar vocês aqui, sinto que são minha única esperança. A menina Rosemary vai entregar minha carta em uma cidade distante para que, por meio do correio real, ela possa chegar ao porto e, de lá, espero, a algum viajante a caminho de Boston. Anexo um mapa e direções para localizarem Rosemary quando chegarem. Protejam-na, se puderem; ela não tem culpa em nada disso.

Lamento, meus amigos, por levar esse infortúnio ao caminho de vocês. Minha vida está em suas mãos.

Bruno Casavetti

— É mesmo muito sério — concordou Wren, ao devolver a carta. — E vocês decidiram responder pessoalmente ao apelo de ajuda?

Descrevemos a viagem a bordo do *Francelho* e o terrível encontro com os Algascaídas. Os olhos do capitão Wren se iluminaram com algo perto de emoção quando descrevemos as criaturas que tinham destruído nosso navio.

— Eu nunca vi um Algacaída — disse ele, em voz baixa, reverente —, embora já tenha ouvido sua descrição.

— Francamente — Bronson admitiu —, nós dois pensamos que fosse mero fruto da imaginação de alguém. Eu nunca teria acreditado que essas coisas existiam se não as tivesse visto com meus próprios olhos.

— Eu teria dito o mesmo antes desta manhã — concordou o capitão Wren. — Embora uma parte de mim sempre quisesse que essas criaturas fossem reais.

— Por que você desejaria uma coisa dessas? — perguntei, espantada. — Os Algascaídas foram impiedosos.

— Bem, sim — respondeu Wren, um pouco envergonhado. Ele usava um monóculo cor de âmbar em uma corrente de ouro e, sempre que estava à vontade, girava o monóculo num gesto automático. Agora o monóculo havia parado abruptamente. — Pura curiosidade, suponho. De qualquer forma — ele continuou, mudando de assunto —, não vai ser difícil levá-los a Sevilha, se esse for o seu destino.

— É sim. Tem certeza de que isso não fará vocês desviarem da rota que pretendiam seguir? — perguntou Bronson.

— De maneira alguma — respondeu o capitão Wren, sem, na verdade, nos dizer qual era a rota que pretendiam seguir. — Temos dez dias de navegação pela frente, e estou ansioso pela companhia de vocês durante esse tempo. — O rosto moreno de Wren e seus dentes brancos e alinhados pareciam reluzir diante dessa perspectiva. E ele parecia, de fato, apreciar nossa conversa. Nos dias que se seguiram, nós lhe contamos sobre nossas viagens pregressas, nossa querida Sophia e como tínhamos planejado levá-la conosco naquela viagem, mas fomos impedidos em face dos perigos relatados por Bruno. Wren tinha mil perguntas para nós sobre Boston. Sua justificativa foi a de que ele era de uma parte remota e isolada de Seminole e nunca tinha visitado a nossa capital. Eu teria acreditado naquela explicação, não fosse sua falta de vontade em falar sobre a região que ele alegava ser seu lar e — de modo mais notável — sua ignorância geral a respeito de Novo Ocidente.

Essa ignorância era difícil de decifrar, já que ele certamente parecia saber muito sobre alguns aspectos da vida em Novo Ocidente. Apesar disso, em outros momentos, ele fazia uma pergunta ou usava uma frase que nos intrigava. Por fim, na terceira noite a bordo do *Poleiro*, meu desconforto me levou a confrontá-lo mais diretamente. Estávamos lhe contando sobre nossa viagem alguns anos atrás para os Territórios Indígenas. Bronson, com sua caneta habilidosa, desenhou rápidos rascunhos de pessoas e lugares que tínhamos visto ao longo do caminho. O capitão Wren se inclinou sobre a mesa de madeira, literalmente à beira de seu assento, de tanta ansiedade. Suas mãos bronzeadas se apertaram uma à outra; seus olhos azuis se arregalaram com o interesse em nossa descrição da viagem a cavalo desde o norte de Nova York até a Cidade das Seis Nações.

— Eu nunca fui à Cidade das Seis Nações. Como é lá? — ele perguntou, ansiosamente.

— Uma grande cidade mercantil — disse Bronson —, muito parecida com Charlestown ou com Nova York. Pessoas de todos os territórios e de Novo Ocidente vivem e fazem comércio lá, de forma mais ou menos pacífica.

— Uma mulher Eerie me disse uma vez que a Cidade das Seis Nações deveria ser chamada mais corretamente de a "Cidade das Sessenta Nações", dada a variedade de línguas e povos que podemos encontrar lá — comentou Wren.

Bronson e eu nos entreolhamos.

— É verdade — meu marido disse por fim.

— Então você conheceu os Eerie? — perguntei. — Poucas pessoas em Novo Ocidente já os encontraram.

O capitão Wren se recostou na cadeira. Parecia confuso.

— Sim, fiz comércio com alguns Eerie não muito tempo atrás.

Agora era nossa vez de fazer perguntas investigativas.

— Existem muitas histórias sobre eles em Novo Ocidente — disse Bronson —, mas poucas são dadas como certas. Ouvimos que eles são ótimos curandeiros que viajaram desde o Pacífico, depois da Grande Ruptura. Isso é verdade?

— Eu não poderia dizer — Wren objetou. — Sim — acrescentou depois de um momento. — Eu acredito que sim.

— O território deles é muito difícil de alcançar — eu o pressionei.

— Ah, é? — perguntou o capitão, com um ar cauteloso. — Alcançamos os Grandes Lagos pelo norte, não por Novo Ocidente, por isso, talvez, eu tenha pegado uma rota mais fácil.

Bronson e eu nos entreolhamos novamente, dessa vez com maior significado.

— Os Grandes Lagos? — perguntei. — Você quer dizer o mar Eerie? Ninguém em Novo Ocidente os chama de "lagos", até onde eu sei.

Wren ficou vermelho.

— Claro, eu quero dizer o mar Eerie. É uma expressão local, de marujo. Temos dificuldades em conceber aquelas extensões de gelo como um "mar". Você deve entender.

A essa altura, até mesmo Bronson havia observado o padrão irregular do conhecimento de Wren. Em particular, tínhamos discutido esses fatos longamente e não chegáramos a conclusão alguma, a não ser concordar que, fosse lá o que Wren estivesse escondendo, não poderia ter intenção negativa em relação a nós. Ele parecia se preocupar genuinamente com nosso bem-estar. Sentir essa atitude me levou a procurar mais a fundo a causa daquela confusão repentina. Eu esperava sinceramente que a explicação fosse elucidativa e não incriminatória.

— Você parece estar muito familiarizado com alguns aspectos de Novo Ocidente, capitão Wren — falei com jeito —, e nem um pouco familiarizado com outros. Como é possível?

Ele se sentou em silêncio por um momento, surpreso com minha pergunta direta. Então sorriu, e seus dentes brancos brilharam.

— Zarpei pela primeira vez quando era apenas um garoto. Passei a maior parte da minha vida no mar, e nunca tive nenhuma escolaridade formal. Por favor, desculpe minha ignorância. Tenho certeza de que a maior parte do meu conhecimento de segunda mão não está muito correto.

Bronson e eu ouvimos a explicação em silêncio, mas eu, pelo menos, a considerei completamente inadequada. Meu marido parecia mais inclinado a perdoar a contradição em Wren; não porque acreditasse, mas porque confiava nos motivos do capitão. A boa educação me impediu de pressionar a respeito do assunto, e assim, naquela noite, não discutimos mais nada. Ignorei meus melhores instintos, pois, na época, eu sabia que o capitão Wren não tinha nenhum conhecimento pessoal sobre Novo Ocidente. Mas não podia imaginar que interesse ele teria para fingir arduamente o contrário. Portanto permaneci em silêncio, e o fingimento continuou.

7
O parlamentar Gordon Broadgirdle

> **2 de junho de 1892: 18h11**
>
> *Poucos exploradores encontraram os Eerie, embora existam muitos rumores a seu respeito. O último contato documentado aconteceu em 1871, quando um explorador ferido de Nova York se refugiou com um Eerie durante uma tempestade de inverno. Ele havia escorregado no gelo e ferido a perna, e o Eerie o encontrou algumas horas depois. O explorador contou que passou a tempestade de dois dias em um abrigo construído no alto dos pinheiros, ao sul do mar Eerie. Ele alegou que, quando acordou, encontrou a perna recuperada e a laceração de gelo curada. Só nos resta imaginar como a exposição ao frio deve ter confundido sua mente.*
>
> — Shadrack Elli, *História de Novo Ocidente*

SOPHIA SAIU DA COZINHA relutantemente, seguiu Theo pelo corredor e subiu para o segundo andar. Tinham chegado ao patamar da escada quando ouviram uma voz estrondosa: pesada e imponente, em um tom muito praticado no púlpito. Quebrava sobre a casa como uma onda.

— Meu caro Shadrack! Lamento muito surpreendê-lo desta forma, mas eu simplesmente não podia esperar até amanhã.

Theo ficou paralisado no patamar, com a mão ainda agarrada à de Sophia. Seus dedos apertaram os dela com uma intensidade súbita.

— Ai! — exclamou Sophia, tentando se afastar e olhando para ele com surpresa. — *Por que* você fez isso?

O rosto de Theo estava vazio e em pânico. Sophia tinha visto aquele olhar antes uma vez, mas não conseguia se lembrar de quando ou de onde. O medo era tão incomum em Theo que lhe causou um lampejo afiado de inquietação.

— O que foi? — ela sussurrou. — Qual o problema?

Os olhos de Theo se fixaram nos dela abruptamente.

— Temos que voltar lá para baixo — ele respondeu em outro sussurro. — Agora.

Sophia o encarou.

— Por quê?

— Apenas venha.

Ela hesitou, mais perturbada a cada instante.

— Shadrack nos disse para subir.

— Eles não vão nos ver.

Theo puxou sua mão, e Sophia cedeu. Por um momento ela pensou que ele a estivesse levando de volta para a cozinha, mas, em vez disso, Theo abriu a porta do armário que ficava aninhado debaixo da escada. Ele se desviou de uma vassoura, de uma pazinha de lixo e de uma pilha precária de caixas de chapéus e se ajoelhou sobre as tábuas de madeira. Depois se virou para Sophia, com um dedo nos lábios em sinal de advertência. Ela entrou atrás dele e se agachou.

— Dê uma olhada — sussurrou Theo, apontando para uma rachadura na parede.

Sophia espiou por ali e se deu conta de que olhava dentro da biblioteca — o armário estava posicionado atrás de um conjunto de estantes que ia do chão até o teto. Então se afastou.

— Isso não estava aqui antes! — exclamou, com o máximo de indignação que um sussurro permitia.

— *Shhh!* — Theo olhou para ela. — Eu cortei o papel de parede da biblioteca. É atrás da estante. Não dá nem para notar. — E se virou para a parede. — O que você está vendo?

Sophia balançou a cabeça, pasma.

— Não posso acreditar que você cortou o papel de parede. Para quê? Não tem nada para ver lá dentro.

— Bem, acho que provavelmente agora *tem*, se você se der o trabalho de *olhar*.

Sophia respirou fundo, guardando a indignação por um momento. Ela se inclinou para a frente e se aproximou da rachadura na parede. Viu o topo de vários livros. Ao se abaixar um pouquinho, viu o encosto da poltrona de Shadrack, seus ombros, e a parte de trás de sua cabeça. Além dele, em frente às janelas acortinadas, estava sentado um grande homem de cabelos negros que ela só tinha visto representado nos jornais de Boston: o parlamentar Gordon Broadgirdle. Ele usava preto e cinza e segurava frouxamente sobre o colo um chapéu de feltro cor de carvão. Sophia então notou que o cômodo estava em silêncio. Shadrack olhava um livro aberto.

Ela recuou.

— Shadrack está lendo alguma coisa. Broadgirdle só está sentado ali.

— Que cara ele tem?

— Shadrack?

— *Não*... Broadgirdle.

Ela se inclinou de volta na parede.

— Relaxado. Arrogante. — Hesitou. — Assustador. Não sei dizer por quê.

— Mas como ele *é*?

— Ah. Muito alto. De ombros largos. Tem cabelo preto, barba cheia e uma espécie de bigode frisado. Não gostei dos olhos.

— E quanto aos dentes?

— Os *dentes*? — Ela se virou para Theo com espanto.

— Sim, os dentes — ele sussurrou com nervosismo.

Então Sophia se lembrou de quando e onde tinha visto aquele olhar de pânico no rosto de Theo: em Veracruz, quase um ano antes, quando um corsário com afiados dentes metálicos os perseguiu pelo mercado.

— Você o conhece? — perguntou ela, de olhos arregalados.

— Reconheci a voz — Theo respondeu. — Nunca ouvi outra igual, mas posso estar enganado. Pode ser coincidência. Você consegue ver os dentes?

Sophia tentou de novo.

— Não — respondeu em tom sóbrio. — A boca está fechada. Mas acho que alguém teria mencionado se Broadgirdle tivesse dentes de metal. Ninguém em Novo Ocidente tem. — Ela parou por um instante. — Por que você não olha?

Theo respirou fundo e enxugou a palma das mãos na calça.

— Está bem. Certo, eu vou olhar. — Ele baixou o corpo e espiou pela fresta. Alguns segundos depois, se afastou.

Bem na hora Shadrack falou, e sua voz cautelosa e séria chegou até eles com clareza dentro do armário.

— Eu não escrevi isso.

Sophia se aproximou para observar. Broadgirdle sorria e revelava uma fileira de dentes muito grandes e alvos.

— Ainda não, talvez.

— Não. Nunca. Eu não escrevi isso e nunca escreverei. Não sou eu.

— Shadrack — disse Broadgirdle em tom sincero, inclinando o corpo para a frente de forma que seus ombros enormes ocupassem o espaço entre eles —, há um propósito maior aqui. Estamos atrás. Terrivelmente atrás. Esses mapas são a prova.

— Não vejo dessa forma. Você sabe que eu tenho uma visão muito clara sobre a política para os Territórios Indígenas. Aquela terra não é nossa.

De repente, Broadgirdle se levantou do assento e colocou cuidadosamente o chapéu na cabeça.

— Quero que pense com cuidado sobre seu próximo passo, Shadrack. Você tem uma escolha a fazer, e pode ser a escolha certa ou a errada. Eu ficaria muito decepcionado se você optasse pela errada. Então, deixe-me dizer que *ficarei* muito feliz em saber que optou pela certa. — Ele ainda estava sorrindo, o bigode fino, eriçado e móvel se contorcendo com o esforço. Suas palavras, porém, não tinham calor algum. — Boa noite. Vejo você no ministério amanhã. Não precisa me acompanhar até a porta. — E fez um aceno com a cabeça. — Fique com o livro.

Shadrack ficou sentado imóvel na poltrona enquanto Broadgirdle saía da sala.

— Eu não entendo — Sophia sussurrou ansiosamente para Theo, que ainda observava. — Que escolha? Do que ele está falando?

Theo não respondeu. Ela se virou e o viu amontoado na parede do armário com um olhar perdido e doloroso no rosto.

— Theo — disse ela ao estender a mão para pegar a dele, coberta de cicatrizes. — É ele? O homem que você conhece?

— É ele. — Suas palavras saíram quase inaudíveis.

— Mas ele tinha dentes brancos. Eram normais.

— Ele deve ter coberto os dentes de algum jeito. Capas de marfim ou algo parecido.

— Quem é ele? É outro corsário?

Theo sacudiu a cabeça.

— Não quero falar sobre isso.

Sophia franziu a testa. Estava prestes a protestar quando ouviu Shadrack, enfim, se levantar da poltrona. Pelo buraco, ela o observou abrir a porta escondida que dava para a sala dos mapas.

— Miles, Bligh. Ele se foi — disse Shadrack lá para baixo, deixando-se cair sobre a poltrona novamente.

Um instante depois, os dois homens saíram da sala de mapas. Sophia não conseguia ver o primeiro-ministro, mas Miles foi até Shadrack rapidamente.

— O que ele disse? — perguntou.

Shadrack simplesmente entregou o livro a Miles.

— Ele me deu isto.

Bligh se juntou a Miles para ver o escrito. O explorador franziu o cenho ao ver a capa, depois começou a virar as páginas furiosamente.

— O que ele quis dizer ao lhe entregar esse rebotalho?

Shadrack não respondeu.

— Creio que entendo — disse Bligh devagar, com uma expressão triste nos olhos cinzentos. — Ele quer que você ache que já está comprometido com esse caminho. Que esse futuro é inevitável.

— Por causa *disso*? — Miles protestou. — Mas é um absurdo!

— Claro que é. — A voz de Shadrack estava cansada. — Mas Cyril está certo. É isso o que ele quer. Naturalmente, não aceitei suas exigências.

— E qual será a consequência?

— Ele não disse — Shadrack respondeu. — Vamos conversar amanhã.

— Estamos sendo pressionados de todos os lados — disse Bligh, calmamente. Diante do olhar indagador de Shadrack, ele acrescentou: — Eu estava apenas dizendo a Miles o que Lorange me informou hoje. Enquanto Broadgirdle está empenhado em dissolver tratados com os Territórios Indígenas, as Índias Unidas estão ameaçando um embargo se não reabrirmos as fronteiras.

Shadrack soltou um suspiro.

— Um embargo vai nos arruinar. Metade do nosso comércio é com as Índias. Boston morreria de fome.

— Claro que sim. Devemos detê-lo a qualquer custo. — E colocou a mão no ombro de Shadrack. — Mas você já suportou o suficiente por uma noite. Descanse um pouco e conversaremos sobre isso amanhã.

Shadrack se levantou.

— Obrigado, Cyril. Embora eu receie que vá ser uma noite em claro. E temos mais um assunto que discutir — acrescentou. — Os Eerie.

Miles sacudiu a cabeça.

— Eu disse a ele quando estávamos lá embaixo. Não consegui encontrar nenhum vestígio de onde eles estão nesta estação.

O primeiro-ministro suspirou.

— Pobre Virgáurea. Acho que ela vai morrer nas nossas mãos, meus amigos.

— Lamento decepcioná-lo — disse Miles, com a voz carregada de pesar. — Eu tinha certeza de que os encontraria. Fiquei um pouco restrito pela presença de Theo, mas, de qualquer forma, eu precisava retornar. Meu melhor contato me disse que os Eerie haviam partido para as Geadas Pré-Históricas, o que vai exigir uma forma diferente de expedição.

— Você pretende seguir para o norte? — perguntou Shadrack.

— No final da semana. Vou tomar uma rota direta para as geadas.

— Muito bem — disse o primeiro-ministro ao deixar a biblioteca, com passos que ecoavam de leve sobre as tábuas do assoalho. — Embora eu tema que Virgáurea não vá conseguir passar do verão.

— Acredite em mim — disse Shadrack em voz baixa —, estamos bem conscientes disso.

Quando Shadrack e Miles seguiram Bligh para fora dali, Sophia se encostou na parede, com as sobrancelhas franzidas. Ela se virou para perguntar a Theo o que ele sabia sobre os Eerie e Virgáurea, mas, para sua surpresa, descobriu que ele já tinha ido embora.

19h54

No OUTONO E NO início do inverno, antes de Theo partir com Miles para o mar Eerie, Sophia e Theo às vezes ficavam acordados conversando até de madrugada. O quarto de Theo — a quarta porta no segundo andar, antes ocupado por quase cinco mil mapas desorganizados — ficava do outro lado do corredor em relação ao de Sophia, e dividia uma parede com a casa ao lado. Quase todas as noites, os vizinhos tocavam música no fonógrafo Edison, uma invenção maravilhosa, que mais ninguém tinha na vizinhança. Sophia e Theo ficavam ouvindo música ou apenas conversando. Inúmeras noites se passaram em meio a risadas tão ruidosas que eles tinham de cobrir o rosto com o travesseiro para evitar acordar Shadrack. Inúmeras noites se passaram em meio a recordações do verão anterior: a viagem de trem para New Orleans, os piratas, a viagem a Nochtland, e o confronto com Blanca e os Homens de Areia.

Sophia não percebera como aquelas noites com o fonógrafo Edison haviam sido importantes até que Theo e Miles partissem. E não percebera, até se descobrir sozinha no armário, que estava esperando para terminar aquela noite em uma conversa conspiratória com seu melhor amigo, ouvindo a música abafada do vizinho. Quando Miles e Shadrack voltaram para a biblioteca e desceram para a sala de mapas, com a clara intenção de discutir mais profundamente sobre a visita de Broadgirdle, Sophia se arrastou para fora do armário e subiu as escadas.

A porta do quarto de Theo estava fechada. Quando Sophia bateu de leve, não houve resposta.

— Theo? — chamou, batendo novamente. — Você está bem? — Ela esperou, com o ouvido colado à porta. Depois de vários segundos, começou a se preocupar. — Theo, você está aí?

Houve um pequeno ruído quando Theo andou pelo quarto em direção à porta.

— Estou aqui. — Veio a resposta abafada.

— Posso entrar?

Houve um longo silêncio.

— Desculpe. Não posso falar agora.

Atônita, Sophia ficou parada na porta.

— Tudo bem — ela disse, enfim.

Em seu quarto, ela pegou o caderno, lutando contra o que sabia ser um sentimento irracional de ofensa. Theo tinha se assustado com alguma coisa, e ela compreendia o impulso de se fechar em si mesmo. Mas, por outro lado, desejava que ele pudesse obter conforto em sua companhia.

Por algum tempo ela escreveu e desenhou, enchendo uma página com as notícias da noite: um relato do mapa de contas; um desenho de Bligh; e Broadgirdle, enorme e ameaçador. Quando ouviu os passos de Shadrack na escada, olhou para o relógio e descobriu que já eram duas horas.

— Ainda acordada? — ele perguntou, parado na soleira da porta.

— Estava esperando por você — ela respondeu.

Ele ficou na porta.

— Desculpe fazer você ficar acordada por tanto tempo.

— O que aconteceu?

Sophia observou o rosto cansado de Shadrack se contrair ligeiramente.

— Como Cyril disse, Broadgirdle tinha uma proposta ridícula sobre a dissolução dos tratados. — E olhou para o caderno diante de Sophia. — Escrevendo seus pensamentos sobre o dia de hoje?

— Mas o que o primeiro-ministro quis dizer com "vantagem"? — questionou Sophia, ignorando a pergunta.

Shadrack passou a mão pelos cabelos.

— Broadgirdle tem o péssimo hábito de usar informações sobre as pessoas para ameaçá-las. Se ele descobrisse que eu não era realmente cartógrafo e que todos os meus mapas foram desenhados por você e pela sra. Clay, eu faria qualquer coisa que ele me pedisse para manter meu segredo.

Sophia não sorriu com a piada fraca.

— Ele ameaçou você?

— Não, não. Ele não me ameaçou. Só é um sujeito desagradável, e não tenho nenhum desejo de entrar num duelo de forças com ele. Mas esta noite ele se comportou bem. — Shadrack sorriu. — De verdade. Eu lhe diria se houvesse algum motivo para se preocupar.

— Diria mesmo?

— Claro. — Shadrack mostrou um sorriso sereno, mas não havia nada de tranquilizador no vazio de seu sorriso nem na preocupação que trazia nos olhos.

— 8 —
Índice 82 d.R.: volume 27

3 de junho de 1892: 5h32

Os Estados Papais emergiram da Grande Ruptura no que os historiadores do passado teriam chamado de século XV. Mesmo assim, não inteiramente: dentro dos Estados Papais, bolsões de outras eras foram gradualmente identificados. Alguns eram despovoados e pouco perceptíveis; outros eram tão pequenos a ponto de ser insignificantes; outros ainda, sem dúvida, faltam ser encontrados. Mas um desses bolsões era impossível de ignorar: uma era de um passado tão remoto, que sua paisagem era irreconhecível. Ocupando cerca de duzentos e cinquenta quilômetros quadrados a oeste de Sevilha e a leste de Granada, ela é conhecida como a Era das Trevas.

— Shadrack Elli, *Atlas do Novo Mundo*

UM LEVE SOM ACORDOU Sophia na manhã seguinte. Ela abriu os olhos um pouquinho. Todos os ocupantes familiares de seu quarto descansavam tranquilos na luz cinzenta da madrugada: a mesa perfeitamente organizada, a pintura de Salém logo acima, as fileiras de livros, a cadeira da escrivaninha de madeira com uma pilha de almofadas, e as roupas dobradas sobre o espaldar. Entretanto, havia um ocupante inesperado: uma silhueta parada junto à janela.

— Shadrack? — ela murmurou. A pessoa se virou. Sophia abriu os olhos e viu uma forma familiar em um vestido longo de viagem. Sua voz, grave em timbre e pouco mais que um sussurro, parecia preencher o quarto:

— *Aceite a vela oferecida.* — Então seu rosto entrou em foco. Era Minna. Sophia se sentou abruptamente.

— O quê? — sussurrou.

Minna deu um leve sorriso. À luz do amanhecer, a textura peculiar de seu vestido e de sua pele era visível com mais clareza: ela parecia feita de papel amassado, translúcido, mas tangível.

— *Aceite a vela oferecida.*

— O que você quer dizer com "a vela oferecida"? — Sophia se levantou, pronta para se aproximar mais um passo...

E então a figura sumiu.

Sophia ficou olhando fixo, os olhos arregalados e o coração disparado, para o lugar onde sua mãe estivera. Então se sentou devagar. Como antes, a visão de Minna a deixou muito feliz e ansiosa ao mesmo tempo. O que significava? Que vela? Sophia sentiu uma pontada de frustração com o enigma e, em seguida, lembrou que, quer ela entendesse ou não as palavras, a aparição de Minna era um sinal... um sinal das Parcas.

Tenho que encontrar o que estou procurando no Arquivo Niilistiano, disse a si mesma. *Hoje.* Vestiu apressadamente as roupas que estavam sobre a cadeira — uma saia de algodão com bolsos laterais, uma camisa de linho com botões de chifre, meias cinzentas e as botas marrons desgastadas — e jogou seu relógio da vida e o carretel de linha prateada dentro do bolso da saia.

Enquanto penteava e trançava os cabelos, observando-se no pequeno espelho oval pendurado dentro do guarda-roupa, uma porta se abriu e fechou no térreo: Shadrack já estava saindo para o ministério. Sophia arrumou a bolsa rapidamente e desceu para a cozinha, lançando um olhar para a porta do quarto de Theo no caminho, ainda fechada. Tomou o desjejum sozinha na casa silenciosa.

O mapa de contas estava sobre a mesa da cozinha, onde Shadrack o havia deixado na noite anterior. Sophia desenrolou o quadrado de linho e o observou, pensativa, lembrando-se da sensação de prazer que sentiu quando todos começaram a lê-lo juntos. Foi uma alegria de curta duração.

O som inesperado de uma porta se abrindo no segundo andar interrompeu seus pensamentos. Um instante depois, Theo desceu as escadas com passos leves e se juntou a ela à mesa. Em seguida, à vontade, estendeu a mão para pegar o pão e a manteiga. Ela o observou. O medo que vira em seu rosto no dia anterior havia desaparecido. Era mais uma vez o Theo imperturbável que ela conhecia tão bem.

Ele sorriu.

— Bom dia.

Sophia fixou o olhar nele.

— Só *isso?* — perguntou, indignada.

Ele mostrou um olhar de inocência com os olhos arregalados.

— O quê?

— Você não queria nem abrir a porta ontem à noite. Vai me dizer por quê?

Theo deu de ombros e passou uma camada generosa de manteiga no pão.

— Ele é um corsário?

— É — respondeu Theo, sem se comprometer.

— Acho que o que você me disse antes sobre não mentir para mim não é mais verdade — ela murmurou.

Theo colocou o pão na mesa.

— Desculpe. — Sua voz era sóbria e séria. — Eu simplesmente não posso falar sobre isso. Tenho que descobrir umas coisas primeiro.

Sophia se inclinou para trás na cadeira e lembrou que, no verão anterior, havia duvidado de Theo com muita frequência; ela o pressionara em busca de respostas, e ele mantivera silêncio por um bom motivo. Por um momento, voltou a passar diante dela a visão da mão de Theo, já coberta de cicatrizes, ferida novamente pelo guarda de Nochtland.

— Tudo bem. Não vou perguntar mais. Mesmo assim, quando você estiver pronto para falar quem ele é, eu gostaria de saber.

Ele sorriu, estalando os dedos. O gesto terminou parecido com uma arma apontada para ela.

— Você vai ser a primeira a saber. — E indicou o mapa com a cabeça, mudando de assunto. — Fez algum progresso?

— Não... ainda não comecei a ler.

— Nós podemos fazer isso hoje, se você quiser. Podemos ir ver o Miles e ler lá na casa dele.

Sophia olhou para a mesa.

— Tenho que ir para o arquivo.

Theo voltou a mastigar, pensativo.

— Está bem. Quando você volta?

— Só no fim do dia.

— Então acho que vou ver o Miles sozinho — disse Theo, e pegou outro pedaço de pão.

— Para perguntar a ele sobre os Eerie? — Ao notar a confusão óbvia de Theo, ela acrescentou: — Você deve ter saído antes que ele começasse a falar sobre isso. — Ela recontou a conversa que ouvira e os comentários de preocupação por alguém chamada Virgáurea que não sobreviveria além do verão. — Você sabia que Miles estava procurando os Eerie?

— Ele não disse nada sobre isso. Velho esquisito e enganador. Escondendo coisas de mim. — Theo não parecia particularmente incomodado.

Sophia pegou o carretel de linha prateada do bolso e esfregou a parte de cima, passando o polegar sobre a madeira.

— Você não é o único. Shadrack também não mencionou isso para mim. Talvez esse tenha sido todo o motivo para a viagem… nada a ver com meus pais ou com Ausentínia. Apenas procurar pelos Eerie.

— Tenho certeza de que Shadrack tinha boas razões para não contar a você.

— E você acha que ele tinha um bom motivo para fingir que a conversa com Broadgirdle correu bem? Porque foi isso o que ele fez.

Theo terminou de passar manteiga no segundo pedaço de pão.

— Não estou totalmente surpreso.

Sophia franziu a testa.

— O que isso significa?

Ele mastigou, evitando os olhos de Sophia.

— Vamos apenas dizer que espiar pela fresta foi muito esclarecedor.

A careta de Sophia se aprofundou.

— É errado espionar Shadrack. Não deveríamos ter feito isso. — Então ela percebeu mais plenamente o que Theo pretendia dizer. — Você está querendo dizer que ele mente para nós sobre outras coisas?

Theo parecia pouco à vontade.

— Eu não disse isso, mas você sabe que ele tem um trabalho importante, e coisas complicadas acontecem o tempo todo. Ele não deve *poder* lhe contar tudo.

Sophia se levantou da mesa da cozinha.

— Tenho que ir.

— Eu não queria chatear você.

Ela sentiu uma onda de frustração.

— Talvez não, mas chateou. E já que estávamos espionando, não posso simplesmente perguntar a ele sobre o que ouvi.

— Bem, eu posso perguntar ao Miles. Vou dizer que ouvi tudo e tentar arrancar o que puder dele.

Sophia balançou a cabeça.

— Isso só significa mais mentiras.

— Deixe que eu lido com isso — disse Theo, com sinceridade. — Eu vou descobrir… você vai ver. — E se levantou quando Sophia saía, mas ela não se virou. — Eu conto o que descobrir — gritou atrás dela.

Durante a caminhada até a parada do bonde, Sophia refletia sobre a hipocrisia de seu comentário a Theo: ela havia escondido de Shadrack a verdade sobre o Arquivo Niilistiano e tinha mentido descaradamente sobre quem ela era. Sentia uma sensação desconcertante no estômago de estar fazendo coisas erradas e não sabia como resolver. *E agora*, pensou, sentindo-se ainda pior, *eu vou ficar sabendo se as minhas mentiras foram descobertas.*

Insensível ao sol brilhante da manhã, à tagarelice das andorinhas e aos lilases que desabrochavam, Sophia olhou fixamente para as pedras da rua até o bonde chegar. Depois pagou a passagem e embarcou. Sentou-se perfeitamente imóvel, olhando para as botas, até o bonde chegar à sua parada.

Antes de entrar no Arquivo Niilistiano, Sophia parou por um momento na base da colina. O arquivo quase certamente detinha uma pista vital: a forma de encontrar seus pais, uma resposta aos apelos de Minna, uma rota para seguir em frente. Mas também poderia ser o final de um percurso. Ela planejara o caminho com cuidado, mas não planejara uma saída. Se o atendente a acusasse de fraude, não teria outro recurso a não ser correr.

Sophia abriu os portões e lentamente seguiu o caminho até a entrada. Era cedo demais para o jardineiro, e quase todas as cortinas estavam fechadas. A grande mansão parecia ainda mais silenciosa e ameaçadora que de costume. Ela verificou o relógio da vida e descobriu que ainda faltavam vinte e sete minutos para a hora de abertura. Enquanto estava parada na pista circular de cascalho na tentativa de acalmar o nervosismo, viu Remorse abrir os portões. A niilistiana seguiu a passos constantes caminho acima e se juntou a Sophia.

— Você chegou cedo — disse ela.

— Eu só quero aproveitar o dia ao máximo — respondeu Sophia.

— Eu também. — Remorse tirou uma chave do bolso. — Este é o meu último dia no arquivo.

Sophia olhou para ela com surpresa.

— Eu não sabia que você estava indo embora tão já.

Remorse confirmou com a cabeça, ajustando a chave na fechadura.

— Minha missão parte amanhã para os Estados Papais. Tenho algumas coisas para concluir aqui antes disso.

Sophia a seguiu até o frio saguão de entrada e percebeu que, por ter chegado cedo, tinha evitado o encontro com o atendente careca. *Mas ele pode receber a resposta hoje a qualquer momento*, lembrou. *E eu nem vou estar perto da porta para poder sair correndo.* Ela foi empurrando aqueles pensamentos de lado à medida que subiam para o segundo andar.

— Que bom que você chegou aqui cedo — disse Remorse, ao abrir a porta da sala 45 e fazer um gesto para Sophia entrar. — Eu queria lhe dizer algo sobre a pesquisa. Só me dê um instante.

Sophia ficou ao lado da porta da sala escura enquanto a jovem abria as cortinas do lado norte e, uma por uma, iluminava todas as lâmpadas-tocha, trazendo à vista, aos poucos, as prateleiras de madeira escura e as mesas de trabalho polidas, as cadeiras de couro e os tapetes grossos. Sophia foi até sua mesa habitual, onde os volumes de 82 d.R. estavam empilhados, e esperou.

Passos apressados ecoaram no corredor. Sophia olhou com apreensão para a porta aberta, temendo o atendente, mas era Whether Moreau, que disse um breve bom-dia e se acomodou à sua mesa sem dizer uma palavra.

Remorse olhou para Sophia e sacudiu a cabeça.

Enquanto Remorse começava a puxar livros de uma estante nos fundos da sala, Sophia sentou-se e tentou entender o que acabara de acontecer. Remorse queria lhe dizer alguma coisa, mas não na frente de Whether Moreau. O que poderia ser? Sophia pensou nos dias anteriores e percebeu que aquela manhã tinha sido uma das únicas duas ocasiões em que Whether não estava lá. E, na outra, um visitante do acervo estava trabalhando por perto.

De repente, o óbvio fez sentido: Remorse era a sua aliada no arquivo. Ela é quem tinha enviado o panfleto niilistiano, e sabia o que e quem Sophia estava procurando. No entanto, como Remorse sabia e por que queria ajudar eram coisas inexplicáveis. Mas não importava. Ela sabia.

Sophia sentiu a pulsação acelerar. Sua mente voltou no mesmo instante para as conversas breves que haviam tido. Elas haviam falado sobre as missões niilistianas, Colombo e a falsidade dos sentimentos. O que mais? Remorse havia feito comentários sobre sua leitura: "Nem sempre é mais produtivo ler os volumes na ordem".

É isso!, Sophia se deu conta. *Ela trouxe esse índice para eu ler, mas me disse para não ler na ordem.* Qual volume estava esperando por ela na segunda manhã? Sophia empurrou a cadeira para trás e passou o dedo sobre os livros, tentando se lembrar. Dezessete? Não, ela já tinha visto o 17. *Vinte e sete!*

Quando o abriu, ela ergueu os olhos e viu Remorse em outra mesa ali perto. Tinha começado a arrumar os livros que tirara da estante. Trabalhando com uma agulha curva e uma linha grossa, ela perfurava as folhas de papel dobradas, puxando e perfurando, puxando e perfurando, em voltas treinadas. Remorse folheava as páginas dos cadernos recém-costurados, certificando-se de que estavam iguais e firmes. Cada conjunto acabado de páginas entrava em uma pilha.

Sophia a observou por um minuto antes de pegar o volume 27. Em vez de ler, ela apoiou o livro sobre a lombada, em cima da mesa. As páginas folhearam por seu polegar e então pararam sozinhas em um determinado ponto do meio. Quando as páginas se abriram, ela descobriu que tinham se afastado numa fita roxa do mais fino veludo, enrolado como uma cobra adormecida perto da dobra. Sophia fez menção de pegá-la; seus olhos estavam arregalados. Aquele era o jeito com que sua mãe marcava as páginas. Às vezes Sophia ainda encontrava tiras de fita nos livros em East Ending Street.

Ao puxar o veludo de entre as páginas, seu olhar foi capturado por uma linha de texto: um conjunto de palavras que saltavam claramente. Por um momento, ela não conseguia acreditar no que via. Piscou. Forte. Mas não era ilusão; a linha de texto estava ali, porém não parecia diferente de todas as outras linhas acima, abaixo e ao lado.

Sophia se esqueceu de respirar. O formato curvo das letras nadava diante de seus olhos. Ela empurrou a cadeira para trás tão rapidamente que quase a tombou.

Whether pigarreou e franziu a testa do outro lado da sala. Remorse colocou de lado um maço de páginas e olhou para Sophia fixamente.

— Remorse, será que eu posso fazer uma pergunta? — disse Sophia, com a voz falhando na última palavra.

Remorse se levantou e se juntou a ela.

— Como posso ajudá-la? — respondeu.

— Posso mostrar o que eu encontrei? — Ao aceno de concordância da niilistiana, Sophia apontou para a página.

— "Diário de Wilhelmina Tims, Acervo de Granada" — Remorse leu em voz alta e depois murmurou: — É uma ótima notícia.

A mente de Sophia girou. Sua mãe tinha escrito um diário! Tinha escrito um diário depois de deixar Boston, e estava em um lugar chamado Acervo de Granada. Ela ergueu o pedaço de veludo roxo.

— Isso estava enrolado na página e depois eu vi... o nome da minha mãe.

— Notável — disse Remorse, com o rosto impassível.

Sophia sentiu-se inundada por uma súbita onda de gratidão, que sabia ser incapaz de expressar.

— Onde fica o Acervo de Granada? Posso ir lá? Ou o diário pode ser enviado para cá?

Remorse pegou a fita de veludo e a enrolou lentamente em torno do dedo.

— O acervo é nos Estados Papais. Em Granada, que fica além da Era das Trevas. E nossos arquivos não fazem empréstimo de materiais.

— Então, eu teria que ir lá pessoalmente?

Remorse inclinou a cabeça.

— Exato. E, como é o caso aqui, apenas niilistianos têm permissão para entrar. Seu cartão de pesquisadora de Boston não lhe daria acesso, mas você poderia se inscrever de novo para conseguir um cartão em Granada.

Sophia levou um instante para absorver as informações. O entendimento do que estava diante dela rapidamente se remodelou para acomodar as circunstâncias. *Vou ter que ir lá pessoalmente. Shadrack e eu podemos ir. Mas... Shadrack pode não ter tempo. Mesmo se ele quisesse cruzar meio mundo para visitar um arquivo niilistiano, pode ser que ele não tenha como. Mas eu poderia ir com Burr e Calixta. Eles não se importariam de navegar para os Estados Papais, não é mesmo? Talvez eu pudesse persuadi-los. A pergunta é: será que consigo persuadir Shadrack a me deixar seguir todo o caminho até os Estados Papais sem ele? E como é que eu vou conseguir o cartão de pesquisadora em Granada? Eu nem sequer falo castelhano...*

Ela viu o diário desaparecendo de vista, como um barco afundando no horizonte.

— Obrigada. Preciso ir — ouviu-se dizendo. — Eu tenho que... fazer alguns planos. — Rapidamente, ela copiou o verbete em seu caderno. Remorse observava em silêncio enquanto ela fechava o volume 27, colocava-o de volta no carrinho e arrumava a bolsa. — Obrigada por tudo — disse Sophia.

— Every... — disse Remorse, ao se levantar. Em seguida olhou para Whether e parou. — Fico muito feliz que você tenha encontrado o que estava procurando.

— Obrigada, Remorse. Você foi muito gentil.

E saiu às pressas da sala 45. Shadrack devia estar no ministério. *Eu só tenho que persuadir meu tio*, disse a si mesma. *Só tenho que lhe dizer a verdade, e ele vai entender.*

— Every. — Remorse a seguira até o corredor. — Espere só um momento. Eu queria dizer uma coisa. Sobre os Estados Papais.

Sophia olhou para ela.

— Sim?

Remorse se aproximou e baixou a voz.

— Minha missão é nos Estados Papais, você deve se lembrar.

— Eu me lembro.

— Como eu mencionei hoje de manhã, meu navio parte amanhã. — Ela lançou um olhar para a porta aberta da sala 45 e baixou a voz ainda mais: — Se quiser, posso perguntar ao capitão se tem lugar para você e seu tio.

Os olhos de Sophia se arregalaram.

— Para mim e Shadrack?

— Você tem credenciais niilistianas — disse ela com um olhar significativo — e, apesar de seu tio não ter, foram feitas exceções no passado para parentes e passageiros pagantes. Acho que o capitão Ponder poderia permitir. — Ela parou por um instante. — Se você viajar comigo, posso facilmente ter acesso ao arquivo de Granada. Depois que você ler o diário, pode voltar para Boston com seu tio.

Os Estados Papais. Amanhã. Sophia mal podia conceber a ideia. E, no entanto, sabia que a oportunidade oferecida por Remorse jamais aconteceria de novo. Seria imprudente aceitar? Ou estava simplesmente seguindo as indicações enviadas pelas Parcas? De repente, as palavras de Minna naquela manhã a encontraram e espiralaram pelo corredor escuro do Arquivo Niilistiano: *Mesmo que fique na dúvida, aceite a vela oferecida.*

Sophia sentiu uma onda de euforia.

— Sim — respondeu. — Sim, nós vamos.

Remorse estendeu a mão impulsivamente e apertou a de Sophia.

— Que bom. Partimos na hora quinze e você pode embarcar a qualquer hora depois do meio-dia. O navio se chama *Verdade*. Fale com o capitão Ponder quando você chegar.

— Eu falo. Só tenho que contar a Shadrack. Mas eu prometo: estarei lá.

9
A liga das Eras Encéfalas

24 de fevereiro de 1881

Finalmente, em nossa quinta noite a bordo do *Poleiro*, fizemos uma descoberta que expôs a amplitude da fraude armada pelo capitão Wren.

Uma parte de mim esperava por isso, claro, mas nem Bronson nem eu antecipamos a forma que ela tomou. Estávamos à espera do capitão em sua cabine. Ele nos convidou para jantar com ele, como sempre fazia, mas, nessa ocasião, pediu licença imediatamente, dizendo que precisava resolver algo no navio. Wren nos encorajou a ficarmos à vontade até que ele voltasse.

Bronson e eu ficamos sentados em silêncio. Os dois últimos dias haviam sido tensos entre nós. Enquanto eu me sentia cada vez menos à vontade a bordo do *Poleiro*, certa como estava de que havia algo errado, Bronson ficava cada vez mais encantado pelo capitão Wren e sua tripulação, acreditando que eram os companheiros mais gentis e astutos do mundo. Na noite anterior, tínhamos quase discutido sobre isso. Insisti que não deveríamos revelar mais nada a nosso respeito, e Bronson riu bastante da minha insistência. Eu o chamei de tolo por se deixar conquistar com tanta facilidade, e Bronson me chamou de tola por suspeitar dele com tanta facilidade.

E assim ficamos sentados em silêncio na cabine de Wren, até que me levantei, um tanto impaciente, e fui para o fundo da cabine, onde comecei a vasculhar as estantes que continham a biblioteca e os instrumentos náuticos do capitão. Prateleiras cheias de livros sempre me lembram de meu irmão Shadrack e me fazem sentir em casa. Corri os dedos preguiçosamente ao longo das lombadas, mas nenhuma delas com títulos que eu reconhecesse. Imagine minha surpresa quando vi o exato nome que acabava de me vir à mente: *Shadrack Elli*. Exclamei em deleite.

— O que foi? — perguntou Bronson, rendendo-se e falando comigo.

— Wren tem um livro de Shadrack! — No entanto, quando eu disse essas palavras, fiquei confusa. O autor era, de fato, Shadrack Elli. Mas eu conhecia os livros do meu irmão muito bem, e aquele era um que eu nunca tinha visto: *Mapas da Califórnia, da fronteira mexicana e da Guerra Mexicano-Americana*. Olhei para a capa. — Será que ele publicou um livro e não me disse nada? Não é possível que exista outro autor com o mesmo nome. Não faz o menor sentido.

Bronson veio atrás de mim e leu o título por cima do meu ombro.

— Esse não é um dos livros de Shadrack.

— Eu sei — respondi baixinho. — E o que é Califórnia?

— Veja as informações do impressor — ele sugeriu.

Virei o volume para ver a frente do livro, e o que vi ali me deixou paralisada subitamente: *Irmãos Roberts, Boston, 1899*.

— Como é possível? — sussurrei para Bronson, horrorizada. — Se estamos em 1881?

Bronson olhava para o livro, igualmente perplexo, quando a porta se abriu.

O capitão Wren percebeu de imediato que algo havia acontecido.

Com um ar nervoso, ele guardou o monóculo âmbar no bolso. Em vez de falar ou de perguntar qual era o problema, ele simplesmente olhou para nós. Fiquei surpresa e ainda mais confusa ao ver o medo rondar o canto de seus olhos.

— Capitão Wren — perguntei, segurando a minha descoberta —, como é que o senhor tem aqui um livro escrito pelo meu irmão e publicado *daqui a dezoito anos*?

Wren ergueu as mãos como se para nos apaziguar, mas a apreensão em seus olhos deu lugar a um olhar igualmente perturbador de tristeza resignada.

— Por favor — disse ele. — Por favor, não se assuste.

— Eu *estou* assustada — respondi, um pouco mais alto do que pretendia. Eu podia sentir o braço de Bronson deslizando em volta da minha cintura para me firmar. — Não estou entendendo o que isso significa.

— Vou explicar... Vou explicar tudo a vocês — ele nos assegurou. — Por favor, sentem-se. Permitam-me pedir o jantar, como eu havia planejado, e vou lhes explicar tudo.

Se Wren tivesse a intenção de nos fazer mal, refletiu alguma parte dentro de mim, ele teria tido muitas oportunidades. E, além do mais, eu *queria* uma explicação.

Bronson e eu nos sentamos. Wren tocou a sineta, chamando para o jantar, e, como sempre fazia, nos serviu taças de vinho. Notei que o vinho, que ele geralmente tirava de uma cristaleira, veio de uma gaveta em sua mesa e tinha uma etiqueta muito incomum, como nova, diferente de qualquer outra que eu já tinha visto. Por alguns segundos, ele pareceu perdido em pensamentos. Bronson pegou minha mão e a apertou; a descoberta havia apagado a tensão entre nós.

— Vai lhes parecer — Wren começou com um suspiro — que eu sou um mentiroso da pior espécie. E não há dúvida de que eu menti para vocês. Mas gostaria de pedir que tivessem em mente, quando tomarem conhecimento do meu estratagema, que o engano não só foi mantido por uma boa razão, como também foi exigido de mim... pelo meu governo, pela Liga das Eras Encéfalas e pelo meu próprio senso de honra.

Bronson e eu compartilhamos um olhar de espanto. Uma batida na porta anunciou a chegada do nosso jantar.

Wren nos serviu frango assado, batatas grelhadas e cenouras com manteiga de hortelã. Não tínhamos motivo para reclamar das refeições a bordo do *Poleiro*. Eram sempre excepcionais, embora misteriosas. Eu nunca conseguia uma resposta direta sobre a origem dos legumes frescos. Contudo, ainda que Wren nos encorajasse a comer, não conseguíamos. Nossa comida ficou ali, esfriando, enquanto ele começava o relato.

— Não sou de Novo Ocidente — Wren começou, olhando-nos diretamente nos olhos, para mim e depois para Bronson. — Sou da Austrália. Toda minha tripulação é da Austrália. Estamos cuidadosamente, até mesmo meticulosamente, paramentados para parecermos um navio e uma tripulação de Novo Ocidente. Cada um de nós estudou a história, os costumes e a língua da sua era. Mas, como você descobriu, Minna, nosso estudo não é perfeito. Na verdade, não temos autorização para ter contato com alguém da sua era sem aprovação, por isso há poucas ocasiões para testar a adequação do nosso treinamento.

— Então, por que nos enganou? — perguntei, totalmente perplexa. — Por que tanto esforço, se você nem pode falar conosco?

— Há circunstâncias — continuou Wren — em que a comunicação é permitida. Uma delas é a situação que me permitiu levá-los a bordo: quando a vida de uma pessoa está em risco. A segunda circunstância, mais comum, relaciona-se com a nossa missão a bordo do *Poleiro*: nos infiltrar e reunir informações sobre a sua era.

Digerimos suas palavras.

— Informações? — perguntou Bronson.

Emendei, ao mesmo tempo:

— Então vocês são espiões?

— Sim. — Wren suspirou. — Eu já esperava que vocês vissem dessa maneira. Sim, somos espiões, mas deixem-me explicar melhor. Prometo que nossas intenções, pelo menos as intenções daqueles a bordo deste navio, são inteiramente boas. Um instante atrás, mencionei a vocês a Liga das Eras Encéfalas. A nossa era, a Austrália, pertence a ela, assim como outras eras à frente de Novo Ocidente em termos cronológicos.

— O que isso significa? — perguntou Bronson.

— Seus cartógrafos e historiadores começaram a mapear o "novo mundo", como o chamam, não é mesmo? — Assentimos. — Se o novo mundo tivesse de ser ordenado por lugar, em tempo linear de acordo com o mundo pré-Ruptura, alguns locais ficariam atrás de Novo Ocidente e outros ficariam à frente. Portanto, as Geadas Pré--Históricas estão no passado distante, e Novo Ocidente, no século dezenove. — Assentimos mais uma vez. — As eras que estão além da sua, a começar pela nossa, a Austrália, que viveu a Ruptura no século vinte, formam uma aliança: a Liga das Eras Encéfalas.

Wren fez silêncio, como se tivesse chegado a um ponto difícil em sua narração. Ele olhou para sua comida e, parecendo procurar uma distração, comeu duas ou três garfadas de frango e batatas.

— Vocês nunca se perguntaram — disse Wren pousando o garfo, relutante em continuar — por que não receberam enviados do que vocês consideram eras "futuras"?

Isso nos roubou a fala momentaneamente.

— Claro que sim. Os desafios das viagens são proibitivos — sugeri.

Wren negou com a cabeça.

— Não para todos. Em determinadas eras, viajar é menos desafiador. A Austrália poderia facilmente enviar centenas, milhares de pessoas até a costa de Novo Ocidente... todas as semanas.

— As eras futuras não teriam interesse em reviver o passado — Bronson argumentou. — Pela mesma razão que nós não arrumamos as malas e nos mudamos para os Estados Papais, onde eles estão prestes a queimar nosso amigo graças a seu atraso supersticioso, vocês não gostariam de viajar para Novo Ocidente.

Wren negou com a cabeça.

— Bronson, você conhece melhor do que ninguém a curiosidade de um explorador. Vocês mesmos estão numa viagem rumo aos Estados Papais como exploradores. Não lhe parece estranho que nenhum explorador da Austrália já tenha aparecido em Boston?

— Acho que você está certo — concedi.

— A Liga das Eras Encéfalas — explicou Wren, depois de outra garfada — se formou pouco depois do que vocês conhecem como a Grande Ruptura. A sua era, Novo Ocidente, se encontra na cúspide da linha divisória. Todas as eras posteriores pertencem à liga, e nós entramos em um acordo de não nos aventurarmos à sua era, ou a nenhuma anterior.

— Há eras futuras nas Terras Baldias, e nós nos aventuramos até lá e voltamos o tempo todo.

— Mas essas eras são meros fragmentos — explicou Wren — que perderam suas qualidades encéfalas logo após a Ruptura. Elas não se qualificam para a liga.

— Mas qual é o *propósito* da liga? — Bronson exigiu saber.

— O propósito — disse Wren, sentando-se, o rosto parecendo cansado de repente — é proteger todos vocês de nós. — Por um momento, ele ficou sentado, com o olhar perdido à média distância. Wren era sempre um homem tão alegre, sempre irradiando bom humor, e agora a gravidade repentina de sua expressão parecia transformá-lo completamente. Ele parecia dez anos mais velho. As linhas de seu rosto bronzeado pareciam sulcos de preocupação, não mais de riso.

Ele passou a mão grande sobre a testa, cobrindo os olhos por um breve instante.

— Dizer a vocês por que essa proteção é necessária iria contra qualquer propósito. Todas as nossas eras estão de acordo quanto a vocês não deverem saber — ele fez uma pausa e inspirou fundo — sobre o infortúnio da nossa. Estamos protegendo vocês do conhecimento. E nós, a bordo do *Poleiro*, somos apenas alguns entre os milhares de pessoas que assumiram a tarefa de sustentar essa proteção e fazer cumprir os termos da liga. Na maioria dos casos, nos comunicamos com agentes nossos; só precisamos ser persuasivos o suficiente para atingir nosso objetivo a distância.

— Agentes? — Bronson ecoou.

— Sim — respondeu Wren com um olhar de desculpas. — Entre vocês, em todas as eras pré-céfalas, existem pessoas da nossa liga fingindo pertencer à sua era. — Abri a boca para falar, mas ele continuou: — Sei como isso deve soar, mas entendam que nossa presença, em primeiro lugar, é para policiar a nós mesmos: rastrear e capturar pessoas das nossas eras que não têm permissão para viajar, que quebraram os termos dos tratados das ligas, que corromperiam as eras de vocês com o conhecimento da nossa. Estávamos, de fato, retornando de uma missão fracassada para capturar um desses transgressores quando encontramos vocês. Como sua vida estava em perigo, os termos da liga não me impediam de tirá-los da água. Mas a tripulação e eu não estamos acostumados a essa atenção constante e perspicaz. — Ele sorriu. — Eu temia que fosse apenas uma questão de tempo até acabarmos nos entregando.

Bronson e eu ainda não conseguíamos comer; precisávamos absorver as palavras do capitão. Por mais capenga que fosse a informação, havia um certo ar de verdade e tamanha sinceridade na atitude de Wren que nem por um minuto duvidamos de sua explicação.

Passei em revista os últimos cinco dias, levando em conta esse novo conhecimento. Todas as coisas que eu tinha considerado suspeitas — a diferença sutil, mas perceptível, na saúde e na estatura dos homens, a estranha mistura de velho e novo a bordo do navio, a desinformação espalhada nas conversas de Wren —, tudo agora fazia sentido para mim. Também fazia sentido que, como eu havia fortemente intuído, Wren não pretendia nos fazer mal. A curiosidade que eu tinha sobre as Eras Encéfalas, sua liga e seu segredo misterioso foi substituída por um súbito e agudo apreço por tudo o que Wren tinha feito por nós. Ele não só tinha nos salvado do naufrágio, mas, de modo comovente, tinha feito o melhor para encaixar seu mundo ao nosso, honrando assim suas próprias alianças. Eu não conseguia, talvez, entender o segredo das Eras Encéfalas, mas certamente compreendia o esforço que custava a Wren manter-se firme a seus princípios.

— Obrigada, capitão Wren — falei finalmente —, não só por sua explicação, mas por sua bondade conosco. De tudo o que o senhor nos contou, percebo que muitos no seu lugar teriam nos deixado à própria sorte no oceano.

Bronson, que tinha, afinal, estabelecido um vínculo maior com Wren e, portanto, sentira o engodo de forma mais pronunciada, levou um pouco mais de tempo para se conformar.

— Sim — disse ele, com o rosto ligeiramente corado. — Nós certamente o agradecemos pela hospitalidade a bordo do navio, por mais estranhas que as origens dele sejam para nós.

Wren parecia enormemente aliviado.

— É muita bondade da sua parte dizer isso. Eu não os culparia de forma alguma se me questionassem por manter essa hospitalidade ambígua.

— E agora? — perguntou Bronson, cujo coração era propenso a perdoar quem quer que fosse, e Wren não era exceção. — Agora seria completamente impraticável saltarmos ao mar se não gostássemos da sua hospitalidade! Podemos não gostar — declarou, deixando claro que queria dizer exatamente o oposto —, mas só nos resta suportar um pouco mais seu ótimo vinho, suas deliciosas refeições e a excelente companhia.

Wren riu.

— Muito bem, muito bem. O prazer é todo meu.

— O que eu ainda não entendo — objetei, colocando a mão sobre o volume ao meu lado na mesa — é este livro elaborado pelo meu irmão.

— Ah — disse Wren, estendendo a mão para ele. — Sim, claro. Bem, seria mais correto dizer que foi escrito por alguém com o mesmo nome do seu irmão. Não são a mesma pessoa. Na minha era, cerca de um século atrás, um homem com o nome de Shadrack Elli, que viveu em Boston, escreveu este livro maravilhoso. Eu comprei, guardei e, por imprudência, trouxe comigo. Estritamente falando, isso não está previsto no protocolo, mas vocês podem imaginar os desafios que implicam a criação de um navio inteiro. A sua era não é idêntica ao século dezenove que existia cem anos antes da minha. Manter o ambiente preciso é muito dificultoso.

— Compreendo — respondi devagar, quando Wren terminou. — Então... — Parei por um instante. — Isso significa que também havia uma mulher na sua era com o nome de Wilhelmina Tims? E um homem chamado Bronson Tims? E uma menina chamada Sophia?

Wren me lançou um olhar afiado e sorriu.

— Sinceramente, eu não sei. É possível, já que você encontrou um livro de alguém com o nome do seu irmão. Mas muitas coisas aconteceram de forma diferente do que no passado, Minna — ele acrescentou em tom delicado. — Existem mais diferenças do que semelhanças com a sua era.

— Claro — concordei. — Perguntei só por curiosidade.

— Agora que sabemos de tudo isso — disse Bronson —, você e a tripulação vão parar de fingir? Será que vamos poder ver como os australianos são de verdade?

— Receio que não, meu amigo — Wren respondeu com pesar. — Bem, é claro que vamos parar de fingir no sentido de que nenhum de nós alegará ser da sua era. E talvez possamos apresentar a vocês alguns dos confortos que nos são familiares e que costumamos manter escondidos. — Ele bateu na garrafa de vinho e sorriu. — Mas não podemos arrancar totalmente o véu, para não colocarmos em risco a integridade dos nossos regulamentos. O que é mais triste — disse ele — é que não vamos poder viajar com vocês para Sevilha. Já desviamos da nossa rota, mas considero essencial levar vocês em segurança a um porto.

— Nós certamente entendemos — respondi. — Ficamos muito gratos por você alterar sua rota.

— Não há de quê. Outra coisa que podemos fazer é viajar na velocidade a que estamos acostumados. A tripulação vai ficar aliviada, tenho certeza. Se fizermos isso, vamos chegar a Sevilha amanhã, e não daqui a cinco dias. — Bronson e eu exclamamos, surpresos. — Sim. Fico feliz em distorcer as regras nesse quesito. Se bem que, infelizmente, isso significa que vamos nos despedir em breve. Quando chegarmos a Sevilha amanhã, vocês estarão por conta própria.

10
Guiada por Remorse

3 de junho de 1892: 9h10

O Partido dos Novos Estados, fundado em 1861, há muito defende a integração pacífica com outras eras, em vez da conquista. No ano passado, defendeu um caminho acelerado para o reconhecimento dos Territórios Indígenas como Estado independente, e até mesmo um tratado com as Terras Baldias ocidentais. Sua popularidade tende a aumentar e a diminuir conforme o possível perigo apresentado por outras eras.

— Shadrack Elli, *História de Novo Ocidente*

QUANDO TERMINOU O DESJEJUM, Theo foi para a casa de Miles em Beacon Hill, um edifício de tijolos desconexo e profundamente desorganizado, abarrotado do porão ao sótão com relíquias de inúmeras viagens. Embora suja e desarrumada, a mansão ainda fazia figura impressionante. Miles era um dos homens mais ricos de Boston. Sem dúvida era o explorador mais rico, mas sua família nem sempre tivera fortuna.

Os avós de Miles tinham sido escravos na época da Ruptura e haviam aderido à rebelião que formou Nova Akan. Naqueles primeiros anos após a rebelião, quando a costa leste olhava com desconfiança para o estado povoado por ex-escravos, o avô de Miles construiu sua fortuna vendendo açúcar, algodão e arroz de Nova Akan nos estados do leste. Por ser ele mesmo um ex-escravo, era um dos poucos que comprava dos homens e mulheres que agora administravam suas próprias fazendas e que empregavam ex-escravos em fábricas de tecido. John Countryman adquiriu a mansão em Beacon Hill, enquanto construía sua fortuna, como um sinal para Boston do que o comércio com o poderoso estado de Nova Akan era capaz de realizar. Agora seu neto, Miles, ocupava a casa palaciana com a mente pouco voltada ao comércio, mas com um ardor semelhante pela exploração, a busca que se tornara a paixão de sua vida.

Mesmo que Theo não tivesse ouvido a conversa da noite anterior, provavelmente teria ido ver Miles do mesmo jeito, largado o corpo alegremente em uma poltrona e discutido, durante o dia inteiro, os pontos altos de sua expedição. No entanto, tinha um propósito mais específico. Passou mais de uma hora abordando Miles indiretamente, cada vez mais próximo do assunto, até que, por fim, falou de forma casual:

— Por que Bligh estava tão preocupado com Broadgirdle? O parlamentar soou bem amigável.

Miles bufou, ergueu as mãos e quase deixou cair a cerâmica que estava segurando. Os únicos pontos arrumados na casa eram os grandes armários de vidro em que ele exibia os tesouros adquiridos em suas expedições. Naquele momento, Miles estava reorganizando um dos armários para acomodar as peças que acabara de trazer.

— Ah, acredite em mim, ele tem boas razões para estar preocupado. Broadgirdle é o chantagista mais inveterado de Novo Ocidente. Se houver qualquer mancha, por menor que seja, esse homem vai encontrá-la e fazê-la se espalhar até que sua pobre vítima esteja inteira na lama. Como você acha que ele se tornou líder do partido tão rapidamente?

— De onde ele veio?

— Vai saber... Ele comprou sua cadeira no parlamento há apenas cinco anos. Pelo visto, fez fortuna na indústria de sabão. — Miles espanou delicadamente as orelhas da escultura de um urso.

Theo mostrou um sorriso irônico.

— Que perfeito.

— Significado?

— Ele lavou todos os vestígios do passado dele, não foi?

— Eu diria que não é um sabão muito bom. — Miles franziu o cenho, fechou o armário e se sentou na poltrona de couro ao lado de Theo. — Apesar da aparência limpa e do perfume adocicado em que o povo de Boston parece acreditar, o homem ainda é o político mais sujo da cidade.

— Alguém sabe mais sobre ele?

Miles olhou para Theo intensamente, como se de repente ouvisse uma pergunta diferente. Ele se inclinou para a frente na poltrona de couro, as fortes mãos enrugadas apertando os joelhos.

— Por que você está tão interessado?

Theo deu de ombros. Tinha planejado jogar a próxima cartada um pouco mais tarde, mas não queria que Miles analisasse sua persistência com muita atenção.

— *Pode ser* que eu tenha ouvido esse homem ameaçando Shadrack.
Miles resmungou.

— Você é incorrigível. O que você ouviu?

— Não muito. Apenas algo sobre a escolha certa e a escolha errada. Eu estava tentando entender. É algo com que devemos nos preocupar?

— Não posso afirmar com certeza — disse Miles, sacudindo a juba de cabelos brancos. — Broadgirdle é tão astuto que tudo o que eu já ouvi é puro boato. Ninguém tem provas reais do que ele faz. Se os rumores forem verdadeiros, então eu suponho que sim: devemos nos preocupar. — E estreitou os olhos. — Você ouviu o restante? Sobre os Eerie?

Theo mostrou um largo sorriso.

— É uma pena *mesmo* que você não tenha encontrado os Eerie, não é?
Miles fez uma careta.

— Sinto muito por ter enganando você. O primeiro-ministro em pessoa me deu a missão e me proibiu de revelá-la. — Ele balançou a cabeça. — Acredite em mim, tudo teria sido muito mais fácil para mim se eu pudesse ter lhe contado.

— Você pode ter mais do que quatro vezes a minha idade, velhote — disse Theo carinhosamente —, mas ainda não aprendeu a quebrar as regras quando é necessário. Você *deveria* ter me dito. — Diante do olhar triste de Miles, ele continuou: — Bem, agora você pode me dizer? Do que se trata?

— A questão é… — Miles começou. — Há algumas coisas que seria melhor você não saber… para o seu próprio bem. — Theo revirou os olhos. — Não, é verdade; estou falando sério. Até identificarmos de onde, de *quem* vem a ameaça, seria uma irresponsabilidade expor você a qualquer tipo de atenção indesejada. — E suspirou. — Por outro lado, eu nunca acreditei que a segurança reside na ignorância.

— Isso está ficando mais e mais interessante. Desembucha.

Miles se levantou e considerou a biblioteca desordenada. Ao lado do armário de vidro, uma coleção de máscaras aterrorizantes cobria uma parede, e mapas emoldurados cobriam o resto. O chão era uma tapeçaria de jornais e livros espalhados. Sobre a mesa, que Miles quase nunca usava, havia um amontoado de lentes de aumento, bússolas, xícaras de café, lápis e papéis amarrotados.

— Vamos para a estufa — disse Miles.

Theo olhou para ele com surpresa.

— O quê? Lá vai estar um calor insuportável.

— Vai — Miles disse, distraído, levantando-se para sair. Theo correu para alcançá-lo.

A estufa ficava nos fundos da casa. Embora o clima fosse ameno, o sol de verão havia aquecido o lugar revestido de painéis de vidro, e as plantas se deleitavam em umidade. Imediatamente, o calor começou a oprimi-los. Miles fechou a porta, enxugou a testa com um lenço branco e o dobrou com cuidado, colocando-o no bolso da camisa listrada de algodão. Theo esperou pacientemente por uma explicação.

— O que eu posso dizer é breve — Miles falou em voz baixa —, mas nem meus empregados podem ouvir. — Por "empregados", ele se referia ao casal de idosos, o sr. e a sra. Biddle, que mantinha a casa e cozinhava as refeições, respectivamente. Theo não acreditava que a audição do sr. Biddle fosse poderosa o suficiente para ouvir atrás das portas, e estava certo de que a sra. Biddle não ligava a mínima para os assuntos pessoais de seu patrão excêntrico, mas assentiu com sabedoria e não o contradisse. — Eu estava tentando encontrar os Eerie — disse Miles — por causa de seus renomados poderes de cura. Alguém necessita muito deles. — Ele franziu a testa com as sobrancelhas brancas e espessas.

Theo esperou.

— É isso? — perguntou depois de um momento. — Isso é tudo o que você vai me dizer?

— Eu vou explicar! — Diante do olhar impaciente de Theo, Miles se acomodou em uma das cadeiras de ferro forjado e fez um gesto indicando a cadeira adiante. Em seguida, ele se inclinou para a frente. — Os Eerie são curandeiros lendários. Ninguém sabe quantos deles existem ao todo. Alguns não os chamam de Eerie, mas de Numinosos. Eles vivem perto do mar Eerie. Exatamente onde, não sabemos, mas, de vez em quando, alguns deles viajam para além de seu reino e, por onde passam, deixam um rastro de maravilhas. Eles podem simplesmente ser um povo compassivo, mas Shadrack acredita que estão vinculados por um código que os obriga a curar todos que cruzem seu caminho. Só isso, diz ele, pode explicar um sigilo tão profundo associado a tais milagres curativos. Os mais talentosos entre eles são chamados de "Temperadores" e têm grandes dons, se as histórias são verdadeiras. Uma mulher cega que volta a enxergar; um afogado que volta a respirar; há até mesmo uma história, que eu acho difícil de entender, de uma criança gravemente ferida que recuperou uma perna arrancada por um urso.

Theo ergueu as sobrancelhas.

— Sim — concordou Miles. — É inacreditável. Mas deixe-me lhe dizer algo mais. Shadrack mandou uma mensagem para o mar Eerie em agosto do ano passado, pedindo o auxílio de um Temperador. Você sabe o que aconteceu com o querido amigo dele, Carlton Hopish, ferido de forma tão horrível por Blanca e pelos Homens de Areia que nunca recuperou a consciência. Desesperado, Shadrack tentou recorrer aos Eerie para obter ajuda. Não houve resposta, o que não chegou a surpreendê-lo, pois é impossível chegar até eles. Então, para espanto de Shadrack, em janeiro ele recebeu uma carta de uma Eerie chamada Virgáurea. Ela implorava por notícias de três Temperadores que haviam partido para Boston em resposta ao pedido de ajuda. Eles nunca retornaram para o mar Eerie.

Theo assobiou.

— Então eles vieram ajudar Shadrack, afinal de contas.

— Pelo visto, sim. Ou tentaram. Ninguém os viu nem mesmo perto de Boston. A essa altura, Bligh havia sido eleito, e Shadrack lhe mostrou a carta de Virgáurea. Bligh tomou o assunto em suas próprias mãos e enviou emissários confiáveis para procurar pelos Temperadores em toda parte. Não encontrou nada. Então, em fevereiro, quando as neves estavam no auge, você deve se lembrar, a coisa mais inexplicável aconteceu. Em uma fazenda nos arredores de Boston, houve uma batida na porta na calada da noite. Do lado de fora, o fazendeiro encontrou um homem com uma mulher inconsciente nos braços, em meio a uma tempestade violenta. A mulher estava gravemente ferida. O homem chorava e não deu nenhuma explicação, fora esta: "Tentei matá-la e, mesmo assim, ela me curou". Ele repetia essa parte sem parar: "e, mesmo assim, ela me curou". O fazendeiro e a esposa cuidaram da mulher ferida e mandaram o homem estranho, tão dominado pelo remorso, buscar um médico. Pela manhã o médico chegou, mas o que ele descobriu o deixou confuso. A esposa do fazendeiro havia colocado a mulher ferida na cama, e ela ainda estava lá, ainda inconsciente, e cercada por flores amarelas.

— Flores? — Theo olhou além de Miles, para as plantas que os circundavam.

— Isso mesmo. Flores que cresciam de sua roupa, de sua pele, até mesmo dos lençóis! Eu mesmo não consigo conceber a ideia. O médico a examinou, mas foi incapaz de encontrar qualquer sentido em seu estado, embora tenha encontrado algo vital: cartas em seu bolso enviadas pelo primeiro-ministro Bligh. A mulher era a Eerie chamada Virgáurea. — Miles ficou olhando para as botas gastas e balançou a cabeça. — Bligh consultou os melhores médicos em Boston, mas nada mudou. Embora o corpo pareça ter se curado, a mente da mulher ainda está fechada. Ela está inconsciente desde que foi levada para a fazenda. — Sua expressão era de angústia. — Bligh cuidou dela como pôde, mas ela está definhando.

— E quanto ao homem que a trouxe?

— Ah! — disse Miles com um sorriso astuto. — Esse é o maior mistério de todos. Ele desapareceu. Depois de sair para buscar o médico, nunca mais foi visto. Bligh, naturalmente, pediu ao médico e ao casal para descrevê-lo, mas não conseguiu nada de substancial: alto, ombros estreitos, rosto alongado... Com a exceção de um detalhe: a arma que ele carregava. Era um gancho, ligado a uma corda longa.

Theo prendeu a respiração.

— Um Homem de Areia.

— Um Homem de Areia. — Miles assentiu.

— Mas eu pensei que os Homens de Areia...

— Tivessem desaparecido? Bem, eles devem ter ido a algum lugar. Shadrack e eu pensamos que, sem Blanca para liderá-los, eles debandariam e cada um seguiria seu próprio caminho. Mas parece que estávamos errados. Alguém mandou esse Homem de Areia para atacar Virgáurea, mas ela, em vez de se defender, o curou. — Miles se recostou na cadeira, com um olhar severo, e enxugou a testa novamente. — Isso é o que sabemos. Como você pode imaginar, só queremos ajudá-la. Mas todos os esforços para alcançar os Eerie fracassaram. É por isso que eu procurei por eles quando viajamos para oeste.

Theo refletiu sobre aquilo em silêncio. Olhou para as samambaias e hibiscos, tentando imaginá-los crescendo das roupas e da pele. Onde ficavam as raízes? Como extraíam água? Era inimaginável.

— Você poderia ter me contado — disse ele, uma vez mais.

Miles sacudiu a cabeça.

— Não faria diferença. Os Eerie se recusam a ser encontrados. — E suspirou. — Vou partir novamente em alguns dias para fazer mais uma tentativa.

— E se Sophia e eu formos com você?

— Receio que não vai ser possível. Será um tipo diferente de expedição.

— Como assim?

— Vou fingir que sou alguém que não sou.

— Eu faço isso melhor do que você, velhote!

— Com certeza, mas isso não muda o fato de que eu devo ir sozinho.

12h11

A VIAGEM ENTRE O Arquivo Niilistiano e o centro da cidade parecia interminável. Sophia tentava se concentrar em sua descoberta para fazer o tempo passar rapidamente, mas acabou conseguindo o efeito contrário. Cada quarteirão passava muito devagar; cada esquina trazia uma pausa demorada. Um homem varria a calçada na frente de uma loja de botas de borracha. A loja ao lado anunciava ostras em letras brancas chamativas. Trabalhadores faziam hora durante o intervalo em frente a uma loja de corantes; uma loja de gravuras anunciava a liquidação de verão; e um jovem criado limpava as janelas de uma pensão a dois números dali. Perto do Palácio do Governo, um cemitério com lápides tortas oferecia um canto tranquilo de sombra na cidade movimentada. Depois do que pareceram horas, o bonde finalmente parou perto do parque Boston Common. Sophia correu o mais rápido que pôde e, na hora doze, subiu as escadas que levavam aos gabinetes dos ministérios no Palácio do Governo.

O jovem de aparência séria na recepção do gabinete de Shadrack vira Sophia uma ou duas vezes antes, mas ou não se lembrava dela, ou fingiu não se lembrar.

— Meu tio, Shadrack Elli, está aqui? — ela perguntou, sem fôlego.

Ele ofereceu um olhar severo, como se respirar alto nos augustos gabinetes do ministério fosse uma grave descortesia.

— Ele está muito ocupado no momento.

— Por favor, apenas diga a ele que Sophia está aqui e que Minna escreveu um diário. Ele vai saber o que significa.

O jovem não se dignou a responder, apenas se levantou da cadeira e saiu pelo corredor nos fundos do cômodo, retornando um instante depois, com Shadrack em seus calcanhares.

— Sophia?

— Shadrack! Eu encontrei uma pista... uma verdadeira, desta vez. Ela escreveu um diário!

Shadrack a olhou com espanto.

— Venha — disse ele, estendendo a mão. — Vamos conversar na minha sala.

Ela correu atrás dele, sem lançar sequer um olhar para o funcionário com cara de desaprovação. Assim que Shadrack fechou a porta do gabinete, Sophia contou sua descoberta em uma rajada só, longa e animada.

— Lembra quando eu falei do novo arquivo que visitei? Era o Arquivo Niilistiano, em Beacon Street. — Shadrack arqueou as sobrancelhas, mas não a interrompeu. — Eu estava lendo um índice de coisas escritas em 1881. O ano em que eles partiram. Pensei que não levaria a nada, mas foi ideia de Remorse. Ela trabalha lá... É niilistiana, mas é muito gentil, nem um pouco parecida com os que conhecemos; ela estava realmente me ajudando, Shadrack. E hoje eu estava lendo o índice e lá dizia "Diário de Wilhelmina Tims"... Mal pude acreditar. O diário dela! Está no Acervo de Granada, mas eles não enviam materiais nem dão acesso a ninguém que não seja niilistiano, por isso Remorse disse que eu poderia ir com ela. Ela vai para uma missão nos Estados Papais e parte amanhã, e disse que ia pedir ao capitão para que eu e você fôssemos junto, e ela vai nos fazer entrar no arquivo. E então podemos voltar. Talvez os piratas nos tragam de volta... Você acha que poderia pedir a eles? Mas temos que ir com ela amanhã.

Shadrack parecia ter ficado sem fala.

Sophia o observava ansiosamente, procurando em seu rosto algum sinal da euforia que ela estava sentindo.

— É maravilhoso demais para deixar passar, você não acha?

— Eu acho — disse seu tio, devagar — que é certamente uma pista maravilhosa. E, embora eu esteja curioso para entender como você conseguiu acesso ao Arquivo Niilistiano, estou muito feliz em saber que o diário existe. Mas não acho que partir amanhã em uma embarcação niilistiana seja a melhor maneira de consegui-lo.

Sophia sentiu algo lento e desagradável desenrolando em seu estômago.

— O diário não vai sair do lugar — ele continuou. — Eu posso enviar alguém para buscá-lo, alguém que esteja familiarizado com os Estados Papais.

— Mas precisamos de um niilistiano para entrar no arquivo!

Shadrack lhe mostrou um olhar afiado.

— Sim, mas, Sophia... Como você entrou no arquivo em Boston?

Sophia se sentiu corar.

— Eu disse que era niilistiana.

Shadrack balançou a cabeça.

— Você assumiu um sério risco. E, tendo feito isso, sabe que existem outras possibilidades. Se você pôde mentir para entrar no arquivo de Boston, por que alguém não poderia fazer o mesmo em Granada? Essa sua amiga niilistiana é útil, talvez, mas não essencial.

Algo começou a mudar dentro de Sophia, como se uma ampulheta deitada de lado tivesse sido virada, e a areia interior, de grão em grão, começasse a se acumular em uma pilha na base. Ela percebeu que o que sentia era raiva.

— Então *eu* não deveria mentir, mas é aceitável que outra pessoa minta para o mesmo fim?

Shadrack parecia pesaroso, como uma pessoa fica quando espera ser perdoada: triste, mas sem remorso. Ele não enxergava a raiva de Sophia, assim como não enxergava o que aquele mesmo olhar de desculpas vagas havia custado a ela durante tantos meses.

— Só estou mostrando que esse acesso específico ao Acervo de Granada não é o único. É longo, árduo e totalmente desnecessário. Acontece, Soph, que não vamos precisar mentir em nada. Eu tenho um contato nos Estados Papais que tem conexões com todos os arquivos e bibliotecas, e ele pode requisitar um exemplar, mesmo que não possa obter acesso pessoal ao Acervo de Granada. Não há necessidade alguma de irmos até lá pessoalmente.

Sophia ficou apenas olhando para ele.

Não podia explicar por que se sentia tão traída, quando era ela quem havia escondido a verdade. No momento em que abriu a boca para falar, sabia que suas palavras seriam dolorosas, mas não sabia como expressar de outra forma o que estava sentindo.

— No verão passado você começou a me ensinar a ler mapas — disse ela, com a voz tranquila, mas trêmula.

Shadrack olhou para o chão.

— Eu sei.

— Você estava me ensinando a ler mapas para que pudéssemos sair pelo mundo procurando meus pais. Agora parece que não temos mais necessidade de mapas. Nós já não temos planos de ir a lugar nenhum. Por quê?

Shadrack considerou as palavras em silêncio. Sophia esperou, querendo que ele entendesse o que ela estava pedindo. *Quero que você se importe com isso tanto quanto eu. Esqueça o ministério. Pense na sua irmã. Pense em mim. Eu quero você de volta.*

Mas, quando Shadrack falou, seu ar de remorso cansado não se alterou.

— As circunstâncias agora são diferentes. Bligh espera derrubar o fechamento das fronteiras. E, como você sabe, eu tenho obrigações aqui que me impedem de viajar. Sinto muito, Sophia.

Ela olhou para ele sem falar nada.

— Essa pista que você encontrou é muito valiosa — disse Shadrack, em tom apaziguador —, e eu vou pedir um exemplar do diário imediatamente. Mas isso não nos obriga a cruzar o Atlântico.

A areia que escorria dentro dela atingiu o pico e parou. E então a parte superior ficou vazia.

— Eu entendo — disse ela e, quando se virou para sair, teve um pensamento estranho sobre os niilistianos e seu desejo de não sentir nada em um mundo que não era de verdade. As intenções daquela crença agora faziam sentido. Ela não sentia nada.

— Sophia — Shadrack disse, detendo a sobrinha com a mão. — É uma descoberta maravilhosa... o diário. Parabéns.

— É, sim — Ela saiu do gabinete e caminhou calmamente pelo estreito corredor até a sala de espera. Depois entrou no saguão principal, deixou o Palácio do Governo e seguiu para casa.

13h09

THEO A ENCONTROU NO quarto, segurando o carretel de linha prateada. Seu rosto estava molhado de lágrimas. Ele se aproximou de fininho e se sentou no chão, em seguida lhe deu um sorriso amigável.

— Quer conversar sobre isso?

Sophia ergueu o carretel.

— As Parcas me deram um sinal.

Theo esperou.

— Eu estava no Arquivo Niilistiano. Descobri que existe um diário escrito pela minha mãe num acervo em Granada. E minha amiga Remorse, do arquivo, diz que pode nos levar até lá amanhã, pode nos fazer entrar nesse acervo. Mas, quando contei isso ao Shadrack, ele disse que não, que alguém poderia conseguir um exemplar e nos enviar.

Theo ponderou.

— Você queria ir para Granada.

Sophia suspirou.

— É a melhor pista que já encontramos! E eles *precisam* de mim. Minha mãe precisa de mim. Não me pergunte como, mas eu *sei*. Eu pensei... pensei que meu tio e eu poderíamos ir, e que então o diário nos diria onde ela está, e depois poderíamos partir disso e continuar a busca, talvez. Você estava certo: eu quero *fazer* alguma coisa. E pensei que Shadrack também queria, mas ele tem o ministério e disse que agora as coisas são diferentes.

— Essa sua amiga, Remorse, é niilistiana?

— É.

— E você confia nela?

— Confio. Ela é diferente. Eu gosto dela.

— E disse que você poderia ir com ela amanhã? Como, de navio?

Sophia assentiu.

Theo olhou pela janela e depois para Sophia. Em seguida abriu um sorriso lento que foi se alargando.

— O quê?

— Vamos com ela.

O carretel de linha na mão de Sophia captava a luz do sol e refletia um brilho fraco. Ela sentiu o ar se expandir nos pulmões.

— Vamos com ela? — repetiu Sophia.

— Você e eu. Nós fazemos as malas, planejamos... ou *você* planeja, provavelmente, e nós vamos. Já fizemos isso antes, não? Podemos fazer de novo.

Sophia sentiu as lágrimas brotarem dos olhos e percebeu que eram devidas a um ganho surpreendente e a uma perda surpreendente. Ambas tinham se aproximado pouco a pouco, mas agora, em uma única hora, ela via que eram decisivas. A tranquilidade que ela sentia em relação ao amado tio, a sensação de sempre se conhecerem e estarem integrados, tinha ido embora. Em seu lugar, agora havia a certeza de encontrar compreensão, empatia e bom humor em outro lugar. Shadrack não a entendia; Theo, sim.

— Acho que podemos — ela sussurrou.

— 11 —
Sozinho entre os mapas

4 de junho de 1892: 10h20

BOSTON: Livraria Atlas. Fundada em 1868, a livraria é renomada pela aquisição de raridades. Sua proximidade com o Palácio do Governo de Boston faz da Atlas uma fonte popular para expedições oficiais a eras remotas.
— Neville Chipping, Fornecedores de mapas em todas as eras (conhecidas)

A LIVRARIA ATLAS, COMO sugeria a placa dependurada com a imagem de Atlas sustentando o globo nos ombros, era especializada em livros de viagens, em geografia histórica e em mapas. Quando a sineta acima da porta tocou e Sophia cruzou a soleira desgastada, ouviu um alegre "olá!" vindo dos fundos.

— Sr. Crawford, é Sophia — ela chamou.

— Sophia! — O topo da cabeça de Cornelius Crawford, calva na maior parte, seus olhos azuis e um nariz vermelho saíram de trás de uma pilha de livros nada firme. — Que bom ver você. Estou enterrado aqui no fundo com um novo inventário. Avise se precisar de alguma coisa.

— Obrigada. — Sophia deu um breve aceno e começou a procurar, entre os corredores estreitos e apinhados, pela seção sobre os Estados Papais.

Ela e Theo haviam feito as malas naquela manhã, mas Sophia não tinha coragem de levar nenhum dos livros e mapas de Shadrack para ajudá-los. Parecia roubo somado a mentira.

Theo insistiu, de forma pouco convincente, que os dois não haviam mentido. Shadrack tinha chegado em casa tarde na noite anterior, com o rosto sulcado por alguma preocupação impronunciada. Durante um jantar em silêncio, tornou-se claro para Sophia que ou ele tinha esquecido sobre o diário, ou andava tão ocupado com os assuntos do ministério que o diário, em comparação, era algo sem importância. Ela sentiu uma pontada de tristeza, mas sua determinação endureceu. Quando o ouviu sair de casa pela manhã, ela se sentou na cama e abraçou os joelhos, num desejo de que tudo fosse diferente. Depois se levantou e começou a fazer as malas para a viagem.

Agora ela estava na Atlas, comprando os livros e os mapas de que precisariam, antes de encontrar Theo no *Verdade*. Tinha de admitir, apesar da dificuldade de deixar Shadrack sob tais circunstâncias, que um lento pulso de animação começava a correr em seu corpo.

A loja tinha o cheiro reconfortante de papel gasto e lombadas de couro, e o sol se infiltrava pelas persianas semicerradas como se por entre os ramos de uma árvore sobre o terreno desordenado de uma floresta de papel. Passando com cuidado por cima de pequenas pilhas de livros que pareciam brotar do assoalho como cogumelos, Sophia encontrou a seção sobre os Estados Papais, sentou-se cautelosamente sobre uma pilha de grandes volumes e logo se perdeu nas páginas de uma história escrita por Fulgencio Esparragosa. Suas dezenas de mapas e longos capítulos eram organizados em torno das rotas de peregrinação aos santuários religiosos que pontilhavam a grande península. Os caminhos haviam sido devastados, explicava Esparragosa, pela propagação da praga conhecida nos Estados Papais como lapena, uma doença terrível que paralisara os negócios, extinguira o comércio ao longo dos roteiros de peregrinação e dizimara vilarejos inteiros.

Nenhum cliente entrou na Atlas enquanto Sophia lia. De vez em quando, Cornelius, escondido nos fundos, falava queixosamente consigo mesmo, protestando sobre o valor pago pela *Enciclopédia das Rússias* ou se questionando onde havia colocado os mapas das Estradas Médias.

Quando Sophia olhou para o relógio de bolso outra vez, era quase a hora onze. Ela se levantou e foi até a frente da loja.

— Sr. Crawford — chamou quando chegou ao balcão do caixa —, posso comprar este livro sobre os Estados Papais?

— Claro que pode, querida — veio a resposta abafada. — Só um minuto.

Enquanto Sophia esperava, folheou um livreto exposto em um carrinho ali perto: *Fornecedores de mapas em todas as eras (conhecidas)*. Era um livrinho surpreendentemente útil, que continha os endereços de proeminentes vendedores de mapas em Novo Ocidente, nas Terras Baldias, nos Estados Papais e nas Rússias; havia até alguns verbetes para o Império Fechado. Sophia o colocou em cima do volume de Esparragosa e, logo em seguida, Cornelius finalmente surgiu, tossindo e ofegando, como se emergisse do fundo de um vulcão.

Ele fez uma tentativa apressada, mas não muito eficiente, de endireitar as mechas de cabelo arrepiadas como antenas em sua cabeça.

— Muito bem — disse ele, com um enorme suspiro, enfiando a mão no bolso do colete para pegar um monóculo de ouro com lente cor de âmbar e olhando para os livros à sua frente. — Fulgencio Esparragosa e *Fornecedores de mapas em todas as eras (conhecidas)* — disse ele, anotando os títulos e os preços em um caderninho. Enquanto embrulhava os livros em papel pardo e barbante, ele olhou para a mochila e perguntou, piscando: — Planejando ir a algum lugar?

Sophia sorriu, levada pela empolgação do momento.

— É possível.

— Muito emocionante — declarou Cornelius. Ele sempre dizia a seus clientes, com um leve pesar, que nunca havia saído de Boston, pois a livraria o mantinha muito ocupado. — Bem, avise se precisar de mais alguma coisa antes de ir.

— Não preciso pagar?

— Shadrack tem uma conta comigo, querida. Ele vem aqui com tanta frequência, que só acerta a conta no final de cada mês.

Sophia lhe entregou um par de notas.

— Eu mesma quero pagar por eles.

— Muito bem — ele concordou, contando o troco.

— Obrigada. — Sophia colocou os livros na bolsa, ao lado do caderno e do mapa de contas. *Agora temos tudo de que precisamos*, pensou com satisfação.

—◦◦◦—

Quando Sophia fechou a porta atrás de si e a sineta parou de soar, Cornelius Crawford caminhou lentamente para a salinha nos fundos da Atlas. Seu escritório fazia a loja parecer organizada. Uma cadeira de madeira com uma almofada gasta se impunha como uma pequena árvore solitária em uma cidade de livros: torres tão altas que bloqueavam a janela, prateleiras curvadas superpovoadas de livros encadernados, pilhas inclinadas que ameaçavam despencar se levassem um pequeno esbarrão. Cornelius se acomodou na cadeira com um suspiro profundo e olhou para a visitante sentada discretamente em uma das pilhas de livros mais estáveis.

— Bem, isso foi inesperado — disse Cornelius.

A visitante, uma jovem esbelta que vestia camisa de botões masculina e calças, colocou os cabelos negros atrás das orelhas e mexeu com nervosismo no pingente do colar.

— Ela não me ouviu?

— Você foi muito silenciosa.

— Por que ela estava aqui, Sam?

Cornelius deu de ombros.

— Para comprar livros sobre os Estados Papais. Muito natural, eu diria.

— Sim, mas por quê? É muita coincidência. Dez minutos depois de eu chegar? — Ela balançou a cabeça. — Não gosto disso.

Sophia não teria reconhecido sua calma e inexpressiva amiga do Arquivo Niilistiano. Embora Remorse não tivesse mudado de aparência, agora uma vitalidade desenfreada animava cada palavra e cada gesto dela.

Ela mergulhou as mãos nos cabelos e apertou a cabeça.

— Você sabe o que isso significa.

— Não significa nada, Cassia — Cornelius disse para acalmá-la.

— Odeio quando isso acontece.

— Algumas coincidências são apenas coincidências.

— Sam! — Remorse pôs-se de pé e atravessou a sala, derrubando uma pilha baixa de livros com o movimento. — Você sabe que não é assim. Uma coincidência nunca é uma coincidência. Coincidência é como as eras pré-céfalas explicam o que não entendem.

— Tenho certeza de que já vi algumas coincidências reais — Cornelius arriscou. — Na semana passada, eu estava procurando um livro sobre dinossauros e encontrei um sobre os políticos parlamentares da década de 1820.

— Isso não é coincidência, Sam, isso é uma piada — disse Remorse com desdém. — E meio que uma piada muito ruim.

Cornelius suspirou.

— Está bem. O que você vai fazer?

Remorse tamborilou os dentes da frente com o dedo indicador.

— Nada. Temos que manter o plano. Nós já movemos a caixa, e eu tenho que fazê-la chegar até Sevilha. Não há outro jeito. — Ela respirou fundo e colocou as mãos nos quadris. — Não devíamos ter interferido tanto. Tenho medo de termos ido longe demais.

11h55

THEO HAVIA ALEGREMENTE DISTRAÍDO a sra. Clay na cozinha, enquanto Sophia descia as escadas e saía pela porta da frente, levando os volumosos itens de viagem. Ele havia passado o final da manhã e o início da tarde numa ociosidade meio fingida, atrapalhando os afazeres da sra. Clay até que ela anunciou, exasperada, que estava de saída para fazer compras.

— É bom tê-lo de volta, Theodore — disse ela —, mas você tem um grande talento para a inconveniência. — Theo sorriu para si mesmo e a observou sair de casa com sua cesta.

Ele jogou os últimos poucos objetos dentro da mochila, puxou um cordão apertado para fechá-la e prendeu a aba por cima. Em seguida, colocou a mochila nos ombros e desceu as escadas até o primeiro andar. Estava orgulhoso do fato de que o plano que ele e Sophia arquitetaram estava indo bem até então, quando ouviu, para sua surpresa, Miles e Shadrack discutindo na porta lateral. Theo tirou a mochila e a jogou debaixo da mesa da cozinha bem quando Shadrack entrou.

— Eu já tentei — disse Shadrack, carrancudo.

— Ele deve estar em algum lugar — Miles insistiu.

— Miles. — Shadrack se virou para encará-lo. — Por favor, diga alguma coisa útil. Dizer que "ele deve estar em algum lugar" não ajuda em nada.

Theo ergueu as sobrancelhas. Miles era propenso a demonstrações frequentes de mau humor, mas raramente Shadrack ficava tão irritado como estava naquele momento. Era desconcertante ver o velho explorador relativamente calmo enquanto Shadrack fervia.

— Quem está em algum lugar? — Theo perguntou.

Shadrack o olhou de relance e começou a andar.

— O primeiro-ministro. Não ouço nenhuma notícia dele desde ontem de manhã. Aliás, ninguém o viu.

Theo deu de ombros.

— Talvez ele precisasse de férias?

— Bligh não está em férias — retrucou Shadrack. — Não está em casa nem no Palácio do Governo, e estou começando a ficar preocupado que algo muito sério tenha acontecido com ele. Bligh nunca desapareceria no meio do… — Shadrack girou nos calcanhares e se dirigiu para a biblioteca.

— Isso tem algo a ver com a sua conversa com Broadgirdle ontem de manhã — Miles acusou.

Theo os seguiu. Tanto seus planos quanto a mochila debaixo da mesa da cozinha foram temporariamente esquecidos.

— Por que a porta da sala de mapas está aberta? — perguntou Shadrack, parando na estante. — Sophia está aqui? — ele perguntou a Theo.

— Ela saiu.

— É realmente uma grande ofensa — disse Miles, começando a parecer perturbado. — Suponho que você tenha contado ao Bligh, mas não quer me dizer. O que aconteceu? Broadgirdle ameaçou você?

Shadrack levantou a mão.

— Sinto muito, Miles, mas já lhe disse que não vou discutir esse assunto.

— Escute, Shadrack. Não é do seu feitio ser assim tão obstinado, e, embora eu admita que muitas vezes me envolvo facilmente em discussões, neste caso você deve reconhecer que a provocação foi longe demais. Eu exijo — continuou ele, erguendo a voz e seguindo Shadrack escada abaixo —, sendo provavelmente o seu amigo mais próximo e com certeza o mais antigo... eu exijo que você me conte *imediatamente* o que aconteceu durante aquela conversa. — Toda a indignação de Miles se esvaziou de repente, assim que ele alcançou o pé da escada e colidiu diretamente com as costas de seu amigo mais próximo e mais antigo. Alguns passos acima dele, Theo soltou uma pequena exclamação involuntária.

Todos fitaram o horror que os confrontava: o primeiro-ministro Cyril Bligh estava sentado em uma das poltronas, com o rosto paralisado de surpresa. Seu paletó estava cuidadosamente pendurado em outra cadeira. O colete preto que usava brilhava de um jeito estranho, e a camisa branca por baixo estava manchada de sangue escuro.

Shadrack deu um salto para a frente, sem se dar conta de que o sangue coagulado sobre o tapete manchava seus sapatos, e que o sangue no corpo de Bligh manchava suas mãos.

— Bligh! — gritou. — Pelo amor das Parcas, Bligh, responda! — E colocou os dedos no pescoço do homem para sentir a pulsação.

Miles voou atrás dele e agarrou o punho do primeiro-ministro.

— Ele está frio — disse. — Completamente frio.

Os olhos de Theo dispararam ao redor da sala, absorvendo toda a cena. Na mesa ao lado do primeiro-ministro havia uma faca de lâmina curta. Estava revestida de sangue. O punho de madrepérola estava perfeitamente limpo. Ao lado da faca havia um robe de algodão pesado salpicado de sangue e um par de luvas. Não havia pegadas em lugar nenhum.

O tapete da escada estava limpo.

Um estrondo ensurdecedor soou acima.

Abruptamente, Miles e Shadrack interromperam os esforços inúteis de reanimar o primeiro-ministro.

— Sophia! — Shadrack gritou, caminhando apressado em direção à escada, quando o som de passos pesados encheu a casa. Theo pegou os instrumentos cobertos de sangue de cima da mesa e seguiu para o guarda-roupa familiar no fundo da sala. Em questão de segundos, Theo estava fechado do lado de dentro.

A falange de policiais desceu às pressas com pistolas em riste e encontrou Shadrack no meio do caminho.

— Shadrack Elli e Miles Countryman — exclamou o líder dos oficiais, em voz muito mais alta que o necessário. — Mãos sobre a cabeça. Vocês estão presos por conspiração, traição e pelo assassinato do primeiro-ministro Cyril Bligh.

12
À deriva

> *4 de junho de 1892: 13h00*
>
> *Os estudiosos que examinaram o Livro de Amitto, o texto sagrado dos niilistianos, levantaram questões interessantes sobre sua autenticidade. É inegável que o tom da prosa em todo o livro é consistente e passível de ter sido composto por um único autor. Todavia, esse autor pode não ser, como afirmam os niilistianos, de Novo Ocidente. O vocabulário e a maneira de construir frases sugerem outras origens possíveis. E então, estudiosos perguntam com muita razão: por que Amitto finge ser de Novo Ocidente?*
>
> — Shadrack Elli, *História de Novo Ocidente*

O PORTO DE BOSTON estava em polvorosa com os gritos das gaivotas e os berros dos marinheiros. Seus odores distintos — melaço e açúcar, café e rum, algas e oceano — pairavam no ar como viajantes inquietos desembarcando de suas longas viagens. Sophia serpenteou pela multidão até o escritório do capitão do porto, onde postou uma carta para Calixta e Burr, pedindo-lhes que a encontrassem com Theo em Sevilha, dali a um mês. Ela mostrou seus documentos para um dos guardas que patrulhavam o porto a fim de garantir que nenhum estrangeiro entrasse e que todos os cidadãos em viagem tivessem a documentação necessária. Depois, com a pulsação acelerada, procurou o *Verdade*.

Encontrou o nome na pintura branca em um navio com mastros altos e um casco liso. A figura de proa, uma mulher de azul com uma venda branca nos olhos, lembrava a gárgula de olhos vendados na entrada do Arquivo Niilistiano. As velas bem amarradas pareciam prontas para ser desfraldadas, antecipando uma viagem iminente.

Enquanto observava o navio, um homem de meia-idade de uniforme azul impecável se aproximou dela. Trazia consigo um amuleto niilistiano em volta do pescoço e um caderno e um lápis nas mãos.

— Você vai partir com a missão para os Estados Papais? — perguntou.

— Vou — ela respondeu com a respiração trêmula.

— Seu nome?

— Every Tims.

Ele examinou as páginas do caderno.

— Aqui está. Agora me lembro. Remorse cuidou da sua passagem. E você vai viajar com mais alguém? Aqui diz: "Every Tims e convidado, Shadrack Elli".

— O nome que Remorse deu está incorreto. E ele ainda não chegou.

— Você pode embarcar e eu darei instruções ao seu acompanhante quando ele chegar. Qual é o nome correto?

— Theodore Constantine Thackary.

— Muito bem. — Fez um breve aceno de cabeça. — Bem-vinda a bordo do *Verdade*, srta. Tims. Sua cabine é a de número 7.

— Obrigada.

Sophia subiu a prancha. No momento em que chegou ao topo, sentiu as águas do porto balançarem suavemente o *Verdade*, e o enjoo que ela passara a conhecer tão bem no verão anterior a atingiu com força total. Respirou fundo e se firmou. Depois, lentamente seguiu as indicações para as cabines. Quando passou as portas abertas, viu mais de um niilistiano desfazendo as malas e outros missionários, como Remorse, se preparando para a longa travessia do Atlântico. Com movimentos deliberados, eles colocavam roupas dobradas em gavetas, livros nas prateleiras, roupas de cama nos colchões. Sophia abriu a porta da cabine 7 e inspecionou o quarto minúsculo. O beliche com cortinas de tela preenchia metade do espaço. Uma cadeira de madeira e uma escrivaninha ficavam debaixo da janela redonda de moldura azul.

Sophia colocou a mochila no chão e a bolsa sobre a mesa. Em seguida se sentou e respirou fundo, na tentativa de acalmar o estômago. Colocou a mão no bolso e apertou o carretel de linha prateada. *Estou aqui*, disse a si mesma. *Estou aqui e vai dar tudo certo. Theo e eu enfrentamos coisa pior juntos no ano passado. Isso vai ser fácil.* Pela porta aberta, ela ouvia as gaivotas e as ondas que espirravam água contra o navio. Não havia nenhum outro som. Ela viu as cortinas sobre a cama farfalharem levemente com a brisa, em movimentos suaves e imprevisíveis.

O enjoo perturbava menos quando ela fechava os olhos; haviam lhe dito que o enjoo comum melhorava se a gente fixasse os olhos em um horizonte estável, mas ela sabia que o mal-estar que surgia de se encontrar à deriva na atemporalidade do oceano se manifestava de forma diferente. Sophia fechou os olhos e se concentrou em um único ponto no tempo: na manhã anterior, quando Minna aparecera para ela e falara aquelas simples palavras: *Mesmo que fique na dúvida, aceite a vela oferecida*. Ela viu os contornos nebulosos da silhueta e ouviu a voz, depois imaginou o restante de seu quarto à luz do amanhecer. Lentamente começou a se aquietar, e o enjoo abrandou. Era um alívio tão grande se sentir bem de novo que ela se apegou àquele momento pelo máximo de tempo possível.

O som das ondas além da porta aberta mudou. Sophia abriu os olhos e logo se deu conta de que a luz havia se alterado; estava amarelada. Tateou em busca do relógio, mas não conseguiu acreditar no que viu: 15h07.

Tomada pelo pânico, saiu em disparada pelo corredor, até chegar ao gradil do navio. A cidade de Boston estava diminuindo rapidamente ao longe. O *Verdade* havia zarpado. E, até onde ela sabia, nem Theo nem Remorse estavam a bordo.

PARTE 2
A caçada

13
A praga

25 de fevereiro de 1881

O *Poleiro* chegou a Sevilha no dia seguinte, como o capitão Wren havia previsto. Despedir-nos dele e de sua tripulação nos deixou um pouco melancólicos, pois as últimas vinte horas haviam sido as mais agradáveis que tínhamos passado a bordo. Liberados do subterfúgio que eles mesmos haviam se imposto, os australianos puderam se mostrar como realmente eram: barulhentos, curiosos e estrondosamente bem-humorados.

Grande porção da tarde se passou em um interrogatório ansioso sobre nossa história e nossos hábitos; eles tinham uma curiosidade imensa sobre o mundo de Novo Ocidente e das Terras Baldias, que a maioria nunca tinha visto. No entanto, notamos que estavam menos dispostos a falar sobre a própria era, e aprendemos depressa que, para os deixarmos alegres, não deveríamos fazer perguntas. Mas a noite também foi agradável. Fomos para a cama já muito tarde e, ao acordar, soubemos que estávamos prestes a aportar. Na última parte da jornada, o capitão Wren desacelerou o navio a uma velocidade menos surpreendente, para não chamar atenção.

Quando desembarcamos em Sevilha, o capitão Wren nos deu de presente um relógio e uma grossa corrente. Embora à primeira vista parecesse normal, um relógio que podia ser encontrado em qualquer loja de Boston, uma inspeção mais cuidadosa mostrava doze horas no visor, e não vinte. O objeto também era australiano em outros aspectos, de acordo com o capitão Wren.

— Na realidade, eu não poderia lhes dar nada — disse ele —, mas já driblei tanto as regras até agora que achei que não faria mal driblá-las mais um pouco. — E virou o relógio do outro lado. — Se pressionarem aqui, verão que a parte de trás se abre. — Nós o observamos revelar um compartimento com três botões de bronze do tamanho de cabeças de alfinete. — Pensem neste relógio como uma espécie de ímã — explicou Wren, para nossa surpresa — que me atrairá a vocês caso algum dia precisem de ajuda. O botão superior ativará o ímã, e eu vou ser alertado. Se estiverem correndo grave perigo, não hesitem em pressioná-lo.

— O que os outros fazem? — perguntou Bronson.

— Vocês não vão precisar deles; não serão úteis quando vocês estiverem nos Estados Papais. Aliás, nem em Novo Ocidente.

— Obrigada, capitão Wren, por toda a sua bondade — falei, apertando-lhe a mão. — Espero que nunca tenhamos uma emergência que exija chamá-lo, mas este relógio vai servir como um lembrete maravilhoso de vocês e dos dias que passamos a bordo do *Poleiro*.

Depois de nos despedirmos, Wren zarpou quase de imediato, sem sequer reabastecer o navio. Ele explicou que havia provisões mais que suficientes no porão, e que precisariam compensar o tempo perdido. Fomos deixados, um tanto desamparados, sozinhos nas ruas de Sevilha.

A cidade deve ser muito bonita, mas tenho certeza de que não aproveitamos como poderíamos. O estado de espírito da população era retraído e intranquilo. A caminho do centro da cidade, quase fomos assaltados duas vezes, e foi só graças à longa espada de Bronson e ao meu castelhano razoável que chegamos com segurança ao bairro judeu, onde sabíamos que havia uma loja de mapas e uma estalagem amigável a viajantes estrangeiros. Nossas informações se mostraram corretas, e o proprietário do estabelecimento demonstrou ser o homem mais gentil que conhecemos em todos os Estados Papais. Ao ouvir que quase tínhamos sido roubados, Gilberto Jerez sacudiu a cabeça de cabelos brancos com tristeza exagerada e agradeceu aos céus por nossa chegada segura. Ele mostrou nosso quarto pequeno, porém muito limpo, e nos fartou com um ensopado de frango e grão-de-bico e uma sobremesa de figos e amêndoas.

Embora Sevilha fosse, de modo geral, atrasada e primitiva, como seria de se esperar de uma era anterior à nossa, eu teria ficado na pequena estalagem de Gilberto, de bom grado, por um mês inteiro.

Se ao menos as Parcas tivessem nos permitido alguma previsão do que aconteceria, teríamos feito isso.

Entretanto, explicamos a urgência de nossa missão para o gentil Gilberto, que insistiu no dia seguinte em nos acompanhar pessoalmente até a casa de seu sobrinho, um homem confiável, embora taciturno, de idade muito próxima à minha, cujo nome era Ildefonso. Gilberto sugerira que Ildefonso, um comerciante que viajava com frequência pela rota oriental, poderia nos acompanhar a Murtea. Ildefonso admitiu que não tinha planos de viajar naquela direção por mais algumas semanas, mas, ao lhe oferecermos um pagamento justo em ouro, conseguimos convencê-lo a ser nosso guia. Shadrack nos dissera, e ele estava certo, que os Estados Papais valorizavam o ouro acima de qualquer outra coisa. É bem sabido que nas Espanhas e em seu império — isto é, no lugar que existia na nossa era, centenas de anos atrás — o ouro também era altamente valorizado. No entanto, assim como tantas outras coisas, o mundo não era o mesmo após a Grande Ruptura; os Estados Papais não são as Espanhas. Nos Estados Papais, o ouro é valorizado acima de tudo por um motivo diferente.

A temida Era das Trevas, que fica na estrada entre Sevilha e Granada, é considerada a fonte de uma praga conhecida como lapena. Bruno nos havia alertado em sua carta, e a advertência se mostrou correta: mesmo em Sevilha, onde os outros perigos da Era das Trevas estão muito próximos, a praga é o mais temido.

A doença começa com uma acentuada onda de cansaço e letargia. A vítima fica tão abatida que o mundo inteiro lhe parece sombrio e opressivo. Sobreviventes a descreveram como uma perda gradual de visão, de modo que o mundo da vítima parece se encolher a partir das bordas externas. À medida que os dias passam, a vítima definha cada vez mais, recusa-se a comer e a beber, passa a não sentir nada pelos entes queridos e, finalmente, não se importa mais com a própria vida. Eu já vi pessoas acometidas por lapena, e posso confirmar que é algo terrível. Na maioria das vezes, a vítima morre lentamente de sede ou de fome, o que torna a dor de sua família ainda mais terrível. Parece uma escolha, embora claramente não seja; é uma doença a que o enfermo não tem forças para resistir. E há outra coisa que é importante mencionar: a lapena é contagiosa. Terrivelmente contagiosa.

Não há cura comprovada, mas, por razões que os médicos não compreendem totalmente, existe uma substância que, às vezes, tem o efeito de melhorar o quadro ou preveni-lo: o ouro. Frequentemente, porém, não tem efeito algum. Mas há rumores de que o metal precioso, mais de uma vez, impediu que a doença se enraizasse ou mesmo que um doente morresse. O próprio Gilberto nos disse que vira uma parente distante curada depois de ser forçada a olhar para o reflexo de seu rosto em um espelho de ouro batido. Mas outros doentes tentaram curas muito mais radicais: vestir um peitoral de ouro como escudo; beber água com flocos de ouro; até mesmo perfurar o corpo com agulhas de ouro. Por essa razão, a demanda por ouro é alta nos Estados Papais, e cada grama é juntado com o propósito de afastar a lapena.

De qualquer forma, chegamos bem equipados. Em preparação para a viagem, gastamos uma pequena fortuna em Boston trocando nossa moeda por ouro e consideramos bem gasta a quantia que demos a Ildefonso, se ela nos levasse em segurança ao nosso destino. Shadrack também nos equipou com os melhores mapas possíveis: um mapa de vidro dos Estados Papais, feito por um amigo que viajara para Toledo uma década antes, e um mapa de chá para encontrarmos alojamento.

Vou contar pouco sobre nossa viagem ao leste rumo a Murtea, porque, graças a Ildefonso, praticamente não tivemos intercorrências. Tínhamos pensado que nosso ouro compraria apenas seus serviços de guia, mas, talvez devido à insistência de Gilberto ou à sua própria generosidade, Ildefonso trouxe consigo dois primos para nos proteger. Ostensivamente, eles estavam ali para nos defender do *cuatroala*, ou "quatroasas", uma fera temível de quatro asas, como o nome sugeria. Ela reside na Era das Trevas e se aventura para além daquela floresta negra a fim de pilhar e procurar comida. Não encontramos nenhum quatroasas, mas a presença dos dois primos — que só conhecíamos pelos apelidos de "Rubio" e "El Sapo" — foi eficaz para dissuadir qualquer bandoleiro da estrada que pudesse se sentir tentado a criar dificuldades em nosso caminho. Rubio, um homem alto e magro, de cabelos loiros encaracolados, carregava uma longa espada e um punhal e fazia questão de limpar os dentes com a lâmina curta sempre que parávamos para uma refeição. El Sapo, que era quase tão largo quanto alto, tinha perdido a maioria dos dentes em brigas anteriores, e os punhos calejados eram como porretes. Graças a eles e ao silêncio vagamente ameaçador de Ildefonso, todos nos deixavam em paz.

O campo fora de Sevilha estava seco, mesmo em fevereiro, e, embora Ildefonso considerasse a paisagem montanhosa, ela era, na realidade, bastante plana. Viajávamos a cavalo, alimentávamos os animais nas estalagens de beira de estrada e víamos muito pouco das aldeias ao longo do caminho. Quanto mais viajávamos para leste, mais perto chegávamos da Era das Trevas. Vimos aldeias vazias em todos os lugares. As pessoas nos vilarejos ainda povoados eram reservadas e tinham receio de estranhos. Apreciamos ainda mais o fato de nosso guia ser um comerciante bem conhecido na rota. Em vez de nos tratar com desconfiança, estalajadeiros quase sempre nos aceitavam sem falar nada. Era evidente, apesar disso, que a epidemia fizera mais do que isolar as aldeias. A meus olhos, ela também havia deixado a população mal-humorada, pouco receptiva e hostil. Conforme avançávamos, encontrando o rosto duro de estalajadeiros e de outros viajantes, pude perceber como a manifestação de bondade vívida e generosa, por parte de Gilberto, fora excepcional.

Nossos companheiros de viagem ficaram muito quietos no último dia da nossa viagem, embora, para ser sincera, raramente fossem de falar. Rubio às vezes tinha momentos de sociabilidade efervescente, mas, na maior parte do tempo, eles formavam um trio sério — isto é, tedioso — de guarda-costas. Eu estava começando a me sentir nervosa sobre o encontro que nos aguardava. Ou iríamos encontrar Bruno morto, ou estaríamos diante de um confronto desagradável com as autoridades do vilarejo. Chegamos a Murtea por volta do meio-dia e pedimos a um sentinela informações sobre o caminho a seguir. Ele nos apontou para o escritório do xerife.

Murtea era cercada por uma muralha de pedra, e, após cruzarmos o portão, nos deparamos com um labirinto de ruas estreitas, algumas de pedra, outras de terra. Precisamos de várias tentativas para chegar à fonte no meio do vilarejo e depois localizar o gabinete do xerife. Bronson e eu cavalgávamos na frente, e nossos supostos guias, andando cada vez mais devagar, nos seguiam. Aqui e ali passávamos por aldeões na rua, que nos olhavam com cautela, sem nenhum sinal de boas-vindas. Quando enfim encontramos o gabinete do xerife, fomos recepcionados na porta — se é que se pode chamar tal carranca de recepção — por um homem magro, munido de uma espada longa com a ponta de ouro e vestindo uma capa preta esfarrapada.

Alguns dias antes, tínhamos combinado que, embora meu castelhano fosse adequado, seria Ildefonso quem perguntaria ao xerife murteano o que havia acontecido a Bruno. No entanto, quando apeamos, descobri que nossos três guarda-costas não estavam mais ao nosso lado. Seus cavalos estavam com os nossos, parecendo tão perplexos quanto Bronson e eu, e balançavam as rédeas soltas com surpresa satisfação. Dei uma olhada rápida pela praça e percebi que Ildefonso, Rubio e El Sapo estavam sentados a certa distância um do outro, perto da fonte. Meu primeiro pensamento foi de que estavam exaustos por causa do calor. Mas então, com crescente horror, vi El Sapo cair para o lado com indiferença, como se desmaiasse. Ficou ali, insensível à poeira e ao sol causticante. Então tive certeza do que o afligia. Bronson e eu nos entreolhamos, compartilhando o mesmo pensamento de pânico: *O que fazemos agora?*

Alguém tomou a decisão por nós. Uma mulher que até então não tínhamos visto, em pé na sombra de um edifício não muito longe da fonte, soltou um berro lancinante.

— Lapena, lapena! — gritou, elevando a voz a um guinchado e repetindo a temida palavra inúmeras vezes ao fugir da praça. Nossos três companheiros não se mexiam. Bronson e eu nos viramos ao mesmo tempo para o xerife, mas ele já havia desaparecido. Por um momento ilusório, imaginamos que sairíamos livres. Acho que, para minha vergonha, eu realmente contemplei partir a cavalo e deixar Ildefonso, Rubio e El Sapo para trás.

Então surgiram quatro figuras de dentro do gabinete do xerife. Vestiam armadura completa debaixo da capa branca com capuz e, sobre o rosto, uma máscara de bico longo feita de ouro batido. O tecido branco das capas reluzia à luz do sol forte, e percebi que fios de ouro estavam entrelaçados à trama do tecido. Com os bicos, as armaduras e as vestes brancas, os homens pareciam estranhas aves de rapina silenciosas. Reconheci o xerife apenas pela espada com ponta de ouro que estava mirada para nós e nos impedia de fugir. Enquanto seus três assistentes caminhavam com determinação em direção à fonte, o xerife nos deu uma ordem seca para erguermos as mãos.

Em uma procissão rápida e enervante, fomos guiados de volta para fora do labirinto de ruas estreitas. Ouvi alguma perturbação atrás de nós e me virei para ver que os subordinados do xerife tinham jogado Ildefonso, Rubio e El Sapo de barriga para baixo sobre as selas e os estavam conduzindo atrás de nós. Mais uma vez, senti uma onda de esperança infundada de que eles simplesmente nos expulsariam da cidade. Ledo engano. Depois de passarmos por várias janelas fechadas, chegamos ao posto de sentinela, agora vazio, saímos das muralhas da cidade e tomamos as planícies secas e desertas. Caminhamos rumo ao sul pegando um desvio para fora da estrada pela qual tínhamos chegado, então vimos nosso destino na encosta de uma colina: um edifício baixo e alongado com grades nas janelas abertas. Era a prisão do vilarejo, que também funcionava como estação de quarentena, situada a uma distância segura das muralhas de Murtea. O xerife abriu a porta e fez sinal para entrarmos. Seus subordinados amarraram os cinco cavalos e nossos guias inertes dentro da cadeia escura.

— Por favor, senhor — implorei a ele em castelhano. — Deixe-me explicar por que estamos aqui. Podemos partir de uma vez por todas se o senhor apenas nos informar do paradeiro de nosso amigo... um homem que foi aprisionado aqui há alguns meses... — Era impossível ler a expressão do xerife sob o bico dourado sinistro, mas suas ações eram bastante claras. Ele nos forçou para dentro da prisão com a ponta da espada, fechou a porta com tudo atrás de nós e a trancou. Bronson e eu fomos deixados ali na escuridão, com três homens que já estavam, inexoravelmente, sucumbindo à lapena.

14
Guardando segredos

> **4 de junho de 1892: 13h27**
>
> *Antes da Ruptura, a aplicação da lei em Boston era feita por xerifes, policiais e vigias. Em algumas partes de Novo Ocidente, esse sistema ainda está em vigor. Porém, no início da década de 1840, muitas das maiores cidades — a saber, Boston, Nova York, Charleston e New Orleans — puseram em prática forças policiais que visavam à prevenção e à investigação dos crimes. Desde então, a força policial tornou-se um dos pilares do sistema de justiça criminal em Novo Ocidente.*
>
> — Shadrack Elli, *História de Novo Ocidente*

AGARRADO À FACA E ao amontoado de roupas manchadas de sangue, Theo ficou sentado, imóvel, na escuridão, de costas para a parede do guarda-roupa. Respirava muito discretamente, usando o truque que sempre usava quando precisava se acalmar: imaginava-se assistindo a tudo do alto. Além do guarda-roupa estava a sala de mapas, e para além da sala ficava o restante da casa; a East Ending Street se espalhava para as duas direções, e as ruas que ele conhecia tão bem se ramificavam a partir dela até encherem a cidade e alcançarem a baía. Daquele ponto de vista privilegiado, ele podia entrever todas as rotas que o conectavam, do guarda-roupa no número 34 da East Ending Street, a incontáveis lugares no mundo exterior. Theo não estava preso; estava escondido. Observar de cima o lembrava de que, independentemente de quaisquer circunstâncias, ele conseguiria encontrar uma saída. Sempre havia uma saída.

A polícia tinha levado Shadrack e Miles — o primeiro chamando por Sophia, e o último esperneando furiosamente. Dois policiais haviam sido deixados para guardar o corpo de Bligh. Theo os ouviu resmungar depois de terem recebido ordens de ficar para trás.

— Quando Grey virá, afinal? — um dos policiais perguntou ao outro, após mais de meia hora.

— Ele está a caminho. Ouvi dizer que está jantando em casa e não quer ser interrompido.

Os dois homens compartilharam uma risada baixa.

— E eu ouvi dizer que ele não teve escolha.

Riram novamente.

— Você não tem filhas — disse em tom sóbrio o oficial com a voz mais velha. — É chocante como elas mandam na gente.

— E você não tem uma Nettie Grey — respondeu o homem mais jovem. — Eu a conheci no ano passado, quando Grey ganhou a medalha. Ela me perguntou por que não tínhamos prendido Juniper no roubo da Park Street.

—· Parcas nas alturas. Como é que ela sabe disso?

— Grey conta tudo a ela, aquele velho tolo. Para nós, ele parece feito de pedra, mas, para ela, é puro mel. Venera o chão que ela pisa. Faz a mulher pensar que é dona de Boston inteira.

— Assustador.

— Eu diria que sim. Se fosse comigo, eu também não interromperia o jantar.

Ouviu-se um barulho no andar de cima, e os policiais ficaram em silêncio. Theo escutou passos lentos e constantes descerem a escada.

— Ives, Johnson — disse uma voz sem inflexão. — Boa noite.

— Boa noite, inspetor Grey — respondeu a voz mais velha. — Mas de boa não tem nada.

— Estou vendo. Nada foi mexido?

— Os dois suspeitos criaram um pouco de confusão antes que os prendêssemos.

— O que, eu suponho, explica o tapete.

— Muito provavelmente, senhor.

— Obrigado. Vou demorar alguns minutos.

Depois veio o silêncio. Theo ouviu apenas movimentos discretos por quase meia hora e teve que se forçar a esperar que as vozes e os passos subissem a escada. *Eles ainda estão aqui*, Theo disse a si mesmo. *Espere por eles. Espere.*

Por fim, a voz do inspetor Grey interrompeu o silêncio.

— Obrigado. Podem levar o corpo. Tem mais alguém em casa?

— A governanta está lá fora, senhor. Ela chegou enquanto estávamos aqui, e a mantivemos longe para que não interferisse.

— Vou falar com ela lá em cima.

Theo ouviu primeiro os passos constantes de Gray subindo os degraus e depois os sons confusos dos dois policiais andando e embrulhando o corpo de Bligh. Ofegantes, eles também deixaram a sala de mapas.

Theo estendeu as pernas com um suspiro de alívio. Teria de esperar um pouco mais, mas pelo menos agora podia se mexer. A escuridão deixava impossível olhar no relógio. Ele sentiu que estava se aproximando a hora quinze. Sophia com certeza estava esperando por ele no porto, e ele não estaria lá. Theo balançou a cabeça e se convenceu de que ela entenderia o motivo, quando voltasse para casa.

Os passos no andar de cima e os lamentos agudos de quando em quando lhe diziam que a sra. Clay falava com Grey. A conversa durou cerca de quarenta minutos. Quando as vozes se calaram, Theo esperou um pouco mais para ter certeza de que os passos que ouvia pertenciam apenas à sra. Clay.

Com os panos amontoados e a faca em mãos, ele saiu do guarda-roupa sem fazer barulho, evitando o tapete macabro e a poltrona virada. Subiu as escadas em silêncio e espiou a biblioteca. Não havia ninguém. O silêncio da casa agora era sinistro.

— Sra. Clay? — ele chamou.

— *Theo!* É você? — Uma cadeira na cozinha se arrastou no assoalho, e a sra. Clay correu para encontrá-lo, soltando um gritinho: — Parcas nas alturas!

— Este sangue não é meu, é de Bligh. — Ela olhou para ele, sem compreender. — Estas coisas são de Shadrack; tive que tirar de lá.

A sra. Clay arregalou os olhos com horror.

— O que você fez, Theo?

— Eu estava com eles quando encontramos Bligh. Eu vi a faca, estas luvas e o roupão: são de Shadrack. Por isso peguei e me escondi no guarda-roupa.

— E você esteve no guarda-roupa durante todo esse tempo?

— Estive. — Eles se entreolharam em silêncio. Theo se lembrou do verão anterior, considerando a estranha coincidência de ter sido forçado a se refugiar duas vezes no guarda-roupa do porão da East Ending Street, 34.

A sra. Clay tentava entender os acontecimentos, mas não conseguia.

— Então a polícia não viu você?

— Não.

— Mas e quanto a essas... *coisas* que você está segurando? A polícia vai querer isso.

Theo segurou a faca de um jeito significativo, como se para lembrá-la do que era.

— Shadrack não matou Bligh, mas qualquer um que encontrar isso aqui vai achar que sim. Tive que tirar de lá.

— Eu preciso me sentar — disse a sra. Clay. Ela caminhou de volta para a cozinha, e Theo a seguiu. — Ponha essas coisas horríveis na pia.

— A Sophia já voltou?

— Essa é a outra tragédia. — A sra. Clay balançou a cabeça e pegou um pedaço de papel no bolso da saia. — O que é que isso significa?

Theo viu que a caligrafia era de Sophia e sentiu um frio na barriga.

— O que diz?

— "Shadrack, sinto muito, mas eu tinha que ir. Você me disse no verão passado que eu precisava de algo para fazer. O que era verdade naquela época continua sendo agora. Vou estar em boa companhia. E pedi a Calixta e Burr que me encontrassem em Sevilha. Com amor, Sophia." Ela não pode estar realmente falando de *Sevilha*, pode?

— Que horas são agora? — indagou Theo, ignorando a pergunta. Então envolveu a faca e as luvas no roupão, com a parte limpa para fora, e começou a lavar as mãos vigorosamente na pia.

— São 15h15. Tem sangue na sua camisa.

Ela vai voltar a qualquer momento, Theo tranquilizou-se. *Quando perceber que eu não apareci, vai ficar aborrecida e vai voltar para casa*. Ele tirou a camisa, enxugou as mãos e depois se juntou à sra. Clay na mesa da cozinha.

— Acho que a própria Sophia vai poder explicar isso. Logo, logo ela vai estar aqui. Aquela carta... Ela e Shadrack tiveram uma pequena discussão, só isso.

— As Parcas se voltaram contra nós — disse a sra. Clay, com a voz embargada. — Não consigo pensar em nenhuma outra explicação. Eu sempre alertei o sr. Elli de que a irreverência dele com relação às Parcas teria consequências, mas ele não quis me ouvir. — E fungou.

— As Parcas não tiveram nada a ver com isso. — Theo notou o cabelo desgrenhado da governanta, suas lágrimas e seu rosto pálido. — Sra. Clay — ele disse mais suavemente e estendeu a mão sobre a mesa para alcançar a da mulher mais velha. — Isso não é obra das Parcas. Foi Gordon Broadgirdle.

Ela piscou para ele.

— O que você quer dizer?

— Não tenho nenhuma dúvida, foi ele. Ele esteve aqui outro dia ameaçando Shadrack, e este é exatamente o tipo de coisa que ele faria: cometer um crime terrível e enquadrar alguém por isso.

— Mas ele é um membro do parlamento.

Theo deu uma risada irônica.

— Agora é, com certeza, mas nem sempre foi. Ele é um canalha, da cabeça aos pés.

— Você fala como se o conhecesse.

— E conheço. — Theo soltou a mão da sra. Clay, recostou-se na cadeira e cruzou os braços sobre o peito. Ele enxergava com muita clareza como o próximo mês se desenrolaria, tanto quanto conseguia ver sua rota de fuga para fora de Boston. Sophia voltaria para casa e ficaria devastada por encontrar o tio na prisão. As provas todas, claras como o dia, confirmariam a culpa de Shadrack. A procissão arrastada de oficiais de justiça criminal condenaria Shadrack e Miles por assassinato. Broadgirdle, o arquiteto invisível de todo o edifício grotesco, estaria rindo nos bastidores, apreciando o espetáculo.

Theo viu sua rota de fuga desmoronar, como se fosse feita de areia. O lema que lhe servira bem por muitos anos, "Cada um por si", não serviria de nada àquela altura. *O que vai acontecer com Sophia?*, Theo pensou. *Ela não pode resolver tudo isso sozinha, nem a sra. Clay.* Ele não podia nem imaginar abandonar Shadrack e Miles naquele momento; não enquanto pudesse evitar o que aconteceria em seguida. De fato, ele talvez fosse a única pessoa que *pudesse* impedir, já que sabia com certeza quem era o responsável.

O pensamento de enfrentar Broadgirdle o fez se acovardar. *Mas isso não vai acontecer*, pensou com firmeza. *Não preciso falar com ele, nem mesmo vê-lo. Só preciso provar que ele é culpado.*

Ele percebeu que a sra. Clay estava esperando que ele falasse.

— Eu o conheço de antes — disse ele —, de antes de conhecer todos vocês. Quando eu morava nas Terras Baldias.

— Quer dizer que ele não é de Novo Ocidente?

— Não, não é.

— Mas ninguém sabe disso. Ele finge ser de Boston. — A sra. Clay torceu o lenço. — Ele não tem o direito de estar no parlamento!

— A senhora entendeu. Ele é exatamente como nós: documentos falsos e tudo o mais. Eu aposto.

— Você deve contar para alguém! Agora... Imediatamente. Alguém no parlamento.

— Não é uma boa ideia.

— Por que não? É uma obrigação, Theo! Você deve.

Theo queria contar a verdade à sra. Clay; na realidade, havia planejado contar para que ela entendesse como era certo o que ele pretendia fazer. No entanto, agora aquelas palavras estavam acumuladas em algum lugar em seu peito, e outras — palavras mais fáceis, que pareciam muito mais palatáveis e que não eram, de fato, inteiramente falsas — tomaram seu lugar.

— A questão é a seguinte: a senhora se lembra da outra noite, quando Bligh perguntou a Shadrack sobre uma informação que oferecesse vantagem? — Ela assentiu com a cabeça. — A senhora sabe o que Broadgirdle faz com informações? Ele chantageia as pessoas.

A sra. Clay olhou para ele.

— Mas Shadrack não fez nada de errado.

— Nós não sabemos que tipo de vantagem Broadgirdle tem. Pode ser algo que não sabemos, algo do passado de Shadrack. — Ele sentiu uma pontada quando disse isso; de forma inesperada, as palavras pareciam muito próximas da sua realidade. — Se simplesmente formos ao parlamento e despejarmos algo como "Broadgirdle não é de Novo Ocidente", ele poderia fazer o mesmo que fez com Shadrack.

— Entendo o que você quer dizer — respondeu a sra. Clay lentamente. — Mas *quem* é ele? Você ainda não me disse.

Theo abriu a boca para falar, mas não sabia o que diria até que as palavras saíssem.

— Ele era um banqueiro do lado terrabaldiano da fronteira. Fez fortuna com especuladores de estrada de ferro, isto é, pegava o dinheiro desses homens e encontrava algum segredo sujo que tornava impossível que eles algum dia recuperassem a quantia. Eu vi isso acontecer com mais de uma dúzia de pessoas. — Parecia plausível. E se adequava perfeitamente às circunstâncias de seu dilema atual.

— Como você descobriu? — perguntou a sra. Clay, mais horrorizada que em dúvida.

— Um amigo meu que trabalhava no banco — ele respondeu sem rodeios.

— É simplesmente terrível!

— É — Theo concordou. — Terrível. — *E nem de perto tão ruim quanto a verdade*, pensou.

15
Verdade revelada

> **4 de junho de 1892: 15h15**
>
> *Antes de a praga começar a cobrar seu preço terrível, peregrinos de eras próximas e distantes viajavam para os Estados Papais com o objetivo de visitar os santuários que decoravam a península como muitas joias preciosas: monumentos aos milagres maravilhosos que aconteceram naquela terra um dia abençoada. Agora há menos movimento nos templos, e alguns tragicamente começaram a se deteriorar. Mas os milagres que eles preservam dentro de suas paredes em ruínas não são menos admiráveis hoje do que eram antes.*
>
> — Fulgencio Esparragosa, *História completa e oficial dos Estados Papais*

SOPHIA CORREU DE VOLTA para sua cabine, tentando ignorar a náusea que retornava e que ela havia superado com tanto custo. *Devem ter colocado Theo em uma cabine diferente*, disse a si mesma. *Ele deve ter se demorado conversando com alguém. Ou explorando o navio.* Ela sentiu uma pontada de frustração. *Claro que ele se esqueceria de vir me encontrar.* No entanto, pareceu-lhe estranho que Remorse também não tivesse vindo, mas talvez ela tivesse obrigações a cumprir com a missão.

Foi seguindo pelo corredor coberto, notando que todas as portas de cabines estavam abertas e que os alojamentos estavam vazios. *Por que não tem ninguém aqui?*, perguntou-se, inquieta. Ela subiu o primeiro lance de escadas e encontrou uma passagem idêntica à do andar de baixo — também vazia. Um pensamento fantástico e irracional de que ela fosse a única pessoa a bordo perpassou sua mente. Não conseguia evitar a lembrança da história da vovó Pearl a bordo do *Cisne*, sobre uma Lachrima que fora deixada à deriva em um navio que ela não queria abandonar.

Sophia respirou fundo para acalmar os nervos e o estômago. *Não estou pensando com clareza*, disse a si mesma. *Tem uma explicação para isso.*

Um instante depois, ela descobriu. De uma grande sala no final do corredor veio o cheiro de frango assado; seu estômago revirou, ao mesmo tempo em que a lembrou de que estava faminta. Cerca de trinta niilistianos estavam sentados em três mesas compridas de jantar, comendo e conversando tranquilamente. Sophia caiu porta adentro. Não viu Remorse nem Theo, apesar de que havia gente demais, e ela estava com dificuldade de enxergar todo mundo.

Enquanto hesitava, um homem alto com um bigode grisalho se levantou do assento e se aproximou.

— Srta. Tims — ele a cumprimentou com uma ligeira mesura. — Sou o capitão Ponder. Está se sentindo melhor?

Sophia olhou para ele, perplexa.

— Ainda estou enjoada — respondeu. — Estou procurando meus companheiros de viagem, Theodore e Remorse.

O capitão parou por um instante. Então se virou e acenou para o homem de meia-idade que a conduzira a bordo do navio. Após limpar a boca rapidamente com o guardanapo, o homem se juntou a eles.

— Sim, capitão?

— A srta. Tims está perguntando de seu convidado, Theodore Constantine Thackary.

O homem mostrou a Sophia um olhar de desculpas.

— Receio que ele não tenha chegado, srta. Tims. Fiquei a tarde toda parado onde a senhorita me viu, recebendo os passageiros até a hora quinze.

— Não houve nenhum recado nem nada? — ela perguntou fracamente.

— Desculpe. Não.

Sophia engoliu em seco.

— Entendo. E quanto a Remorse?

— Obrigado, Veering — disse o capitão, dispensando o homem. — Remorse suspeitou de que a senhorita estaria indisposta e optou por não perturbá-la — ele disse a Sophia. — E pediu que fizéssemos o mesmo. Ela lhe deixou isto. — O capitão pegou um envelope de dentro do paletó.

Sophia o pegou, entorpecida.

— Quer dizer que ela não está aqui?

O capitão pigarreou.

— A senhorita esperava que estivesse? Talvez tenha havido algum mal--entendido. Remorse não está a bordo do *Verdade*.

— Mas ela iria viajar aos Estados Papais por causa de sua missão.

O capitão reagiu com silêncio, depois falou com cuidado:

— Não é o caso. Remorse reservou uma passagem para a srta. Every Tims e seu convidado, há algumas semanas, mas nunca reservou uma para ela. A senhorita é Every Tims?

Sophia olhou para ele, atônita.

— Sim — respondeu, com a voz pouco acima de um sussurro.

— Não posso dizer como aconteceu o mal-entendido, mas talvez a carta contenha algumas explicações. — Tomando Sophia pelo cotovelo, ele a levou para uma poltrona na lateral da sala de jantar. — Se estiver se sentindo bem mais tarde, por favor, junte-se a nós para o jantar.

Sophia observou em silêncio enquanto o capitão Ponder voltava ao seu posto. Em seguida, com as mãos trêmulas, abriu o envelope.

Sophia,

Peço desculpas por parecer que enganei você. Foi um fingimento, mas foi necessário. Sustente a história de que está viajando para os Estados Papais como Every Tims, e o capitão cuidará bem de você. Ele já navegou por essa rota muitas vezes, e com certeza você fará uma viagem tranquila. Ponder tem a mente mais aberta do que outros niilistianos, e você verá que ele não vai ser descortês com seu tio.

Você e Shadrack serão recebidos em Sevilha por uma pessoa de minha confiança e que se referirá a mim pelo nome. Espero que isso também explique com um pouco mais de detalhes a necessidade desse ardil elaborado. Mais uma coisa: deixei uma carga no porão marcada com o seu nome. Entregue-a para o meu enviado quando desembarcar, e ele vai lhe dar acesso ao diário.

Sophia, lamento não poder viajar com você, e sinto muito pelo fingimento. Existem razões pelas quais devo permanecer em Boston. A despeito do que minhas ações possam parecer, por favor, acredite em minhas boas intenções. Essa foi uma boa decisão, não duvide. Você não vai se arrepender.

Sua amiga,
Cassia (Remorse)

A carta caiu das mãos de Sophia, sem que ela percebesse. Ela olhou para a sala de jantar e entendeu exatamente o que tinha acontecido. Estava cruzando o Atlântico sozinha, com uma falsa identidade, em um navio cheio de estranhos, indo ao encontro de outro estranho. Então compreendeu que aquela não tinha sido absolutamente uma boa decisão: era a coisa mais impensada, perigosa e equivocada que já havia feito na vida.

16
A perda de Bligh

> **4 de junho de 1892: 17h17**
>
> *Os membros do parlamento pagam por suas cadeiras e, baseados em suas visões de mundo, ficam com um partido ou com outro. De seis em seis anos, os eleitores em Novo Ocidente selecionam qual desses partidos escolherá o primeiro-ministro, que já deve ser um parlamentar. Quase invariavelmente, o primeiro-ministro escolhido pelo partido eleito já é um líder partidário popular.*
>
> — Shadrack Elli, *História de Novo Ocidente*

GORDON BROADGIRDLE EXAMINAVA SEU traje em frente ao espelho de corpo inteiro que ficava em seu gabinete. Ele entendia, de uma forma que muitos de seus colegas no parlamento não entendiam, que a aparência de um homem podia fazer a diferença entre o sucesso e o fracasso. Aqueles que admiravam o parlamentar Broadgirdle, ou seja, a maioria do parlamento e a maior parte de Boston, consideravam-no "bonito"; aqueles que o temiam, ou seja, todos que o conheciam, chamavam-no de "imponente"; e aqueles que o temiam, mas não o admiravam, não o chamavam de nada.

Os pouquíssimos corajosos o suficiente para admitir que o bonito e imponente membro do parlamento os deixava nervosos tinham dificuldades em explicar o porquê. Talvez tivesse a ver com a forma com que ele separava o cabelo negro e espesso bem no centro da cabeça de tamanho considerável, o que criava uma linha branca severa sobre seu crânio. Ou, talvez, tivesse a ver com o jeito com que seus olhos negros penetrantes pareciam dizer uma coisa debaixo das sobrancelhas escuras, enquanto suas palavras parecessem dizer outra. Ou talvez tivesse a ver com o bigode fino que se agarrava ao seu lábio superior como uma centopeia, espigado acima da imponente barba preta que cobria grande parte de seu rosto. A centopeia parecia ter vontade própria. Quando Broadgirdle sorria, ele se contorcia de modo desagradável.

Naquele momento, o parlamentar acariciava uma extremidade da centopeia com a mão grande e polvilhada de branco, com manicure elegante; sua outra mão repousava sobre o peito largo. Era um grande motivo de orgulho que seu nome combinasse com seu porte, e ele adorava o efeito intimidador de sua presença. Era suficiente entrar em uma sala e avançar resolutamente até um homem magro ou de tamanho mediano, em seguida olhá-lo de cima para baixo, do alto de sua grande estatura, como uma montanha que contempla um carrinho frágil na base. As pessoas que riam do nome de Broadgirdle antes de conhecê-lo eram invariavelmente reduzidas ao silêncio quando se deparavam com o peito enorme, a barba negra formidável e o olhar penetrante.

Broadgirdle usava tudo isso em vantagem própria. Ele confiava em sua aparência como o principal instrumento de força bruta e reservava a fala para quando era realmente necessário. Isso tinha o efeito de tornar suas palavras, quando ele as usava, ainda mais potentes.

Ele se afastou do espelho e examinou o discurso que tinha preparado para aquela ocasião. Enchia três páginas brancas. Ele as olhou mais uma vez, pronunciando as palavras do jeito como iria apresentá-las ao público de Boston, que esperava ansiosamente para saber se os rumores sobre o assassinato do primeiro-ministro eram apenas isso — rumores — ou se eram baseados em fatos.

Uma leve batida na porta indicava que chegara a hora. Acompanhado do assistente, ele procedeu pela longa colunata que dava para os degraus do Palácio do Governo. A multidão lá embaixo, que lotava a escadaria e o parque Boston Common, zumbia como uma colmeia. A ansiedade palpável tinha um toque de excitação mórbida.

Sozinho, Broadgirdle caminhou até o centro da colunata e se aproximou do púlpito, a fim de ficar claramente visível para todos abaixo. Ao entrar no campo de visão, o público fez silêncio, numa onda que se propagou até alcançar os limites do parque. Broadgirdle esperou, calmo e confiante.

A tarefa de anunciar o assassinato de Bligh deveria ter ficado sob a responsabilidade do líder da maioria do parlamento. No entanto, Broadgirdle, o líder da minoria, havia pedido para fazê-lo, e, como todos o temiam, não ousaram contrariá-lo. Ostensivamente, haviam escolhido Broadgirdle por causa de sua voz — e era verdade que, aliada ao seu tamanho e ao seu olhar, sua voz era de fato poderosa. Distinta e potente, soava como o profundo repicar de sinos quando ele falava diante de uma plateia. Em um ambiente fechado, ele a moderava para uma corrente contida, mas forte. Então esperou, olhando para baixo, até que todos na multidão estivessem em silêncio. Em seguida, deu início ao seu discurso:

— Povo de Boston, amigos. Meus colegas no parlamento pediram-me para fazer este anúncio urgente em virtude de uma reviravolta extraordinária que teve lugar no dia de hoje. — Ele fez uma pausa e deixou suas palavras se assentarem entre a multidão. Ninguém se mexeu. Parecia que toda a cidade estava ouvindo. — Como sabem, o primeiro-ministro Cyril Bligh e eu tivemos nossas diferenças nestes últimos meses. Tínhamos visões diferentes para Novo Ocidente. Eu gostaria de ver uma nação poderosa em sua proeminência. Cyril desejava uma nação poderosa em sua compaixão. São modos fundamentalmente distintos de enxergarmos a nação e o mundo. — Ele parou de novo, e a sensação que se teve foi de que sua audiência havia ficado ainda mais silenciosa. — Senti uma felicidade imensa — disse Broadgirdle, e a centopeia se curvou desajeitadamente no momento em que ele sorriu — quando, há apenas três dias, nossas visões se tornaram radicalmente mais compatíveis. Cyril me expressou sua mudança de ideia e seu desejo de seguir o plano que eu vinha lhe antecipando desde o inverno: unificar a Era Ocidental pela força, onde fosse necessário; por expansão, se fosse vantajoso; e por compaixão, sempre que possível.

Houve uma onda de murmúrios na plateia: sussurros de descrença e confusão. Broadgirdle esperou apenas um momento antes de prosseguir:

— Infelizmente, ao fazê-lo, ao concordar com meu plano para afirmar o domínio de Novo Ocidente, Cyril fez dos meus inimigos os seus inimigos. Shadrack Elli e Miles Countryman, dois dos apoiadores mais próximos de Cyril, se tornaram, de repente, seus inimigos mais ferozes. E a estrangeira que viveu secretamente com Cyril durante muitos meses, uma Eerie de nome Virgáurea, sem dúvida se ressentiu da sua mudança de ideia.

Broadgirdle desenrolou a última frase com um leve sorriso de escárnio e um tom pesado de insinuação. Os espectadores se sentiram obrigados a soltar uma exclamação de espanto.

— Estou tristemente acostumado à retaliação maliciosa de meus adversários e a seus métodos desleais. Estou, portanto, preparado para lidar com isso. Cyril, como um homem que defendia a compaixão, mesmo em face de certa agressão, não estava tão acostumado ou igualmente preparado. Lamento muito lhes dizer isto hoje: esta tarde, o primeiro-ministro Cyril Bligh foi encontrado assassinado. O primeiro-ministro está morto. Que ele descanse em paz.

Broadgirdle planejara seu discurso intencionalmente para que o anúncio da morte de Bligh fossem suas palavras finais. Ele sabia que, assim que elas fossem proferidas, o público se inflamaria — e estava certo. Um rugido irrompeu da multidão: parte um gemido de pesar, parte um uivo de ultraje, parte um grito de incompreensão. A colmeia tinha sido atacada, e agora agia como um único conjunto; feroz, zangada e confusa.

Broadgirdle virou as costas enormes para a confusão e deixou o púlpito. Os membros do parlamento que estavam na colunata esperaram para apertar-lhe a mão quando ele passasse. Mesmo os integrantes de seu próprio partido ficaram um pouco surpresos pela forma como ele havia conseguido insultar o primeiro--ministro parecendo elogiá-lo, e também pelo modo como ele usara a oportunidade da morte de Bligh para fazer uma jogada política. No entanto, estavam acostumados às jogadas ousadas de Broadgirdle, e aqueles que, por sua vez, tiveram ousadia equivalente para confrontá-lo viveram para se arrepender. Portanto, um por um, seus colegas lhe deram os parabéns à medida que ele passava; alguns com sinceridade, outros nem tanto, mas todos eles com temor.

De volta ao gabinete, Broadgirdle separou o discurso para ser arquivado e chamou seu assistente, um homem franzino que atendia pelo nome de Bertram Peel. Cumprindo seu dever e correndo para atender ao chamado, Peel preparou a escrivaninha de madeira que ele carregava para todo lugar: alisou o papel, ergueu o lápis e olhou com expectativa, como sempre fazia, demonstrando prontidão.

Bertie Peel era o maior admirador de Broadgirdle, o que fazia sentido, já que passavam a maior parte do dia juntos. Existe um certo tipo de gente que, depois de muitos anos sendo intimidada, acaba se convencendo de que os intimidadores comandam o mundo, e que, se o comandam, é porque têm esse direito, e que, se têm esse direito, devem estar comandando o mundo do jeito que ele deve ser comandado.

Peel era esse tipo de gente, e dessa convicção derivava uma grande admiração pelo maior intimidador de todos, Gordon Broadgirdle. Para Peel, Broadgirdle era uma figura a ser cuidadosamente observada e emulada, pois, mesmo que nunca pudesse ter a influência que Broadgirdle tinha, recaía sobre Peel o dever de fazer o melhor para tentar. Portanto, imitando os hábitos de seu supervisor, Peel repartia o cabelo vigorosamente ao meio, passava bastante talco nas mãos e cultivava uma centopeia murcha como bigode. Parecia uma versão mais jovem e mais magra de Broadgirdle, o que fazia o parlamentar supostamente bonito e imponente parecer ainda mais bonito e imponente.

— Quero que você leve uma carta ao nosso ministro sob acusação, Shadrack Elli.

— Certamente, senhor. — Peel aguardou com expectativa.

— Caro ministro Elli, vírgula. Fiquei aflito e chocado ao saber de sua prisão injusta associada à morte de nosso primeiro-ministro, ponto-final. Nada me agradaria mais do que vê-lo de volta à liberdade, ponto-final. Nesse meio-tempo, vírgula, por favor não hesite em me contatar se eu puder ser de alguma ajuda, ponto-final. Atenciosamente, *et cetera*. E entregue a carta em mãos, Peel. Espere por uma resposta. Ele dirá "sim" ou "não". Nós já chegamos a um acordo quanto aos termos. Se não permitirem que a correspondência entre na prisão, me informe, e eu falarei com o diretor.

— Muito bem, senhor.

— E na volta do quartel de polícia, pare na minha casa e diga à minha governanta para trazer o jantar ao Palácio do Governo. Temos uma longa noite de trabalho pela frente, Peel.

— Sim, nós temos, senhor. Obrigado, senhor. — Peel rabiscou uma nota final para si mesmo para que não esquecesse do jantar, e então se virou, trêmulo, mas também ligeiramente exultante, como sempre ficava quando o parlamentar Gordon Broadgirdle mostrava ao mundo do que ele era capaz.

17h57

THEO VIU A MULTIDÃO se dispersar conforme se aproximava da East Ending Street, vindo do porto de Boston. Quando chegou, encontrou o inspetor Grey sentado à mesa da cozinha com a sra. Clay; o primeiro escrevia apontamentos incansáveis em seu caderno, e a segunda estava sentada, rígida, os olhos úmidos das lágrimas recentes.

— O inspetor Grey está aqui para falar com você e Sophia — disse a sra. Clay. — Eu lhe disse que estava preocupada, já que você tinha saído de novo depois de mal ter chegado em casa. — E lhe lançou um olhar significativo.

Grey se levantou e ofereceu a mão a Theo.

— Se tiver um momento, tenho algumas perguntas para você, meu jovem.

Theo não gostava de ninguém que o chamasse de "meu jovem", mas tinha a intuição de que o inspetor Grey usava aquelas palavras mais por costume do que por condescendência. Parecia ser o tipo que seguia regras sem nunca parar para analisar para que elas serviam.

— É claro — disse Theo, tentando encontrar um equilíbrio entre atencioso e aflito. — Qualquer coisa que eu possa fazer.

— Sophia Tims não está com você?

— Receio que não — Theo respondeu com seriedade, evitando os olhos da sra. Clay. — Parece que ela pegou um navio para os Estados Papais.

— *O quê?!* — exclamou a sra. Clay.

Grey olhou dela para Theo.

— Isso não era esperado?

— Ela havia comentado de seus planos comigo e com Shadrack, mas a decisão foi muito recente.

A sra. Clay começou a chorar.

— Não posso acreditar nisso — disse, enterrando o rosto em um lenço.

— Por que ela partiu para os Estados Papais?

— Os pais de Sophia desapareceram quando ela era muito pequena. Eram exploradores. Recentemente, ela tomou conhecimento de uma pista sobre o paradeiro deles em Granada.

Grey o olhou em silêncio.

— Entendo — disse depois de alguns instantes. Então se inclinou sobre seu caderno e escreveu calmamente. — E onde você esteve durante a manhã e a tarde de hoje?

— De manhã eu estava aqui — disse Theo com sinceridade. — Depois fui me encontrar com Sophia na biblioteca pública. Mas ela não apareceu. — Ele sentiu uma pontada inesperada de culpa por suas palavras, pois o faziam imaginar quanto Sophia devia ter esperado e esperado no porto, para enfim aceitar que ele não chegaria. Será que ela suspeitou de que algo o detivera? Ou presumiu que ele simplesmente a deixara na mão? — Voltei para casa e a sra. Clay me disse o que tinha acontecido e que Sophia não estava aqui. Percebi que ela poderia ter partido para os Estados Papais. Então fui até o porto. O nome dela está em um manifesto de um navio chamado *Verdade*. Ele zarpou na hora quinze.

A sra. Clay soluçou.

— Hora quinze — repetiu Grey. — Várias horas depois de Bligh ter sido encontrado. Você viu Sophia em casa antes disso?

Theo não podia acreditar que Grey considerava uma menina de catorze anos suspeita de um provável assassinato, mas, aparentemente, essa possibilidade não parecia extravagante demais ao detetive. Ele era um seguidor de regras, não havia nenhuma dúvida.

— Ela saiu no início da manhã. Sophia planejava partir hoje — disse ele incisivamente. — Eu só não achava que ela fosse mesmo.

— Essas circunstâncias terão de ser objeto de maior estudo — disse Grey, com uma expressão sombria. — Quando a srta. Tims volta?

— Alguns amigos nossos vão se encontrar com ela em Sevilha no fim do mês — disse Theo.

A sra. Clay olhou para cima, esperançosa.

— Vão?

— Ela deve voltar com eles em julho.

Grey sacudiu a cabeça.

— Isso é muito tempo para os meus propósitos. — Fez uma breve anotação. — Preciso ver seus documentos de identidade.

Theo se levantou da cadeira.

— Estão lá em cima.

Grey o olhou placidamente.

— Você já deveria saber como agir, meu jovem. Eu estava dizendo a mesma coisa à sra. Clay. Como estrangeiros, é recomendável que carreguem seus documentos sempre com vocês.

Theo mostrou um sorriso fácil.

— Boa ideia. Nunca pensei nisso. — Saiu da cozinha e voltou um minuto depois com seus papéis.

Grey os analisou. Depois pegou os documentos de identidade de Theo e os da sra. Clay, que estavam sobre a mesa, e os guardou no paletó.

— Vou ficar com eles por enquanto.

— Assim vai ser difícil carregar meus documentos por aí — disse Theo com um sorriso irônico.

— Nem um pouco — respondeu Grey em tom calmo. — Você e a sra. Clay ficarão confinados ao número 34 da East Ending Street durante todo o inquérito.

— *O quê?* — ela exclamou. — Mas nós não fizemos nada de errado!

— Talvez não — admitiu Grey. — Mas trata-se de um crime muito grave e aconteceu nesta casa. Ninguém está livre de suspeita. Em particular os estrangeiros.

Houve um longo silêncio.

— Nós não somos estrangeiros — disse Theo calmamente. — Agora vivemos aqui.

Grey se levantou da cadeira, ignorando o comentário.

— Haverá policiais sempre de guarda na porta lateral e na porta da frente.

A sra. Clay apoiou o rosto no lenço, chorando exasperadamente. Theo fixou Grey com um olhar frio.

— Vai ser difícil comer se não pudermos sair de casa para comprar mantimentos.

— Um oficial vai acompanhá-los nessas tarefas essenciais na rua. Naturalmente, se encontrarem algum de vocês sozinho além dos limites desta casa, será difícil interpretar como outra coisa senão recusa intencional a colaborar com as investigações. E será necessário prendê-lo.

— Isso não está certo — disse a sra. Clay debilmente.

— O que não está certo, minha senhora, é o assassinato de um primeiro-ministro. Tenha isso em mente quando refletir sobre o que é certo e o que é errado.

17
O leme do *Verdade*

> ### Junho de 1892
>
> *Ninguém sabe de onde surgiu a Era das Trevas. Ela oferece uma janela para um passado distante demasiado terrível para ser contemplado. Como uma sanguessuga fatal na bonita pele dos Estados, ela se apega à península com tenacidade. Somente os trabalhos das Ordens, em particular a Ordem da Cruz Dourada, contêm os perigos da Era das Trevas.*
>
> — *Fulgencio Esparragosa, História completa e oficial dos Estados Papais*

SOPHIA ESTAVA AFLITA. DEVERIA exigir que o *Verdade* a levasse de volta para o porto de Boston ou não? Ela não tinha noção da dificuldade que isso representaria, nem se o capitão responderia com gentileza. E, depois, havia a ausência de Theo. Por que ele não aparecera? O que poderia tê-lo impedido? Em um momento, ela se sentia ferida pela traição; no seguinte, sentia-se preocupada. Várias possibilidades lhe ocorriam, mas nenhuma era satisfatória: Miles pedira a companhia de Theo para viajar ao norte, às Geadas, e Theo decidira ir; Shadrack encontrara seu bilhete e extraíra uma explicação; algum acidente terrível lhe acontecera a caminho do porto. Todas pareciam possíveis e impossíveis, e a mente de Sophia não se acalmava. Um dia, ela estava certa de que ele a havia abandonado; no outro, sentia a mesma certeza de que ele nunca teria feito isso por escolha própria.

Sophia também não entendia a armação de Remorse. Durante vários dias aprendendo o ritmo do *Verdade* e de seus passageiros, ela refletiu sobre as conversas com a arquivista, horrorizada com o próprio julgamento equivocado. *Como pude ter confiado nela tão facilmente? O que eu estava pensando? É nisso que dá mentir para Shadrack. E mentir no arquivo.* Ela remoía e remoía as decisões que tinha tomado. *Eu nunca deveria ter ido ao arquivo sozinha. Deveria ter contado a Shadrack sobre o panfleto. Deveria ter esperado Theo no porto. Deveria ter me perguntado por que Remorse não estava a bordo. Deveria ter me perguntado por que ela estava me ajudando.* Sophia enxergava agora, em retrospectiva, que sua ânsia por encontrar o diário e sua vontade de confiar nos sinais dados pelas Parcas tinham feito dela uma pessoa precipitada e impulsiva, qualidades que às vezes ela admirava nos outros, mas não suportava em si mesma.

Com o tempo, seu aborrecimento diminuiu. Sophia foi capaz de enxergar além da humilhação e, pouco a pouco, se reconciliou com as circunstâncias. Por mais tola que fosse a rota que ela escolhera para chegar ao diário, valia a pena buscá-lo. Ainda mais... valiam a pena todas as humilhações. *Eu faria tudo de novo para conseguir o diário*, Sophia disse a si mesma, resoluta. E assim ela se concentrou no que estava por vir. Embora não tivesse ideia de como ou por quê, alguém que poderia levá-la ao diário de Minna iria ao seu encontro em Sevilha. Ela se lembrava disso quando se agarrava ao carretel de linha prateada e alimentava ferozes esperanças de que mesmo aquele passo em falso fazia parte do plano. *E se eu estiver sendo enganada novamente*, pensou, *pelo menos sei que posso contar com Burr e Calixta para me encontrarem lá em julho.*

O capitão Ponder, assim como Remorse havia prometido, era um capitão muito capaz. A navegação suave permitia a Sophia se preocupar com sua própria jornada, e não com a do *Verdade*. Os niilistianos a ignoravam educadamente. Ficou claro que a consideravam uma recém-convertida, que ainda não tinha aprendido a controlar totalmente seus modos e, assim, era propensa a indecorosas demonstrações de emoção. E lhe davam espaço.

Sophia não tinha dificuldades em ignorá-los com a mesma educação. Nos primeiros dias, estivera ocupada demais lutando contra o enjoo e o desânimo. Quando se cansou de repreender a si mesma e decidiu seguir o caminho disponível, dadas as circunstâncias, ela voltou a atenção para o mapa de contas, que havia permanecido intocado em sua mochila.

Com um suspiro, Sophia desenrolou o mapa e o esticou sobre a mesinha de sua cabine. Colocar os dedos sobre o tecido a enviava para a paisagem seca, imutável e estacionária dos Estados Papais. Para sua surpresa, o enjoo desaparecia. A partir de então, ela se refugiava na terra estéril por longas horas do dia, e às vezes, quando saía de dentro dela, a sensação de solidez permanecia por tempo suficiente para controlar sua náusea por um curto período.

Sophia entrou numa rotina. Adormecia à noite na paisagem do mapa de contas, onde o céu noturno escuro, coalhado de estrelas, era maravilhosamente parado. Acordava com o estômago revirando ao amanhecer. Retirava-se para o mapa novamente por uma hora para se acalmar antes de se juntar aos niilistianos para o desjejum. De manhã, lia Esparragosa. Depois do almoço, escrevia no caderno e ficava sentada no convés quando o tempo estava bom. Após o jantar, ela se retirava para o mapa de contas novamente, deixando os brilhantes crepúsculos lembrarem-na de que, em algum lugar, além das águas turbulentas, havia uma terra onde ela encontraria uma base firme.

O mapa era ilimitado. Sophia poderia passar anos à deriva em meio a suas paisagens. No entanto, Esparragosa era finito, e ela se viu relendo-o no final da primeira semana. O capitão Ponder a surpreendeu no oitavo dia de viagem, ao chegar em sua cabine com uma pilha de livros.

— Não posso levar o crédito por perceber — disse ele em voz baixa —, mas outro passageiro observou que você estava sem material de leitura. Minha cabine está bem abastecida. Fique à vontade para pegar outros volumes emprestados quando terminar estes.

O capitão lhe trouxera outras histórias sobre os Estados Papais. Um livro relatava a praga. Outro descrevia a Ordem da Cruz Dourada. Um terceiro, inteiramente sobre a Era das Trevas, era escrito por ninguém menos que Fulgencio Esparragosa. Sophia mergulhou neles com prazer, com profunda gratidão aos niilistianos por sua consideração — por mais que tomassem cuidado de ocultá-la.

Ela ouvira falar da Era das Trevas, mas, mesmo entre o amplo círculo dos exploradores de Shadrack, nenhum tinha viajado até lá. "Para os habitantes dos Estados Papais", começava o volume de Esparragosa, "a Era das Trevas é ao mesmo tempo familiar e estranha."

Familiar porque todos nós vivemos em sua sombra. E estranha pois, por mais próxima que seja, não a conhecemos bem. Logo após a Ruptura, o Papado proibiu as viagens para a Era das Trevas. Suas fronteiras são patrulhadas pela Ordem da Cruz Dourada. E, mesmo assim, a Ordem não consegue vigiar toda a extensão a todo momento, e as pessoas continuam a atravessá-la — por sua conta e risco. Os espinheiros, ou *espinas*, com seus troncos e galhos pretos cintilantes, possuem espinhos como dentes em cada ramo. Sua picada, ocasionada até mesmo por uma ligeira brisa, é fatal. O quatroasas é o irmão aviário dos espinheiros: suas iridescentes penas pretas capturam e refletem o sol. Suas garras e bico afiados, de um preto mais discreto, são tão ferozes quanto seu olho amarelo. Em toda sua extensão, o quatroasas é tão alto quanto um homem e pode devorar um rebanho de ovelhas, afugentar os cavalos e espantar uma família inteira de sua casa para botar ovos. Eles agora são mais raros, depois de terem sido perseguidos incansavelmente pelas Ordens nas primeiras décadas. E, no entanto, nenhum desses horrores é tão mortal como a praga, lapena, que já tomou tantas vidas.

O volume que você tem em mãos conta a história da Era das Trevas como é conhecida pelos cartógrafos de hoje, embora você deva saber, caro leitor, que esse conhecimento é entremeado de lacunas e ornado de ficções. Apenas uma expedição cartográfica à Era das Trevas, para fins de exploração, proporcionará um relato verdadeiro.

Sophia sorriu melancolicamente para si mesma, reconhecendo na escrita de Esparragosa o mesmo espírito de exploração que motivava Shadrack. E assim, mesmo em um navio cheio de estranhos, ela se sentiu um pouco mais em casa.

—ei9—

Na segunda semana de viagem, Sophia viu Minna novamente. Sua ausência fora desanimadora, mas não surpreendia. Sem entender o que o espectro era ou como ele aparecia, Sophia presumia que ele continuava preso à terra. Mas estava errada.

Aconteceu ao entardecer, quando Sophia emergiu da leitura do mapa de contas e descobriu que se sentia bem o suficiente para ir até o convés. Ela caminhava devagar, respirando fundo e se sentindo grata pela sensação de enjoo haver cessado. A lua, pesada e amarela, pairava baixa no céu sem nuvens.

Sophia viu uma silhueta a alguns passos de distância. No início, pensou que fosse um dos niilistianos tomando o ar da noite como ela. Então percebeu que a silhueta era levemente luminosa, como se tocada pelo luar. Parou. A pessoa se virou e se aproximou, embora seu rosto fosse indecifrável. Em seguida, o espectro falou, e Sophia sentiu um lampejo de reconhecimento quando a voz a alcançou.

— *Não lamente aqueles que você deixa para trás.* — Sophia levou um susto e deu um passo para trás. — *Não lamente aqueles que você deixa para trás.*

— Como você está aqui? — perguntou Sophia, com a voz trêmula.

— *Não lamente aqueles que você deixa para trás.*

— Por que não? — ela sussurrou.

— Srta. Tims? — Uma voz severa chamou sua atenção. Quando ela se virou, encontrou o capitão Ponder parado numa porta próxima. — Está tudo bem?

Sophia olhou para Minna, mas ela havia desaparecido. Atordoada, balançou a cabeça.

— Pensei ter visto alguma coisa. Alguém.

O capitão Ponder a observou por um momento.

— Estive em Sevilha em todos os anos da última década e fiquei sabendo de um rumor sobre um novo perigo surgindo da Era das Trevas.

— Qual? — perguntou Sophia, com a garganta apertada.

— Espectros que aparecem entre os espinhais. Eles atraem os vivos para uma floresta escura, de onde nunca mais são vistos.

Sophia ficou calada.

— Os Estados Papais não são como deveriam ser, como na época da Era da Verdade. — Ele fez uma pausa. — Ilusões perigosas existem em abundância. Você sabe disso melhor do que a maioria: "Cada visão ao seu redor é falsa, cada objeto uma ilusão, cada sentimento falso como um sonho".

— A Verdade de Amitto — disse Sophia instintivamente, mas seus pensamentos se rebelaram. Ela não podia acreditar que a amada figura que a guiara até ali fosse um terrível espectro da Era das Trevas. Era impossível. — Boa noite, capitão Ponder. — Ela virou as costas para o capitão e lentamente pegou o caminho de volta à cabine número 7.

18
A estrada para Ausentínia

15 de março de 1881

Rubio morreu no sexto dia, e Ildefonso e El Sapo, no sétimo. Toda a comida e a água que eu e Bronson não consumíamos permaneciam intocadas, e nossos carcereiros observavam esses sinais sem comentários. Durante vários dias, o medo de que nós também ficássemos doentes nos paralisou. Acho que às vezes o próprio medo era suficiente para me fazer perder o apetite. Assistir a três homens adultos se matarem lentamente, deixando o mundo como se nunca tivessem pertencido a ele, era horrível.

À medida que os dias passavam, Bronson e eu percebíamos que continuávamos, de alguma forma, ilesos. Estava assustada e abatida, mas ainda queria viver. A cada manhã, quando eu acordava, procurava o rosto de Bronson com apreensão, com medo de que fosse encontrar ali a indiferença cansada que marcava os primeiros sinais da praga. No entanto, todas as manhãs ele portava uma preocupação ansiosa que espelhava a minha. Brilhava em seus olhos o desejo desesperado de escapar, de fugir daquele continente atormentado, de voltar para nossa querida Sophia.

Tínhamos pressionado o botão no relógio de Wren no primeiro dia e em todos os dias desde então, mas nada aconteceu. Eu ainda alimentava esperanças de que ele pudesse chegar — com um navio como o *Poleiro*, tudo era possível. Mas talvez a minha esperança fosse ingênua.

Ainda mais ingênua era nossa esperança de que resistir à praga seria nossa libertação. Certamente eles não podiam nos manter em quarentena se não estivéssemos doentes, poderiam? Mas, no oitavo dia, depois de os homens do xerife, com suas máscaras de ouro, terem levado os corpos e os queimado na planície ao lado da prisão, descobrimos nosso erro.

Recebemos uma visita do xerife e de outros dois homens: um escrivão com vestes pretas, com uma escrivaninha portátil na qual registrava cada palavra da nossa longa conversa, e um homem baixo e gordo, com vestes vermelhas e brancas. Como os homens do xerife, ele usava uma máscara de bico feita de ouro martelado e uma cruz dourada magnífica em uma corrente de ouro sobre o peito. Da explicação do xerife, eu entendi que o segundo homem era um sacerdote de Murtea. Comunicando-se através da janela gradeada, o sacerdote nos fez uma série de perguntas, o tempo todo apertando as mãos, gorduchas e um tanto sujas, de forma reverente sobre a barriga.

— Digam seus nomes e lugar de origem.

— Minna e Bronson Tims, de Boston, Novo Ocidente.

— Por que seu marido não responde? — perguntou o padre. Eu não conseguia discernir sua expressão por trás da máscara de ouro, mas o tom de desaprovação era inconfundível.

— Ele não fala castelhano.

Houve uma pequena pausa.

— Muito bem — disse o sacerdote, deixando claro que não estava nada bem. — Por que vocês viajaram para os Estados Papais?

— Viemos aqui para saber notícias de nosso amigo Bruno Casavetti, que entrou em contato conosco alguns meses atrás. Acredito que ele estava aqui, em Murtea. Isso é verdade? O senhor pode nos dizer onde ele está agora?

Minha fala causou alguma consternação. Os três homens se consultaram uns com os outros, e, embora falassem depressa demais e em voz muito baixa para que eu acompanhasse a conversa toda, ouvi o nome "Rosemary" e a palavra *brujo*, "bruxo", repetidas vezes.

Quando o padre se voltou para nós, parecia que já haviam chegado a uma conclusão, pois sua linha de questionamento se alterou.

— Por quais magias ou artes das trevas vocês repelem a praga?

Fiquei tão atônita que não consegui responder.

— O que ele disse? — perguntou Bronson.

— Ele perguntou que feitiços usamos para nos proteger da praga — respondi, horrorizada.

— Parcas nas alturas — ele murmurou. — É um mau presságio.

Voltei-me para o clérigo.

— Ficamos atônitos com sua pergunta. Não acreditamos em magias ou em artes das trevas. Não sabemos, da mesma forma que o senhor, por que não pegamos a doença transmitida a nossos companheiros. Para dizer a verdade, isso tudo é um total mistério para nós.

— Vocês não acreditam nas artes das trevas? — perguntou o sacerdote, com sua voz dura. — Negam a existência de um mal tão perigoso?

— Por favor — falei rapidamente, percebendo meu erro —, não sabemos em que acreditar. Essa doença e os meios de tratamento nos são totalmente desconhecidos.

O que eu quis dizer é que não temos conhecimento de nenhum feitiço ou artes das trevas.

O sacerdote e o xerife conversaram entre si mais uma vez, enquanto o escrivão, diligente, tomava notas. Dessa vez não entendi nada da conversa, e, quando o padre me encarou de novo, havia um ar de despedida evidente em cada movimento seu. Tive uma terrível sensação de mau agouro.

— Sua sentença será determinada ao meio-dia de amanhã e comunicada pelo xerife.

Sem mais palavras, ele se afastou, seguido pelos outros dois homens.

— Por favor! — chamei atrás dele. — Por favor, nos deixem ir embora e prometemos nunca mais voltar. Nós não estamos doentes! Não lhes causaremos nenhum mal.

Eles não pareceram me ouvir e voltaram impassíveis para a vila amuralhada de Murtea, levantando uma nuvem de poeira em seu rastro.

O alívio que havíamos sentido em fugir da praga deu lugar a um pânico contido. Bronson passou a longa tarde tentando enfraquecer a argamassa que segurava as barras da janela traseira, e comecei a escrever este relato com o papel de carta que guardava em minha mochila. Meus pensamentos se tornaram sombrios. Comecei a sentir que a fuga seria impossível, e que qualquer destino terrível que tivesse recaído sobre Bruno também se abateria sobre nós. Eu não lamentava que tivéssemos respondido ao seu apelo por ajuda, mas, de todo o coração, lamentava que tivéssemos chegado de forma tão precipitada e nos colocado, assim, em perigo. Poderíamos ter ficado mais tempo com Gilberto Jerez. Poderíamos ter enviado alguém à frente para questionar sobre o acontecido. Poderíamos ter convocado a autoridade do bispo de Sevilha. Todas as alternativas pareciam, do ponto de vista da prisão de Murtea, mais sábias do que a que tínhamos escolhido.

Conforme a tarde escureceu e o crepúsculo chegou, Bronson abandonou sua tarefa desesperançada na janela e eu baixei minha caneta. Perdi a noção do tempo ao vagar pelos caminhos escuros do que poderia ter sido, antes de Bronson finalmente me chamar de volta ao presente. Ficamos sentados na escuridão crescente, de mãos entrelaçadas, calados. No entanto, nossos pensamentos viajaram juntos para o passado e se demoraram em Sophia e no mundo que tínhamos deixado para trás em Boston. O sol se pôs, e nosso ânimo afundou com ele.

Então, conforme as horas se arrastavam, ficamos surpresos ao ouvir um passo leve se aproximar da prisão. Seria o xerife chegando com nossa sentença? Nós nos levantamos e fomos até a janela gradeada. Mas não era o xerife. Vimos uma garota — de não mais que doze ou treze anos — se aproximar.

Ela usava um vestido longo e um xale que lhe cobria a cabeça. Quando chegou à janela da prisão, baixou o xale para que pudéssemos ver seu rosto na luz bruxuleante.

— Vocês são amigos do Bruno? — ela perguntou, com um leve sotaque.

— Somos — respondi, surpresa. Minha mente saltou para a carta que ele nos enviara. — Você é Rosemary?

Ela fez que sim.

— Graças às Parcas! — exclamou Bronson. — Nós a encontramos. Ou você nos encontrou. Recebemos a carta que você enviou em favor do Bruno. Ele está aqui? Está bem?

Rosemary mordeu o lábio, com os olhos cheios de tristeza.

— Ele não está aqui. Foi condenado em dezembro, uma semana depois de eu ter enviado a carta.

Bronson e eu ficamos perplexos. Nossos piores temores se tornaram realidade.

— Qual foi a sentença? — perguntei, com a voz rouca.

— Ele foi banido para as colinas ao norte daqui para seguir as *señas perdidas*. Os vestígios perdidos, os caminhos que outrora levavam a Ausentínia.

— Banido? — repeti. — Mas então ele está vivo? Será que poderíamos encontrá--lo também seguindo esses... vestígios perdidos?

— Receio que não. Vou lhes explicar. Eu vim aqui, em parte, por este motivo: relatar o que aconteceu com Bruno, porque temo... — ela parou por um instante — ... que o mesmo vá acontecer com vocês. — Ela ficou em silêncio. — É difícil dizer.

— Nós entendemos, Rosemary. — De repente me dei conta do risco que ela devia ter assumido para nos visitar. — Agradecemos sua generosidade em nos trazer essa notícia. Suas palavras foram a única gentileza que recebemos desde que chegamos aqui.

Rosemary parecia aflita, mas assentiu.

— Vou contar o que aconteceu com Bruno. — E parou novamente. — Foi tudo por causa de Ausentínia.

— Ausentínia? — repeti.

— Sim. — Ela suspirou. — Ausentínia. Desde que nós, em Murtea, podemos nos lembrar, havia uma outra era nas colinas ao norte: as colinas de Ausentínia. Minha mãe me falava desse lugar desde que eu era muito pequena, antes de eu ir até lá. Assim que uma pessoa cruza a ponte de pedra para as colinas, deixa a própria era para trás. Os caminhos através das colinas são um labirinto; caminhos misteriosos e mutantes, que se alteram cada vez que se vira a cabeça. Ainda assim, todos os viajantes sabiam como encontrar a rota. A cada ponto na estrada, existe um caminho para a esquerda, um caminho no meio e um caminho para a direita. Por mais que pudessem mudar, se a pessoa escolhesse sempre o caminho do meio, depois de uma hora de viagem chegaria a um belo vale, onde a cidade de Ausentínia brilhava como um pedaço de cobre polido ao sol. Peregrinos de todos os cantos dos Estados Papais viajavam para lá, sempre usando a ponte de pedra, sempre seguindo o caminho do meio e sempre encontrando a rota para a cidade escondida. Foi por isso que seu amigo Bruno veio: para visitar Ausentínia.

Rosemary parou de falar por um instante.

— Mas por quê? — perguntou Bronson.

— Aqui nós chamamos de Ausentínia, mas, em outros lugares, a cidade é conhecida como La Casa de San Antonio, "A Casa de Santo Antônio", por causa de santo Antônio de Pádua, o santo padroeiro das coisas perdidas. Ausentínia oferecia a cada um que a visitasse algo maravilhoso: o milagre de encontrar os caminhos.

— Como assim? — perguntei.

— Imagine que você tenha perdido algo muito precioso: a chave de um baú cheio de tesouros; um irmão que saiu de casa e nunca mais voltou; um segredo sussurrado em seu ouvido e depois esquecido. Então imagine que alguém com conhecimento de todas as coisas que poderiam acontecer e que iriam acontecer desenhasse um mapa: um mapa que dissesse exatamente para onde ir, o que fazer e quando, de modo que você encontrasse a chave, o irmão ou o segredo sussurrado. Vocês não viajariam qualquer distância para conseguir um mapa desses?

Parecia coisa de sonho.

— Claro que sim.

— Vou contar sobre minha própria visita para que vocês possam entender — disse Rosemary. — Quando eu era pequena, morava com a minha mãe em uma fazenda nos arredores de Murtea, cerca de meia hora de caminhada, partindo das muralhas. Eu nunca conheci meu pai, e minha mãe era o mundo para mim. Éramos muito felizes. Minha mãe adorava cantar e tinha uma voz linda. Eu queria ser como ela e por isso cantava também. Ela me chamava de sua pequena mariquita. O som de nossas vozes, enchendo a casa e o campo por trás dela, dia e noite, me fazia muito feliz. Então, três anos atrás, quando eu tinha dez anos, ela ficou doente. Vocês agora conhecem os sinais, como eu conhecia. Primeiro ela perdeu o apetite; depois, de manhã, não tinha vontade de se levantar da cama. Nós duas sabíamos que era lapena. Antes que piorasse, ela fez algo cruel e misericordioso: ela me deixou. O bilhete que encontrei explicava que ela queria me poupar não só da doença, mas também de vê-la perder o carinho e o cuidado por tudo o que ela amava, inclusive por mim. Eu a procurei, dia após dia, em todos os lugares aonde pensei que ela pudesse ir, mas não consegui encontrá-la. Depois de duas semanas, eu soube: ela tinha ido embora. Tinha encontrado a morte em algum lugar nas planícies secas, sozinha. Pior ainda, seus restos mortais nunca seriam enterrados em solo sagrado, e sua alma estaria condenada a vagar para sempre no purgatório. Ela fez tudo isso só para me poupar. Aquela foi uma época terrível. Eu chorei até meus olhos ficarem inchados. Por que a praga também não tinha me levado? Eu a desejava, mas a doença não vinha. Quando saí do meu sofrimento, viva mesmo que eu não quisesse, descobri que tinha perdido a voz. Não apenas a voz para cantar, mas todo o poder da fala. No início, não me importei. Eu havia perdido a minha mãe, e qualquer perda, comparada àquela, não era nada. Mas, com o passar das semanas, algo mudou. O silêncio que se instalou sobre a casa estava me matando e eu já não queria morrer. Cantar me fazia lembrar dela e era um modo de trazer sua memória à casa. Eu precisava recuperar a minha voz. Então, pela primeira vez, eu cruzei a ponte de pedra, tomando o caminho do meio em cada ponto, seguindo as sendas poeirentas até que, depois de uma hora de caminhada, cheguei à cidade de Ausentínia. Eu me lembro de que cheguei ao meio-dia, quando o sol estava a pino. Em Murtea, o calor seria insuportável, e todos estariam dentro de casa. Mas ali estava fresco. A cidade era cercada por pinheiros e ciprestes, e seu aroma enchia o ar. Lindas casas de pedra, com seus brilhantes telhados de cobre, se aqueciam ao sol. O mercado estava cheio de comerciantes, e todo mundo parecia irradiar contentamento. Enquanto eu caminhava à procura de um vendedor de mapas, percebi a causa da felicidade daquelas pessoas: nada jamais ficava perdido por muito tempo em Ausentínia. Qualquer coisa perdida logo era encontrada. E a partida daquelas coisas que deixavam o mundo para sempre, inclusive a minha mãe, lhes causava menos agonia, pois todos eles entendiam que a perda era definitiva e necessária. Quase metade das lojas nas ruas vendiam mapas. Escolhi uma simplesmente porque gostei da placa pendurada acima da porta; tinha um pássaro nela, que me lembrava uma mariquita. Dentro havia balcões baixos nos três lados; atrás deles, as paredes eram totalmente cobertas por pequenas gavetas, cada uma do tamanho e do formato arredondado de uma laranja-de-sevilha. No caixa, tinha um homem de barba longa e olhos brilhantes, que sorriu para mim quando entrei. Até aquele momento, eu não tinha percebido que não seria capaz de explicar do que eu precisava. Como pedir um mapa para encontrar minha voz se eu não tinha voz? Mas o homem simplesmente sorriu de novo quando viu minha expressão consternada e disse, em castelhano: "Não tenha medo, Rosemary". Ele se inclinou para a frente, com os cotovelos no balcão. "Você perdeu a sua voz e quer encontrá-la, mas acho que também procura outra coisa, não é?" Olhei para ele, confusa. "O local de repouso da sua mãe", disse ele, gentilmente. Senti meus olhos se encherem de lágrimas e assenti. "Bem, criança", ele continuou, em tom bondoso, "tem um mapa aqui para você, só esperando para ser lido". Ele caminhou ao longo de uma parede repleta de gavetas, passando a ponta dos dedos em algumas etiquetas, até que encontrou a que ele queria. Ao abrir a gaveta, tirou uma folha de papel enrolada em um tubo e amarrada com um pedaço de barbante branco. Eu o pesei em minha mão... Seria o famoso mapa para Ausentínia? "Não se parece muito com um mapa, parece?", ele comentou com um sorriso. "Não se preocupe. Ele tem o que você precisa." Coloquei a mão dentro da bolsa para pagá-lo, mas ele me deteve. "Não, não. Nós não aceitamos esse tipo de pagamento. Em vez disso, você deve guiar outra pessoa que está pelo mundo em busca de algo, assim como você." E, entregando-me um segundo rolo de papel, agora amarrado com um barbante azul, ele me disse: "Aqui está seu pagamento. Seu mapa vai explicar a quem ele se destina". Eu lhe agradeci, embora não o compreendesse completamente, saí da loja e, assim que me vi de novo na rua, desenrolei rapidamente o pergaminho com a fita branca. Havia um mapa desenhado nele. Abaixo, dizia: "Um mapa para a pequena mariquita". Minhas lágrimas transbordaram, e o papel se tornou um borrão. Quando me recompus e consegui enxugar os olhos, vi algo que fazia pouco sentido. Parecia um mapa, mas para onde levaria? No canto, uma bússola apontava uma flecha em direção ao "Futuro". Havia "Montanhas da Solidão", uma "Floresta do Arrependimento", e outras regiões com nomes estranhos. Mas um caminho claro cruzava o mapa, ou melhor, um caminho claro com muitos ramos. O caminho começava em Ausentínia. E, na parte de trás do mapa, havia vários parágrafos escritos com uma caligrafia elegante. A abertura era assim: "Sem som, gritamos no coração; em silêncio, esperamos nas sombras; sem palavras, falamos do passado. Encontre-nos nas duas extremidades de onze anos. Tomando a Trilha da Incerteza, aceite o guia que chega sob a lua cheia. Viaje com ele para o Prado da Amizade e, quando o carrinho quebrar, vá para a Cabeça da Cabra. Seu companheiro de viagem é falsamente acusado. Fale, então, e fale a verdade, pois tanto a verdade quanto a falsidade levam para a Íngreme Ravina da Perda". O mapa prosseguiu, explicando como eu me orientaria pelos caminhos ramificados e pelas paisagens estranhas para encontrar, ao fim, os restos mortais da minha mãe. Apesar das muitas marcas incompreensíveis no mapa e das direções igualmente incompreensíveis, eu entendi o início e o fim. Após enfiar o pergaminho no bolso, abri o segundo rolo de papel. Era muito parecido com o meu, mas escrito numa língua que eu não conseguia ler. E assim, com os mapas que eu tinha buscado, voltei para casa e esperei. Na lua cheia seguinte, como o mapa havia prometido, ouvi alguém se aproximar pelo caminho que levava à minha casa. O som se propaga facilmente na planície seca, e, enquanto ele ainda estava a alguma distância, ouvi não apenas seus passos, mas também sua voz. Ele estava cantando. Sua voz era baixa e suave, e ele cantava algo em uma língua estrangeira que soava alegre e cheia de risos. Fui até a porta e a abri, observando a lua brilhar sobre o estranho. Quando ele chegou, olhou para mim com um sorriso largo. Sua canção doce ainda estava em meus ouvidos. De meia-idade, com uma barba escura e uma barriga redonda, ele era, imaginei, como o pai que eu nunca tive, mas que chegava, enfim, quando eu precisava. "Meu nome é Bruno Casavetti", disse ele em castelhano, com uma ligeira mesura, "e os monges em Granada sugeriram que eu poderia encontrar alojamento aqui. Posso pagar em ouro, ou em melodias", acrescentou, com uma piscadela. "Ou ambos. É possível ceder uma cama a um viajante que está ficando velho e carrega uma mochila pesada?"

19
Conquistando Nettie

> **5 de junho de 1892: 9h38**
>
> *O Partido dos Novos Estados foi fundado em meados do século por parlamentares que desejavam oferecer uma abordagem progressista às políticas externa e doméstica. Primeiro, eles fizeram sua marca com as Reformas Hospitalares de 1864, pelas quais altos padrões foram estabelecidos para o atendimento a pacientes nos hospitais de Novo Ocidente e nas casas de caridade.*
>
> — Shadrack Elli, *História de Novo Ocidente*

O INSPETOR ROSCOE GREY morava perto da East Ending Street, em um bairro chamado Little Nickel, por causa de um escândalo de falsificação que ocorrera ali décadas antes. O inspetor mantinha um domicílio pequeno, mas organizado: dois criados, o sr. e a sra. Culcutty, cuidavam de tudo com tanta perfeição que as ocasiões em que Grey era forçado a ficar na rua por dias a fio em virtude de algum de seus longos casos eram quase imperceptíveis. O inspetor também tinha uma filha, Nettie, de dezesseis anos. Os três integrantes adultos da família adoravam Nettie, em parte porque ela havia perdido a mãe quando criança, em parte porque era uma jovem muito doce e encantadora.

O inspetor, que, segundo relatos, se tornara um homem severo após a morte de sua esposa, considerava Nettie seu sol, sua lua e suas estrelas. Quando ele voltava, ao final de um longo dia de trabalho, seus ânimos se levantavam com o som de sua filha ao piano, e seu rosto anguloso, de olhos tristes, nariz fino e barba castanha cortada rente, também se suavizava. O sr. e a sra. Culcutty, o casal mais gentil e amável em Little Nickel, adoravam até o chão onde Nettie pisava. As poucas divergências que tinham sobre questões que envolviam Nettie aconteciam principalmente quando um deles era desatencioso a ponto de decepcioná-la, e o outro se via obrigado, em nome do que era certo, a defender a causa da jovem.

Houvera um desacordo como esse na noite anterior, quando o inspetor ficou fora até muito tarde, para cuidar de seu novo caso: o terrível assassinato do primeiro-ministro Bligh. Nettie quis procurar companhia e conforto na amiga Anna, mas a sra. Culcutty se sentiu na obrigação de salientar que era quase a hora dezenove e que o pai não queria que ela saísse de casa. A menina, consequentemente, havia chorado, e o sr. Culcutty se indignara e dissera à esposa que ele acompanharia Nettie à casa de Anna ou ao fim do mundo, quer fosse a hora dezenove ou não.

Algumas pessoas na vizinhança consideravam Nettie Grey talvez um pouco doce demais. A costureira, a duas casas de distância, Agnes Dubois, era conhecida por revirar os olhos com impaciência sempre que Nettie descia a rua de pedras carregando uma cesta atada com fitas e cantando uma doce cançãozinha. E o amigo da costureira, um professor de música chamado Edgar Blunt, que instruía Nettie no piano todas as sextas-feiras, tinha dificuldade para entender por que todo mundo achava que ele deveria considerar um privilégio ensinar uma aluna que era, ao seu ouvido, bastante medíocre e um pouquinho sincera demais. E a vizinha da costureira, uma bibliotecária chamada Maud Everly, não conseguia admirar uma garota que dedicasse tanto tempo à sua aparência e tão pouco à leitura. No entanto, além desses casos excepcionais, o bairro e o círculo de conhecidos dos Grey eram geralmente inclinados a pensar muito bem de Nettie, com seu sorriso largo, seus olhos azuis vivos, sua cascata de cachos castanhos e sua voz doce e aguda.

A primeira impressão de Theo foi um pouco diferente. Do instante em que a viu pela janela, praticando suas escalas de forma obediente, com um olhar contente de autossatisfação, ele pensou: *Que princesa*. E sorriu para si mesmo.

Theo havia formulado seu plano assim que o inspetor Grey deixou o número 34 da East Ending Street na noite anterior. Era simples: ele acompanharia os rumos da investigação do inspetor se tornando amigo de Nettie Grey. Ele provaria que Broadgirdle planejara o assassinato de Bligh. Uma vez que tivesse provas de que Broadgirdle era o culpado, se certificaria de que Grey se apoderasse delas. Shadrack e Miles ficariam livres. Tudo voltaria ao normal, e ele nunca teria de ouvir mais uma palavra sobre Gordon Broadgirdle.

Fora preciso paciência, mas nada de muito engenhoso, para evitar os policiais em East Ending Street. A janela da biblioteca fornecera os meios, e o tédio dos policiais, a oportunidade. Theo esperou que eles se juntassem na esquina para conversar sobre amenidades, como inevitavelmente faziam. Cada qual tinha visão das respectivas portas que vigiavam, mas, da esquina, nenhum deles conseguia ver o que estava acontecendo nos fundos da casa. Theo saltou para a floreira estreita do jardim, pulou duas cercas para dentro do quintal de uma casa em East Wrinkle Street e apareceu já bem longe da vista dos homens. Levou uma hora para descobrir o endereço de Grey em Little Nickel.

Ele vigiou a casa por mais uma hora para ter certeza de que o inspetor não estava. Então, depois de Nettie ter praticado escalas por uns vinte minutos, ele bateu na janela. Nettie parou de tocar no mesmo instante e se virou. Ficou corada e deu um sorriso hesitante.

Theo retribuiu o sorriso com um aceno amigável. Finalmente, depois de alguns segundos de hesitação e bochechas rosadas, Nettie foi até a janela de batentes altos e a abriu.

— Oi — disse Theo, alargando o sorriso.

— Oi — Nettie respondeu, tirando um cacho castanho dos olhos.

— Ouvi você tocar — continuou ele — e não pude evitar; precisava ver de onde vinha essa música tão linda.

Nettie bateu as pestanas.

— Ah, eu estava apenas tocando escalas. Não é nada.

— É sério? Apenas escalas? Você sabe tocar alguma outra coisa?

Nettie assentiu alegremente.

— Claro. — Ela voltou para o banco do piano e se acomodou, antes de folhear com nervosismo uma pilha de partituras, até encontrar a que queria. Com um rápido sorriso de volta para a janela aberta, colocou sua escolha no suporte e começou a tocar. Era uma valsa de Chopin, razoavelmente longa. A peça desafiava os limites das habilidades técnicas de Nettie e seu alcance afetivo, mas ela a enfrentou bravamente, deixando as notas erradas para trás como um rastro de escombros.

Enquanto ela tocava, Theo subiu em silêncio no parapeito da janela, entrou e se sentou na poltrona ao lado dela. Fez o seu melhor para ignorar a destruição da valsa de Chopin e observou o cômodo. Era claramente decorado ao gosto de Nettie: papoulas no estofamento, rendas nas cortinas e estatuetas de porcelana nas delicadas mesas laterais. Em um canto havia uma cadeira de couro desgastado e um descanso para pés com uma pilha de livros: o posto avançado do inspetor Grey. Este não mantinha o trabalho ali, Theo supôs, mas esperava que tudo estivesse devidamente guardado na cabeça tola da Nettie.

A garota terminou a peça e se virou para Theo com um olhar de triunfo. Pareceu um pouco alarmada ao encontrá-lo sentado na cadeira em vez de inclinado na janela, mas se recuperou quando ele a aplaudiu com entusiasmo.

— Incrível! — ele exclamou. — Uau! Você deve fazer recitais, não é?

Nettie sorriu com alegria.

— Fico feliz que você tenha gostado. Eu adoraria fazer um recital um dia — ela confidenciou. — Embora — acrescentou, franzindo a testa ligeiramente — o sr. Blunt diga que eu não tenho alma para isso, seja lá o que signifique.

Theo sacudiu a cabeça.

— Ridículo. Você deve fazer um recital, nem que seja modesto, apenas para mostrar para os amigos. E, assim que as pessoas a ouvirem, as notícias vão se espalhar.

— É uma ótima ideia — disse Nettie, arregalando os olhos.

— Eu ficaria feliz em ajudar você a organizar — ele ofereceu, estendendo a mão com cicatrizes. — A propósito, sou Charles.

— Nettie.

Durante o aperto de mãos, o som distante da porta da frente que se abria chegou até eles.

— Estou em casa, Nettie — ecoou uma voz de mulher. — E lhe trouxe bolo de bordo.

O rosto de Nettie piscou com aversão momentânea.

— Você tem que parar de praticar agora? — Theo perguntou com alguma preocupação.

— Não — respondeu Nettie, sacudindo os cachos escuros e franzindo a testa. — É apenas a sra. Culcutty.

— Como é gentil da parte dela lhe trazer bolo de bordo.

— Não é especialmente gentil da parte dela — disse Nettie alegremente —, porque ela está tornando a minha vida muito difícil ultimamente, e o bolo de bordo não ajuda a facilitar as coisas. — No fim, as preocupações da sra. Culcutty na noite anterior haviam substituído o cavalheirismo indignado do sr. Culcutty, e o inspetor Grey agradecera à governanta por não deixar Nettie sair tão tarde. E agora a sra. Culcutty tentava fazer as pazes com Nettie por ter sido tão rigorosa e ter agido corretamente.

Theo era a própria imagem da preocupação compreensiva.

— Por que ela está tornando a sua vida difícil?

— Ela não me deixou visitar minha amiga Anna ontem à noite, apesar de ter sido uma noite terrível e eu precisar desesperadamente conversar com ela.

Theo sacudiu a cabeça com um suspiro.

— Eu entendo totalmente. Foi *sem dúvida* uma noite terrível. Ficar sabendo do assassinato do primeiro-ministro. Descobrir que ele vivia com uma estrangeira, entre todas as coisas. É chocante. — Ele piscou, como se tivesse sido atingido por uma súbita percepção. — Perdão... talvez você tenha tido uma noite terrível por algum outro motivo.

Nettie parecia tocada pela consideração de Theo.

— Eu estava falando sobre o primeiro-ministro. — Sua expressão mudou de grata a consternada. — Não é simplesmente medonha a forma como ele foi encontrado?

— Horrível.

— Por acaso você ouviu alguma parte do discurso de Broadgirdle? — perguntou Nettie em voz baixa, inclinando-se.

— Não. Mas parece que ele deixou bastante claro que o ministro Elli, Miles Countryman e a mulher estrangeira foram responsáveis pelo assassinato.

Nettie deu um pequeno suspiro, sem dúvida devastada pela maldade do mundo.

— Eu também ouvi dizer — continuou Theo — que o melhor inspetor de polícia de Boston assumiu o caso. Tenho certeza de que ele vai descobrir a verdade.

Nettie mostrou-lhe um sorriso astuto.

— Você ouviu isso?

Theo fez uma pausa deliberadamente.

— Alguém chamado... Grey, eu acho.

O sorriso de Nettie se alargou e seus olhos brilharam.

— Acontece — disse ela, de modo confiante — que o inspetor Roscoe Grey é meu pai.

— Não!

— Sim! Ele foi chamado à tarde e ficou fora por horas. Depois, quando finalmente voltou, disse que seria melhor me contar os detalhes, porque eram tão horríveis que eu provavelmente desmaiaria se lesse no jornal.

— Isso com certeza seria pior — Theo concordou. — E ele contou?

— Certamente. E eu não desmaiei — disse Nettie com alguma dignidade. — Nem mesmo com os aspectos mais perturbadores do caso.

— E quais eram? — perguntou Theo, de olhos arregalados.

Nettie se inclinou para a frente e falou em um sussurro não muito discreto.

— Ele disse que o primeiro-ministro estava totalmente *banhado* em sangue.

— Que monstros — respondeu Theo, arregalando muitíssimo os olhos. — Espero que eles confessem.

— Provavelmente não vão fazer isso, já que não foi encontrada nenhuma arma na cena do crime.

Theo tentou forçar no rosto uma expressão de estupidez impressionada.

— O que isso significa?

— Significa que alguém pegou a arma. Outra pessoa ajudou Elli e Countryman a cometerem o assassinato.

— A mulher Eerie! — exclamou Theo.

— Exatamente. — Nettie se endireitou no assento com um ar complacente. — A mulher Eerie. Que desapareceu misteriosamente no dia em que Bligh foi encontrado morto.

Theo sacudiu a cabeça e olhou para Nettie com franca admiração.

— Impressionante. Bem, com certeza ele sabe o que está fazendo. Não tenho dúvida de que seu pai vai encontrar essa mulher num piscar de olhos.

10h31

THEO DEIXOU A CASA do inspetor Grey com ânimo renovado. Havia descoberto pouca coisa nova a respeito do assassinato, além do fato de que Virgáurea tinha desaparecido, mas ficara sabendo de tudo o que tinha esperanças de saber sobre o progresso do detetive. Theo estava certo de que qualquer novo desdobramento lhe seria repassado por Nettie com entusiasmo. Grey com certeza estava no caminho errado. Talvez com um pouco de tempo e algumas ideias discretamente plantadas, o inquérito pudesse tomar o rumo certo.

Theo sorria quando passou por uma esquina onde um garoto vendia o jornal do meio-dia. Mas seu sorriso congelou e sumiu quando leu a manchete:

PARLAMENTAR BROADGIRDLE PROMETE LIMPAR O NOME DO MINISTRO ELLI

Ele pegou o jornal.

— Ei, você tem que pagar — protestou o garoto.

Theo o ignorou e leu rapidamente, correndo os olhos sobre a página.

Em uma manobra surpreendente, o líder da minoria, o parlamentar Gordon Broadgirdle, retratou-se e se declarou defensor do ministro encarcerado. Perante um parlamento silencioso e bastante perplexo, Broadgirdle fez um discurso de sete minutos na manhã de 5 de junho, insistindo que ele agora estava convencido de que o ministro das Relações com Eras Estrangeiras, Shadrack Elli, e o explorador Miles Countryman foram acusados injustamente de assassinato. Ele prometeu encontrar a estrangeira mencionada em seu discurso, uma mulher Eerie de nome Virgáurea, a quem acusou de ser a verdadeira autora do crime.

O discurso de Broadgirdle surpreendeu muitos até em seu próprio Partido Ocidental, que considera o ministro Elli mais um adversário do que alguém digno de apoio e simpatia. Tendo sido nomeado pelo recém-assassinado ex-primeiro-ministro Bligh, do Partido dos Novos Estados, de oposição, Elli frequentemente defendeu políticas diretamente contrárias aos princípios declarados pelo Partido Ocidental. No entanto, o parlamentar Broadgirdle alega que tais preocupações partidárias não podem influenciar a busca por justiça. "Conheço o ministro Elli como um homem honesto, de confiança, patriótico", disse ele, quase no fim de seu discurso. "Ele nunca cometeria tal atrocidade, e nós temos o dever, tanto por ele como por Bligh, de encontrar o verdadeiro criminoso." As ações de Broadgirdle foram imediatamente elogiadas por todos como magnânimas e dignas de um grande líder político.

— Pague ou devolva — o menino rosnou para Theo.

Sem dizer uma palavra, Theo devolveu o jornal. Ele continuou o caminho para casa, mas seu humor eufórico havia sido obliterado. O que poderia ter parecido uma boa notícia à primeira vista era sem dúvida uma má notícia. Theo sabia o que realmente significava a súbita e vigorosa defesa de Broadgirdle. Significava que ele havia usado a influência que tinha, e Shadrack cedera, concordando com os termos de Broadgirdle.

20
Perseguindo Graves

> **5 de junho de 1892: 12h39**
>
> O Partido Ocidental foi fundado em 1870, de olho em aquisições nas Terras Baldias setentrionais. Sempre considerada uma busca irrealista pelo Partido dos Novos Estados, a expansão para as Terras Baldias setentrionais foi proposta, pela primeira vez, como um meio de frear o grande número de corsários, traficantes de escravos e fazendeiros que floresciam na região como senhores em seus feudos improvisados.
>
> — Shadrack Elli, *História de Novo Ocidente*

THEO LEVARA MAIS DE duas horas para subir os seis quarteirões até Beacon Hill. A ideia de pôr os olhos no homem conhecido em Boston como Gordon Broadgirdle o fazia querer correr em disparada. Quando se dava conta de que veria Broadgirdle — e que Broadgirdle o veria *também* —, suas pernas viravam pedra. Ele parava, dava meia-volta com a bicicleta Goodyear roubada e descia a colina lentamente, a pé. Então o pensamento de Shadrack e Miles na prisão o levava a parar de novo. Theo considerava que não havia como descobrir a verdade enquanto eles estivessem atrás das grades. E se lembrava da investigação equivocada de Grey. Com um soco na perna, furioso com a própria fraqueza imperdoável, dava meia-volta novamente e subia dois quarteirões. Mas parava mais uma vez, arrasado.

E assim foi, por mais de duas horas, até que ele chegou à esquina, já esgotado, com as mãos suando. Mas chegou determinado. *Estou aqui para provar que ele é culpado*, disse a si mesmo com firmeza. *Eu sei que ele é, e sei que existem provas. Só tenho que encontrá-las. E, quando eu as encontrar, Shadrack e Miles serão soltos.*

Broadgirdle era dono de uma das maiores casas em Beacon Hill: uma mansão de tijolos em um terreno de esquina. A maioria das outras casas ficava amontoada na calçada, mas a dele ostentava um extenso jardim frontal, protegido por uma cerca preta baixa de ferro forjado. As cortinas estavam abertas em todos os cômodos, como se declarassem que o morador dali não tinha nada a esconder de ninguém.

Theo ficou na esquina oposta, observando a mansão, com um sorriso amargo no rosto. Ele se lembrava de quando o homem conhecido como Gordon Broadgirdle não tinha condições nem de aparecer na calçada de Beacon Hill, muito menos de habitar uma das mansões do bairro. Naqueles dias, ele atendia por "Wilkie Graves", e cada pedaço da roupa esfarrapada tinha sinos de prata pendurados. Seus dentes eram lascas longas e irregulares de ferro. Ele também usava luvas com garras de ferro, que melhor serviam para impor sua vontade quando alguém discordava dele — o que era algo frequente.

Tinha sido uma grande transformação, Theo admitiu, enquanto observava Broadgirdle descer do coche e caminhar a passos largos até a porta da frente. Seus cabelos, dentes e barba eram novos; até mesmo seu jeito de andar era novo; ele se portava com uma espécie de imperiosidade natural que sugeria uma longa vida de privilégios. Theo se lembrava de uma postura mais urgente e agressiva em seu velho adversário. Mas os olhos e a voz não haviam mudado. Eram os mesmos: aterrorizantes.

Observando Broadgirdle em seu terno distinto, Theo pensou involuntariamente sobre o dia em que conheceu Wilkie Graves. Muito tempo atrás, ele tentara enterrar essa memória, com todo o resto que dissesse o mínimo respeito a Graves. Mas agora tudo retornava, espontaneamente, em cores vivas e ferozes, apesar dos anos em que as lembranças permaneceram ocultas.

Tudo aconteceu em uma cidade muito erroneamente chamada Paradise, ou *Paraíso*, a cidade mais seca e poeirenta que Theo já vira. Fazia semanas que ele estava sozinho, e a comida andava escassa.

A carroça coberta estava amarrada do lado de fora de uma taverna, mas não era o tipo usual de carroça. A maioria dos viajantes, nas Terras Baldias, utilizava lonas de algodão, que permitiam passar a luz, mas não protegiam do calor nem do frio. Aquela carroça era fechada, feita inteiramente de madeira, com uma porta na parte de trás. A porta era fechada e trancada por correntes. Theo calculava que a carroça devia estar cheia de objetos de valor. Barras de ouro? Papel-moeda? *Comida*. Ele começou a imaginar as linguiças penduradas em ganchos, os sacos de grãos, os barris cheios de maçãs e batatas. Estava com tanta fome que teria comido uma cebola crua e se deliciado. Tão atraente era a visão, que ele acabou sendo atraído inexoravelmente para a carroça, embora houvesse muitos alvos mais fáceis em Paradise.

Em retrospecto, Theo sempre se repreendeu por não ter prestado atenção na condição dos cavalos. Se não estivesse tão faminto, teria pensado por um momento nos cascos maltratados e nas linhas de sangue seco nas ancas. Mas a visão do que estava dentro do vagão o atraiu. Ele pegou discretamente as ferramentas de sua algibeira e começou a trabalhar no cadeado, enquanto sua imaginação tornava o banquete mais incrível a cada instante.

Foi assim que Graves o encontrou: com a ferramenta ainda na fechadura e um olhar estúpido de expectativa sonhadora no rosto. Graves sorriu, mostrando todos os dentes serrilhados. Segurava um cão de guarda preto pela guia, o qual parecia tão faminto quanto Theo.

— Pegue o garoto, Sally — disse Graves, naquele vozeirão que Theo veio a conhecer tão bem. O cão saltou sobre ele, e Theo estendeu a mão com os ossos de ferro, sabendo que não seriam suficientes para deter o animal, mas esperando que o fossem para salvar sua vida.

Theo estremeceu com a lembrança. Seu coração bateu forte. Ele levantou o jornal aberto que estava segurando, quando Broadgirdle parou por um instante diante da porta e se virou para olhar a rua. Na verdade, ele estava quase irreconhecível. Apenas a voz realmente o entregava, pois havia muitos homens com olhos cruéis. Ele disse uma breve palavra ao mordomo antes de entrar no vestíbulo. O mordomo acenou para o motorista, que se dirigiu para a cocheira.

Contudo, Wilkie Graves não era o único que tinha se transformado ao longo dos anos; Theo também tinha. Não mudara de nome, mas estava muitos anos mais velho e muitos anos mais esperto. Quando vira Graves pela última vez, ele era um menino de onze anos: muito mais baixo, muito mais sujo e muito mais digno de pena. *Ele não me reconheceria nem se eu ficasse bem na frente dele, em plena luz do sol,* Theo disse a si mesmo com firmeza.

Esse pensamento, arrancado da mais tênue nesga de confiança, deu-lhe o impulso de que ele precisava. Ele se afastou da esquina com a bicicleta Goodyear e deu a volta na propriedade de Broadgirdle. A mansão e o terreno que a circundava ocupavam uma grande parte do quarteirão; nos fundos, margeando a rua, havia outro jardim — não um quintal. Em ambos os lados da casa havia um muro alto de tijolos cobertos de hera; uma porta no muro estava firmemente fechada. Mas havia um entalhe decorativo vazado na porta — a silhueta de uma coruja —, que permitia uma visão clara do jardim.

Theo se agachou e olhou pela abertura. Viu uma pá enfiada no solo ao lado de um canteiro de flores recentemente revolvido. Theo virou para a direita. Agora ele via dois pares de pernas de homem. Os sujeitos estavam um de cada lado

160

da porta que se abria para o galpão do jardim de Broadgirdle. Theo se levantou de novo. *O que você está tramando, Graves?*, ele pensou. *Por que tem vigias no galpão do seu jardim? É um dos seus velhos truques, ou é algo novo?* Ao colocar um pé no pedal da Goodyear, ele espiou através do buraco em forma de coruja mais para cima na porta.

Com uma exclamação abafada, Theo se abaixou de forma abrupta e expirou o ar longa e lentamente. *Bem, Graves*, pensou, *sem dúvida é algo novo*. Então passou a perna sobre o assento da Goodyear e se afastou pedalando o mais rápido que pôde. Logo as descidas íngremes de Beacon Hill o levaram para longe da casa de Broadgirdle, mas o coração de Theo ainda estava disparado. Ele tinha visto os dois homens que guardavam o galpão com bastante clareza: estavam vestidos com ternos comuns, usavam ganchos nos cintos e tinham cicatrizes inconfundíveis ao longo das faces: linhas longas que se estendiam a partir dos cantos da boca até as orelhas, cicatrizes provocadas por arames bem apertados sobre a pele.

21
Quarentena

> **28 de junho de 1892: 6h00**
>
> *A Ordem da Cruz Dourada está entre as mais militantes. Sua riqueza foi construída com a apropriação dos bens abandonados pelas vítimas da praga. Alguns criticaram a Ordem por se beneficiar do infortúnio alheio, mas ela argumenta que funciona como custodiante para a praga, limpando a terra do contágio e supervisionando as casas em quarentena.*
>
> — Fulgencio Esparragosa, *História completa e oficial dos Estados Papais*

SOPHIA SEGUIU O CAPITÃO Ponder pelo navio e desceu até o porão. Escuro e com teto baixo, o lugar estava cheio de caixas com os rótulos "BACALHAU EM LATA", "VIDROS DE MELAÇO" e "CONSERVAS". O capitão a conduziu por um caminho tortuoso entre as pilhas de caixas até que chegaram ao fundo do porão. Ponder segurava o lampião no alto. Lá esperava por eles uma caixa alta sobre rodas. Era difícil identificar muito além de sua forma. Era feita de madeira, e a tampa, que presumivelmente se abria com dobradiças, tinha buracos espaçados uniformemente para ventilação. Sophia ficou na ponta dos pés e tentou espiar dentro, mas os buracos eram muito pequenos, e o porão, escuro demais. O tremular de algo verde e marrom foi tudo o que ela conseguiu ver. A tampa era presa no lugar com um cadeado formidável. Para testar, Sophia apoiou seu peso contra uma das extremidades da caixa, que deslizou facilmente sobre as tábuas de madeira do assoalho.

Sophia foi pega de surpresa. Havia imaginado algo menor: uma carta ou algum pacote precioso. Uma caixa de plantas parecia ser menos valiosa e mais desajeitada do que ela esperava.

— Remorse me deixou uma caixa de plantas?

— É isso.

Sophia considerou suas alternativas. Haviam chegado a Sevilha em segurança e em boa hora. Na verdade, haviam chegado alguns dias antes do previsto. A pessoa enviada por Remorse ainda não estaria esperando por ela, e Burr e Calixta só chegariam em julho. Sophia não podia permanecer no *Verdade*, pois o navio ainda seguiria viagem por vários meses antes de retornar a Boston. *Se é isso que eu tenho de fazer para conseguir o diário*, disse a si mesma, *então é isso que vou fazer.*

— Acho que vou levá-la — disse ela, relutante.

— Acredito que vai ser difícil movimentar a caixa sozinha — respondeu o capitão Ponder. — Vou pedir que a tripulação leve para você enquanto o clérigo responsável pela praga a entrevista.

— Obrigada. — Seguindo o capitão de volta pelo porão, Sophia perguntou: — Eles vão demorar muito? Os clérigos responsáveis pela praga?

— Depende se houve um surto recente ou não. Às vezes eles são excessivamente meticulosos, considerando que viemos de um porto estrangeiro. A ameaça vem de dentro, não de fora, mas os clérigos responsáveis não confiam demais na lógica. — Ele parou na escada e virou-se para Sophia. — Você não está com o resfriado que afligiu alguns dos outros, está?

— Não, eu estou bem.

— Isso é bom. Um resfriado é um resfriado, mas, como eu disse, os clérigos não são famosos pela lógica impecável.

Sophia considerou a afirmação.

— Você já conheceu alguém que sofreu da praga?

— Uma vez quase parei em um porto mais ao norte que havia sido assolado pela praga anos antes. Até onde eu sei, não sobrou ninguém vivo. Mesmo de longe, eu podia ver os ossos dos habitantes lotando o cais.

9h42

A ENTRADA EM SEVILHA era feita pelo rio Guadalquivir, que dividia a cidade em uma porção maior e outra menor. O porto comprido ao longo do rio estava quase deserto. Um navio perto do *Verdade* era casualmente protegido por um marinheiro adormecido e um cão marrom. Mais três navios jaziam abandonados, seus mastros envergados, como se por cansaço, pendendo na direção da água turva. Laranjeiras empoeiradas ladeavam uma estrada para um grande arco de pedra, além do qual um trânsito lento de pessoas e cavalos seguia caminho sobre as pedras do pavimento. Os edifícios perto do rio, com paredes brancas lascadas e telhas vermelhas, tinham um aspecto desbotado, como se tivessem sido exauridos pelo sol.

Sophia esperou no cais por mais de uma hora. O repicar dos sinos da catedral foi seguido pelos sinos de capelas menores em toda a cidade. Por um momento, Sevilha parecia um lugar animado, cheio de uma alegre cacofonia. Logo em seguida o som desapareceu, e o silêncio pareceu ainda mais triste e ameaçador.

Sophia queria apenas sair do sol. Ela era a última da fila a ser interrogada pelos clérigos da praga. Um por um, os missionários niilistianos foram sendo autorizados a entrar na cidade, levando consigo seus poucos pertences. As duas niilistianas restantes, Whence e Partial, mulheres de meia-idade singulares apenas em virtude de demonstrações ocasionais de bondade entre si, estavam em silêncio e a ignoravam solenemente.

O sol rigoroso fazia Sophia se lembrar das Terras Baldias. Ela tentou extrair o alívio que podia agachada atrás da caixa de plantas; mas, mesmo no pequeno retângulo de sombra, o calor era opressor. O clérigo conferenciava com seu escrivão quando se aproximou de Whence e Partial. Era um homem mais velho, com apenas alguns fios de cabelo, um par de sobrancelhas espessas e nenhum sinal de queixo. Seus dentes eram amarelados e tortos. As vestes que usava, em branco, preto e vermelho, pareciam totalmente inadequadas para o sol feroz de Sevilha, mas ele parecia não notar o calor.

O clérigo parou diante de Partial, examinou-a em silêncio e em seguida falou rapidamente em castelhano para o escrivão, que fez uma série de anotações, lentas e deliberadas. Ele segurou as mãos fechadas diante dele e olhou para Partial com os olhos azuis leitosos.

— Chegou hoje de Novo Ocidente? — perguntou o clérigo, com sotaque marcado.

Partial assentiu.

— Por que veio?

— Sou niilistiana. Estou aqui em uma missão.

— Qual é essa missão?

Ela suspirou.

— Colocar os Estados Papais no caminho verdadeiro.

— E qual é o caminho verdadeiro?

Partial não respondeu. Parecia estar derretendo. Tossiu de repente e deixou a cabeça cair sobre o ombro de Whence.

— Whence pode lhe dizer sobre o caminho verdadeiro — murmurou.

O clérigo olhou para o escrivão, que assentiu com a cabeça.

— Você está indisposta?

— Ela está indisposta — disse Whence —, mas é apenas um resfriado comum. Ela está cansada por causa da viagem e do calor. — E passou o braço em volta de Partial.

— Há quanto tempo ela está indisposta?

— Há uns quatro dias. Precisa de água e descanso, só isso.

O clérigo lançou um olhar impassível para Whence e virou-se mais uma vez para Partial. Com os olhos fechados, respirando profundamente, parecia que ela havia adormecido no ombro da amiga. Havia gotas de suor em seu lábio superior e na testa. As sobrancelhas espessas do clérigo se uniram em um cenho franzido. Ele falou algo em castelhano, em voz baixa; o escrivão assentiu, andou apressado pelo cais e desapareceu atrás do arco de pedra que levava à cidade.

— Aonde ele está indo? — perguntou Whence, irritada. — Já estamos aqui há uma hora. Isso já está no fim?

— Quase — disse o clérigo em tom comedido. Em seguida cruzou as mãos na frente do corpo e esperou.

Sophia sentiu o tempo passar lentamente, mas foram apenas alguns minutos antes que um par de cavaleiros aparecesse, acompanhado pelo escrivão. Ela sentiu um arrepio gelado descer pela espinha e se levantou com uma sensação de mau presságio. Os dois cavaleiros usavam branco: túnicas com capuz que reluziam à luz do sol. O rosto estava oculto por uma máscara de ouro: o bico longo e curvado e as fendas estreitas para os olhos faziam deles pássaros sinistros e brilhantes. Sophia se pegou pensando no guarda de Nochtland; de alguma forma, esses cavaleiros dourados pareciam ainda mais ameaçadores.

Eles apearam quando chegaram à doca e caminharam sem pressa ao lado do escrivão. Quando se aproximaram, Sophia viu que suas longas vestes brilhavam com os fios de ouro entrelaçados ao tecido branco. Cada cavaleiro usava um cinto pesado e carregava uma longa espada dentro de uma bainha. Um dos homens atirou o capuz para trás ao se aproximar, revelando uma massa de cachos dourados. Eles não removeram as máscaras. Com um breve aceno, o clérigo responsável pela praga falou com os cavaleiros e fez um gesto para Partial. Os bicos de ouro assentiram. Em seguida, sem dizer uma só palavra, avançaram e tomaram Partial pelos braços.

— O que vocês estão fazendo? — exclamou Whence, agarrando-se à mão apática da amiga.

Partial despertou por tempo suficiente para se opor e empurrar debilmente as mãos que a seguravam. Os cavaleiros não deram importância. Depois de guiá-la e carregá-la em direção aos cavalos, eles a levaram embora.

— Aonde vocês estão me levando? — protestou Partial, batendo inutilmente nos homens mascarados.

— O que está acontecendo? — Whence perguntou ao clérigo ao mesmo tempo.

— Sua companheira tem lapena — respondeu ele calmamente.

— *O quê?* Não, não, ela não tem. É apenas um resfriado, e ela está esgotada pelo calor.

— Veremos.

— Mas para onde eles a estão levando?

— Para a quarentena.

— Vocês não podem levá-la para a quarentena. Lá tem gente com a praga! O clérigo assentiu.

— Todos com a praga devem ser isolados.

— Mas ela *não* tem! — A voz de Whence se tornara estridente.

O clérigo a examinou por um momento de silêncio.

— Como pode ter tanta certeza? Ela tem todos os sinais. Está cansada, não se importa com a vida e mal consegue permanecer acordada.

— *Não se importa com a vida?* Ela está cansada, só isso!

— Ela apresenta sinais avançados — disse o clérigo, com um ar de finalidade. Os homens com o bico de ouro deixavam o cais; um deles conduzia os cavalos e o outro levava Partial. — Você é a companheira de viagem dela, não é? Vamos ver se também não tem indícios da doença.

Whence ficou em silêncio de repente, olhando para o clérigo, horrorizada. Em seguida, endireitou a saia e assumiu uma postura ereta.

— Muito bem. Faça suas perguntas. Verá que não estou com a menor indisposição.

O clérigo a olhou com olhos semicerrados e ar pensativo.

— Chegou hoje de Novo Ocidente? — ele disse, recomeçando sua litania de perguntas.

À medida que Whence respondia, Sophia observava de olhos arregalados. Mal podia acreditar que aquilo havia acontecido tão rápido. A niilistiana tinha sido levada e seria colocada em quarentena. Se houvesse alguém com a praga lá, ela certamente ficaria doente. O coração de Sophia batia forte, e sua atenção se desviou. Ela sentiu uma mistura de alívio, vergonha e medo: alívio por não ser levada pelos homens de máscara dourada; vergonha pelo sentimento de alívio; e temor que o mesmo destino se abatesse sobre ela. Não poderia. Não aconteceria.

O clérigo assentiu para Whence, concluindo o questionamento:

— Está bem; pode entrar em Sevilha.

A mulher também assentiu.

— Obrigada.

Sophia notava que a niilistiana estava profundamente abalada. Whence pegou sua bolsa e a de Partial sem uma palavra e caminhou lentamente em direção à cidade.

O clérigo se virou para Sophia, e o escrivão ergueu os olhos com expectativa, preparado para anotar as respostas.

— Chegou hoje de Novo Ocidente?

— Sim — respondeu Sophia, com um sorriso falso distendido pelo rosto.

— Por que veio?

— Vim procurar meus pais. Eles vieram para cá há muitos anos, e eu espero encontrá-los.

O homem considerou a explicação em silêncio. Em seguida, repetiu:

— Você espera encontrá-los.

— Sim. Estou a caminho de Granada. Vou ao acervo niilistiano em busca de um documento escrito pela minha mãe.

O clérigo absorveu a resposta, depois acenou com a cabeça ligeiramente na direção da caixa.

— E o que é isso?

— É uma caixa de plantas. — Sophia percebeu, ao responder, que o cadeado pesado poderia causar alguma suspeita. Mas não podia fingir que aquilo era seu. Se o clérigo pedisse para ver dentro da caixa, ela não seria capaz de abri-la.

— E por que trouxe isso?

— Estou transportando para um amigo. É um presente para alguém em Sevilha.

— Você tem o nome e o endereço dessa pessoa?

Sophia abriu a bolsa e tirou o livreto *Fornecedores de mapas em todas as eras (conhecidas)*, onde tinha visto um verbete que dizia respeito a Sevilha. Virou as páginas com toda a calma.

— Gilberto Jerez — disse ao clérigo, assim que encontrou o verbete no livro. — Calle Abades.

O clérigo a olhou em silêncio por um momento, então falou rapidamente em castelhano para o escrivão, que anotava cuidadosamente as respostas de Sophia. Em seguida, o clérigo fez uma pergunta ensaiada:

— Você se deparou recentemente com algum tipo de visão ou aparição?

Sophia parou por um instante, sentindo o coração se apertar.

— Não, eu não me deparei.

— Você afirma que ama a vida que lhe foi concedida por Deus?

— Afirmo.

— Deseja que esta vida acabe?

— Não.

— Você sofre de algum tipo de desânimo ou conhece alguém — ele fez uma pausa —, alguém além da viajante chamada... — e se virou para o escrivão, que respondeu brevemente com base em suas anotações — ... chamada *Par-shal*, que sofre de tal desânimo?

— Não, eu não conheço.

— Se você passar a sofrer de desânimo, aceita que deve deixar a cidade e ficar isolada para morrer sem contaminar as pessoas que amam a vida?

Sophia hesitou diante da perspectiva súbita de um destino tão terrível. O clérigo a observava com atenção.

— Sim, eu aceito — ela respondeu.

— Diga seu nome e lugar de origem.

— Every Tims, Boston, Novo Ocidente.

— Muito bem. Você pode entrar em Sevilha — disse o clérigo, e o escrivão terminou suas anotações.

— Obrigada — respondeu Sophia.

— Como você verá — acrescentou o clérigo, enquanto se preparava para sair —, esta planta não poderá ser entregue. Gilberto Jerez morreu no ano passado, acometido pela praga.

22
Falcoeiro e fantasma

29 de junho: 10h13

Logo foi descoberto, por aqueles que caçavam o quatroasas, que os olhos dourados das criaturas permaneciam brilhantes e luminosos mesmo depois que elas morriam. Mais duradouros do que cera de abelha ou sebo, os olhos podiam ser usados em lugar de velas ou de lampiões a óleo. Por um tempo, foram usados nos postes de Sevilha e Granada, até que ficou claro que os moradores roubariam até o último dos orbes preciosos. Agora são usados apenas em domicílios particulares.

— Fulgencio Esparragosa, História completa e oficial dos Estados Papais

A CAIXA ERA MUITO mais pesada do que Sophia imaginara. Havia conseguido puxá-la pelo cais de madeira sem muita dificuldade, mas, assim que chegou à rua de pedras, seu progresso ficou mais lento. As pedras eram arredondadas e desiguais, e a caixa emperrava a cada passo. A mochila de Sophia, guardada na parte inferior do receptáculo de plantas, dançava de um lado para o outro e deslizou para fora mais de uma vez.

As laranjeiras empoeiradas não se mexiam debaixo do sol radiante. Com bastante esforço, Sophia chegou à praça principal, onde a catedral semiconstruída de Sevilha estendia-se para o céu azul, toda cheia de torres abobadadas e pináculos pontiagudos. Sophia lera na história de Esparragosa que a construção havia começado séculos antes da Grande Ruptura. Agora, com a estagnação provocada pela praga, a catedral inacabada parecia uma fantasia abandonada.

Seu progresso chamou alguma atenção. Uma mulher vestindo um véu longo caminhava segurando duas menininhas pelas mãos. As meninas, vestidas com longos vestidos brancos que se arrastavam sobre as pedras da rua, olharam para Sophia com indisfarçável fascínio. Três homens idosos que conversavam sentados perto da catedral, as faces murchas como damascos secos, riram silenciosamente com a boca desdentada, apontando para a caixa de plantas. Na esquina onde ela virou e saiu da praça, encontrou uma idosa ajoelhada sobre um cobertor de lã dobrado, com as mãos estendidas em súplica.

Sophia não tinha nada para lhe dar. Com um puxão desesperado, ela se afastou da praça e se arrastou adiante, levando a caixa para a sombra. Como objetivo, Sophia tinha a livraria listada em *Fornecedores de mapas em todas as eras (conhecidas)*. Mesmo se Gilberto Jerez tivesse de fato morrido, talvez a loja ainda estivesse aberta. E Sophia precisava encontrar comida. Embora tivesse trazido dinheiro de Novo Ocidente, não tinha ouro ou moeda de qualquer tipo que fosse aceita nos Estados Papais.

Havia consultado o mapa de Sevilha, enquanto ainda estava no porto, e agora o seguia de cabeça, arrastando a caixa teimosamente sobre as pedras do pavimento, suportando as pernas trêmulas e o suor que escorria em sua testa. Sophia começou a questionar sua escolha. Talvez tivesse sido melhor deixar a caixa de plantas no *Verdade*. Certamente ela poderia negociar a ajuda do associado de Remorse sem a caixa. Se o homem aparecesse, significaria que queria ajudá-la e estaria disposto a relevar a falta da caixa de plantas... será que não? Sophia sentiu os pensamentos ficarem cada vez mais confusos por causa do calor.

De repente, a caixa pareceu deslizar para a frente por vontade própria e Sophia foi junto. Saindo de lado às pressas, ela se virou para ver o que tinha acontecido. Um homem alto, vestindo uma capa com capuz, empurrara a caixa com a palma da mão; agora ele havia parado.

— Achei que você precisava de uma mãozinha — disse ele em tom irônico, na língua de Sophia. Sua voz era profunda e marcante. Sophia ouvira aquele sotaque antes, de exploradores que visitavam Shadrack; o homem era do Império Fechado.

Debaixo do capuz, ela viu o queixo com sinais de barba, os cabelos loiro--escuros, da mesma cor e do mesmo comprimento que os seus, e um nariz romano. Os olhos estavam obscurecidos pela sombra do capuz. Sophia apertou os olhos, na dúvida, absorvendo a visão das botas gastas, da espada longa visível debaixo da capa, e do arco e aljava pendurados no ombro. A mão dele ainda estava apoiada na caixa.

— Pode seguir — disse ele, como se conduzisse uma mula. — Eu empurro.

Cansada demais para discutir, Sophia pegou a alça na parte da frente da caixa. Fizeram um progresso rápido, e Sophia se esforçou para manter o mapa certo na mente. Passaram por uma rua repleta de açougues, onde havia carne pendurada na sombra e moscas voando em círculos em cada entrada. Depois, viraram numa passagem estreita onde duas moças estavam sentadas diante de uma porta, cardando lã. Uma capela escondida, recuada em relação à rua, enchia o ar com um cheiro forte de incenso. Sophia deu uma olhada em uma loja aberta, onde havia lavanda seca pendurada em cachos no teto. Velas brancas de todos os tamanhos estavam empilhadas de forma organizada em todas as prateleiras de madeira da loja. Depois de vários minutos de caminhada pelas ruas tranquilas, eles alcançaram o endereço no bairro judeu. Sophia parou e enxugou a testa.

— É aqui — disse ela, e se virou para o homem de capuz cinzento. — Obrigada.

— De nada — ele respondeu e voltou pelo caminho por onde tinham vindo.

Sophia o observou se afastar, atônito. *Mesmo as pessoas amigáveis em Sevilha são hostis*, ela pensou. À medida que se afastava, o homem encapuzado levantou o pulso esquerdo, e, com um farfalhar quase silencioso de asas, uma ave de rapina marrom-acinzentada pousou em seu antebraço coberto de couro. A ave se virou e olhou para Sophia com olhos negros brilhosos, de um jeito desconcertante.

Havia uma pequena mancha de sombra onde os telhados bloqueavam o sol, e ela ficou ali, recuperando o fôlego. A rua estreita talvez um dia tivesse sido bonita, com suas floreiras, suas portas pintadas e suas janelas de persianas coloridas. As pedras das ruas, por mais infelizes que fossem enquanto Sophia transportava aquela caixa, faziam-na lembrar da East Ending Street. Mas até mesmo o ar parecia repleto de suspeita e negligência. Várias casas estavam visivelmente abandonadas, com entradas sujas e janelas quebradas. A praga havia cobrado um preço alto.

Ela bateu à porta da loja de mapas com um sentimento de apreensão. A placa pendurada torta em um único prego e as janelas fechadas não pareciam convidativas aos clientes. Ninguém respondeu, e Sophia bateu de novo, com o coração apertado. Depois de bater pela terceira vez e não receber nenhuma resposta, ela desabou e se sentou à porta. Encontrar a loja de mapas tinha sido sua única inspiração.

Sophia deixou cair a cabeça para trás contra a porta da loja de mapas e lutou para não entrar em pânico. Com a mão no bolso, agarrou o carretel de linha prateada para recuperar a confiança. Ela ansiava estar segura em sua casa em Boston. Quando pensou em seu lar — Shadrack, a volta de Theo, o bolo de bordo da sra. Clay —, sentiu as lágrimas brotarem dos olhos. Desejou ardentemente a presença de Theo, que não apenas saberia o que fazer numa situação daquelas, como teria feito graça. Sophia sorriu com o pensamento, mas isso não impediu que as lágrimas rolassem. Eram tão salgadas que ardiam. *Preciso de água*, Sophia percebeu. *É por isso que estou tão fraca e confusa.* O pensamento a fez se sentir ainda mais oprimida e impotente. Em algum lugar da rua, uma porta se abriu e fechou. Sophia abriu os olhos e virou a cabeça de um lado para o outro, protegendo o rosto com a mão. *Preciso reagir*, disse a si mesma. *Vou bater em cada uma dessas portas. Deve existir alguém gentil que me dê um pouco de água e comida.*

Arrastando-se para se levantar, Sophia colocou a bolsa no ombro, atravessou a rua estreita e bateu na porta azul baixa que havia logo em frente. Ninguém respondeu. Bateu de novo. Um som veio de dentro, e, embora a porta continuasse fechada, uma pequena janela no centro, coberta com grades de ferro, se abriu. Sophia olhou esperançosa para o vão bem na altura de seus olhos. Uma velha espiou para fora.

— Por favor — disse Sophia, em sua língua. — A senhora pode me dar um pouco de água ou comida? — Ela uniu os dedos e os levantou à boca, fingindo segurar um copo e incliná-lo para beber. — Por favor? — A mulher a encarou por um momento, depois a pequena janela se fechou com uma pancada.

Sophia sentiu aquilo como um golpe físico, mas a primeira rejeição doeu mais. Na porta ao lado, ninguém respondeu. Na terceira casa, atiraram-lhe uma sequência de palavras incompreensíveis e fecharam-lhe a janela na cara. A quarta e a quinta casas pareciam abandonadas, mas ela bateu mesmo assim. Ninguém respondeu. A sexta tinha flores nos vasos, e as persianas estavam abertas. A porta, combinando com as janelas, era pintada de amarelo-vivo. Ao contrário das outras casas, não tinha nenhuma janelinha. Sophia bateu com toda a firmeza que se atreveu a usar.

Depois de apenas alguns segundos, a porta se abriu um pouco, e uma jovem mulher olhou para fora.

— Você teria, por favor, água ou comida para me dar? — perguntou Sophia, fazendo mímica mais uma vez. A mulher parou por um instante, indecisa. Seu cabelo estava amarrado para trás com um lenço, e ela usava um avental de corpo inteiro sobre o vestido azul. O avental estava coberto de farinha. De repente, suas saias se mexeram e um garotinho, com não mais que três anos, apareceu entre os joelhos da mulher. Ele abriu mais a porta para ver melhor e ficou boquiaberto diante de Sophia. Suas bochechas estavam polvilhadas de farinha. Sophia sorriu para ele com os lábios secos e rachados.

— Olá — ela disse com um pequeno aceno.

— *Oá* — respondeu ele, imitando o aceno.

A mulher observou em silêncio antes de se curvar para a frente e dizer algo para o garotinho, que desapareceu abruptamente, como se puxado por uma corda. Então ela se voltou para Sophia e, dizendo algo em castelhano, apontou para a rua. Seu tom parecia encorajador, mas Sophia não fazia ideia do que ela queria dizer.

— Eu não entendo — disse Sophia.

— *Agua* — disse a mulher. — *Agua* — ela repetiu para dar ênfase e fez um movimento com as mãos, colocando uma sobre a outra, como se estivesse subindo uma corda, pensou Sophia. Não, ela percebeu... puxando água de um poço!

— Ah! Obrigada.

A mulher levantou o dedo, um sinal para Sophia esperar. Um momento depois, o menino reapareceu e estendeu para a mãe um pão marrom, pontilhado de passas. A mulher sorriu, beijou o garotinho no topo da cabeça e sussurrou algo. Obediente, ele se virou e ofereceu o pão a Sophia.

Claramente, a exaustão a estava deixando chorona. Sophia sentiu lágrimas nos olhos pela segunda vez, ao estender a mão para pegar o pão.

— Muito obrigada — disse ela. — Eu nunca vou esquecer sua bondade. Obrigada.

O menino mostrou-lhe um sorriso tímido e cruzou as mãos sobre a barriga. A mulher também sorriu e apontou novamente rua abaixo.

Com outra expressão efusiva de agradecimento, Sophia acenou e se virou. Ela mordeu o pão enquanto caminhava, e, ainda que sua boca estivesse seca e fosse difícil engolir, o gosto era delicioso. O pão era adoçado com mel, e as passas pareciam explodir na língua. Quando a rua estreita fez uma curva, Sophia se deparou com uma pracinha minúscula. Bem no meio, havia um poço de pedra. Sophia correu em direção a ele com um grito agradecido de vitória. Depois de guardar o pedaço precioso e inacabado de pão dentro da bolsa, ela pendurou o balde no gancho e o baixou ao poço. O som do recipiente atingindo a água foi mais lindo do que ela poderia imaginar. Depois puxou a corda e agarrou o balde assim que ele atingiu o beiral. A água era maravilhosa. Sophia bebeu até se saciar, depois se sentou no chão com um suspiro. Ela se sentia imensamente melhor. Suas circunstâncias não pareciam mais tão terríveis, afinal tinha água e comida, e não era o mais importante?

Ela se levantou para pegar de novo a caixa e a bolsa. Ao fazer isso, se lembrou de repente das plantas. Se estava sedenta por causa do calor e do sol, como elas deviam estar? Sophia puxou um balde cheio de água e o levou em direção à rua estreita. Derramar a água dentro dos furos do tampo exigiu certa escalada criativa, mas, assim que apoiou o pé no parapeito da janela da loja de mapas abandonada, pôde esvaziar o balde. Espiou dentro dos furinhos redondos e enxergou algumas hastes verdes aqui e ali.

Depois de devolver o balde ao poço, Sophia começou a se sentir exausta novamente. Não tinha ideia do que faria na sequência, mas ter garantido água e comida parecia conquista suficiente. Então, diante da porta da loja abandonada, ela se curvou ao redor da mochila, aproveitando-se da pequena sombra que o contêiner das plantas fazia. Dentro de minutos, estava dormindo pesado.

6h42

SOPHIA ACORDOU COM UMA sensação desagradável de ser cutucada e abriu os olhos para uma rua que já estava cinzenta com o crepúsculo. Em pé, à sua frente, falando em castelhano urgente, estava um velho. Ele a cutucava no ombro com uma vara comprida.

— Ai — disse Sophia, agarrando a ponta da bengala. — Não faça isso. Estou acordada.

Raivoso, o homem respondeu em castelhano, e Sophia se levantou.

— Eu não entendo o senhor. — Ela franziu a testa, e o efeito combinado da careta e das palavras pareceram silenciá-lo temporariamente.

— *La-pe-na?* — perguntou ele de forma muito lenta e clara.

— Não — Sophia respondeu enfaticamente, sacudindo a cabeça. — Não, eu não estou doente. Só estou cansada. — Ela colocou as mãos ao lado da cabeça e fez um gesto para indicar que estava dormindo. Em seguida, para garantir, sinalizou que estava com fome e sede. Se o velho estivesse preocupado, talvez a ajudasse.

Mas, em vez disso, os gestos pareceram fazê-lo perder o interesse imediatamente. Colocando a ponta do bastão com firmeza sobre as pedras da rua e fulminando Sophia com o olhar e todo o peso de suas sobrancelhas espessas, ele disse algo com desdém e deu meia-volta. Sophia o observou mancar devagar pela rua e suspirou. Ela gostaria de saber se a moça que havia lhe dado o pão era a única pessoa gentil em toda Sevilha. O velho andou mais alguns passos, depois ergueu o bastão ao poste de luz mais próximo. Com um movimento experiente, ele transmitiu uma chama minúscula para o lampião e acendeu a vela que havia ali dentro. Depois, baixou o bastão e seguiu em frente.

174

Sophia se encolheu novamente na frente da porta e esfregou os olhos. Mesmo com a luz do lampião, a rua estreita estava ficando escura. Ainda não tinha ficado frio, mas o sol poente havia deixado o ar frio e seco, e Sophia não tinha vontade de passar a noite ao relento. Tampouco queria pedir ajuda para a moça bondosa novamente. Ela se levantou, olhou para os dois lados da rua e tentou avaliar suas chances de encontrar abrigo em uma das casas vazias. Apertou os olhos. Estava mesmo ficando escuro, ela percebeu.

De repente, uma silhueta no final da rua perto da praça chamou sua atenção. Havia alguém parado em uma das portas? Parecia uma mulher; Sophia percebia a forma das saias. Por um instante, ela pensou que pudesse ser a mulher que a ajudara, mas depois percebeu que a porta era outra. A silhueta começou a se mover, deslizando sobre as pedras em direção a ela, que deu um passo para a rua. Então Sophia sentiu acender dentro de si uma faísca de esperança. Talvez alguém a tivesse visto dormir e estivesse com pena dela.

— Olá? — disse Sophia. A pessoa se aproximou, mas permaneceu nas sombras. Sophia apertou os olhos. — Olá? — repetiu. Então a figura fez um gesto, e Sophia a reconheceu. — É você? — sussurrou. A silhueta pálida deu mais um passo. — Você me seguiu até aqui? — sua voz tremeu. Ela parou, e a palavra saiu como um segredo das Parcas soprado em seu ouvido. — Mãe?

Sophia se aproximou. Embora pudesse discernir o contorno pálido de Minna, os detalhes de seu rosto e o vestido estavam nebulosos. Ela ergueu um pouquinho o rosto, e mais por isso do que por qualquer outra expressão, ela parecia sorrir.

— *O falcoeiro e a mão que floresce irão com você* — Minna sussurrou.

— O quê? — Sophia perguntou.

— *O falcoeiro e a mão que floresce irão com você.* — Minna levantou a mão e a estendeu para a frente.

Sophia deu mais um passo adiante e ergueu o braço em resposta.

Sem aviso, um som como de um apito de junco passou por seu ouvido. No mesmo instante, um zumbido de movimento perturbou o ar. O objeto que havia passado por ela colidiu diretamente com a figura pálida, perfurando-a profunda e silenciosamente como uma faca mergulhada em um travesseiro. A aparição caiu e se desintegrou.

— Não! — Sophia gritou e saiu correndo. Chegou ao lugar onde a silhueta havia caído, mas tudo o que restava era uma haste longa de madeira verde-clara com ponta cega: uma flecha rústica recém-cortada de um ramo. Não tinha marcas, estava intacta, como se não tivesse atingido nada. Sophia olhou para a rua e viu o homem de capa cinzenta, com o capuz para trás. Vinha caminhando em direção a ela, com o arco na mão. — O que você fez? — ela gritou.

— Nada importante — ele respondeu bruscamente.

— Onde ela está? Ela ainda pode estar aqui. — Sophia olhou loucamente de um lado para o outro da rua.

O arqueiro a pegou firmemente pelo braço.

— Pare — disse ele. — Ela não está aqui.

— Me solte! Eu tenho que encontrá-la. — Sophia tentou se desvencilhar.

— Eu disse para parar — o arqueiro repetiu, com um tom sem inflexão. — Escute. Esse espectro nas sombras não é quem você pensa que é. É uma ilusão.

— Como você sabe? — Sophia percebeu que estava chorando. — Como você sabe? Você não sabe nada sobre ela. Eu tenho que encontrá-la. — E tentou se afastar do arqueiro, que ainda a segurava.

— Eu posso afirmar com certeza. — Ele segurou seus ombros e colocou o rosto bem diante do dela. — Eu juro pela minha vida — disse o arqueiro lentamente — que a coisa que você viu há pouco era uma ilusão. Foi enviada com um objetivo: atraí-la e jogá-la no esquecimento.

Sophia gritou e sacudiu a cabeça.

— Eu posso provar — disse ele em voz baixa. — Você gostaria que eu provasse?

Ela meneou a cabeça outra vez.

— Olhe sobre o meu ombro. — Ele se ajoelhou na calçada para que Sophia pudesse ver facilmente a rua atrás dele.

Ela soltou uma exclamação de susto, mas o arqueiro a segurou firme.

— Olhe com atenção — ele insistiu. Havia uma figura pálida nas sombras, a diversas casas de distância. Alta, lânguida, de ombros largos e com a cabeça ligeiramente curvada, parada diante da parede.

— Quem é? — Sophia sussurrou.

— Não é ninguém. Observe. — Sem se levantar, ele girou sobre os joelhos. Então pegou o ramo recém-cortado que estava aos pés de Sophia, agarrou o arco e disparou a flecha. Atingiu o alvo. Silenciosamente, a flecha mergulhou na figura pálida, que se desintegrou como se nunca tivesse existido. A seta fez barulho ao cair sobre as pedras da rua. — Você viu? — perguntou o arqueiro.

— Vi.

— E você sabe como eu sei que aquele espectro não é ninguém que eu já amei ou desejei encontrar de todo o meu coração? — ele perguntou, com a voz dura.

— Como?

— Porque há dois anos eu disparo uma flecha em seu coração todas as noites.

23
Duvidando do campeão

6 de junho de 1892: 9h00

Durante a primeira metade do século, a maioria dos parlamentares vivia em Beacon Hill. A proximidade com o Palácio do Governo tornava isso conveniente, e as paisagens também não eram desagradáveis. Depois de 1850, os parlamentares começaram a adquirir casas na Commonwealth Avenue, perto do jardim público. O passeio, os terrenos mais planos e o maior espaço para erigir residências palacianas têm atraído os moradores mais ricos de Boston — tanto parlamentares quanto cidadãos comuns.

— Shadrack Elli, História de Novo Ocidente

THEO SE APROXIMOU DA casa de Nettie Grey bastante esperançoso. Tinha passado a noite refletindo sobre o caso e, embora ainda não conseguisse ver as conexões, ele sabia que existiam.

A Eerie de quem Miles lhe falara, Virgáurea, tinha sido atacada por um Homem de Areia. E Homens de Areia trabalhavam para Broadgirdle. Virgáurea estava convalescendo na casa de Bligh. E agora Bligh estava morto e Virgáurea tinha desaparecido. A ligação entre um fato e outro estava em alguma parte das perguntas que ele ainda não conseguia responder. Como Broadgirdle começou a trabalhar com os Homens de Areia? Por que ele atacaria uma Eerie? Qual o paradeiro de Virgáurea? O que isso tinha a ver com a morte de Bligh? Theo sacudiu a cabeça, desejando pela centésima vez que Sophia estivesse ali para ajudá-lo a pensar sobre aquilo. Ela sempre enxergava as conexões antes de qualquer outra pessoa.

No entanto, ao se aproximar da janela da residência dos Grey, ele esperava que o inspetor tivesse descoberto nas últimas vinte horas alguma coisa que tornasse todas essas ligações mais claras.

Nettie estava praticando escalas novamente. Theo a observava com um sorriso intrigado. Ela tocava uma escala, parava, olhava para fora, por cima do piano, retorcia o cabelo ao redor dos dedos, olhava um pouco mais e tocava outra escala. Theo bateu no vidro.

Foi recompensado com um olhar de entusiasmo e olhos arregalados. Ela estava esperando por ele. Nettie deu um pequeno aceno.

— Bom dia! — disse alegremente, enquanto abria a janela. — Já são nove? Theo abriu um largo sorriso.

— Bom dia, Nettie. São sim. Eu queria chegar mais cedo, mas marcamos às nove e eu esperei até as nove. Há horas estou pronto para vê-la.

Nettie deu um sorrisinho de satisfação em resposta e abriu mais a janela. Em seguida, seu rosto esmoreceu numa expressão de desânimo.

— Estou muito feliz que tenha vindo, porque tenho uma coisa muito chocante para contar. Tenho passado e repassado tudo na minha cabeça, e o peso disso é quase insuportável.

Depois de pular habilmente sobre o peitoril da janela e levar Nettie para o sofá com estampa de papoulas, Theo perguntou, preocupado:

— Claro, Nettie. Pode me contar qualquer coisa. O que foi?

Ela abanou o rosto, como se aqueles pensamentos insuportáveis irrompessem qual bolhas em suas bochechas.

— Charles, estou tão preocupada. Eu sabia, quando meu pai começou essa investigação, que tinha a ver com assuntos de Estado, mas não fazia ideia do quanto. Agora receio que esses assuntos desabem sobre nós como uma onda gigantesca, e que depende do meu pobre pai reverter a maré de alguma forma.

Theo sacudiu a cabeça de um jeito compreensivo.

— O seu pobre pai — ele repetiu.

— Ah, Charles, você não tem ideia. — Ela baixou a voz. — Novo Ocidente está à beira de um desastre, e meu pai é o único que pode impedi-lo.

O rosto de Theo assumiu obrigatoriamente uma expressão de espanto, admiração e ansiedade.

— Em nome das Parcas, o que você quer dizer?

— A questão é a seguinte — disse ela, fazendo uma pausa por um instante, a fim de criar suspense. — Meu pai falou ontem com os homens presos por assassinar o primeiro-ministro Bligh.

— Falou? — perguntou Theo, para encorajá-la.

— No início, um dos prisioneiros resistiu e não quis falar com ele de jeito nenhum.

Theo franziu os lábios.

— Que falta de educação.

— Mas, finalmente, meu pai os ganhou e os persuadiu a contar tudo.

— Eles confessaram?

— Não. — Nettie balançou a cabeça, e seus cachos pularam. — Mas ele descobriu que o primeiro-ministro Bligh estava tentando impedir que o parlamento de Novo Ocidente declarasse um embargo contra as Índias Unidas.

— Você quer dizer o embargo das Índias contra Novo Ocidente — Theo corrigiu automaticamente. — Chocante.

Nettie se levantou e cruzou os braços. Depois olhou para ele com os olhos apertados e a expressão totalmente alterada.

— Sim, chocante — repetiu. Sua voz tinha perdido a cadência aguda. — Estou chocada que você já soubesse que o embargo viria por parte das Índias. Estou chocada que você tenha fingido que não sabia nada sobre isso, quando é evidente que sabe muito. — E lhe mostrou um sorriso astuto. — Quem é você? E por que está tão interessado na investigação do assassinato de Bligh?

Theo ergueu os olhos para ela, estupefato. Ele quase não reconhecia a garota que estava à sua frente. Tinha os mesmos sapatos com laços elaborados e o mesmo vestido de babados, com o mesmo punhado de pérolas, mas seu rosto bonito estava distorcido em uma carranca feroz.

— Eu... — Ele ficou momentaneamente sem palavras.

— Você pensou que eu fosse uma menina mimada e sem cérebro, que ia despejar informações para um estranho? Pensou que era uma maneira fácil de chegar ao inspetor Grey, não é? Dá para perceber. É bastante óbvio, Charles. O que eu não entendo é por quê. Você está trabalhando para o assassino? Ou você *é* o assassino?

— Não! — Theo exclamou, horrorizado, levantando-se num salto. — Não, eu não sou o assassino. Eu conhecia Bligh, e gostava dele. Eu... — Passou a mão pelo cabelo. — Olha, eu vou ser direto com você.

— Por favor — Nettie respondeu.

— Eu trabalho para Shadrack Elli. Ele é meu patrão e meu amigo. E é inocente. Eu sei que é. Só estou tentando fazer tudo o que posso para provar isso. Ele e Miles não cometeram esse assassinato, mas quem fez isso precisa ser encontrado.

— Por que não deixar isso para a polícia?

— Tenho certeza de que a polícia vai realizar uma boa investigação. Mas e se a pessoa que assassinou Bligh for inteligente o bastante para fazer parecer que Shadrack e Miles cometeram o crime? A polícia não os conhece tão bem como eu. É o trabalho dela suspeitar de tudo e de todos. Mas, para cumprir seus deveres, ela pode acusar as pessoas erradas.

Nettie o escutava, pensativa, e, quando ele terminou, ela bateu os dedos no braço, como se tocasse notas rápidas. Então suspirou.

— Acontece que eu concordo com você.

— Concorda?

— Sim. Eu não acho que Elli e Countryman são culpados. As provas são certinhas e parciais demais, o que é bem suspeito. E na verdade eles não têm motivos. Não acredito nessa tolice de Bligh mudar toda sua visão política. Ele não fazia esse tipo. Sua filosofia política foi formada ao longo de décadas e amadureceu profundamente com a experiência pessoal. Ele não jogaria isso tudo para o alto por conveniência, ambição ou ganância.

Theo olhou para ela com espanto genuíno.

Nettie riu.

— Eu queria que você visse a sua cara.

— Eu só... — Theo balançou a cabeça. — A encenação é muito convincente — disse ele com admiração. — Você é uma verdadeira profissional.

— Obrigada — ela respondeu, com um leve sorriso. — Agradeço o elogio. Pelo menos esse parece sincero.

— É. — Theo sorriu.

Nettie fez beicinho, parecendo-se, por um breve segundo, com seu antigo eu.

— Eu sei que minhas habilidades ao piano são monstruosas. — Ela se sentou no sofá. — Mas me ajuda a pensar.

Theo se juntou a ela.

— Então, se você não acha que Miles e Shadrack são culpados, acha que seu pai vai chegar a essa conclusão?

Ela fez um aceno de desdém.

— Meu querido pai! Ele é um amor, mas é o homem de mente mais estreita de Novo Ocidente. Não tem imaginação. Pensa nas provas como pequenos blocos de construção a serem empilhados em uma torre rígida, quando, na realidade, são pedaços de uma história.

— Mas então como ele pode ser tão bem-sucedido?

Nettie olhou para Theo com as sobrancelhas arqueadas.

— Sério? Você ainda não descobriu?

Ele ficou chocado mais uma vez.

— *Você?*

— Existe uma razão para ele ter ido tão bem nos últimos três anos.

— Como você faz?

Ela suspirou.

— Não posso ferir seu orgulho, coitado. Então eu entro no escritório dele, leio todas as anotações sobre um caso e vejo o que está ali. O que *realmente* está ali. Depois faço pequenas sugestões. Ah, acredite em mim, dá trabalho — continuou ela, totalmente engajada. — Na maioria das vezes ele só me dá uma noção geral do caso, e custa um bocado para minha criatividade pensar em formas de colocá-lo na direção certa sem que ele perceba tudo o que sei.

Theo assobiou.

— Uau. — E se endireitou no assento. — Por que você está me contando tudo isso?

Nettie se recostou e girou um cacho ao redor do dedo.

— Porque seria mais fácil se alguém me ajudasse. Alguém aí fora. Eu não posso circular à vontade. — A carranca feroz estava de volta. — Na noite do assassinato de Bligh, eu tentei sair e investigar, e veja o que aconteceu. A sra. Culcutty quase surtou. — Ela sacudiu a cabeça, frustrada. — Esse é o crime mais importante da década, e eu quero resolvê-lo.

Impressionado, Theo considerou a garota. Não tinha nenhuma dúvida de que Nettie Grey daria uma aliada formidável ou uma inimiga formidável. Era muito melhor tê-la a seu lado.

— Bem, *eu* posso circular à vontade.

Nettie sorriu.

— Excelente. Então vamos fazer um trato: você me conta o que encontrar e eu digo o que acho.

— Fechado. — Enquanto falava, Theo percebeu que não seria capaz de contar a Nettie sobre a faca e as roupas ensanguentadas, pois não podia lhe dizer quem ele realmente era e por que estava presente quando o corpo de Bligh fora encontrado. E estava relutante em falar sobre Broadgirdle, pois nunca poderia discutir os motivos que o faziam suspeitar daquele homem. *Mas posso contar algumas coisas sem dizer como eu sei*, ele decidiu. — Você primeiro.

— Não, *você* primeiro — respondeu Nettie —, como uma demonstração de boa-fé.

Theo sorriu.

— É justo. Sabe a mulher que todo mundo acha que assassinou Bligh, Virgáurea? Eu sei quem ela é, e sei como acabou na casa de Bligh. — Ele repetiu o que Miles tinha lhe dito, sem omitir nada, a não ser a explicação de como ele havia se envolvido com os Homens de Areia no verão anterior. — Eu já rastreei um ou dois homens em Boston que usam ganchos — completou. — Essa é a pista que estou seguindo agora.

— Fascinante. — Nettie ouvira atentamente e sem interrupções, puxando mais de uma vez um cacho marrom do cabelo e o mastigando, pensativa. — Ainda mais levando em conta o que eu tenho a dizer. Sobre o relatório do examinador do corpo.

— Que é?

— Os ferimentos não foram feitos por uma faca. Na verdade, o examinador não conseguiu distinguir que instrumento provocou aquilo. Ele disse que havia catorze perfurações e que o instrumento que os fez tinha as extremidades farpadas.

— Ganchos têm extremidades farpadas — disse Theo.

— Têm sim. — Nettie torceu o cabelo, perdida em pensamentos. — Então, quem atacou Virgáurea pode ter matado Bligh. Há uma história aqui que não estamos vendo. Talvez Virgáurea saiba alguma coisa sobre o que está acontecendo nos Territórios Indígenas, algo que ela tenha relatado a Bligh, algo que alguém quer manter escondido.

— Como o quê?

— Como uma estrada de ferro que está sendo construída ilegalmente, ou algo assim.

— Talvez — disse Theo, não convencido.

— Ou pode ter a ver com esses Temperadores, os Eerie desaparecidos que nunca chegaram a Boston. Talvez algo tenha acontecido a eles, e Virgáurea foi impedida de descobrir.

— Isso faria sentido.

— Bem, precisamos de mais, Charles — Nettie concluiu. — Precisamos de mais peças da história. — Ela levantou as sobrancelhas. — Qual é o próximo passo?

— Vou ficar de olho nesses homens com ganchos. Ver se consigo descobrir mais sobre o que eles estão fazendo.

— Parece uma boa ideia. E eu vou ver o que posso encontrar nos papéis de Bligh. Meu pai trouxe várias caixas para casa. — Ela mostrou um sorriso malicioso. — E ele nunca olha as partituras que eu coloco no suporte do piano. Você sabe como meu professor *insiste* que eu pratique as escalas.

19h52

BEACON HILL ERA PITORESCA, mesmo na escuridão. Os postes projetavam luz amarela no ar úmido de verão, e os edifícios de tijolos pareciam se esquivar delas, com as janelas firmemente fechadas. Theo caminhou em silêncio sobre as pedras da rua. Ele havia deixado a bicicleta Goodyear roubada no sopé da colina, amarrada a um poste de luz. Quando se aproximou da mansão de Broadgirdle, diminuiu o ritmo. Assim que alcançou o muro de tijolos, olhou pelo buraco no portão do jardim. Em situações normais, teria sido difícil ver alguma coisa além de escuridão, mas a parte de trás da casa era iluminada por duas lâmpadas-tocha. Com toda certeza, dois Homens de Areia estavam parados em frente ao galpão do jardim.

Theo esperou. Próximo da hora vinte, ouviu os passos que estava esperando: quatro policiais se aproximavam apressados da calçada na frente da propriedade de Broadgirdle. Eles passaram pelo portão, e um dos policiais bateu à porta. Uma luz se acendeu em uma janela do segundo andar. Theo sorriu para si mesmo na escuridão, para se encorajar e para celebrar o sucesso daquele primeiro passo. Seu nervosismo era enorme.

Mais luzes apareceram, e, finalmente, alguns minutos mais tarde, Theo ouviu a porta da frente se abrir. O vozeirão de Broadgirdle rasgou a noite.

— E então, oficiais? O que estão fazendo aqui a esta hora?

— Sr. Broadgirdle, recebemos uma denúncia anônima de que sua vida estava em perigo.

— Em perigo? De quê?

— O bilhete dizia que o senhor tinha convidados esta noite e que um deles pretendia assassiná-lo.

Houve um breve silêncio.

— Por acaso parece que estou recebendo convidados?

— Bem, não, sr. Broadgirdle, mas mesmo assim gostaríamos de ter certeza. Ainda mais depois da pista que nos alertou do assassinato do primeiro-ministro na casa do ministro Elli. Estava correta, afinal de contas.

— Muito bem. Entrem.

Os policiais entraram e fecharam a porta atrás de si. Mais luzes se acenderam no térreo. Em seguida, a porta dos fundos da casa também se abriu.

— Mortify, Until! — Broadgirdle bradou na escuridão.

Theo ouviu a confusão de botas e a porta dos fundos se fechar. Ele se aproximou às pressas de onde a grade de ferro fundido se juntava à parede de tijolos. Agarrou-se à cerca e olhou para o jardim. Parecia deserto. Então impulsionou o corpo para cima do muro e pulou do outro lado. Quando seus pés tocaram o chão, a tensão em seu estômago se elevou tanto que fez todas as suas terminações nervosas dispararem como campainhas de alarme. Ele não tinha muito tempo. Broadgirdle permitiria que os policiais revistassem a casa, mas sua paciência não duraria muito.

Pé ante pé, Theo caminhou, depressa e sem fazer barulho, até o galpão. A luz estava acesa no interior; seu brilho era opaco através das janelas sujas. A porta estava trancada com cadeado. *Claro que está*, Theo pensou de modo sombrio. Ele podia ouvir Broadgirdle protestando em algum lugar dentro da casa. Ao dar a volta no galpão, Theo encontrou duas janelas — com travas firmes — e outra menor, aberta e escorada, de frente para o muro de tijolos. *Peguei você, Graves!*, ele pensou. O espaço entre o galpão do jardim e o muro era estreito, talvez meio metro. Pular a janela para entrar no galpão estava fora de questão, porém talvez a janela se abrisse o suficiente para que ele visse do lado de dentro.

Theo deslizou até a parede, apoiou um pé sobre os tijolos e outro no galpão, até que estivesse logo abaixo da janela. Em seguida, ele a abriu o máximo que dava e espiou lá dentro.

Um único lampião a gás estava sobre uma mesa de trabalho de madeira desgastada no centro do cômodo. Tesouras de poda, um regador e um rolo de barbante estavam ao lado do lampião. Ancinhos e vassouras, pás e algumas vigas quebradas tomavam um dos cantos; caixas de madeira para plantas, vazias, estavam empilhadas do outro lado. Ao longo das paredes havia mais mesas de trabalho cobertas com apetrechos de jardinagem: vasos, pás, sacos de juta cheios de terra. Havia uma cadeira perto da mesa de trabalho.

Nada era atípico ali dentro. Parecia um galpão comum de jardinagem. Theo estreitou os olhos, desejando que o local entrasse em foco, esperando que o segredo guardado pelos Homens de Areia se revelasse. Mas nada aconteceu.

A voz de Broadgirdle o alcançou claramente de uma janela aberta no segundo andar.

— Estão satisfeitos agora? Eu gostaria de voltar a dormir.

Theo sacudiu a cabeça, frustrado. Ele só tinha um instante antes de os Homens de Areia retornarem. De repente, o lampião tremeluziu, e as tesouras de poda, deixadas abertas desleixadamente, assumiram um aspecto diferente. Era ferrugem na linha de corte, ou era sangue?

Sem que Theo desejasse, ressurgiu em sua mente uma lembrança da época em que ele conduzia a carroça de Graves. Era a primeira vez que Theo fora encarregado de dirigi-la, e Graves lhe dera a atribuição apenas porque a carroça estava vazia. O ar tinha uma secura mortal. Os cavalos eram lentos e, como sempre, estavam feridos. Seu odor subia no ar, e Theo se sentia apenas como mais uma pilha de lixo sentado no banco da carroça, recebendo o vento que batia nos cavalos. Ele saíra sozinho de Refugio e estava conduzindo a carroça para Castle, onde se encontraria com Graves. Na ocasião, ele se dera conta de como odiava a carroça, Graves e a si mesmo, por se submeter a trabalhar para aquele homem. E se odiava ainda mais por não fugir, agora que havia sido deixado sozinho no comando de dois cavalos, embora fossem dois cavalos bem velhos e bastante inúteis.

Nos anos que se seguiram, quando se permitia pensar sobre isso, Theo compreendia que Graves havia lhe dado a tarefa precisamente com aquele objetivo em mente. Ele não se importava em chegar a Castle mais cedo em seu próprio cavalo veloz. Só queria que Theo se sentisse mal consigo mesmo pela falta de coragem; queria que Theo sentisse intensamente, durante cada um daqueles noventa quilômetros, que ele era *incapaz* de fugir. Graves era bom nisso. Ele sabia o que o cultivo lento do medo podia provocar nas pessoas, especialmente em uma criança. Aquilo as deixava totalmente impotentes, de modo que, mesmo quando elas parecessem ter liberdade, na verdade não tinham.

Theo tinha visto o suficiente, então se deixou cair no estreito espaço entre a parede e o galpão. Conforme descia, a janela que ele havia aberto se fechou com tudo e o barulho reverberou pelo jardim silencioso. Theo congelou.

Houve silêncio dentro da casa. Em seguida, o som de passos correndo em direção ao quintal.

— Vocês ficam aqui dentro — ordenou um dos policiais. — Fiquem de guarda na porta da frente e nas janelas do térreo. Esse som veio do seu galpão? — ele perguntou ao parlamentar.

— Não posso afirmar — Broadgirdle respondeu rispidamente. — Meu palpite é que é um dos gatos da vizinhança. Duvido muito que vocês encontrem um assassino escondido no meu galpão.

Sua voz soava terrivelmente próxima. Theo se sentiu encolher contra a parede, desejando desaparecer na hera.

— Mesmo assim, senhor, gostaríamos de verificar.

— Muito bem. — Houve um breve silêncio enquanto Broadgirdle mexia suas chaves, e em seguida o galpão foi destrancado. Theo se agachou. — Como vê, não tenho nada aqui, apenas apetrechos de jardinagem.

Theo percebeu que aquele era seu único momento para escapar despercebido, a menos que quisesse passar a noite inteira agachado na escuridão úmida. Enquanto vasculhavam o galpão, ele teria que dar a volta e fugir pelo jardim. Theo sabia que tinha de fazer isso, mas se viu incapaz de agir. A presença de Graves, tão perto e oculta por apenas uma parede fina de um galpão de jardim, desnorteava seus pensamentos. Ele sentiu como se tivesse nove anos de novo e parecesse impossível arredar o pé de onde estava para se esconder. *Você não pode ficar aqui*, gritou uma voz dentro de sua cabeça. *Mexa-se. Agora!*

Com uma explosão de esforço, ele deu um passo muito silencioso, margeou o muro, afastou-se da casa principal e mergulhou na escuridão. Assim que se viu longe do galpão, respirou fundo. À sua frente estendia-se o jardim; parecia ter mais de um quilômetro. *Não consigo*, pensou. *Alguém vai me ver.* Antes que pudesse duvidar do que iria fazer, ele se virou para o muro do jardim e se impulsionou para cima, lutando com as trepadeiras que rasgaram e rasgaram de novo, antes de, enfim, o segurarem. Ele rolou o corpo para cima do muro e aterrissou cegamente no jardim do vizinho. Agachado contra a parede, se esforçou para acalmar a respiração.

Theo podia ouvir os homens correrem para fora do galpão do outro lado.

— Um gato, o senhor disse? — perguntou o policial, com ironia. — Acho que o seu jardim foi invadido por algo um pouco maior. Vou deixar dois policiais aqui...

— Realmente não é necessário.

— Eu insisto. E vamos acordar os vizinhos para ver que tipo de "gato" os visitou.

Theo fechou os olhos e se imaginou visto de cima. Estava sentado com as costas no muro e, além dele, estava a rua, e, além da rua, estava Beacon Hill inteira, reluzindo com lâmpadas em cada esquina. Sua Goodyear estava a apenas algumas quadras de distância. Havia um sem-número de rotas de fuga. Ele só tinha de escolher uma delas.

Ao se levantar discretamente do solo úmido, ele caminhou para os fundos do jardim muito menor. O vizinho de Broadgirdle, Theo percebeu com alívio, era um ser humano ajuizado que não escondia tesouras sangrentas em seu galpão. Havia um portão simples nos fundos com um trinco e nenhum cadeado. Theo o abriu e saiu na calçada. Depois, fechou o portão atrás de si sem fazer ruído e respirou fundo. Andando devagar, com passos firmes, como se tivesse decidido dar uma volta na vizinhança para apanhar ar fresco, ele cruzou para o outro lado da rua e colocou as mãos nos bolsos. Estavam trêmulas.

Enquanto descia a colina a pé em direção à bicicleta, ele começou a se sentir melhor. Havia descoberto algo e não tinha sido pego. A euforia começou a deixá-lo frívolo, e tudo o que tinha parecido tão assustador minutos antes parecia, de repente, risível. *Estou de olho em você, Graves*, pensou, com um sorriso feroz na escuridão. *Você está mais sujo que pau de galinheiro, e eu vou provar. Dessa vez, você não vai se livrar tão fácil.*

24
A busca de Errol

29 de junho de 1892: 17h15

De início, pensava-se que a praga só acometia os que se aventurassem dentro da Era das Trevas, mas logo ficou claro que a doença não é tão discriminatória. O que se observou nas décadas desde então foi que viajantes de outras eras, em particular das eras posteriores, têm uma resistência maior. Logicamente, isso provocou no papado a suspeita de que alguma magia demoníaca praticada nas eras futuras protege seus habitantes da praga de forma não natural.

— Fulgencio Esparragosa, *História da Era das Trevas*

ERROL FORSYTH, O CAÇADOR de fantasmas, estava sentado à mesa remendando a capa sob a luz fraca da lareira. Sêneca, o falcão, estava na ponta da mesa, alisando as penas. Ambos olhavam de vez em quando para a menina, Sophia, que, cerca de meia hora depois de avistar o fantasma, ainda estava visivelmente abalada. Ela não havia protestado quando Errol começou a arrastar a caixa de madeira pesada sobre rodas; em vez disso, seguiu em silêncio, chorando nas mãos em concha. Agora o canteiro de plantas estava do lado de fora, no pátio da casa abandonada onde Errol vinha se abrigando desde a semana anterior. O ensopado de grão-de-bico que ele fizera mais cedo borbulhava sobre a lareira.

A menina lhe provocava lembranças muito fortes de sua irmã mais nova, Catherine, a qual fazia muitos anos que ele não via. Catherine tinha o mesmo rosto sério e obstinado; pensativo quando estava feliz, taciturno e pesaroso quando estava aborrecida. Errol sorriu para si mesmo, lembrando-se de quando havia banido aquele olhar pesaroso ensinando Cat a fazer os tordos comerem sementes em sua mão. Observando Sophia, ele imaginou sombriamente que seriam necessários mais do que alguns tordos para expurgar a memória do fantasma. *Pobre criança*, pensou. Ele terminou de cerzir, deu um nó e cortou a linha com os dentes. Depois se levantou e serviu conchas de ensopado em duas tigelas de cerâmica pintadas de branco e azul. Colocou as tigelas sobre a mesa, pôs duas colheres ao lado e se virou para Sophia.

— Venha comer.

Sophia se levantou sem dizer uma palavra. Antes de se sentar, abriu a bolsa surrada e tirou um naco meio comido e igualmente surrado de pão. Olhou para Errol com ar um tanto triste.

— O gosto é melhor do que parece.

— Obrigado — disse ele gravemente.

— *Eu* é que agradeço — murmurou Sophia. — Por me acolher. — Ela olhou para cima e encontrou o olhar dele. — E por antes, na rua, embora eu não entenda o que aconteceu.

— Vou explicar tudo isso em breve. Por ora, vamos comer.

Sophia descobriu, para sua surpresa, que o grão-de-bico estava delicioso. Foi com tanta avidez ao prato que queimou a língua. Calado, Errol lhe serviu mais e se sentou para comer da própria tigela. Após a segunda porção, um naco do pão e um copo de água, Sophia começou a se sentir um pouco melhor. Olhou a sala ao redor.

Estavam em uma casa que um dia havia sido confortável. As prateleiras eram cuidadosamente construídas na parede e cheias de louça em branco e azul. As janelas de caixilhos tinham cortinas de renda fina. Acima da lareira, havia panelas de cobre penduradas. A mesa e as cadeiras estavam gastas, mas bem-cuidadas, e acima da mesa pendia um candelabro de ferro que, em algum momento, havia iluminado a sala por inteiro. Agora havia apenas duas velas, consumidas até virarem tocos pálidos.

O caçador de fantasmas parecia totalmente fora de lugar entre a louça bonita e as cortinas delicadas. Mesmo sem o capuz cinzento, ele parecia uma criatura mais apta para o exterior selvagem do que para uma cozinha à luz de velas. Alto e anguloso, tinha grandes mãos calejadas, com dedos grossos. Seus olhos azul-escuros encontraram os de Sophia e sustentaram seu olhar, fazendo-a se sentir mais desconfortável segundo a segundo. Naqueles olhos, ela não conseguia ler nada a respeito do homem atrás deles, mas sentia que todos os seus próprios pensamentos e cada um dos acontecimentos de seu passado eram visíveis ao estranho.

— Sua ave come pão? — perguntou Sophia, espalhando migalhas sobre a mesa. O pássaro as examinou friamente.

— Sêneca é um falcão. Ele come carne, e ele mesmo caça.

— Ah. Então vocês dois são caçadores.

— Creio que se poderia dizer que sim. Sêneca caça camundongos; eu caço fantasmas. Dá para ver qual de nós é mais sábio. — Errol ergueu o dedo. Sêneca piou mais perto dele e empurrou a cabeça em seu dedo. — Eu o encontrei perto de Córdoba quando ele era apenas uma bola de penas brancas. Não conseguia caçar de jeito nenhum. — Sêneca mordeu-lhe o dedo suavemente, como se em protesto. — Mesmo agora ele é um caçador preguiçoso. Você é mais filósofo que predador, não é mesmo, Sêneca? — O falcão se afastou de Errol, caminhou de volta para seu canto da mesa e ficou contemplando a lareira com um olho brilhante.

Sophia lançou um olhar solene para o falcão e, em seguida, virou-se para Errol.

Ele pousou a colher na tigela.

— Você quer que eu explique o que são as aparições — disse ele, categoricamente.

— Quero.

— As pessoas aqui acreditam que elas surgem da Era das Trevas, enviadas para nos atrair para aqueles caminhos sombrios, onde seremos retalhados e comidos pelos espinhais. — Ele se levantou, se espreguiçou e colocou mais lenha na fogueira. Embora tivesse feito um calor escaldante durante o dia, ele havia desaparecido com o sol, e agora a noite estava fria e cortante. Errol se sentou de novo. Apesar da altura, seus movimentos eram suaves, quase graciosos, como se cada ação pretendesse uma conclusão prevista e intencional. — Talvez as pessoas estejam certas. Eu não sei exatamente o que são. Só posso lhe dizer como vim a conhecê-las.

— Está bem — ela concordou.

— Eu venho do Império Fechado. Você deve ter notado pelo meu modo de falar. — Sophia assentiu. — Eu sirvo um senhor lá, isto é, minha família serve, perto de York. Eu era o falcoeiro antes de partir, há três anos. Meu irmão gêmeo trabalhava com os cavalos de milorde. — Ele olhou para Sophia como se esperasse alguma resposta. Ela olhou para ele com expectativa. — Meu irmão gêmeo se chama Oswin — ele continuou. — Faz três anos e dezessete dias que vi Oswin ser levado por um fantasma.

Sophia prendeu a respiração.

— Levado?

Errol deu um pequeno aceno de cabeça para confirmar.

— Ele viu uma aparição... incerta, insubstancial, mais ainda assim reconhecível... e ficou perplexo. Eu vi tudo acontecer, porque não estava muito longe.

Ficávamos no campo ao anoitecer. Eu estava voltando dos estábulos, e ele esperava por mim, como sempre fazia, para que pudéssemos caminhar juntos e conversar antes de nos sentarmos para o jantar. Mas, antes que eu chegasse até ele, o fantasma apareceu.

— Quem era?

— Não era uma pessoa. Era o fantasma de uma coisa... de um animal. Um cavalo que fugiu quando éramos crianças. Eu o reconheci pelo menear da cabeça, assim como Oswin. Ouvi meu irmão chamá-lo pelo nome. Eu segui, pois pensei, assim como meu irmão, que algum espírito estranho do cavalo, ou o próprio cavalo, havia retornado para nós. — E negou com a cabeça. — Mas não era nem um cavalo nem seu espírito. Era uma coisa caída que atraiu Oswin ao longo de um campo e depois de outro. Eu o persegui sem me importar com o cavalo, mas fiquei muito aflito pela forma como meu irmão parecia não prestar atenção e nem mesmo me ouvir. A noite se aprofundou, e nós adentramos a floresta. — Errol virou-se para a lareira. Sophia esperou. — Eu o perdi ali — disse, numa voz dura. — Na escuridão. Embora eu ainda pudesse seguir seu rastro. Ele foi visto na cidade além da floresta e na cidade mais ao sul também. — Passou a mão rapidamente sobre os olhos. — Não vou entediá-la falando de cada vestígio que busquei e encontrei, mas é suficiente dizer que procurei Oswin durante um ano, cada vez mais para o sul, até que chegamos à fronteira dos Estados Papais e eu comecei a duvidar da minha própria sanidade. Mas aqui — ele disse lentamente — eu descobri que outras pessoas tinham visto fantasmas. Não era tão incomum como me parecera em York. Eu vi com meus próprios olhos... outros espectros. Eles surgiam ao anoitecer, cada um com seu destino. As pessoas nas cidades e vilas ao norte daqui vivem com um medo mortal dos fantasmas, e acreditam que, se forem enfeitiçadas pelas aparições, serão atraídas para a Era das Trevas. Então eu fiz uma descoberta casual. Minhas flechas tinham acabado. — Errol parou por um instante e deu um breve sorriso para si mesmo. — Erro de principiante. Então eu cortei flechas novas de uma laranjeira, coisas toscas, flexíveis demais e praticamente sem ponta. E, quando eu as atirava nos fantasmas, eles desapareciam. Agora eu corto setas frescas todos os dias. A madeira verde é, por enquanto, o único método que encontrei para banir as sombras, pelo menos por uma noite. Mas elas sempre reaparecem.

Sophia sentiu um rápido alívio. *Ela vai voltar amanhã*, pensou. *Ela não se foi.* Errol pegou sua colher, mas em seguida a pousou novamente.

— A essa altura, eu havia alcançado a estrada de Sevilha que chega até a fronteira da Era das Trevas. E lá eu perdi a trilha. Ninguém tinha visto Oswin, embora muitos o tivessem visto mais ao norte. Era fácil se lembrar dele: um jovem pálido e loiro do Império Fechado, idêntico a mim. Muitos antes o tinham visto. Mas depois todos os vestígios de sua passagem desapareceram. Isso foi há dois anos.

Ele ficou em silêncio por tanto tempo que Sophia pensou que a história tivesse terminado. Sêneca atravessou a mesa novamente, examinou o prato de Errol, depois recuou para seu canto e virou as costas para eles. Sophia sentiu a cautela de seu caçador de fantasmas desvanecer. Ele era exatamente como ela, aquele Errol Forsyth: estava procurando sua família perdida, cruzando grandes distâncias e com perspectivas impossíveis. *Aqui*, ela pensou, enfiando a mão no bolso em busca do carretel de linha, *está alguém que vai entender o que estou fazendo. As Parcas foram bondosas em colocá-lo no meu caminho.*

De repente, Errol voltou a falar:

— Então eu comecei a ver algo parecido com Oswin. Sempre chegava ao entardecer, foi o que você viu. Uma coisa deplorável e patética. Com uma cara estranha que parecia feita da página do livro de um monge. Não sei o que significa. — Ele franziu a testa, e seus olhos, refletindo o fogo, pareciam tomados por chamas. — Eu me recuso a acreditar que ele esteja morto. Já vi fantasmas de mortos, e esse não é um deles. Fantasmas verdadeiros são pesados, tóxicos por causa da tristeza. Esses são leves, como se iluminados por uma chama. Ele está vivo — disse Errol com firmeza. — Tenho certeza disso.

— Ele também fala com você?

— Fala. Sempre algum disparate.

— Ele diz a mesma coisa todas as vezes?

— Não. Coisas diferentes. Há muito tempo eu parei de dar ouvidos. As palavras não têm significado. Aquele espectro não é Oswin. — Errol respirou fundo e seu rosto relaxou, assumindo um ar pensativo. — Nos últimos dois anos, viajei por todas as cidades da região, mas não encontrei mais sinal dele. Circundei todo o perímetro da Era das Trevas duas vezes, mas não vou me aventurar lá dentro.

Sophia o considerou.

— Porque não é permitido pelas Ordens, ou porque é muito perigoso?

— Eu não me importo com o que as Ordens permitem ou não permitem, mas não se deve brincar com a Era das Trevas. Ela pode pertencer a um passado distante, mas ainda está aqui. É o coração sombrio dos Estados Papais. Nós todos temos um — disse ele, estreitando os olhos. — Um ponto sombrio no nosso centro, onde não é prudente entrar ou olhar com muito detalhe. A minha

Era das Trevas é tão sombria quanto qualquer outra. — E flexionou as mãos. — Eu me recuso a acreditar que ele está lá. Oswin, não. — Errol desviou os olhos do fogo e os voltou para Sophia. — E você deve ter perdido sua mãe, ou ela não teria aparecido para você como um fantasma.

Sophia assentiu. O olhar azul penetrante parecia mais gentil agora, embora a expressão no rosto de Errol não tivesse se alterado.

— Ela e meu pai desapareceram quando eu era pequena. Eles eram exploradores. Estou aqui porque acho que pode haver notícia deles em Granada. Minha mãe deixou um diário lá. Eu ia viajar com outra mulher de Boston, Remorse, mas ela não embarcou no navio. Ela... Eu não sei. Ela cuidou para que eu encontrasse alguém em Sevilha, no porto, mas não havia ninguém lá. Não sei se algum dia vai haver. E, agora, quem garante que vou conseguir chegar um dia a Granada? — Errol a observou por um momento mais, depois que ela havia parado de falar, e assentiu.

— Eu vou com você — disse ele sem olhá-la, levantando-se para jogar mais lenha na fogueira.

Sophia hesitou, surpresa com a oferta.

— Obrigada, mas não posso impedir que você continue sua busca.

— Você não está me impedindo de continuá-la. E é uma longa estrada até Granada; ao norte, ela circunda toda a fronteira da Era das Trevas. Além do mais, é isso que eu faço: eu vago inutilmente, à caça do fantasma do meu irmão, enquanto meu irmão em pessoa continua longe do meu alcance. — Ele falou sem amargura, mas com uma tristeza pesada que, para Sophia, soava muito como derrota.

— Eu deveria esperar aqui, em Sevilha — disse ela com um suspiro. Então ergueu os olhos e ficou surpresa ao ver o caçador de fantasmas sorrindo.

Era a primeira vez que ela o via sorrir, e isso de repente deu a ele uma aparência mais jovem. Ele soltou uma breve risada.

— Você não confia em mim! — exclamou.

— Não é verdade — Sophia respondeu com sinceridade. — Eu sou grata pela sua oferta de me ajudar. Muito grata. Mas enviei um recado a alguns amigos das Índias Unidas antes de partir de Boston. Acho que eu deveria pelo menos esperar por eles aqui. Eles são de confiança... Não são niilistianos como os outros.

— Ah. Niilistianos. — Ele fez um breve silêncio. — E essa mulher que deixou você sozinha no navio e que fez arranjos para você que não se concretizaram... Ela era niilistiana?

— Era.

Errol ergueu as sobrancelhas. Seu rosto ficou sério novamente quando voltou o olhar para a lareira.

— Na verdade, seria uma atitude sábia — disse ele — ter cautela com estranhos. Estou surpreso que tenha encontrado um niilistiano digno de confiança. E você não me conhece. Não pode saber o que eu sou e o que não sou. — E meneou a cabeça. — Você não tem nada a temer da minha parte, mas deve trancar a porta do meu quarto para garantir. Uma moça cautelosa não passaria a noite em uma casa vazia com um estranho encapuzado. Vamos trancar a porta de fora também.

Sophia sentiu-se envergonhada pela reprimenda. Sem dúvida, ele estava certo. Ela confiava com muita facilidade.

— Está bem. Obrigada.

19h42

A CAMA NO QUARTINHO com vista para o pátio era mais macia e confortável do que Sophia imaginara. Apesar disso, ela não conseguia dormir. Pensamentos inquietos e incertezas persistentes mantinham sua mente girando. O quarto bonito, que claramente pertencera a uma menina da sua idade ou mais jovem, enchia Sophia de pensamentos sobre as mortes que provavelmente haviam ocorrido em seu local de refúgio. *Talvez*, consolou a si mesma, *a família tenha se mudado para evitar a lapena. Mas então por que deixaram todos os seus pertences?*

Sophia suspirou e se virou na cama, inquieta. Não conseguia decidir o que fazer. Seria mais sensato ficar em Sevilha e esperar pelo aliado de Remorse? Ou seria melhor viajar para leste logo de uma vez, rumo ao Arquivo de Granada? Ela se sentou, se inclinou para a frente e abriu as persianas da janela com vista para o pátio. O luar vertia para dentro do cômodo. Sophia olhou para os telhados de Sevilha e imaginou a praga rondando a cidade em pés de sombra. Apesar da exaustão, percebeu que não ia conseguir dormir. Então pegou o caderno de dentro da bolsa e encheu as páginas, desenhando e escrevendo à luz da lua. O clérigo responsável pela praga, Whence e Partial, o menino e sua mãe, que haviam lhe dado pão, o acendedor de lampiões, Errol Forsyth e o espectro de Minna Tims. Mal podia acreditar que tudo isso tivesse acontecido em um só dia. Enquanto desenhava, o badalar dos sinos marcava as horas da noite: a segunda vigília, a terceira vigília, a quarta vigília e as matinas.

Era perto do amanhecer, embora o céu ainda estivesse escuro, quando Sophia ouviu um som estranho: algo se esticando e rangendo, como as paredes de uma casa que resiste ao vento. Em seguida, um barulho acentuado de madeira se despedaçando rasgou o ar. Por um momento, ela pensou na porta da frente, mas não; o som vinha do pátio. Uma explosão ruidosa, seguida pelo estampido de madeira sobre pedra, atraiu Sophia para a janela.

Ela olhou para baixo e viu a caixa de plantas em pedaços. As plantas que vinham crescendo no interior do contêiner de madeira agora cresciam para fora dele; a terra estava espalhada, e algumas das flores totalmente desabrochadas estavam amassadas, como se alguém tivesse passado por cima delas.

Sophia se afastou da janela e gritou por Errol. Ela destrancou a porta e saiu para o corredor. Dava para ouvi-lo no quarto do outro lado do corredor estreito, tropeçando nas tábuas do assoalho.

Trancado lá dentro, ele bateu com força na porta.

— Abra a minha porta. Sophia. *Sophia!* Abra a porta!

Mas Sophia ficou imóvel no corredor. Ela olhava para a figura que não estava nem a cinco passos de distância, bloqueando seu caminho. Alta e estranhamente iluminada, emitindo uma luz dourada como a chama de uma vela, a mulher estendeu a mão para Sophia, dando ordem para que ela ficasse imóvel.

— Não se mexa — disse, com a voz sinuosa como uma fita de veludo, circundando Sophia de modo que ela se sentisse plantada no chão. Depois a mulher virou a palma para cima e um conjunto de flores douradas saltou de sua mão. — Vá embora — a mulher sussurrou e, com um ligeiro movimento, jogou as flores na direção de Sophia. Elas explodiram e formaram uma névoa densa de pétalas e pólen, pesada e grossa, como nuvem de tempestade.

Sophia não conseguia ver nada além de uma bruma amarela, e sua respiração pareceu se alojar na garganta. Ela mal conseguia respirar.

PARTE 3
O teste

25
Os vestígios perdidos estão perdidos

15 de março de 1881

Não foi nenhuma surpresa para nós que Bruno não só tivesse sido gentil com Rosemary, mas também se tornado seu professor e amigo. Ela nos contou que Bruno, durante o ano em que ficou na fazenda, relatara histórias de todas as suas aventuras, muitas vezes cantadas, e riu mais. Ele tentou persuadi-la a sair do silêncio com seu castelhano ruim e, quando isso não funcionou, mudou para o seu inglês nativo. Nenhuma das duas coisas conseguiu fazer Rosemary falar, mas aos poucos ela aprendeu a língua desconhecida, embora se comunicasse com ele, de modo geral, por meio de gestos. Bruno lia em voz alta muitos de seus livros em inglês, compartilhando o mundo de Novo Ocidente por intermédio de suas páginas. Bruno nunca foi impaciente ou se irritou com a mudez de Rosemary, que ele tratava com uma delicadeza que, às vezes, quase permitia à jovem esquecer a ausência da voz.

Essas qualidades eram as mesmas que haviam feito Bruno Casavetti cair em nossas graças quando o conhecemos em Boston, anos antes, e eram qualidades que fizeram dele um companheiro tão amado em mais de uma expedição. Eram essas as razões pelas quais tínhamos entrado em uma era tão remota a fim de procurá-lo e deixado Sophia para trás. Ouvimos com muita emoção as histórias de Rosemary sobre a bondade de Bruno. E finalmente, com temor, seu relato dos meses finais de Bruno em Murtea.

— Bruno ficou fascinado por Ausentínia — ela nos disse —, como eu sabia que ficaria. Originalmente, ele tinha viajado para os Estados Papais com a intenção de mapear o perímetro da Era das Trevas, mas Ausentínia o distraiu. Rumores da Casa de Santo Antônio o atraíram para Murtea, e, quando ele descobriu que os rumores eram verdadeiros, as maravilhas do lugar o mantiveram por perto. Bruno queria entender como uma era maravilhosa tinha se tornado daquele jeito. Ele cruzava a ponte de pedra para Ausentínia todos os dias e só retornava ao anoitecer. Visitava cada loja de mapas fazendo todo tipo de perguntas e recebendo respostas amigáveis, mas que não informavam muito. Nenhum dos estabelecimentos tinha um mapa para Bruno. Ele se convenceu de que a origem e a existência de Ausentínia eram algo que os habitantes ocultavam: a única resposta perdida para a qual nenhum mapa poderia ser elaborado. E então, num dia de novembro, ele voltou para a fazenda com um olhar aflito que me encheu de medo. Mal me olhava nos olhos. Apertei seu braço e fiz sinais para lhe perguntar o que tinha acontecido. Ele olhou para mim, com uma expressão cheia de tristeza. "Ela se foi", disse em voz baixa. "Ausentínia se foi. A Era das Trevas a levou." Fiquei chocada, naturalmente, e meu rosto demonstrava isso. Bruno explicou o melhor que pôde. "Quando peguei o caminho para a ponte de pedra, eu me deparei com Pantaleón, o sobrinho do padre. Ele também estava indo para Ausentínia. Caminhamos juntos conversando em direção à ponte de pedra. Mas depois, quando chegamos ao topo da colina, nós vimos..." Ele engoliu em seco. "Nós vimos que os caminhos para Ausentínia tinham desaparecido. Nem as colinas estavam lá. Um musgo preto encontrava a ponte do outro lado. Eu vi os espinheiros; eles eram jovens, com o tronco de agulhas e os galhos compridos. Eu tinha visto a Era das Trevas antes, a uma distância segura, e não tenho nenhuma dúvida em minha mente. De alguma forma inconcebível, ela havia chegado e tomado as colinas de Ausentínia para si. Foi Pantaleón que viu as colinas amarelas ao longe. Ele apontou, e eu pude ver que ele estava certo. Pedaços de Ausentínia ainda sobreviviam como ilhas de âmbar em um mar de escuridão. Enquanto observávamos, algo ainda mais inacreditável aconteceu. O formato da era se modificou. Não muito longe, uma colina de Ausentínia se expandiu e substituiu uma porção da floresta sombria. Depois, ainda mais chocante, a terra do outro lado da ponte de pedra também se transformou. Apareceram as gramíneas altas amareladas que nos eram familiares. Pantaleón e eu ficamos olhando, perplexos. Eu não entendia o que estava vendo. Mas Pantaleón, com sua impulsividade típica, correu para olhar mais de perto. Eu o chamei de volta, mas ele me ignorou." Bruno enxugou a testa. "Se ao menos eu o tivesse detido! Pantaleón atravessou a ponte e correu pela grama até a beira do musgo preto, e, assim como ele, eu ouvi uma rajada de vento, como o som de uma tempestade se aproximando. Pantaleón chegou a tocar o musgo, com uma expressão de fascínio no rosto. Eu vi atrás dele o que parecia ser uma rajada de vento, movendo-se pelos espinheiros. Pantaleón se levantou, mas era tarde demais. Quando tirei as mãos de sobre os olhos novamente, tudo além da ponte tinha voltado a ser negro, como se a escuridão tivesse extinguido uma frágil chama amarela. Eu não conseguia enxergar Pantaleón." Bruno olhou para mim com o rosto cheio de horror. "Mas eu podia ouvi-lo gritar, correr pelos espinhais. E então... nada." Bruno e eu ficamos sentados em silêncio; ambos estávamos atônitos. Depois de um tempo, ele suspirou. "Eu não entendo o que vi." Ficou em pé. "Mas devo dizer ao padre o que aconteceu com o sobrinho dele. Talvez alguma alma corajosa saia em busca para ver se ele ainda está vivo." Balancei a cabeça, entendendo que a tarefa era necessária, mas senti uma curiosa sensação de mal-estar e, em seguida, um pavor, que cresceu no meu estômago depois que ele se foi. A história tinha me perturbado, é claro, mas eu senti medo de algo muito mais próximo: algum perigo iminente que eu não conseguia entender. Por fim, sem saber mais o que fazer, eu corri para a vila para encontrar Bruno na casa do padre. Quando me aproximei das muralhas de Murtea, vi o mascate que viaja entre o vilarejo e Granada. É um homem de idade, curvado e ressequido como as colinas, mas ainda percorre a rota a cada duas semanas. Ele estava discutindo com um homem da aldeia, e eu ouvi a voz de ambos ficar estridente. De repente, o cliente enfurecido ergueu a espada e, com golpes ferozes, começou a cortar o carrinho do velho em pedaços. Por um momento, senti um alívio estranho que ele estivesse atacando o carro, não o velho. E então minha mente entendeu o que meus olhos viam: um carrinho quebrado. *Um carrinho quebrado*. Lembrei das palavras do mapa. *Quando o carrinho quebrar, vá para a cabeça da cabra*. Não perdi tempo e fiz o que o mapa me instruiu.

— Mas o que é cabeça da cabra? — perguntei a Rosemary.

— Nosso xerife — disse ela. — Alvar Cabeza de Cabra. Seu nome significa "cabeça de cabra" — explicou, para que Bronson entendesse. — Eu corri para a praça da aldeia, onde sabia que o xerife estaria, e lá encontrei meu querido Bruno já preso, olhando para o xerife e para o padre com uma expressão de completa perplexidade. Fui até ele e agarrei seus grilhões. "Peguem essa mulher", disse o padre. "Com certeza essa pequena bruxa o ajudou." Eu não era páreo para o xerife, que segurou minhas mãos atrás das costas antes que eu pudesse virar para encará-lo. "Você ensinou ao *brujo* um ou dois truques?", o padre me perguntou cruelmente. "Você disse a ele para trazer a Era das Trevas sobre nós? Para enviar meu sobrinho naquelas profundezas?" Então, como se nunca tivesse ido embora, minha voz voltou. "*Não!*", eu gritei. "Ele não é bruxo. Ele queria ajudar Pantaleón. O senhor tem que acreditar nele!" O padre me olhou com repulsa. "É claro", sibilou, "que também foi a feitiçaria dele que lhe devolveu a voz. Foi algum tipo de pacto? Uma troca? A alma do meu sobrinho pela sua voz miserável? Vou cuidar para que vocês dois paguem por isso."

A voz de Rosemary falhou.

— Não consigo contar o resto — ela disse baixinho.

— Por favor — pedi, embora meus olhos já estivessem úmidos de lágrimas. — Lamento pela dor que isso causa em você, mas eu imploro... Diga-nos o que aconteceu com ele.

— Eles nos colocaram nesta mesma prisão — continuou Rosemary, com esforço —, e com o tempo os moradores descobriram que a história de Bruno era, de fato, verdadeira. A Era das Trevas havia tomado Ausentínia. Havia alcançado os limites da ponte de pedra. Ninguém ousava entrar lá para procurar Pantaleón. Bruno começou a perder as esperanças de que, algum dia, eles fossem dar ouvidos à razão. Certamente o sacerdote não o fez. Sem me dizer nada, Bruno decidiu confessar as acusações. Ele não sabia explicar como a Era das Trevas havia chegado, mas fingiu que tinha feito um pacto com o diabo, e enviado Pantaleón para a Era das Trevas em troca da minha voz. Ele disse que eu era inocente. Foi então que me libertaram, e eu enviei a carta que trouxe vocês aqui. Na semana seguinte, eles o condenaram. A sentença foi cruel. Bruno foi condenado a atravessar a ponte de pedra para sofrer o mesmo destino de Pantaleón.

Bronson e eu sugamos o ar bruscamente.

Aflita, Rosemary cobriu os olhos com a mão.

— Isso foi antes de eles realmente entenderem as consequências da passagem para a Era das Trevas.

— Que consequências você quer dizer? — perguntei...

Interrompo aqui meu relato. Não tenho mais tempo. Devo escrever meus pensamentos finais e esperar que alguém — talvez o xerife, que tem sido mais amável do que eu esperava — providencie que estas páginas sejam salvas. Não serei capaz de escrever mais nada nelas.

Fomos condenados por bruxaria. Por resistirmos à praga usando artes das trevas. Ao meio-dia seremos levados para a ponte de pedra. Se conseguirmos evitar a Era das Trevas, seguiremos os vestígios perdidos para a cidade de Ausentínia. É nossa única chance de encontrar segurança. Talvez eles ainda estejam lá, debaixo da temida escuridão.

Eu gostaria que fosse diferente, mas confesso que, à medida que a hora se aproxima, fico com mais medo. Vejo meu marido sentado à minha frente, tão bonito como no dia em que o conheci. Sua pele está salpicada pela poeira do ar seco; seus olhos bondosos, repletos de tristeza. Ele tenta sorrir para mim...

O que será de nós? Será que vamos sobreviver? E o que significa sobreviver após tamanha provação? Gostaria de saber o que nossa Sophia está fazendo neste momento. Desenhando em sua pequena mesa, talvez. Passeando com Shadrack à beira do rio. Ou dormindo com aquela aparência serena, tão típica dela.

Eu lhe prometo, meu amor, que vamos encontrar nosso caminho até você novamente.

Minna Tims
17 de março de 1881
Murtea, Estados Papais

26

A cura de Virgáurea

> **30 de junho de 1892: 4h11**
>
> *E, ainda assim, o povo dos Estados Papais está muito mais dividido quanto à causa da praga e seu tratamento. Alguns acreditam que é uma maldição enviada para o norte, provinda dos Faraós Remotos. Outros, particularmente os simpáticos às explicações nülistianas, acreditam que é essencialmente uma melancolia fatal provocada pela tristeza de habitar o mundo da Grande Ruptura.*
>
> — Fulgencio Esparragosa, *História completa e oficial dos Estados Papais*

SOPHIA CAMBALEOU E CAIU para trás, sentindo como se todo o ar tivesse sido arrancado de seus pulmões em uma única massa sólida. Ao longe, ela ouviu uma batida insistente e uma voz alta chamando seu nome: Errol. Percebeu que não estava no chão, mas estava sendo carregada, ou melhor, embalada nos braços. A estranha mulher a havia pegado.

— O que... — disse ela, com a voz pastosa, tentando erguer a cabeça.

— Vai levar alguns instantes — disse a mulher, com uma voz grave. — Eu o chamei para ir embora e ele me obedeceu, mas você vai precisar de um momento para se recuperar.

— Sophia! — Errol gritou. — Sophia, responda!

— Chamou o que para ir embora? — perguntou Sophia fracamente.

— O andarilho que estava começando a morar dentro de você.

Sophia balançou a cabeça. Ela estava se sentindo melhor, mas as palavras da mulher a confundiam.

— Andarilho? — ela repetiu.

— O que as pessoas aqui chamam de doença... a praga.

Horrorizada, Sophia sentou-se de repente, ainda zonza e atordoada.

— Eu estava com a *praga*?

— Um andarilho se infiltrou dentro da sua cabeça há algumas horas, e estava pensando em ficar por um tempo. — A mulher sorriu. — Eu o chamei para ir embora. — Ela olhou ao redor e observou. — Esta casa está cheia deles.

— Sophia! — Errol batia com força na porta.

A garota ficou em pé.

— Meu amigo... Errol... pode estar doente também. Por favor, você pode ajudá-lo?

A mulher se levantou e, sem dizer uma palavra, puxou o ferrolho e se afastou. A porta se abriu. Errol saiu dali com um salto, a espada em riste. Sêneca agitava o ar sobre a cabeça do falcoeiro e girava, gritando, no corredor escuro.

— Não! — exclamou Sophia. As costas da mulher já estavam na parede, com a ponta da espada de Errol em seu pescoço. Ela o observava com frieza.

Sophia correu entre eles.

— Ela não me machucou! Ela não me machucou, Errol.

Errol não desviou os olhos da mulher. Lentamente baixou a espada, apenas um pouco. Então puxou Sophia em sua direção e a segurou de forma protetora.

— Quem é você? — ele rosnou para a mulher. — De onde você vem?

Um leve sorriso repuxou o canto da boca da mulher.

— Sou Virgáurea — ela respondeu calmamente. — Venho do mar Eerie.

— Como você chegou aqui? — Errol questionou bruscamente.

Virgáurea fez um sinal com o queixo.

— Cruzei o oceano em um caixão de madeira.

Sophia soltou uma exclamação repentina.

— Você estava na caixa de plantas!

— Eu estava definhando... fazia meses. Você, Sophia, me deu sol e água, e isso me reanimou. — Ela fez uma leve mesura. — Eu lhe devo a minha vida.

Sophia piscou.

— Sol e água?

— As pessoas de Novo Ocidente sabem pouco sobre nós — disse Virgáurea —, e suspeito que você tenha me curado por acaso.

— Você é uma Eerie?

— Vocês nos chamam assim, não é?

— Pensei que a caixa de plantas tivesse... plantas.

Virgáurea sorriu.

— Você não estava totalmente errada. — Ela estendeu as mãos. Era difícil ver na luz da aurora que escoava para o corredor, mas Sophia pensou que as mãos de Virgáurea pareciam ligeiramente verdes.

Errol relaxara as mãos, embora ainda estivesse com uma sobre o ombro de Sophia e a outra na espada.

— Que tipo de criatura vive de sol e água?

Virgáurea refletiu.

— O andarilho está com você há mais tempo. Em poucas horas, você começará a sentir a presença dele.

Preocupada, Sophia se virou e olhou para o rosto carrancudo de Errol com preocupação.

— Ele está com aquilo? Ele está doente? — Ela se voltou para Virgáurea. — Por favor, ajude-o.

— O que você quer dizer? — Errol retrucou, erguendo a espada novamente.

— Ela quer dizer a praga. — Sophia envolveu as mãos no braço de Errol, baixando-lhe a espada. — Deixe que ela o ajude, Errol. Ela pode fazer isso ir embora. A casa inteira está contaminada.

— Resisto à praga há dois anos — ele zombou —, e parece improvável que eu caia por causa dela agora.

— Sophia, dê licença — disse Virgáurea com a voz calma.

— Pare! — Errol ordenou, erguendo a espada.

Sophia se afastou e, no mesmo instante, Virgáurea fez crescer um ramalhete de flores em sua palma aberta. Os olhos de Errol se arregalaram. Com um ligeiro movimento da Eerie, as pétalas se expandiram e envolveram Errol em uma nuvem pálida que se agarrava ao ar ao seu redor.

— Vá embora — disse Virgáurea calmamente. — Encontre outro lugar para vagar.

Errol espirrou violentamente e cambaleou para trás, o que o fez largar a espada. Sophia saltou para a frente e tentou pegá-lo, mas o peso dele era tal que ambos caíram para trás. De onde estava empoleirado no parapeito de uma janela, Sêneca deu um breve piado de desaprovação. Errol espirrou novamente.

— Bom Deus — disse ele, e colocou a mão na cabeça.

Sophia esperou, parcialmente esmagada pelo peso da cabeça e dos ombros de Errol, os quais ela havia impedido de baterem no chão.

Errol balançou a cabeça uma ou duas vezes e abriu os olhos. Ele se esforçou para se colocar em pé, tateando em busca da espada.

— Você não vai me enterrar nas suas poeiras abomináveis novamente — disse ele, olhando para Virgáurea de um jeito ameaçador. — Minha espada vai encontrar essa mão antes que você possa usá-la.

— Devemos sair deste lugar — disse Virgáurea, ignorando-o para perscrutar os quartos de ambos os lados do corredor.

— Há andarilhos em todos os cômodos, e eles estão inquietos.

— Está bem — disse Sophia, olhando ao redor com preocupação. — Está se sentindo melhor, Errol?

Errol estendeu a mão, ainda sentado com as costas apoiadas na parede, e agarrou o braço de Sophia.

— O que foi que eu disse sobre confiar rápido demais? Você acabou de conhecê-la.

— Pelo que ouvi quando acordei nas ruas de Sevilha — disse Virgáurea em tom calmo —, Sophia também acabou de conhecer você.

Errol pôs-se em pé e olhou feio para a Eerie. Sophia os observou com apreensão. Ele parecia tão tenso quanto uma mola; seus punhos estavam cerrados, e seus olhos se estreitaram como fendas. Virgáurea mantinha os braços ao lado do corpo, mas seu rosto imóvel reluzia com uma leve intensidade. O ar entre eles no corredor estreito parecia ficar cada vez mais pesado, e o silêncio se aprofundou.

Enquanto Sophia considerava a melhor forma de perturbá-lo, uma batida urgente na porta da frente reverberou pela casa. Errol fez uma careta, sem tirar os olhos de Virgáurea. As batidas continuaram. Ao som de um grito, Errol virou a cabeça, com uma expressão alterada.

— É a Cruz Dourada — disse ele em voz baixa. — Esperem aqui. — Errol deu alguns passos em direção à escada, mas as ordens ríspidas, claramente audíveis para Sophia e Virgáurea, mesmo que não fossem inteligíveis para elas, o fizeram parar onde estava. Ele se virou e olhou para Sophia. — Eles estão procurando uma garota, uma estrangeira, que foi vista deitada na rua ontem à noite falando com um acendedor de lampiões. Um informante a acusou de ter lapena.

Sophia engasgou.

— Como eles sabiam que eu estava aqui?

— Os informantes são pagos em ouro por informações estratégicas. Eles vão fundo para consegui-las. — Descalço, ele voltou bruscamente para o quarto. — Pegue suas coisas. Temos menos de um minuto antes de arrombarem a porta.

Sophia correu para o quarto e recolheu seus pertences. Sem se preocupar em tirar a camisola, recolheu as roupas espalhadas, enfiou-as dentro da mochila e calçou as botas. Voltou às pressas para o corredor e encontrou Errol já vestido, de capa, carregando arco e aljava. Ele apontou para o corredor.

— Tem uma escada nos fundos, no último quarto à direita. Leva até o pátio, e de lá saímos para um beco estreito atrás da casa.

As batidas pesadas na porta e os brados de ordem pararam. Um ruído repentino de madeira contra madeira rompeu o ar da madrugada.

— Não temos tempo — disse Errol, disparando pelo corredor, entrando no quarto à direita e correndo pela escadaria estreita no canto. Sophia mergulhou atrás dele com Virgáurea em seu rastro. Acabaram no pátio de pedra, onde a caixa de plantas estava quebrada como se tivesse explodido.

Pelos gritos atrás deles, os representantes da Ordem já tinham conseguido entrar. Sophia os ouviu invadir afoitos os cômodos, ao mesmo tempo em que Errol abria a porta que dava para o beco, apressando as duas a atravessá-la. Depois de sair, ele a fechou com cuidado atrás de si.

— Não vamos correr — disse ele. — Vamos caminhar devagar. De capuz — ele disse a Virgáurea, disparando-lhe um olhar penetrante. — E esconda os braços, pelo amor de Deus. — Ela puxou o capuz marrom sobre a cabeça e retirou um par de luvas longas e castanhas de sua capa, as quais calçou rapidamente. — Pegue a mão de Sophia. Somos uma família de viajantes seguindo para leste.

— Mas qualquer um pode ver que nós não somos daqui — disse Sophia, num sussurro frenético.

— É por isso que estamos deixando a cidade — disse Errol, puxando o próprio capuz. — Estamos viajando para leste, rumo a Granada, pela estrada que circunda a Era das Trevas.

5h32

ERROL FORSYTH SEMPRE OUVIRA seus pais falarem sobre o Povo das Fadas quando era criança, e mais especialmente seu avô, que insistia em dizer que a alma de um amigo de infância havia sido roubada por uma fada, quando ambos estavam na floresta escalando uma árvore. No entanto, Errol nunca tinha visto uma fada. Apesar disso, acreditava na existência delas da mesma forma que acreditava na existência de pessoas nas Rússias: embora não conhecesse ninguém pessoalmente, aceitava que eram pessoas reais.

Quando a luz da aurora os encontrou nas ruas de Sevilha, Errol aproveitou a oportunidade para estudar a mulher que se dizia Eerie. Ela usava vestes verdes compridas e uma capa com capuz marrom-escura. Seus olhos cor de avelã eram parados de um jeito desconcertante, que espelhava a calma de seu rosto: o nariz afilado, a boca larga e firme e os ossos proeminentes. Seu rosto era muito alvo, assim como o pescoço e os ombros — extremamente pálidos. No entanto, nos cantos de sua testa, onde começava a linha do cabelo castanho, a pele era marrom, e seus longos cabelos pareciam ter um movimento diferente de quaisquer outros que Errol já vira. Antes que ela calçasse as luvas, ele tinha visto as mãos: onde os braços afinavam nos pulsos, sua pele assumia um tom esverdeado, de modo que os dedos eram tão brilhantes como as folhas novas de uma árvore de bordo. Virgáurea alegava ser humana, Errol refletiu, mas claramente não era.

— Como você foi parar num caixão de madeira? — ele perguntou, enquanto caminhavam a passos constantes pelas ruas sinuosas.

A expressão dela estava longe.

— Não sei. Presumo que alguém familiarizado com nossos costumes me colocou ali dentro, porque eu estava enterrada em um solo. Teria sido a única maneira de sobreviver a uma viagem tão longa.

Apesar do coração disparado e das preocupações com a Cruz Dourada, Sophia olhou para Virgáurea com surpresa.

— Foi Remorse quem fez aquilo?

— Quem é Remorse? — perguntou a Eerie.

— A mulher que nos colocou naquele navio.

— Não a conheço. Eu não me lembro de nada depois do ataque em Boston.

Os olhos de Sophia se arregalaram.

— Que ataque?

— Nos arredores de Boston, fui atacada na escuridão. Um único agressor, mas com mais força do que eu esperava. Resisti por algum tempo. No entanto, logo fiquei muito ferida e perdi a consciência. Depois veio um longo sono do qual só acordei em Sevilha.

— E por que você estava viajando para Boston? — perguntou Errol. — Você disse que veio do mar Eerie.

Pela primeira vez, Virgáurea pareceu perturbada.

— Pensei que eu encontraria o que vinha procurando fazia meses. Três pessoas do nosso povo desapareceram, e estamos em busca delas. Eu havia recebido informações de que estavam em Boston. Agora que tanto tempo se passou, estou certa de que outros foram para lá no meu lugar. Só espero que tenham se saído melhor. Tenho certeza que sim — ela murmurou, tranquilizando a si mesma.

Após uma breve pausa, Errol fez um ruído de concordância.

— Entendo.

Ele não podia negar, com um sorriso irônico dentro do capuz, que havia algo que se encaixava na situação dos três viajantes: todos de eras distantes, todos procurando entes queridos. No entanto, a explicação de Virgáurea sobre suas circunstâncias lhe parecia totalmente improvável. Havia algo mais na história, ele tinha certeza. Talvez alguém desarmado do Povo das Fadas pudesse, de fato, ter resistido a um ataque surpresa na escuridão, mas por que ela havia sido colocada a sete chaves em um caixão de madeira? Por acaso era tão perigosa que não só deveria ser trancada, mas também despachada para o outro lado do oceano? Ou será que a simples visão daquelas mãos esverdeadas tinha assustado os bostonianos e os feito tomar medidas desnecessárias?

— Por que estamos indo para Granada? — perguntou Virgáurea.

— Sophia tem uma missão urgente lá, e não podemos ficar em Sevilha. Você não precisa ir com a gente — Errol emendou, e Sophia lhe lançou um olhar de advertência. — Na verdade, agora que estamos livres da casa e do perigo imediato, fique à vontade para partir a qualquer momento.

Imperturbável, Virgáurea não vacilou.

— Não estamos livres do perigo.

— Vamos estar fora da cidade em quinze minutos. Contanto que não encontremos ninguém mais da Ordem, não teremos dificuldades.

— Acredito que você vai precisar da minha ajuda.

Errol fez um ruído de desdém pelo nariz.

— Não vejo por quê. — Ele olhou para cima rapidamente e depois estendeu o braço. Sêneca, que havia levantado voo assim que eles chegaram ao pátio, pousou suavemente no antebraço de Errol, coberto de couro.

— Você pode pensar que conhece esta terra melhor do que eu — Virgáurea respondeu com calma. — Mas, acredite em mim, eu a conheço de formas que você não conhece.

Errol deteve seus pensamentos por um instante. Isso poderia ser verdade, ele percebeu. Se ela era do Povo das Fadas, era provável que houvesse muitas coisas sobre ela que ele ainda não sabia.

— Suponho que não faria mal ter uma fada do nosso lado.

— Sou tanto fada quanto você... — ela parou de falar e olhou para Sêneca — ... é falcão. — Em seguida fixou os olhos castanhos em Errol. — Mas entendo que, para você, essa deve parecer uma explicação provável.

— Você pode viajar conosco, mas não deve tirar a capa, o capuz e as luvas. Sua aparência vai levantar suspeita dos clérigos.

Virgáurea não respondeu.

Estavam atingindo os limites da cidade. Os sinos da catedral e de todas as igrejas badalavam as laudes, e já soavam distantes. Errol sentiu a primeira onda de calor quando o sol começou a aquecer Sevilha com força total.

— Esse primeiro dia será bastante difícil — disse ele, parando onde as últimas casas davam lugar à grama rasteira e às oliveiras empoeiradas. — Temos de caminhar pelo menos até a primeira pousada, e em menos de uma hora o sol vai estar escaldante. — Ele estendeu um cantil de couro com água para Sophia. — Beba. Existem poços ao longo do caminho.

Sophia assentiu e tomou um longo gole de água, em seguida passou a bolsa de couro para Virgáurea. Ela a ergueu, virou o rosto para cima e, com a boca aberta, derramou água sobre o rosto e a cabeça. Errol a observou com as sobrancelhas levantadas.

— Costumes de fada — ele murmurou, balançando a cabeça. Pegou o cantil de volta e o amarrou ao cinto. — Se formos abordados por viajantes na estrada, deixem que eu falo com eles. E, se virmos a Ordem se aproximar em qualquer direção, saiam da estrada e procurem o abrigo que for. Eles vão encontrar uma flecha minha com ponta de aço antes que possam chegar perto de nós. — Ele deu um passo à frente e pegou a estrada poeirenta.

— Costumes de falcão — disse Virgáurea baixinho.

27
Seguindo a Marca

> **7 de junho: 12h31**
>
> *O Partido Lembrança da Inglaterra é o mais antigo, tendo sido fundado em 1800, no primeiro aniversário da Grande Ruptura. Seus fundadores se lembravam de forma pungente da Inglaterra de 1799 e de antes, pois tinham viajado até lá, ou, em alguns casos, eram ingleses de nascimento.*
>
> — Shadrack Elli, *História de Novo Ocidente*

A SRA. CULCUTTY ENTROU na sala, carregando uma bandeja de chá e um bolo de bom tamanho.

— Boa tarde, Charles — disse ela com um sorriso. Embora a sra. Culcutty tendesse a ser bastante superprotetora em relação à Nettie, Charles tinha lhe parecido, desde o primeiro momento, um jovem muito amável e educado. A maioria dos jovens que visitavam Nettie ou eram sujeitos lupinos que tomavam liberdades demais, ou sujeitos acanhados que traziam flores demais. Charles não era nenhum dos dois: se por um lado tinha o comportamento escrupulosamente apropriado, parecia satisfeito e não intimidado em sua companhia. Quando se encontravam, a sra. Culcutty sempre podia ouvi-los conversando seriamente, o que era algo bom. A querida Nettie tinha poucos momentos preciosos de seriedade na vida.

— Boa tarde, sra. Culcutty! — Theo respondeu, ao pegar a bandeja pesada e colocá-la sobre a mesa. — Como a senhora está?

— Estou bem, obrigada, mas minha prima, do outro lado da cidade, está com um resfriado de verão, por isso vou sair daqui a pouco para vê-la. — Ela serviu uma xícara de chá Charleston aos dois.

— Ah, pobre Agatha! — exclamou Nettie. — A senhora vai levar seu xarope de melaço para ela, não vai?

— Certamente. Se precisarem de alguma cosa, o sr. Culcutty está nos fundos, consertando a cerca. Eu volto para o jantar.

— Obrigada, sra. Culcutty. — Nettie ofereceu um sorriso doce, esperando a porta se fechar. — Agora — disse, inclinando-se — me conte o resto.

Theo deu de ombros.

— Não há muito mais a dizer. Não tinha nada lá. Depois de alguns minutos, eles saíram da casa, então eu pulei o muro para o quintal do vizinho.

Nettie fechou os olhos e mastigou uma mecha de cabelo.

— Descreva tudo o que você se lembra que tinha dentro do galpão. Tudo.

— Uma mesa de trabalho com um lampião, um rolo de barbante, um regador e uma tesoura de poda. Algumas ferramentas no canto.

— Que ferramentas?

— Uma pá grande. Alguns ancinhos. Pá de mão. Coisas assim.

Nettie abriu os olhos e franziu a testa.

— Charles, eu disse *tudo*.

— Bem, não dava para fazer anotações, dava?

Ela bufou de frustração.

— O que mais?

— Muitos vasos vazios, alguns quebrados.

— Que aparência tinha o rolo de barbante?

— Como assim, que aparência tinha? Um rolo de barbante.

— Estava enrolado apertado ou frouxo, como se o fio tivesse sido usado?

Theo considerou.

— Frouxo. Ele tinha sido usado.

— O que havia no regador?

— Não consegui ver.

Nettie se recostou no assento com um suspiro.

— Se você estiver certo, e essas tesouras estavam com sangue, então alguém foi ferido naquele galpão.

— Eu não duvido. A questão é quem.

— Talvez um dos Eerie desaparecidos, um dos Temperadores ou Virgáurea.

— Ou o homem que a trouxe para a fazenda — Theo interveio. — Não se esqueça dele. Se ele deveria ter matado Virgáurea e não matou, isso deve ter deixado Broadgirdle furioso.

— Não esqueci dele — disse Nettie, pensativa. — Mas tenho outra prova que você ainda não viu. — Ela puxou uma folha de papel amassada dentre os livros de música ao seu lado. — Leia — disse, entregando-a a Theo.

4 de fevereiro de 1892

Virgáurea,

Encontrei os Temperadores. Até os vi. A situação deles é terrível e requer grande força ou grande habilidade. Estou buscando alternativas. Parte do obstáculo reside em quanto a Marca está visível neles: se eu trouxer a público que eles estão sendo mantidos presos, sua aparência vai despertar suspeitas em Boston. Temo que o desfecho seria desastroso, dado o preconceito que existe contra os estrangeiros. A solução requer sigilo, e eu aceitaria ajuda dos Eerie. Além disso, lamento dizer, eles vão necessitar dos seus poderes curativos quando forem libertados. Eles lhe enviam a regra anexa. Parecia urgente.

B

Theo vira papelada do governo o suficiente na biblioteca de Shadrack para reconhecer a caligrafia do falecido primeiro-ministro.

— Onde isso estava? — perguntou ele.

— Em uma das caixas de documentos de Bligh — disse Nettie, fazendo uma careta. — Fiquei acordada a noite toda lendo.

— E sobre a regra no final?

Ela balançou a cabeça.

— Isso estava misturado com muitos outros documentos. Com certeza é a carta que trouxe Virgáurea para Boston. Meu palpite é que estava com ela na fazenda, e Bligh a guardou depois que Virgáurea ficou sob os cuidados dele. Quem sabe o que ela fez com a regra...

— Não sei nem a que tipo de regra ele se refere. Uma regra escrita?

Os olhos de Nettie se arregalaram com o súbito entendimento, e ela soltou um pequeno suspiro.

— É claro! — exclamou. — Não são regulamentos, mas uma regra. Como eu não percebi?

Theo olhou para ela, perplexo.

— Sim, isso é o que diz aí.

Ela pulou da cadeira.

— Temos pouco tempo antes que a sra. Culcutty volte. Depressa!

Theo a seguiu para fora da sala de piano e entrou no corredor elegante nos fundos da casa. Era a primeira vez que ele via aquela parte. Papel de parede estampado e um conjunto de paisagens pastorais em molduras ovais cobriam a parede. Nettie parou diante de uma pesada porta de carvalho do lado direito e, rapidamente, pegou uma chave do bolso da saia.

— Mandei fazer uma cópia há séculos — ela sussurrou. — Mais fácil do que usar um grampo de cabelo todas as vezes.

O escritório do inspetor Grey era o que Theo esperava. Os armários pesados de madeira e a mesa de mogno escureciam o cômodo. Um tapete azul-marinho das Índias e duas poltronas gastas formavam uma área de estar arrumada onde mais de uma dúzia de caixas estava organizada em pilhas.

— Eu deveria ter percebido no minuto em que li — Nettie murmurou. Ela abriu a caixa de cima e procurou entre o conteúdo, depois passou para a próxima. — Ninguém diz "regra" a menos que queira dizer… *isso*! — E levantou uma régua de madeira dobrada, desgastada por anos de uso. — Pensei que fosse apenas um objeto da mesa dele, mas deve ser o que Bligh mencionou na carta.

Theo a pegou, desconfiado.

— Sério? Parece uma régua comum.

— Menos a data — disse Nettie, triunfante.

— A data? — Theo examinou a régua com mais atenção. Do lado sem as medidas, viu "2 fev 1892", em vermelho, quase apagado. — Entendi o que você quer dizer. A data é próxima à data da carta.

— Os Temperadores deram isso para Bligh, e ele enviou para Virgáurea.

— Mas o que é? — perguntou Theo, perplexo, devolvendo-lhe o objeto.

Nettie largou o corpo em uma das poltronas gastas.

— Eu não sei — disse, pensativa. — Não há outras marcações em vermelho. Deve ser algum tipo de código. Ou talvez pertença a um dos Temperadores, e o envio disso seja prova de alguma coisa. Ou a régua pode lembrar Virgáurea de um acontecimento particular de que todos eles participaram. — Ela enrolou um cacho em torno do dedo indicador e puxou. — São muitas as hipóteses. Eu simplesmente não sei. — Nettie se levantou outra vez e começou a arrumar as caixas como estavam. — Você acha que Elli conhece bem os Temperadores? Poderia perguntar a ele?

— Eles ainda não podem receber visitas. — Na verdade, a prisão permitia visitas, e a investigação de Theo seria beneficiada por uma longa conversa com Shadrack e Miles. No entanto, era um pouco difícil visitá-los quando Theo não tinha autorização para sair da East Ending Street. Nettie Grey podia ser enganada por um nome falso, mas ele não queria testar a sorte na Prisão Nova. — Seu pai viu a carta? — ele perguntou no corredor, enquanto Nettie trancava a porta do escritório.

— Não tenho certeza, mas ele não necessariamente consideraria a carta importante. Ele não sabe o que nós sabemos. — Nettie fez o caminho de volta para a sala de piano e sentou-se entre as papoulas.

— Mas você vai entregar a carta para ele, não vai? — perguntou Theo. — Ela quase que prova tudo.

— Prova o quê, exatamente? — perguntou Nettie, mais para si mesma do que para ele. Ela torceu o cabelo, pensativa. — Podemos especular que Gordon Broadgirdle sequestrou os Temperadores e que Bligh descobriu. Ele enviou uma carta à Virgáurea pedindo-lhe ajuda, e ela veio. Ela foi atacada por um dos brutamontes de gancho, mas sobreviveu. Bligh a encontrou e tentou cuidar dela. O primeiro-ministro confrontou Broadgirdle por conta própria sobre os Temperadores mantidos em cativeiro e acabou sendo assassinado.

— É isso mesmo — disse Theo, assentindo solenemente. — Faz todo o sentido.

— Faz sim — Nettie concordou —, mas não é suficiente. Não há nenhuma prova. E há perguntas demais. Onde Virgáurea foi parar? E quanto ao homem que a atacou? E o mais importante é: Por que Broadgirdle sequestrou os Temperadores? — Ela deu toquinhos no queixo. — Precisamos de mais.

Theo passou a mão pelo cabelo.

— Precisamos encontrar os Temperadores.

— Você precisa se aproximar de Broadgirdle.

Ele se levantou e caminhou até a janela. Olhou para o jardim lateral, onde as roseiras do vizinho estavam pesadas com flores de pétalas desbotadas.

— Talvez exista uma maneira diferente de fazer isso.

— Talvez, mas essa é a mais rápida. Que outra forma você tem em mente?

Theo apertou a testa contra o vidro e tentou pensar. *Sophia encontraria alguma outra forma*, ele pensou. *Mas eu não consigo ver nenhuma*. Ele se virou para Nettie.

— Preciso pensar sobre isso.

13h15

Depois de retornar à East Ending Street e se esquivar das perguntas ansiosas da sra. Clay sobre onde ele estivera, Theo foi para o quarto a fim de refletir sobre seu dilema. Havia uma parte dele que queria esquecer completamente o problema. *Ainda posso ir embora de Boston*, pensou. *Não há ninguém me forçando a ficar aqui*. Mas ele sabia que não era verdade, mesmo que a rota de fuga se desfraldasse em sua mente. Ele poderia deixar Boston, mas não poderia deixar Shadrack, Miles e a sra. Clay; não poderia deixar Sophia. Parecia estranho toda vez que ele pensava a respeito, mas toda vez chegava à mesma conclusão: até mesmo enfrentar Broadgirdle não seria tão ruim quanto perder as pessoas que mais o conheciam agora.

Que solução Sophia iria sugerir que eu não consigo enxergar? Ele sorriu quando se deu conta de que a solução de Sophia quase certamente residiria em um livro. Mas não havia nenhum para lhe contar o que Broadgirdle tinha feito com os Temperadores. Frustrado, deu um tapa na testa. *Os Temperadores. Eles estão no centro de tudo isso, e eu tenho que descobrir o que eles são. Tenho que descobrir* quem *eles são.*

A carta de Bligh tinha feito referência à "Marca". Dado o que Miles tinha dito sobre Virgáurea e sobre a cama de flores, era quase certamente a Marca da Vinha. De repente, Theo se lembrou dos livros que Veressa Metl dera a Sophia no verão anterior. Ele correu para o quarto dela e esquadrinhou a estante de livros até encontrar: *Origens e manifestações da Marca da Vinha*, de Veressa Metl. Começou a folheá-lo rapidamente, em busca de alguma menção aos Eerie ou aos Temperadores. Nenhum dos temas estava no índice.

Grande parte da primeira metade do livro era teórica, pois ninguém conseguia apontar com certeza onde ou quando a Marca havia surgido. A segunda metade continha observações sobre as formas como a Marca da Vinha aparecia nas diferentes pessoas, organizadas em capítulos intitulados "Características fisiológicas", "Aptidões", "Cuidados e cura" e "Tendências de comportamento". Naqueles que tinham a Marca, esta mais frequentemente se manifestava nos braços e nas pernas, embora, em um caso, o peito de um homem fosse envolto em casca de árvore e, em outros, folhas brotassem das costas como se fossem asas. Muitos com a Marca tinham dom para trabalhar com plantas e, em alguns casos, conseguiam fazê-las crescer de seu próprio corpo, sem a necessidade de sementes ou brotos. Veressa postulava que a Marca não era algo que a pessoa tinha ou não; em vez disso, era medida num espectro. Algumas pessoas tinham muito pouco da Vinha, e outras tinham bastante. Talvez uma pessoa pudesse ter um único espinho que crescia de uma articulação nos dedos, enquanto outra podia ter a Marca em todas as partes do corpo.

Theo só colocou o livro de lado para jantar, e era tarde da noite quando chegou ao penúltimo capítulo, "Cuidados e cura". Ali, na sequência de uma seção perturbadora sobre as doenças das árvores, havia uma chamada "sono de inverno". Theo fez uma leitura rápida, sem guardar muito do conteúdo. Depois, uma luz brilhou em sua mente, e ele leu mais uma vez:

Como os bulbos que dormem na terra durante o inverno, a mesma coisa acontece com alguns que têm a manifestação total da Marca. Bem colocadas em solo nutritivo, essas pessoas podem descansar confortavelmente por semanas ou até meses, contanto que o período não se estenda além de uma única estação. Nos casos em que uma doença ou lesão tenha levado o corpo a extremos, o sono de inverno pode até ser um remédio necessário.

Theo relembrou o conteúdo do galpão: uma mesa de trabalho com alguns objetos, uma parede com ferramentas e três canteiros de planta vazios empilhados ao lado. Eram longos e largos — como caixões. *Eu estava procurando pela coisa errada*, ele percebeu. *Não eram as tesouras de poda, mas os canteiros. Os Temperadores estavam lá. Ele os manteve em sono de inverno, e depois os levou de lá. A questão é: onde eles estão agora?*

Theo fechou o livro lentamente, devolveu-o à estante de Sophia e voltou ao próprio quarto. Lá, curvado em sua cama, ele considerou os objetos que havia ao seu redor. O que eram, na realidade? Uma cama, uma cadeira, uma escrivaninha, uma coleção de lembranças dos piratas e uma trouxa de roupas. Tudo aquilo, na verdade, era inútil. Theo poderia facilmente ter roubado um valor dez vezes equivalente ao dos objetos. E no entanto, ao mesmo tempo, eram inestimáveis. Aquele quarto, aquela casa e as pessoas que viviam nela valiam mais que tudo. Se fosse necessário, valeriam sua vida.

Realmente não havia escolha, Theo percebeu. Ele não queria, mas era necessário. Nettie tinha razão: ele precisava se aproximar de Broadgirdle.

28
Usando o bigode

---

8 de junho: 12h20

Se, por um lado, a reforma hospitalar iniciada pelo Partido dos Novos Estados de fato melhorou a condição dos pacientes, por outro não alterou as regras para a admissão destes, as quais continuaram a se revelar problemáticas, particularmente em hospitais e casas de caridade que atendiam pacientes que sofriam de demência. Presume-se que muitos sofrem de insanidade, quando, na verdade, os sintomas disfarçam outros quadros clínicos — às vezes mais perigosos, às vezes totalmente inócuos.

— Shadrack Elli, *História de Novo Ocidente*

THEO FICOU SABENDO DO emprego porque estava rondando o Palácio do Governo na tentativa de encontrar uma forma de se aproximar dali que não parecesse óbvia demais. Ele manteve distância da multidão de meninos esfarrapados que vadiavam do outro lado da rua, à espera de um recado ou de um pacote para entregar. Os guardas sempre garantiam que aqueles meninos não chegassem aos degraus da entrada, mas Theo parecia mais velho e mais arrumado, e, quando se aproximou com uma expressão de dúvida, um guarda imediatamente apontou para sua direita.

— Está procurando emprego? Porta dos fundos, ao lado da entrada dos empregados.

— Obrigado — Theo respondeu cordialmente. Ele não estava procurando nada do tipo, mas seria uma forma mais fácil e menos visível de conseguir entrar. Quando chegou à porta dos empregados, encontrou um painel de madeira coberto com anúncios de jornal e, enquanto esperava para ter uma noção de como era o movimento a pé por ali e o que era necessário para entrar, deu uma olhada nos anúncios. Um, no centro, saltou-lhe aos olhos:

6 DE JUNHO: Bertram Peel, do gabinete do parlamentar Gordon Broad-girdle, procura assistente responsável, prestativo e de bom caráter para trabalhar em período integral. Início imediato. Mais informações dentro do edifício.

Theo releu o anúncio e a data três vezes, incapaz de acreditar no que dizia ali. Então girou nos calcanhares e foi para casa.

Depois disso, não retornou ao Palácio do Governo por dois dias. Theo dizia a si mesmo que precisava de tempo para obter informações sobre o parlamento, mas, na realidade, aqueles dois dias foram necessários para ele tomar coragem.

Era verdade que seu conhecimento sobre o parlamento era insignificante. Ele ouvira Shadrack falar muito sobre o Ministério das Relações com Eras Estrangeiras, mas não tinha nenhum interesse nos trabalhos da legislatura. Se fosse mesmo levar aquilo adiante, teria que aprender. Ele mergulhou numa pilha de jornais na casa de Miles e leu tudo que pôde sobre acontecimentos recentes. Estava ciente de que um primeiro-ministro temporário havia sido indicado no lugar de Bligh e que seria realizada uma eleição no fim do mês. Ele também sabia, assim como toda a cidade de Boston, que Broadgirdle seria o candidato do Partido Ocidental. Theo suspeitava de que o cargo ao qual se candidataria fora criado em virtude da carga de trabalho maior resultante da campanha de Broadgirdle. Mas não sabia ou não suspeitava muito além disso e, no curso de dois dias, fez o melhor para memorizar os muitos nomes dos parlamentares e o maior número de detalhes sobre as histórias de cada partido que seu cérebro fosse capaz de absorver.

Theo chegou ao Palácio do Governo no dia 10 de junho, vestido tanto para agradar quanto para disfarçar. O bigode fino e o cabelo partido à risca estavam ali para a vaidade de Broadgirdle; ele sabia que Graves, como sempre, se achava um homem bonito, e que ficaria feliz em pensar que tinha imitadores. As luvas de pelica e o terno passado a ferro estavam ali para esconder. Em roupas apropriadas e com a mão das cicatrizes coberta, Theo se sentia confiante de que estaria irreconhecível.

Ou pelo menos se sentiu confiante ao entrar no Palácio do Governo. Quando chegou ao gabinete de Broadgirdle, no piso superior, já estava com dificuldade para respirar. Ele ficou parado no corredor por um instante e encheu os pulmões de ar algumas vezes. O suor lhe brotava na testa, e ele a enxugou rapidamente.

Depois foi até a porta do gabinete de Broadgirdle e bateu. Uma vozinha aguda chamou:

— Entre.

Theo se deparou com um personagem macilento e de aparência não muito agradável, de cabelo e bigode idênticos aos seus. Sentiu o riso borbulhar e irromper de seu nervosismo.

— Sr. Bertram Peel?

— Sim?

— Estou aqui por causa do cargo de assistente de gabinete.

O homem o observou em silêncio por vários segundos. Depois olhou para o relógio.

— O senhor teve sorte de chegar numa boa hora — disse ele. — Sente-se, por gentileza; eu gostaria de lhe fazer algumas perguntas.

— Certamente — Theo respondeu, sentando-se à mesa.

Peel fez um grande espetáculo de pegar um bloco de papel limpo e testar a caneta.

— Seu nome?

— Archibald Slade.

— Como ficou sabendo sobre o cargo? Foi indicado por alguém?

— Não, eu vi o anúncio perto da entrada dos empregados. Eu tinha esperanças... Na verdade, há muito tempo eu queria um emprego no gabinete do parlamentar Broadgirdle.

Peel pressionou os lábios com aprovação ou ceticismo; era difícil dizer.

— O senhor apoia o parlamentar Broadgirdle?

— Ah, com toda certeza — respondeu Theo. — Acredito que a visão dele para Novo Ocidente é exatamente o que precisamos.

Peel deixou a caneta pousar sobre o papel.

— Como, exatamente?

Theo respirou fundo. Broadgirdle havia feito numerosos discursos de campanha e sua plataforma era simples, pelo menos o que ele apresentava ao público: "Olhar para oeste e conquistar". O estilo bombástico e presunçoso com que ele falava de conquistar o oeste dava conta de ocultar a falta de organização, a impraticabilidade e, em alguns casos, a pura e simples impossibilidade de fazer algo assim. Não havia gente suficiente em Novo Ocidente para "conquistar" muito de coisa nenhuma. O exército à disposição era minúsculo. Apenas as pessoas nas fronteiras com os Territórios Indígenas tinham algum desejo de avançar mais para oeste, e já estavam fazendo isso. A campanha de Broadgirdle poderia facilmente ser levada a um impasse com apenas uma pergunta: "Quem?" Ou seja: "Quem vai olhar para oeste e conquistar?"

Theo não falou nada disso. Em lugar, falou o que Peel queria ouvir:

— "Olhar para oeste e conquistar" é uma mensagem muito inspiradora. É disso que o povo realmente precisa: um líder forte com um plano arrojado.

Peel permitiu que seu rosto relaxasse um pouco.

— Os outros partidos também têm líderes com planos. Por que não apoiá-los?

O partido de Bligh, o Partido dos Novos Estados, havia escolhido Gamaliel Shore, um fabricante de cordas de Plymouth, como seu candidato. Assim como Bligh, Shore queria derrubar o fechamento das fronteiras porque a medida isolava Novo Ocidente e o tornava um parceiro comercial desprivilegiado. Era verdade, mas não soava tão audacioso quanto o argumento de Broadgirdle. Shore também queria garantir aos Territórios Indígenas a condição de Estado independente, o que beneficiaria a nação como um todo, mas não teria o mesmo apelo de "Olhar para oeste e conquistar". Aqueles que se davam o trabalho de prestar atenção percebiam que as políticas de Shore, dando continuidade às de Bligh, eram prudentes e sensatas, enquanto as de seu oponente eram presunçosas e ilusórias. Mas não havia muita gente que prestasse atenção.

O terceiro partido, o vigoroso, porém pequeno, Partido Lembrança da Inglaterra, havia escolhido Pliny Grimes. Sua campanha tinha como base a simples premissa expressa com sucesso pelo seu nome. Dedicado a preservar a memória daquela potência colonial desaparecida — o que, claro, havia deixado de governar os estados muito antes da Grande Ruptura —, o Partido Lembrança da Inglaterra tomava suas decisões baseado inteiramente na especulação de como a Inglaterra agiria em determinada situação. Um refrão frequente em seus debates e discussões era: "A Inglaterra desejaria que nós detivéssemos os piratas a todo custo". Ou: "A Inglaterra teria dito: 'Sem terra, sem voto!'" Na realidade, o partido perdia cada vez mais a imaginação e a credibilidade, ao visionar o que uma Inglaterra que já não existia há mais de noventa anos teria feito em crises triviais ou extremas, nenhuma das quais concebíveis em 1799. E, de qualquer forma, não era claro quem ou o que eles entendiam por "Inglaterra". Com certeza, toda a Inglaterra não pensava da mesma forma, pensava? Como os críticos apontavam com perspicácia, a própria Inglaterra era um antro de políticas altamente contraditórias na época da Grande Ruptura, antes de ter sido mergulhada na obscuridade medieval.

— Acredito que todo o fundamento do Partido Lembrança da Inglaterra é questionável — disse Theo, falando a verdade. — E, mesmo que eu tentasse, não consigo entender como o plano deles para Novo Ocidente é possível. O parlamentar Gamaliel Shore — continuou ele, com menos sinceridade — parece ter pouco pulso em uma situação que requer força. Novo Ocidente deve ter um papel de comando em relação a seus vizinhos.

Peel, que havia parado de anotar, recostou-se na cadeira.

— Muito bem, sr. Slade. — Considerou por um momento. — Deixe-me ver se o parlamentar está disponível. Caso esteja, eu gostaria que ele o conhecesse.

Theo entendia o significado: ele tinha ido bem, e, ainda assim, sua boca ficara subitamente seca. Ele forçou a palavra a sair:

— Obrigado.

Enquanto esperava que Peel voltasse, Theo olhou em volta pelo gabinete. Uma segunda mesa — sem nada, exceto um lampião — havia sido acrescentada para o novo assistente. As paredes eram preenchidas por armários altos de madeira, rotulados cuidadosamente no que Theo já reconhecia como a caligrafia de Peel. Uma porta nos fundos do cômodo levava a um corredor estreito e a um escritório interno. Foi daquele corredor que Peel ressurgiu, pressionando o bigode com satisfação.

— O parlamentar tem um momento para vê-lo. Siga-me. — E guardou a escrivaninha de madeira portátil debaixo do braço.

Theo observou as costas de Peel se afastarem, sem saber se conseguiria caminhar. Suas pernas amoleceram. Ele fechou os olhos e imaginou sua rota de fuga: para trás, cruzar a porta do gabinete, pegar o corredor, descer as escadas, sair pela colunata e cruzar o parque. Depois abriu os olhos e deu um passo à frente, seguindo a figura franzina de Peel pelo corredor estreito.

Peel virou em uma sala à direita. Graves — *Broadgirdle,* Theo disse a si mesmo com firmeza — estava ali, sentado atrás de uma mesa enorme, de costas para a porta, contemplando a vista da janela.

— Aqui está o sr. Archibald Slade, senhor — disse Peel.

Broadgirdle virou-se na cadeira. A primeira impressão de Theo, vendo-o tão de perto, era que, afinal de contas, ele não havia mudado tanto. As roupas, os dentes e a barba eram novos, mas ainda era o mesmo rosto, a mesma expressão, os mesmos olhos penetrantes.

— Sr. Slade — disse Broadgirdle com a voz macia, ao estender a mão. Embora tivesse braços longos, ele mal se inclinou para a frente, o que forçou Theo a andar alguns passos até a mesa e se esticar acima dela.

— É uma honra, senhor. — Theo notou, no aperto de mãos, que Broadgirdle olhou para as luvas de pelica. — Por favor, perdoe-me as luvas — acrescentou em tom de desculpas. — Tenho um problema de pele.

220

— Nada contagioso, espero? — perguntou Broadgirdle, com um sorriso pálido.

— Ah, não, senhor. Nada contagioso. — Ele retribuiu o sorriso, sentindo-se, de repente, um pouco enjoado. — Só não é agradável aos olhos.

— Bem, contanto que não atrapalhe sua escrita e o arquivamento...

— Não, de forma alguma.

Broadgirdle mostrou um sorriso generoso, exibindo todos os dentes brancos.

— Peel me disse que você apoia a liderança enérgica.

— É verdade, senhor. Acho que Novo Ocidente precisa de um líder enérgico. Agora mais do que nunca.

Theo sabia que estava dizendo as palavras certas, mas sentia que, se fosse necessário pensar para desenvolver mais as ideias, não conseguiria. O sorriso de Broadgirdle o desorientava. O jeito familiar demais com que ele batia a mão sobre a mesa — tamborilando na superfície com o dedo médio e o anelar, como se telegrafasse uma mensagem para o mundo inferior — fazia Theo querer dar meia-volta e correr.

— A opinião fala bem de você. Deixe-me fazer a pergunta que fiz a Peel quando o contratei, a mesma que gosto de fazer a todos os que trabalham neste gabinete.

— Certamente, senhor.

— Finja que já é um funcionário aqui. Você está caminhando pelo corredor e ouve por acaso um parlamentar de oposição discutindo uma medida que surpreenderia ou minaria nossos planos. O parlamentar o vê. Ele exige que você dê a sua palavra de que não vai mencionar a ninguém o que ouviu. O que você faz?

Theo sabia que só havia uma ou duas respostas certas e sentia, com alívio, que, naquele quesito, seu conhecimento anterior de Graves — Broadgirdle — funcionava a seu favor. Alguns poderiam pensar que ele desejaria uma resposta ética, mas Theo sabia que Graves valorizava grandemente a astúcia e não valorizava nada a ética. Ele respirou fundo.

— Se o parlamentar exigisse a minha palavra, eu daria. Depois viria contar para o senhor o que eu tivesse ouvido. Por fim, se o parlamentar protestasse mais tarde, eu diria que ele havia sido descuidado em deixar que suas palavras fossem ouvidas, e que ele não tinha me dado outra opção a não ser prometer silêncio.

Broadgirdle ergueu as sobrancelhas pesadas, mostrou um leve sorriso e continuou calado.

— Boa resposta — disse, então. Theo ficou satisfeito com o elogio, mas depois foi invadido por uma onda de náusea por ter se sentido assim. Sentiu Peel relaxar de leve. — Trabalhar no Palácio do Governo levanta todo tipo de dilemas éticos. É importante sabermos a quem dedicar nossa lealdade e não sermos lenientes demais com as virtudes.

— Eu entendo, senhor — Theo respondeu. — Obrigado pela explicação.

Broadgirdle lançou-lhe um último olhar avaliador e depois se virou para Peel, que assentiu levemente.

— Vamos voltar à sala da frente, sr. Slade — disse Peel.

— Obrigado pela entrevista, senhor.

Broadgirdle aceitou o agradecimento e virou-se de novo para a janela.

— Sr. Slade, vou entrar em contato em breve a respeito da vaga — comentou Peel, ao alcançar sua mesa. Depois olhou para a folha de papel na escrivaninha. — Aos cuidados da agência de correios de South End?

— Correto.

— Obrigado por ter vindo.

— Eu que agradeço. — Theo se sentia trêmulo demais para dizer qualquer outra coisa. Suas pernas o carregaram pela rota de fuga: pelo corredor, descendo os degraus e saindo pela colunata até a entrada principal. Quando chegou ao parque, tentou tirar as luvas, mas descobriu que o suor as tinha colado às palmas. Ele sacudiu a cabeça furiosamente, desesperado para tirá-las. Por fim, ele as puxou do avesso e conseguiu fazê-las sair de seus dedos. Cruzou o parque a passos incertos, com grande alívio e alguma surpresa por ter sobrevivido.

12 de junho: 13h45

A CARTA DO GABINETE de Broadgirdle chegou no dia 11, anunciando a contratação e pedindo que Theo se apresentasse no dia 12. Ele tentou visitar a casa de Nettie para lhe contar, mas o inspetor estava lá. Então deixou um bilhete na caixa do correio: "Para Nettie, do seu amigo Charles". Depois, passou o restante do dia se preparando e, no seguinte, fez o que antes teria considerado impossível: trabalhou pelo primeiro dia no gabinete do parlamentar Gordon Broadgirdle.

Conforme a manhã dava lugar à tarde, Theo percebeu que seu contato com Broadgirdle seria limitado. Em primeiro lugar, Peel tinha um ciúme feroz de seu tempo com Broadgirdle e, em segundo, ele tentava ser o único ponto de contato com o poderoso parlamentar. Theo não protestou. Além do mais, Broadgirdle passava muito pouco tempo no gabinete; em geral, ele transitava regularmente pelos corredores do Palácio do Governo, encontrando-se com vários membros do parlamento e, sem dúvida, aplicando suas vantagens em todos os lugares onde conseguia.

Theo ficava tenso cada vez que alguém virava a maçaneta, mas, ao fim do dia, sua tensão começou a aliviar. A avalanche de trabalho supérfluo depositado em sua mesa por Peel também ajudava. Quando uma moça em camisa de risca de giz e calças com vincos perfeitamente marcados entrou, Theo aceitou a interrupção com alívio.

— Posso ajudar? — ele perguntou, ao se levantar. Peel havia saído do escritório algum tempo antes com a escrivaninha portátil, em resposta aos chamados de Broadgirdle.

— Só gostaria de me apresentar — disse a moça, estendendo a mão. — Cassandra Pierce. Trabalho no fim do corredor, no gabinete do parlamentar Gamaliel Shore.

— Archibald Slade. Muito prazer.

Ela deu um aperto de mão firme.

— Está se adaptando bem?

— Muito bem, obrigado. — Theo fez um gesto para a papelada sobre a mesa. — Já tenho muito o que fazer.

Cassandra sorriu, empinando um pouco a cabeça.

— Parece que fui preterida.

— Como assim?

— Eu me candidatei ao seu cargo, mas não fui escolhida.

— Ah, sinto muitíssimo.

— Não se preocupe. — Ela colocou os cabelos negros e curtos atrás das orelhas. — Às vezes pode parecer meio opressor por aqui. Todos esses esnobes e essas coisas não ditas. Avise se eu puder ajudar.

— Obrigado. É muita gentileza.

Cassandra parou e olhou pela sala.

— Bem, é um prazer conhecer você. Todos os assistentes almoçam juntos às sextas-feiras, se quiser se juntar a nós.

— Talvez eu vá; muito obrigado.

Ela fez um breve aceno e saiu. Theo olhou para sua mesa e percebeu que era quase a hora catorze. Então organizou os papéis espalhados, pegou o paletó do cabide de casacos e deixou o Palácio do Governo.

Ele se sentia exausto, mas o dia havia sido uma conquista tremenda. Embora não tivesse descoberto nada de novo, tinha se infiltrado com sucesso no gabinete de Broadgirdle. Ele sentiu uma certeza súbita e exultante de que aquilo funcionaria. Broadgirdle não fazia ideia de quem ele era. Em um dia ou dois, Theo começaria suas buscas a sério e encontraria algo que explicasse a presença dos Homens de Areia, ou apontasse a localização dos Temperadores, ou provasse o envolvimento de Broadgirdle no assassinato de Bligh. Tinha que estar ali. Com sorte, teria o que precisava até o fim da semana.

Distraído por esses pensamentos, Theo não notou que estava sendo seguido.

Era fácil para o garoto passar despercebido. Estava descalço, pois a sola de suas botas havia cedido naquele inverno, e a forma como batiam na rua tornava difícil caminhar sem ser notado. *Desarrumado* era pouco para descrever seu cabelo, que parecia mais uma profusão de palha amassada do que uma cobertura para a cabeça; *suja* era pouco para descrever sua pele, tão coberta de poeira que era impossível determinar a cor; e *esfarrapadas* era pouco para descrever suas roupas, que pareciam correr risco de se desintegrarem completamente. Suas calças eram presas à cintura por um cordão. A camisa tinha apenas uma manga. No alto de toda essa sujeira se empoleirava um chapéu elegante e muito bem feito, o qual ele havia conseguido no dia anterior e só garantia que ficaria com ele por mais um ou dois dias. As melhores peças sempre estavam destinadas a ser roubadas.

O menino andava na ponta dos pés descalços silenciosamente, recebendo um ou outro olhar de pena ou de desgosto dos pedestres que passavam, e ele seguiu Theo por todo o caminho de Little Nickel até South End e depois pela East Wrinkle Street. O garoto observava como Theo mexia no cabelo com um movimento um tanto desesperado e acelerou o passo. Correu atrás de Theo e deu a volta, de modo que parasse na frente dele, bem no caminho, de braços cruzados.

— Hum... olá — disse Theo, olhando para a figura diminuta à sua frente. O menino tinha muitas sardas e orelhas grandes, o que tornava difícil para ele parecer ameaçador, por mais penetrante que fosse seu olhar.

— Olá, Archibald. Ou devo dizer Charles. Ou devo dizer Theodore.

Theo apertou os olhos e observou o garoto, pensativo. Parecia familiar... Não no sentido de que Theo já tivesse visto especificamente aquele menino, mas familiar porque o próprio Theo já fora aquele garotinho. Era como ver uma versão mais nova de si mesmo.

— Dê o fora — disse ele, mas não de forma grosseira. E fez menção de se mexer para dar a volta.

— Você não quer fazer isso.

— O quê? Ir para casa?

O menino olhou feio.

— Então me ignore. É uma má ideia.

Theo sorriu. Era verdade, ele refletiu. Ignorá-lo quando ele também tinha essa idade teria sido uma má ideia.

— Está bem. Não estou ignorando. Você descobriu que eu tenho três nomes.

O menino pareceu momentaneamente desconcertado.

— Descobri mesmo — confirmou, tentando manter o ar de confronto na voz.

Theo deu de ombros e desviou o olhar.

— Provavelmente alguém lhe disse. E agora você quer fingir que descobriu sozinho.

— Ninguém me disse! Eu descobri sozinho.

Theo lançou-lhe um olhar cético.

— Prove. Como você sabia?

— Fácil. Vi você saindo do Palácio do Governo. Segui você até aqui. Vi você entrar de fininho. Vi sair de fininho de novo no dia seguinte. Vi você deixando cartas de amor em Little Nickel. Tenho olhos e ouvidos e sou praticamente invisível. É um bom jeito de descobrir as coisas.

— Está bem — Theo reconheceu. — Mas não sabe o que estou fazendo ou por que estou fazendo.

— Não, não sei — o menino respondeu corajosamente. — Mas, seja lá o que você estiver fazendo, deve me incluir nas suas despesas se planeja manter os disfarces.

Theo riu.

— Acho que não. Mas valeu a tentativa. — E tentou sair andando, mas o menino estendeu a mão suja para detê-lo.

— Eu sei o que ele tem contra Shadrack. — O garoto olhou para Theo com olhos aguçados.

— O quê?

— Broadsy fez um acordo com Shadrack. Eu sei qual é.

Theo fez um esforço para parecer ligeiramente impressionado, em vez de desesperadamente curioso.

— E então qual é?

— Rá! — O menino respondeu com ironia. — Sem chance. Vamos fazer um acordo. Eu conto o que sei. Se você não gostar, os termos só valem por uma semana. Se gostar, os termos valem indefinidamente.

Theo deu toquinhos no queixo, especulando.

— Está bem. Vamos conversar. Qual é seu nome?

O menino pareceu, de repente, muito aliviado. A conversa intimidadora tinha exigido muito dele.

— Winston. Winston Pendle. Pode me chamar de Winnie.

— E você é um dos garotos que trabalham perto do Palácio do Governo, certo?

— Certo.

— Quantas pessoas sabem disso?

— Ninguém, só eu — disse Winnie, com um toque de orgulho.

— Está bem. Primeira parte dos termos. É assim que tem que continuar.

— É óbvio. Segunda parte. Quero cinco centavos por dia.

Theo estreitou os olhos.

— Você está me chantageando como "Broadsy" faz?

— Não! — Winnie respondeu acaloradamente. — Quero cinco centavos por dia pelo meu trabalho. Posso levar mensagens, ouvir coisas que ninguém mais ouve e seguir as pessoas. Como eu disse, sou invisível.

— Certo. Mas vamos manter esse valor, mesmo que as coisas fiquem um pouco sérias, o que eu acho que pode acontecer. Sem renegociar preço.

Winnie olhou para as pedras da rua numa tentativa de esconder a alegria. Cinco centavos por dia significariam três refeições e talvez um par de sapatos, se ele economizasse.

— Eu dou conta de trabalho sério. Mas pode sair caro.

— Eu disse sem renegociar preço.

— Tá.

— É bastante coisa e você sabe — disse Theo.

— É, é, acho que é — Winnie concordou.

— Está certo. Vamos ouvir o que você sabe. Eu vou por aqui e você dá a volta e bate na porta lateral do número 34 da East Ending Street, daqui a cinco minutos. A sra. Clay não faz ideia do que eu estou fazendo no Palácio do Governo, entendeu?

Winnie assentiu.

— É para o próprio bem dela, que se preocupa demais. Ela acha que eu tenho passado todo o meu tempo vadiando no parque, como você. Vamos manter assim, tudo bem?

15h34

A sra. Clay ficou mais do que um pouco chocada pelo estado das roupas de Winnie e, por vários minutos, enquanto Theo explicava quem ele era e como haviam se encontrado perto do Palácio do Governo, ela fez pouco mais do que fitá-lo. Ela já vira meninos como aquele na rua, claro, mas tinha a vaga sensação de que seu estado era sempre temporário, e nunca teve chance de falar com um deles para confirmar a veracidade da ideia. Balançando a cabeça, distraída, enquanto Theo terminava as apresentações, a sra. Clay franziu as sobrancelhas.

— E onde você dorme à noite, Winnie? — ela perguntou.

— Ah, sabe, aqui e ali.

O franzido ficou mais profundo.

— Onde estão seus pais?

Theo revirou os olhos; aquela linha de questionamento era familiar demais, e ele sabia que não levaria a lugar nenhum. Winnie se contorceu.

— Não tenho ideia sobre meu pai. Minha mãe está no norte.

— Como assim, "no norte"?

— Na 'stituição.

— Na quê?

— A 'stituição. — Winnie parecia decididamente desconfortável. Ele examinou os pés descalços.

Theo o empurrou para uma das mesas da cozinha e se sentou ao lado.

— Sempre achei que, quando colocam a gente numa *instituição* — disse, pronunciando a palavra claramente para que a sra. Clay entendesse —, isso significa que a gente fala demais na companhia errada, ou fala de menos na companhia errada, ou é esperto na companhia errada, ou persistente na companhia errada. Quer dizer, que somos nós mesmos, mas na companhia errada. Não é assim que funciona?

— Isso mesmo — disse Winnie, cruzando os braços com uma expressão de desdém indignado que não encobria totalmente a satisfação reluzindo em seus olhos como pequenas chamas.

A sra. Clay sentou-se devagar, o rosto pálido.

— Entendo. Bem, Winnie. Você é bem-vindo para fazer as refeições aqui. — Tinha a sensação de que aquilo era lamentavelmente inadequado, mas as complicações de fazer mais lhe causavam uma pontada violenta, e ela percebeu que teria de pensar muito e longamente sobre o problema. Ela abriu a caixa de pão que ficava no balcão, pegou um de groselha, cortou algumas fatias e colocou a manteiga ao lado, enquanto a conversa continuava.

— Winnie quer nos ajudar — Theo prosseguiu — e vai começar contando o que descobriu sobre o acordo entre Shadrack e Broadgirdle.

Atraído de seus pensamentos sobre a instituição pelo pão de groselha e pela urgência de Theo, Winnie se endireitou na cadeira.

— Broadgirdle tem um livro. Ele vai dar para Shadrack.

— Sim, ele já deu. Mas não sabemos o que é.

— É um livro escrito por outro Shadrack.

Theo estreitou os olhos.

— O que você quer dizer?

— Um livro escrito por outro Shadrack Elli. Publicado em 1899. É sobre mapas de lugares que não existem, e uma guerra.

O rosto de Theo relaxou com a compreensão.

— Ah... É rebotalho.

— O que é rebotalho? — Winnie perguntou, usando a oportunidade para pegar um pedaço de pão de groselha.

— Uma palavra de outra era. Significa lixo, mas também significa coisas de outra era que não pertencem à nossa. Como aquele livro.

— Bem, Broadsy usou o livro para explicar a Shadrack o que ele queria. Ele chama de "pansão proeste".

Theo e a sra. Clay trocaram um olhar.

— Ele quer tomar os Territórios Indígenas e as Terras Baldias — Theo disse lentamente, pensando em voz alta. — Expansão para oeste.

— E — acrescentou Winnie com a boca cheia — ele quer que Shadrack o ajude. Até concordou em tirar Shadrack da cadeia para que ele possa fazer isso.

— Mas por que o sr. Elli o ajudaria? — protestou a sra. Clay.

— Por causa de vocês — respondeu Winnie. — De vocês dois.

Theo e a sra. Clay o olharam fixamente, sem entender.

— Vocês são das Terras Baldias, não são? E seus documentos são forjados? Bem, Broadsy sabe. E ele está fazendo Shadrack pagar por isso.

29
Estradas para leste

30 de junho de 1892: 7h00

O bicho-da-seda que se alimenta da videira, e não da amoreira, foi introduzido por comerciantes das Estradas Médias. Também desses comerciantes, aprendeu-se sobre as propriedades singulares dessa seda. Contanto que seja a única usuária, a dona de tal seda lhe transmitirá um senso de sua personalidade. Mesmo quando a dona deixar este mundo, sua presença poderá ser sentida no tecido feito por essas criaturas extraordinárias. Tornou-se prática comum vestir uma seda, ou uma "concha de seda", e deixá-la como legado aos entes queridos quando se falece.

— Fulgencio Esparragosa, História completa e oficial dos Estados Papais

TANTO ERROL COMO VIRGÁUREA tinham viajado centenas de quilômetros a pé no ano anterior, e, para ambos, isso era motivo de orgulho. Virgáurea não conseguia conceber nenhum povo, a não ser o seu, que pudesse se movimentar com tamanha suavidade e rapidez sobre longas distâncias; Errol, que agora conhecia cada centímetro de estrada entre Sevilha e Granada, não conseguia imaginar alguém que pudesse se orientar naquela rota com mais competência do que ele. Ele olhou com ceticismo para o capuz escuro de Virgáurea mais de uma vez, pensando com seus botões que ela estava provavelmente cozinhando. Da mesma forma, Virgáurea observava as botas pesadas e os armamentos do falcoeiro com um sorriso conhecedor, pensando consigo mesma que tudo aquilo devia pesar uns bons quinze quilos no total.

Portanto, os dois viajavam mudos e rapidamente, mas com plena consciência um do outro. De fato, Errol estava tão focado nos passos ligeiros de Virgáurea, e Virgáurea tão focada nos sons das botas de Errol, que nenhum dos dois notou a dificuldade que Sophia tinha em acompanhá-los.

Após deixarem Sevilha, passaram por mais de um viajante que seguia na mesma direção e, depois de uns quatrocentos metros, Sophia viu um bom número de pessoas amontoadas ao redor de uma capela de pedra minúscula.

— O que é aquele lugar? — ela perguntou, tentando não arfar.

— É um santuário de santa Leonora, onde está conservado sua concha de seda — explicou Errol. — Os peregrinos chegam diariamente para visitar.

— O que é uma concha de seda? — Sua esperança tênue era de que a explicação o fizesse andar mais devagar.

Virgáurea parou, consternada.

— Sophia, você está sem fôlego.

— As pernas de vocês são mais compridas — ela respondeu com pesar.

— Sinto muitíssimo. Devemos manter um ritmo mais razoável, não importam os perigos — disse Virgáurea, lançando um olhar severo para Errol.

Dali em diante, o falcoeiro e a Eerie caminharam mais devagar, e, embora Sophia sentisse que seus pulmões estavam se enchendo de poeira, ela não tinha mais dificuldades de acompanhá-los. Passaram por outro santuário, à sombra de um carvalho gigantesco; duas moças de véu murmuravam uma para a outra na entrada. Errol as cumprimentou com um aceno de cabeça quando passaram por elas.

— Você segue a religião da cruz? — perguntou Virgáurea.

— Sigo — respondeu Errol com um olhar afiado. — Muitos dos santuários ao longo desta rota merecem ser visitados.

— Suponho que marquem lugares onde aconteceram milagres.

— De fato, eles marcam — disse Errol, em tom defensivo. — Os clérigos dos Estados Papais não inspiram minha fé em nada, mas alguns dos milagres que aconteceram aqui inspirariam admiração no coração até do mais endurecido pagão. — Ele enfatizou a última palavra de propósito.

Virgáurea sorriu.

— Como quem?

— No local do santuário pelo qual passamos, uma mulher cega se abrigou debaixo do carvalho durante uma tempestade. Ela não só permaneceu seca, mas, quando a tempestade passou, sua visão havia sido restaurada.

— Um verdadeiro milagre — concordou Sophia.

— Que árvore de bom coração — observou Virgáurea.

Errol olhou para ela, escandalizado.

— Talvez eu estivesse errado. Alguns pagãos são endurecidos demais, afinal.

— De maneira alguma; eu me sinto realmente tocada por tal generosidade — disse Virgáurea, em tom direto. Seu olhar se desviou para o horizonte, onde algo chamara sua atenção. No curto período de tempo em que passaram caminhando, Sophia havia percebido que a Eerie andava com a atenção voltada para outro lugar, como se ouvisse uma conversa no ar ao seu redor. Sua impressão foi confirmada quando Virgáurea parou na estrada empoeirada, com olhos alertas e focados. — Quatro viajantes — disse ela. — Vindo de Sevilha.

Errol olhou para a estrada e não disse nada.

— Como você sabe?

— Eu sei — ela respondeu. — Temos um certo tempo. Há uma casa abandonada alguns minutos estrada acima. Devemos nos abrigar lá.

— Eu conheço a casa. Como é que você sabe a respeito dela?

— Por acaso importa? — questionou Virgáurea, seguindo em frente.

O edifício abandonado era uma casa de fazenda feita de pedra, com persianas quebradas. Eles se agacharam lá dentro, contra as paredes, que ainda guardavam o frio da noite. Minutos depois, quatro viajantes da Cruz Dourada passaram estrondosamente a cavalo, suas máscaras reluzindo como tochas ao sol. Deixaram uma nuvem de poeira em seu rastro, que rodopiou e se assentou, perturbando o ar.

— Deveríamos esperar aqui até o pôr do sol — sugeriu Virgáurea, quando a estrada voltou a ficar em silêncio.

— Vai ser mais seguro — concordou Errol. — Vou subir a estrada para buscar água.

— Eu vou — disse Virgáurea, ao se levantar. — Vai ser mais seguro.

Errol sacudiu a cabeça, impaciente.

— Não vai. E você não sabe onde a água está.

— Sim, eu sei. — Sua voz era calma. — E você está mais bem equipado para proteger Sophia, caso algo aconteça na minha ausência.

Sophia os observou. Suspeitava de que Virgáurea sabia muito bem que nada ocorreria em sua ausência e também que oferecera o único argumento que Errol seria incapaz de negar.

— Muito bem — ele disse enfim.

Virgáurea pegou o cantil de Errol e duas moringas da casa e saiu rumo ao leste, envolta na capa e coberta pelo capuz. Sophia vigiou com ansiedade pela janela até que a Eerie reapareceu, uma silhueta sinuosa e cintilante no calor da manhã. Virgáurea deu a primeira moringa para Sophia e colocou a outra num canto fresco. A Errol, devolveu o cantil. Debaixo da capa, seus cabelos e suas roupas ainda estavam úmidos da água do poço que ela havia derramado sobre si. Ela tirou a peça com algum alívio e a pendurou em um cabide de madeira, como se a pequena casa de fazenda fosse sua e ela tivesse acabado de chegar depois de um tempo fora.

— Percebo que o sol é desgastante para vocês — disse ela, tirando as luvas e colocando-as sobre a mesa —, mas eu tenho necessidade dele. Vou ficar do outro lado da casa, longe da estrada. Se algo se aproximar, eu aviso vocês.

Errol franziu o cenho e não falou nada.

— Obrigada — disse Sophia. Ela deu um longo gole na moringa, depois foi para os fundos da casa e trocou a camisola pelas roupas de viagem. Após um momento de hesitação, deixou o amuleto niilistiano na mochila. Pela janela, viu Virgáurea deitada de costas na terra, os cabelos espalhados em todas as direções, absorvendo a luz do sol.

Sophia sorriu para si mesma. Não tinha dúvidas de que Virgáurea tivesse a Marca da Vinha, como chamava o povo de Nochtland. No entanto, ela não podia ser descrita como tal e, de alguma forma, parecia diferente de Veressa e Martin, os amigos que Sophia tinha lá. Talvez ela parecesse diferente porque, entre os Eerie, a marca era comum, não um sinal de prestígio. Além do mais, que pessoa em Nochtland conseguiria fazer brotar flores amarelas na palma das mãos? Sem dúvida, Virgáurea fazia parte do "extremo do espectro", como Veressa havia descrito.

Errol estava sentado de olhos fechados, embora seus antebraços estivessem apoiados sobre os joelhos dobrados e sua expressão indicasse que ele estava acordado. Sophia sentou-se encostada na parede e pegou o mapa de contas de dentro da bolsa. Soprando levemente o tecido, observou as linhas brancas tomarem forma e depois o colocou sobre o colo. Olhou no relógio para garantir que não vagasse por tempo demais — eram 8h32 — e em seguida colocou os dedos sobre o mapa, marcando a hora no relógio com uma das mãos e vendo o conteúdo com a outra.

Era início de abril. A paisagem esturricada à sua volta parecia não se diferenciar em nada da estrada pela qual ela estava viajando, o que lhe provocou uma estranha sensação de reconhecimento. Estava sobre uma planície amarelada que se estendia quase até o horizonte. A terra assumia um tom cada vez mais amarelo-mostarda e depois um tênue verde — quase azul —, quando dava lugar às colinas. Sophia seguiu pela estrada. Ela sabia que seu dedo sobre o mapa permitia que ela se movesse, mas se sentia inteiramente imersa na memória, como se tivesse viajado fisicamente para dentro dela. A estrada seguia em linha reta, depois alcançava uma encruzilhada com placas que haviam sido branqueadas totalmente pelo sol e pelo vento. Ela escolheu um dos caminhos para leste, mas a paisagem não mudou. De novo perto da encruzilhada, alterou o tempo com os dedos da mão esquerda, aumentando uma hora, depois duas, depois um dia inteiro. As horas cansativas progrediram; o sol se levantou e se pôs, mas a encruzilhada permaneceu vazia e silenciosa.

Sophia viajou mais para leste, seguindo a longa tira de estrada. Retraçou seus passos por um dia, depois outro, cobrindo o meio do mapa de novo e de novo, até ter certeza de que, embora a encruzilhada marcasse o centro do mapa, não havia nada ali para ser visto.

De repente, Sophia se lembrou de onde estava e de que havia percorrido semanas de viagem pela estrada poeirenta do mapa da memória. Ao levantar o dedo do tecido abruptamente, tateou em busca do relógio. Eram 8h33. Apenas um minuto havia se passado? Ou era um dia inteiro depois? Mas Errol ainda estava sentado do jeito que ela o vira pela última vez: olhos fechados, cabeça apoiada para trás nas pedras. Não; era verdade. Apenas um minuto havia se passado.

Como podia ser? Não havia acontecido aquilo em todo o tempo em que ela passara a bordo do *Verdade* dentro do mapa de contas. Sophia tinha acabado de passar muitos dias na estrada imutável, contudo apenas um curto espaço de tempo havia se passado na casa de fazenda. *Será que isso aconteceu quando eu perdi a noção do tempo?*, Sophia se perguntou, conforme a consciência tomava forma. *Estou deixando o tempo se expandir em um lugar dentro do mapa, enquanto quase nenhum tempo passa aqui fora?*

Ansiosa para testar a teoria, Sophia colocou os dedos sobre o mapa mais uma vez. Programou a hora para o ponto mais remoto e voltou para a encruzilhada, viajando rápido para leste até pensar que não conseguiria ir mais longe. Então, ao voar pela estrada empoeirada, viu algo no horizonte. Colinas, sim, mas colinas diferentes. Parou abruptamente. A paisagem havia mudado.

Estava bem de frente para o leste. Ao sul, podia ver as muralhas de uma cidade ou vilarejo. Ao norte, muito longe, assomavam as colinas azuladas. Durante todo o seu tempo dentro do mapa a bordo do *Verdade*, ela nunca tinha visto o vilarejo ou as colinas azuis.

Sophia correu para o povoado. Seu dedo escapou pela borda do mapa, o que a retirou da paisagem, mas ela mergulhou de novo. Então se deparou com uma muralha alta de pedra e, embora pudesse ver o portão de entrada, não conseguia se aproximar dele. Pegou a estrada rumo ao norte e avistou uma casa com telhado de relva e paredes de pedra. Ela se aproximou e ouviu um canto de mulher jovem, lento e doce. Seu coração acelerou. Ali estava a primeira conta de vidro: a primeira pessoa que ela havia encontrado nas memórias do mapa. Sophia não sabia como, já que a canção com certeza era em castelhano, mas ela entendia a letra: contava a história de um adorável pombo cinzento, atingido por uma flecha e que nunca mais voaria de novo. A música era terna e indescritivelmente triste. Sophia sentiu a dor ao ouvir o som da voz da moça, e soube que a pessoa cujas memórias estavam inscritas no mapa a conhecia e sentia compaixão por ela. No entanto, embora Sophia pudesse ouvir a música e ver pedaços da casa, não conseguia ver a cantora. Ergueu o dedo, frustrada.

Agora entendia como o mapa funcionava. O mapa de Cabeza de Cabra era diferente dos mapas de memória na biblioteca de Shadrack, pois aqueles tinham sido uma compilação cuidadosa de muitas memórias. Esse mapa continha apenas as experiências de Cabeza de Cabra e de ninguém mais. Sophia enrugou a testa. Em verdade, ela estava olhando para algumas poucas gotas em meio a um oceano; algumas contas de vidro entre centenas; alguns minutos em um ano inteiro. Ela suspirou e olhou no relógio: 8h35. *Pelo menos tenho tempo suficiente para procurar*, pensou.

Sophia voltou para a casa de fazenda e decidiu traçar uma cronologia. Janeiro, fevereiro, março — ela viajou para o norte por uma estrada poeirenta que levava para as colinas. Uma ponte de pedra cruzava um riachinho seco, e as colinas se espalhavam, ressequidas e amareladas, mas inesperadamente verdejantes mais adiante. Os dedos de Sophia a seguraram no início de abril. Ela foi avançando devagar até o meio do mês. De repente, no dia 20, enquanto estava na ponte de pedra de frente para o leste, ela viu uma figura se aproximar, vinda das colinas: um velho caminhava lentamente com o apoio de um cajado. Ele parou e olhou para ela. Parecia analisá-la, ou talvez analisar a pessoa cujas memórias ela habitava, e por fim perguntou:

— Bom dia, xerife. Primeira vez, acredito?

— Sim — Sophia respondeu, sentindo um espasmo de tensão no peito. — Primeira e última, espero.

O velho sorriu.

— Não há nada a temer. Apenas siga o caminho do meio em cada cruzamento. Esta é minha terceira visita.

— E encontrou o que estava procurando?

— Sempre. — O estranho pegou um pergaminho enrolado de dentro da camisa surrada.

— Confesso que guardo algum ceticismo.

— Meu jovem — ele respondeu, meneando a cabeça —, os mapas exigem um pouco de interpretação e muita paciência. No entanto, são os fragmentos mais verdadeiros e sagazes de sabedoria e profecia que eu já conheci. Não me admira que o papado tema este lugar. Se alguém tiver perdido o Paraíso e vier aqui pedir um mapa para voltar, vai conseguir. Acredite em mim. Não importa o que você tenha perdido, Ausentínia vai ajudá-lo a encontrar.

30
Dois mapas, um ano

> **30 de junho de 1892: 8h37 e 20 de abril de 1880**
>
> *Muitas partes dos Estados Papais permanecem estéreis e inexploradas. E, onde quer que as terras permaneçam inexploradas, é claro, os rumores sobre elas são abundantes. A maioria, sem dúvida, é falaciosa: são contos de uma era nas montanhas setentrionais, habitadas por pessoas feitas inteiramente de chumbo; ou de uma caverna na costa que leva a uma era de tritões; ou de uma região no sul onde os caminhos usados pelos viajantes aparecem e desaparecem de acordo com seus caprichos.*
>
> — Fulgencio Esparragosa, *História completa e oficial dos Estados Papais*

SOPHIA SOLTOU UMA EXCLAMAÇÃO. A parte de seu ser que estava sentada na casa de fazenda com Errol e Virgáurea ficou tensa de ansiedade, enquanto a parte que percorria o mapa continuou a conversar com o viajante na ponte.

O velho sorriu.

— O senhor é de Murtea, xerife?

— Sim.

— Diga-me seu nome para que eu possa encontrá-lo da próxima vez que estiver lá. Irei vê-lo para saber que orientação seu mapa de Ausentínia lhe deu.

— Alvar. Alvar Cabeza de Cabra.

O velho ofereceu a mão seca e enrugada.

— Juan Pedrosa, de Granada. Vou procurá-lo, Alvar, e espero que seu mapa seja auspicioso.

— Obrigado. Boa viagem. — Cabeza de Cabra seguiu em frente e parou uma vez para observar a figura do velho que se afastava, caminhando devagar com o cajado. Então, Cabeza de Cabra continuou pelo caminho que tinha adiante: em linha reta, subia por uma colina; do outro lado, se dividia em três. Ele pegou o caminho do meio. Seguiu em frente até que a estrada se dividisse de novo, e escolheu a via do meio mais uma vez. Ao caminhar, a trilha foi ficando cada vez menos empoeirada, e a grama dos dois lados foi ficando mais verde e mais alta. Na divisão seguinte, o caminho o levou por dentro de um pequeno bosque que escurecia as colinas, e depois começou a subir de verdade. O bosque foi ficando mais denso e enchendo o ar com um farfalhar tranquilo de folhas. Pés de figo, limão, laranja e azeitonas cobriam as encostas das colinas, enquanto o bordo e alguns olmos faziam sombra na trilha. À medida que ele subia, o bosque se tornava mais cheio de pinheiros, e o ar ganhava um perfume mais acentuado de seiva. Sempre escolhendo o caminho do meio, Cabeza de Cabra caminhou incansável, até que quase uma hora se passasse. Então ele chegou ao cimo de uma colina e parou para olhar sobre o vale.

A cidade de Ausentínia repousava no coração do vale, e os telhados de cobre reluziam debaixo do sol forte. As encostas íngremes eram contornadas por sinuosas trilhas estreitas. Cabeza de Cabra correu durante a descida e logo chegou à muralha baixa de pedra da entrada.

As pessoas pelas quais ele passava nas ruas o cumprimentavam com um gesto de cabeça, educadamente. Ele tocava a testa em resposta, enquanto observava os edifícios feitos de tijolos vermelhos enfileirados e cobertos com telhas de madeira escura ou cobre batido. As casas tinham floreiras cheias, e Cabeza de Cabra ouviu o som profundo e contínuo de um instrumento de cordas que ressoava através de uma janela aberta, e o esguicho de água, que se propagava de outra. Ele chegou a uma rua repleta de lojas, a maioria com globos de cobre pendurados acima das placas: lojas de mapas.

A mais próxima tinha uma janela ampla, subdividida em muitos painéis de vidro. Uma mulher de meia-idade limpava quadrante por quadrante, com um olhar concentrado. Ao vê-lo, parou o que estava fazendo, observou-o e, em seguida, indicou que ele entrasse. Cabeza de Cabra abriu a porta, que fez tocar uma pequena sineta. Sobre uma mesa redonda prateada no centro da sala, havia um globo em um suporte. As inúmeras gavetinhas que cobriam as paredes tinham frentes de vidro, que deixavam à mostra todos os papéis enrolados que havia dentro delas.

— Bom dia, Alvar — disse a mulher. Ela usava um avental de cores vivas, e seu rosto rechonchudo era ligeiramente rosa.

— Bom dia — respondeu Cabeza de Cabra com alguma surpresa. — Como sabe meu nome?

— É uma das coisas que sabemos, nós que temos mapas para oferecer — disse ela, fazendo um pequeno aceno. — Pode-se dizer que meu mapa mostra sua visita nesta bela manhã de abril.

— Entendo.

— Mas você não está aqui por causa do meu mapa. Está aqui para encontrar o seu.

— Sim, eu... eu perdi uma coisa. Algo muito querido para mim. — Cabeza de Cabra pigarreou. — Uma coisa sem a qual eu não posso viver.

— Compreendo — disse a mulher em tom suave. — Foi o clérigo da praga que fez você perder a fé, não foi?

Cabeza de Cabra ficou novamente surpreso. Ele respirou fundo e olhou para o chão por um longo instante.

— Sim — disse, por fim.

— Tenho o mapa de que você necessita. — Ela caminhou ao longo da parede de gavetas, ficou na ponta dos pés e espiou dentro de uma delas, dobrando um pouco o tronco para olhar dentro de outra. — Ah, aqui está. — Então abriu uma gaveta até a metade, pegou um pergaminho enrolado, amarrado com um cordão branco e o que parecia um pedaço de tecido envolto em barbante azul. — Este — disse ela, entregando-lhe o papel — é o seu mapa. Pode ser um caminho longo e difícil, mas ele vai guiá-lo.

— Obrigado — disse Cabeza de Cabra.

— E acho que já ouviu dizer que não aceitamos moedas nem dinheiro, não é? — Depois que ele confirmou com a cabeça, ela lhe entregou um rolo de tecido. — Este é o pagamento que você vai fazer em algum momento no futuro, como seu próprio mapa descreve.

— O que é isto?

— Eu acredito que é um mapa que ainda precisa ser escrito. — Ela sorriu. — Você vai escrevê-lo algum dia.

Cabeza de Cabra sacudiu a cabeça.

— Muito bem, embora tudo isso esteja além da minha compreensão. Se eu ainda acreditasse nos ensinamentos dos clérigos, chamaria isso de bruxaria.

— Então que bom que você não acredita... no momento.

— Acho que sim. — Ele tocou a testa. — Obrigado. — Depois se virou para sair da loja, mas parou um momento na rua para observar a mulher retomar a tarefa na janela. Então ele começou a andar, voltando pelo caminho por onde tinha vindo, até que se encontrou mais uma vez na muralha de pedra que delimitava a cidade.

Ao colocar a mão dentro da camisa, pegou o rolo de papel e o abriu. De um lado, um mapa intitulado "Um mapa para os sem fé" mostrava uma longa rota por terras estranhas — as Vastas Planícies da Privação, as Geleiras do Descontentamento, o mar Eerie. Desenhadas em tinta preta, com um traço tênue e irregular, as paisagens peculiares floresciam sobre o papel pesado como manchas aleatórias. No verso, liam-se as seguintes instruções:

Derrotado à beira de uma ameaça; desolado pelo som do ódio; destruído pela escassez de misericórdia. Não sou mais do que um sussurro na beira do mundo, e você pode nunca me encontrar.

Viajará por quase um ano pelo Deserto da Amarga Desilusão sem encontrar alívio nas águas piedosas oferecidas a você. Quando vir os três rostos, sua mais árdua jornada começará. Dois deles estarão vazios. O terceiro, que une os outros dois, terá doze horas. Siga os três rostos aonde quer que o levem, cruzando as muitas eras, pois sua busca está com eles. Você atravessará as Vastas Planícies da Privação e encontrará a passagem através das Geleiras do Descontentamento. Quando as geleiras derem lugar às Montanhas da Esperança Nascente, você se encontrará às portas da quinta era da sua jornada. Lá, entrará nas Planícies Ilimitadas do Aprendizado e encontrará significado onde antes não havia nenhum. Quando vir o cair da primeira neve no mar Eerie, você estará pronto.

Deixe os três rostos para trás e prossiga sozinho. Finque raízes na Floresta da Crença e faça o mapa como os Eerie lhe ensinarem. Deixe o ouro que você guardou servir a um novo propósito. Deixe a história que ele conta restaurá-lo. Deixe o mapa que ele faz protegê-lo do sol de verão. Um andarilho que há muito você evitou se juntará a você e lhe trará a morte. Ali, naquele lugar, e depois dessas viagens, você pode encontrar o que procura.

30 de junho de 1892: 8h37

ENQUANTO O XERIFE CONTEMPLAVA o mapa de Ausentínia, Sophia se afastou parcialmente das memórias para analisá-las um pouco mais devagar. *Três rostos? Doze horas?* O rosto com doze horas poderia ser a face de um relógio, mas

Sophia não tinha ideia do que seriam os outros dois. Talvez três relógios, mas apenas um com face? O trecho das instruções que mais se destacava para ela claramente envolvia o mar Eerie. Sophia não entendia os enigmas proféticos mais do que entendia o homem cujas memórias ela compartilhava, mas era evidente, pelo que ela sabia sobre o futuro dele, que aquele mapa, de alguma forma, o levaria por todo o caminho até outra era — aos Territórios Indígenas, e depois ao mar Eerie. Certamente, o mapa que ele estava destinado a fazer com os Eerie era exatamente o que ela estava lendo naquele momento.

Era maravilhoso e ultrapassava a compreensão, mas o mapa de Ausentínia havia desenhado um círculo perfeito: enviando Cabeza de Cabra de Ausentínia para os Territórios Indígenas, impelindo-o a elaborar um mapa, e guiando Sophia de volta para a própria Ausentínia, por meio daquele mapa.

— Incrível — ela sussurrou.

Sophia ergueu o dedo do tecido ao perceber vagamente um movimento na sala. Virgáurea estava na entrada da casa, e sua expressão era perturbada.

— Errol — disse ela.

O falcoeiro abriu os olhos.

— O que foi?

— Mais quatro viajantes se aproximam. — Ela parou de falar. — Mas esses não estão atrás de nós. Estão trazendo prisioneiros.

Errol se levantou. Não perguntou como ela sabia.

— Vítimas da praga. Eles os levam para um local de quarentena que fica adiante por esta estrada.

— Temos que ajudá-los — ela disse apenas.

Depois de um momento, ele respondeu:

— Muito bem.

Sophia enrolou o mapa de contas e o enfiou às pressas na bolsa.

— O que podemos fazer?

— Você fica naquele canto — respondeu Errol — até isso acabar.

— Se quiser — Virgáurea lhe disse —, espere para disparar suas flechas até os cavaleiros fugirem.

— Fugirem do quê? — questionou Errol, preparando a aljava perto da janela.

— Da poeira da estrada.

Ele lançou um olhar para Virgáurea.

— Acho mais provável que eles fujam dos prisioneiros do que da poeira da estrada.

— Se você disparar flechas da casa, eles vão vir para cá.

— É uma pena, mas não posso disparar de nenhum outro lugar enquanto estou na casa. — Ele se colocou à beira da janela, segurando o arco.

Uma leve ruga de exasperação marcou a fronte de Virgáurea. Depois ela foi para a outra janela, olhou para a estrada e ficou imóvel, à espera. Estava vigiando Errol, não a estrada.

Sophia se agachou no canto, abraçada aos joelhos. Como desejava que Theo estivesse com eles! Theo a estaria fazendo rir, fazendo parecer que o perigo iminente era algo planejado por ele, porque achava que seria engraçado. No entanto, sem Theo ali, nada engraçado lhe vinha à mente.

Quando ouviu o cavalgar lento dos cavalos e os passos das pessoas, ela se inclinou para espiar pela janela de Virgáurea. Quatro cavaleiros com máscaras reluzentes e mantos brancos passavam por ali, assim como a Eerie tinha dito que passariam. Os estranhos usavam uma cruz pesada de ouro pendurada numa corrente. Atrás deles vinham dez, doze, talvez mais pessoas de várias idades, amarradas umas às outras pela cintura e presas, como se numa coleira, no cabresto de um dos cavalos. As pessoas fitavam o nada de um jeito apático, vago. De repente, uma delas se sentou no chão, e o restante seguiu o exemplo. O cavaleiro cuja montaria segurava a correia sentiu um tranco, mas continuou a cavalgar, arrastando os prisioneiros.

— Bom Deus — murmurou Errol.

— Espere — Virgáurea sussurrou com urgência.

Errol disparou uma flecha e acertou o ombro do cavaleiro. Os outros três se viraram, em momentânea confusão, e, num instante, olharam ao mesmo tempo para a casa de fazenda. Errol soltou outra flecha e acertou um segundo cavaleiro. Quando a montaria deu uma guinada, uma nuvem de poeira começou a se levantar atrás dela. O grupo de prisioneiros se perdeu em meio a uma nuvem amarela. Conforme os dois cavaleiros restantes avançavam para a casa, a nuvem foi se transformando num funil. Sophia arregalou os olhos. Era um redemoinho, estreito e alto como um pináculo de igreja. O cavaleiro mais próximo àquilo se virou na sela, e, quando ficou de frente para o redemoinho, seu cavalo escorregou. No momento seguinte, o fenômeno os engoliu, e eles desapareceram dentro de um turbilhão de vento e poeira, como se entrassem em outro mundo. O outro cavaleiro se virou e olhou para trás, mas, quando viu o redemoinho, girou e esporeou o cavalo.

— *Brujos!* — ele gritou.

Então galopou em direção à casa, com a espada em riste. Errol correu de encontro a ele. Sophia se agachou no canto e ouviu o barulho de metal contra metal.

— Tão ansioso para encontrar a morte — Virgáurea comentou e observou por alguns minutos. O clangor de metal parou.

Sophia se atreveu a olhar pela janela e viu Errol parado com a espada apontada. O homem estava estirado diante dele, imóvel. O redemoinho havia desaparecido.

Errol se voltou para a casa e embainhou a espada.

— Como você fez aquilo? De onde veio aquele redemoinho de vento? — questionou ao entrar.

Virgáurea ignorou as perguntas.

— Devemos cuidar dos prisioneiros — disse ela, passando perto dele e atravessando a porta.

Errol sacudiu a cabeça, mas seguiu sem protestar. Com a mochila e a bolsa em mãos, Sophia correu atrás deles.

O cordão de prisioneiros estava sentado, indiferente ao calor e à poeira, ao lado da estrada. Alguns estavam esparramados, deitados no chão, como permitiam suas amarras.

— Você está falando de salpicar pó de fada por cima deles? — perguntou Errol, ao se aproximar e parar ao lado de Virgáurea.

— Pode fazer a gentileza de cortar as amarras, Errol? Eles vão todos entrar em pânico se recuperarem os sentidos e se virem amarrados.

Errol foi entre os prisioneiros e cortou as cordas que os prendiam uns aos outros. A maioria era mulher. Dois eram homens de cabelos brancos e idade avançada. Três eram crianças, e uma delas mal tinha idade para andar sozinha. Errol cortou cuidadosamente as cordas que os prendiam na cintura até que todos estivessem livres e depois recuou alguns passos.

— Agora espere um momento — ele disse a Virgáurea. — Não tenho necessidade de outra dose.

— Esses andarilhos são mais astutos do que os que eu conheço — disse Virgáurea, mais para si do que para os demais. — De onde será que eles vêm? — Ela ergueu as mãos nuas na frente do corpo, as palmas para cima, e elas se encheram de flores amarelas. Errol e Sophia a viram jogá-las para a frente, e as pétalas se expandirem como uma nuvem que depois afundou, devagar, sobre os sofredores apáticos. Vários deles tossiram. Alguns começaram a falar, como se despertassem de um longo sono, e uma das crianças começou a chorar. — Agora eles vão ficar bem.

— Para onde eles vão? — perguntou Sophia, preocupada.

Errol olhava para oeste.

242

— Vão voltar para Sevilha. Devemos seguir viagem sem eles. E depressa.

— E o outro cavaleiro? — perguntou Virgáurea.

— Sim. O que nos chamou de bruxos. Não vai demorar para que ele volte com reforços. Vamos ter que partir, apesar do sol e do risco. Venha, pequena — ele disse para Sophia. — Não se preocupe com eles — acrescentou, indicando as vítimas desorientadas da praga, que começavam a se recuperar. — Temos preocupações maiores.

Virgáurea o olhou com atenção.

— Essa Ordem da Cruz Dourada é tão poderosa assim? Não podemos simplesmente evitá-los?

Errol deu risada.

— Eles não podem ser evitados. Têm informantes em toda parte, e mais clérigos do que você possa imaginar. Agora eles suspeitam de que Sophia carrega a praga e que nós praticamos bruxaria. — Ele franziu a testa. — Você não gosta quando eu a acuso de ser uma fada. Pois bem, imagine o que vai achar quando eles a acusarem de ser uma bruxa.

31
Andarilhos

> **30 de junho de 1892: 17h20**
>
> *Não se sabe se os Eerie vêm de uma era de um futuro distante ou de um passado distante. O que se sabe é que eles apareceram pela primeira vez na costa do Pacífico e viajaram para oeste, rumo aos Territórios Indígenas, em busca dos Erie, povo com o qual acreditavam ter parentesco. Tanto os Erie quanto os Eerie desconhecem se compartilham da mesma linhagem, mas esses últimos se estabeleceram próximo a seus possíveis parentes.*
>
> — Shadrack Elli, *História de Novo Ocidente*

— Por que você me chamou de pequena? — Sophia perguntou a Errol enquanto viajavam a cavalo para leste. Ela ia sentada atrás de Virgáurea, segurando-a com os braços ao redor da cintura. Errol havia capturado os cavalos dos dois cavaleiros caídos, e Virgáurea conseguira acalmá-los. Agora prosseguiam para Granada com o dobro da velocidade, e os cavalos levantavam poeira por onde passavam.

— Porque você parece um bichinho — respondeu Errol, sorrindo debaixo do capuz cinzento.

— Como assim?

— Um bichinho teimoso que morde a gente e gruda de um jeito que é impossível tirar.

Por um momento, Sophia ficou indignada demais para responder.

— Você acha que eu pareço um inseto sugador de sangue?

Errol deu risada, um som macio e grave.

— Eu disse como um elogio. Você aguenta firme... parece um bichinho persistente com uma carapaça resistente.

— Ah — ela respondeu, um pouco mais calma. — Mas eu não sou tão pequena assim.

— Não, não é. Mas é a menor de nós e possivelmente a mais forte, por isso eu me reservo o direito de chamar você de "pequena".

— Mas eu também não sou a mais forte.

Errol refletiu.

— Não é que você seja exatamente a mais forte, mas é resiliente em seu bom coração. Já notei isso mais de uma vez. Você se preocupa com os outros quando quem corre perigo é você. — Errol sorriu para ela. — Isso é tão tolo quanto honrado.

Sophia não sabia o que responder.

— Na sua idade — ele continuou —, eu não teria me preocupado tanto com os apuros dos outros. E você, fada? — A voz dele mudou. Havia uma nota de respeito que não estivera ali antes. — Era assim, tão propensa a salvar os indefesos, quando mais jovem?

Sophia não conseguia ver o rosto de Virgáurea, mas a imaginava olhando com calma para a frente, daquele seu jeito imperturbável.

— É nosso costume oferecer ajuda a qualquer um que encontrarmos, sempre que podemos ajudar. Somos todos assim, não é uma qualidade particular minha.

—◦&◦—

A exemplo do que fizera com Errol, Sophia explicou a Virgáurea por que viera aos Estados Papais, o que tinha acontecido a bordo do *Verdade* e o que esperava por ela no acervo niilistiano em Granada. Virgáurea não disse que a jornada parecia longa por um diário nem questionou a decisão de deixar o porto de Sevilha quando havia ajuda a caminho.

Durante a maior parte do longo dia, Errol e Virgáurea apuraram os ouvidos para os sinais que antecipavam a Cruz Dourada, mas as horas passaram calmamente. Ao anoitecer, Sophia havia adormecido nas costas da Eerie. Acordou com o som da corda do arco de Errol vibrando na calmaria. À sua frente, sobre o cavalo, a postura de Virgáurea era mais alerta.

— O que foi aquilo?

— Fantasmas — Errol respondeu em tom contido.

Sophia se mexeu para olhar, mas viu apenas Errol, recuperando suas duas flechas, e uma placa. "LA PALOMA GRIS", dizia o letreiro, acima de uma pintura descascada de um pombo. Ela sentiu uma pontada de intenso pesar por ter perdido a visão de Minna.

— Como assim, "fantasmas"? — indagou Virgáurea.

— Apenas isso.

— Mas eles falaram.

— Nada de importante — Errol respondeu, sucinto. — Eles vão voltar amanhã ao anoitecer se você desejar trocar uma palavra com eles, embora eu duvide que vá achar a conversa útil. — Errol ergueu Sophia para colocá-la no chão. — Conheço a dona aqui da estalagem Pombo Cinzento. Ela vai nos esconder se a Ordem chegar.

A estalajadeira cumprimentou Errol com um sorriso desdentado e um abraço caloroso. Não havia outros viajantes, e, depois de lhes trazer um jarro de água, uma panela de ensopado, um prato de amêndoas e azeitonas e um grande filão de pão, a mulher pendurou o avental e se recolheu para seus aposentos.

Eles descansaram em uma sala comum com redes penduradas — provas de dias havia muito passados, nos quais os Estados Papais ainda faziam comércio com as Índias Unidas. Enquanto Errol e Virgáurea se acomodavam, Sophia pegou o mapa de contas de dentro da bolsa.

— Virgáurea? — Sophia espiou entre a trama da rede para ver se a Eerie estava acordada.

— Sim?

— Como você faz aquilo? As flores nas mãos. Todos os Eerie conseguem curar daquele jeito?

Os cabelos castanhos de Virgáurea estavam espalhados pela rede, e suas saias verdes apareciam dependuradas nas bordas. Ela havia removido o lenço branco da cabeça e o jogado no chão. Seus sapatos de solado de couro macio com longos cordões, assim como as luvas, estavam ao lado, e seus pezinhos verdes estavam apoiados na trama da rede. Ela se virou, sentou e olhou para Sophia. De braços cruzados sobre o peito, em sua própria rede, Errol também ouvia com atenção.

— Nós não nos chamamos de Eerie — ela começou —, mas de Elodea... elodeanos. Acredito que somos chamados de "Eerie" pelas pessoas de Novo Ocidente porque vivemos perto do mar Eerie. Eles nos confundem com os Erielhonan, os verdadeiros Erie, que há muito tempo se dispersaram por causa da guerra. É um hábito que eu observei em Novo Ocidente: dar nomes errados a povos e lugares, baseados em conhecimentos fragmentados. Somos do oeste mais distante, do oceano. Em um mundo melhor, nosso conhecimento não seria segredo. No entanto, aprendemos, pela longa experiência, que muitos usam esse conhecimento para o mal. Existe gente nas Terras Baldias e em Novo Ocidente que acredita que somos curandeiros — disse ela. Então olhou para as próprias palmas. — Mas não somos curandeiros, somos intérpretes. Percebe que Errol sabe falar tanto a língua do povo dele, no Império Fechado, como a língua do povo daqui, nos Estados Papais?

— Sim — disse Sophia.

— Eu faço a mesma coisa, só que não falo línguas de povos diferentes, mas línguas de seres diferentes.

Errol e Sophia consideraram a informação, e cada um imaginou distintos significados. A mente de Errol vagou para todas as criaturas estranhas — diabretes, duendes, elfos — das histórias de seu avô, enquanto Sophia pensou em texugos e ursos.

— Você quer dizer seres como animais? — ela perguntou.

— Em parte. Eu falei com os cavalos hoje cedo, e eles me contaram muita coisa sobre essa Ordem da Cruz Dourada. E Sêneca, embora de natureza reservada, me contou histórias interessantes sobre Errol. — Ela lançou um olhar sorridente para o falcoeiro, que parecia notadamente desconfortável. — Mas também estou falando de ouros seres. Em nossa era, e em nossa história antes da Grande Ruptura, os elodeanos sempre tiveram o dom de muitas línguas. Para nós, parecia comum; o jeito das coisas no mundo. Foi só quando tivemos contato com o povo das Terras Baldias e dos Territórios Indígenas, e mais tarde com o povo de Novo Ocidente, que percebemos que vocês não se comunicam como nós. Isso resulta em muitos conflitos, alguns dos quais vocês percebem e outros não. O mundo está cheio de seres com os quais vocês não têm possibilidade de se comunicar.

— Você quer dizer o mundo sobrenatural — disse Errol.

— Não. Não é o que você acredita ser o mundo sobrenatural, embora às vezes alguns desses seres sejam os mesmos a que me refiro. Considere o que as pessoas aqui chamam de praga, a lapena. Sim, é uma doença muito parecida com a febre causada pelo tifo ou alguma outra enfermidade. Mas a lapena, na verdade, é uma febre do coração. Assim como o tifo, é causada por criaturas que os olhos não podem ver. Os minúsculos andarilhos que causam a praga são seres deslocados, mas ainda não entendi de onde eles são. De qualquer forma, são perturbados, desconectados, sem raízes. Eles tomam pessoas como companhia, num esforço enganoso de criar um espaço para si mesmos. Eu converso com eles, e as virgáureas, essas flores amarelas, dão a eles algo a que se apegar, como uma corda lançada ao mar. Eles me ouvem, agarram a corda e saem de dentro das pessoas. Mesmo assim, o povo aqui nos Estados Papais não percebe esses seres de nenhuma forma. Pensam que a lapena é um tipo de corrupção ou maldição. Assim também é com outros seres.

Sophia e Errol digeriam aquelas palavras.

— Isso não explica como você sabia o que estava acontecendo mais à frente na estrada — ele objetou. — Ou o que você fez com a poeira.

Virgáurea olhou para o teto, as mãos pousadas no colo.

— Receio que não posso contar mais. Eu já disse muito.

— Você pode nos dizer por que... por que não pode nos contar mais? — Sophia tentou de novo.

— Isto eu posso dizer: para alguns, nossas habilidades parecem algo relacionado a poderes mágicos, como se seres de todos os tipos pudessem ser levados a pular, dançar e fazer o que nós quiséssemos. — Sua voz era sombria.

Sophia estava chocada.

— Os Elodea fazem isso?

— Não, não fazemos... nenhum de nós faria algo assim por vontade própria. Mas outros que viram o que nós fazemos já tentaram nos usar para esses fins.

— Que terrível. Quer dizer... — Sophia pensou nas consequências do que Virgáurea havia explicado. — Quer dizer que alguém poderia dizer à praga aonde ir e quem adoecer?

— Sim. E acredite que isso não seria nada comparado à destruição que poderia acontecer. — Virgáurea soava cansada. Ela passou as pernas sobre a lateral da rede e pisou no chão de terra. — Vou tomar um pouco de ar noturno, agora que a dona da estalagem foi descansar.

—◦ει◦—

Enquanto Virgáurea caminhava lá fora e Errol descansava na rede, Sophia desenrolou o mapa de Cabeza de Cabra. Com algum esforço, ela afastou os pensamentos da estalagem e se juntou novamente ao xerife de Murtea, onde o havia deixado: a memória da leitura do mapa que o guiaria até o mar Eerie.

Cabeza de Cabra voltou para a ponte de pedra, pegando o caminho do meio em cada entroncamento, e retornou para Murtea sem encontrar ninguém. Entrou no vilarejo amuralhado e sumiu de vista.

Sophia estava começando a entender por que havia tão poucas contas de vidro no mapa. A cidade de Ausentínia compunha as muitas de metal, mas as pessoas de quem Cabeza de Cabra se lembrava eram poucas e estavam espalhadas. Sophia deixou o tempo no mapa se expandir enquanto esperava perto do muro da vila; meses se passaram. Sem dúvida, muita gente tinha ido e vindo, mas Cabeza de Cabra continuava do lado de dentro, policiando Murtea, vigiando seus subordinados, percorrendo seus dias dentro das estreitas fronteiras do vilarejo.

Então, em novembro, houve uma breve lembrança que apareceu de repente diante de Sophia: Cabeza de Cabra levou duas pessoas para fora de Murtea. Era claro que se tratava de prisioneiros. Um era um homem com cabelos castanhos desgrenhados e barba; suas mãos estavam amarradas. A outra, acompanhada por um agente, era uma garota de idade próxima à de Sophia, que chutava e gritava de um jeito tão feroz que o agente perdeu a paciência e a jogou sobre o ombro.

— Acalme-se, Rosemary, por favor — disse o outro prisioneiro, em inglês, com o inconfundível sotaque de Novo Ocidente.

Sophia sentiu o pulso acelerar. *Bruno*, ela pensou. *Estes são Bruno Casavetti e a garota Rosemary que o ajudou. Cabeza de Cabra é o xerife de Murtea.*

— Não! Não! Não! — gritou Rosemary. — Ele não é culpado! Ele não é um bruxo!

O agente deu um passo duro, que fez Rosemary colidir com o ombro de sua armadura.

Sophia sentiu-se invadida por pena; Cabeza de Cabra tinha compaixão por aquela menina.

— Tenha cuidado — ele disse ao subordinado, em tom áspero. — Ela é apenas uma criança.

— Eu imploro, Rosemary — disse Bruno —, eles só vão machucá-la se você protestar. E pense em como isso me deixaria triste.

Rosemary se aquietou, e o grupo prosseguiu. De repente eles desapareceram; seu caminho os conduzira para fora dos limites do mapa.

Com alguma frustração, Sophia manteve os dedos na borda do mapa. Alguns minutos depois, Cabeza de Cabra e seu agente reapareceram. Eles voltaram para Murtea em silêncio.

Nas semanas que se seguiram, o xerife fez várias viagens pela curta extensão de estrada que ligava o vilarejo e o que Sophia presumia ser a prisão. Às vezes ele ia sozinho, às vezes com o subordinado, e em outras caminhava ao lado de um homem baixinho e roliço que usava uma cruz pesada de ouro. Sophia percebeu que a Ordem da Cruz Dourada tinha um clérigo em Murtea.

Então, em dezembro, o xerife visitou a prisão e voltou com Rosemary, que, embora visivelmente chateada, não o temeu. Em silêncio, eles pegaram a estrada rumo ao norte, mas, em vez de entrarem no vilarejo, continuaram até a casa de fazenda onde Sophia tinha ouvido a canção do pombo cinzento. Então ela soube que quem cantava era Rosemary.

Quando alcançaram a porta, Cabeza de Cabra parou.

— Eu queria que fosse diferente, mas não posso fazer nada por ele — disse. Rosemary assentiu com a cabeça, sem olhar.

— Ele me pediu para enviar uma carta aos amigos dele. Não sei como enviar nada para Novo Ocidente. Pode me ajudar?

— Posso, mas que seja logo, porque agora que Casavetti confessou, o padre vai querer uma sentença rápida.

— Eu sei. Vou visitá-lo na prisão esta noite para que ele possa escrever, e depois vou trazer a carta para o senhor.

— Muito bem. — Ele suspirou. — Tenha cuidado, Rosemary.

Ela fez que sim e se virou para entrar na fazenda. Cabeza de Cabra caminhou de volta para Murtea, a passos lentos e pesados.

Alguns dias depois, ele deixou as muralhas do vilarejo novamente, dessa vez acompanhado por uma pequena multidão. Os agentes e o padre estavam lá, mas também havia outros: homens adultos, mulheres idosas, até mesmo algumas crianças. Eles voltavam da prisão trazendo Bruno consigo. Estava magro e suas roupas estavam terrivelmente sujas.

O cortejo chegou à casa de fazenda, onde Rosemary esperou como uma sentinela e depois se juntou a eles enquanto caminhavam mais ao norte, rumo à ponte de pedra. A paisagem adiante havia mudado. Árvores negras com espinhos afiados cresciam em meio a montes de musgo roxo-escuro. Aqui e ali, a grama seca familiar ainda se agarrava à terra em determinadas manchas.

Sophia não conseguia entender o bater feroz do coração do xerife, ou a ansiedade que ele sentia ao desamarrar as mãos do prisioneiro. Por quê? O que fariam com ele? Bruno se virou e falou com a multidão, em inglês:

— Não tenham medo. Eu conheço estas colinas e elas me conhecem. Ausentínia vai me proteger. Vou seguir os vestígios perdidos até a cidade. Embora eu não possa retornar para cá, vocês podem confiar que vou encontrar o caminho para um lugar seguro. — Sophia ouviu Rosemary chorar em silêncio nas proximidades.

Bruno atravessou a ponte, pisando sobre uma porção de grama amarelada. Depois, cabisbaixo, correu para as montanhas como se sua vida dependesse daquilo. Houve um súbito rugido de vento, e uma rajada movimentou as árvores negras, puxando os galhos e ramos como braços desesperados. A pequena multidão ficou observando. Minutos se passaram. Era impossível dizer se o vendaval tinha ido embora ou apenas recuado para as colinas escuras. Não havia sinal de Bruno.

— A justiça foi feita — declarou o padre, colocando a mão sobre a cruz dourada que pendia de seu pescoço.

Com aparente relutância, a multidão se virou para ir embora. Era possível ouvir alguns murmúrios, como se a decepção da maioria dos espectadores tivesse sido feita, não a justiça. Rosemary permaneceu onde estava, e Cabeza de Cabra se aproximou dela.

— Venha. Não há nada para ver.

— Ele vai voltar — disse ela em voz baixa, ainda olhando para as colinas.

— Provavelmente não.

— Ele disse que encontraria Ausentínia. Pode ser que não corra perigo.

— E se a alma dele for tomada pela Era das Trevas? Se o rosto lhe for roubado, como a sentença quer que aconteça? E então, Rosemary?

As palavras surgiam como se fossem proferidas de sua própria boca, e Sophia subitamente sentiu algo se quebrando dentro de si.

Sua parte que estava no Pombo Cinzento soube que Cabeza de Cabra estava falando da Lachrima, e a tomada de consciência desabou como uma avalanche repentina em sua mente, uma enxurrada de fragmentos que compunham um todo compreensível; a carta enviada a seus pais; o desaparecimento deles; o sumiço de Ausentínia e os vestígios perdidos. Ela entendeu tudo o que acontecera, com uma certeza tão grande como se tivesse visto.

Ao mesmo tempo, o choque de compreensão a deixou atordoada. Sophia perdeu a consciência de si mesma deitada no quarto fresco da estalagem de beira de estrada. Já não era Sophia; era apenas algo que se movia e pensava como Cabeza de Cabra. Era como se ela estivesse realmente vivendo no mapa e nada mais existisse.

Persistente, Rosemary fitava além da ponte.

— Se ele voltar, vou cuidar dele.

Cabeza de Cabra apoiou a mão em seu ombro.

— Ao pôr do sol, voltarei para buscá-la e levá-la para casa.

Depois disso, ele foi para a casa de fazenda pelo menos uma vez por semana para ver se ela estava bem. Mais tarde naquele mês, ele se aproximou de lá e ouviu Rosemary cantar uma canção de uma pomba cinzenta, perfurada por uma flecha e que fora derrubada. O coração do xerife estava pesado, não só por causa da menina de luto. Havia coisas piores.

Depois que a sentença de Bruno foi executada, o sacerdote condenou outras pessoas a andar sobre a ponte de pedra. As multidões que vinham para assistir eram cada vez maiores. O segundo prisioneiro, uma mulher jovem, foi despachada mais para atender à satisfação do padre. Ela entrou na grama alta perto da ponte e ficou parada, tremendo. O rugido de vento se condensou, e o chão sob seus pés mudou, transformando-se em um musgo preto. Todos ouviram aqueles gritos terríveis, e, quando ela subiu na ponte, hesitante, Cabeza de Cabra recuou. O rosto da moça tinha desaparecido. Sua pele estava lisa onde antes estivera o rosto. E, mesmo assim, de sua boca ausente vinham gritos horrorosos — lamúrias que retalhavam os ouvidos dos que estavam ali presentes.

Outros dois prisioneiros foram condenados ao mesmo destino em fevereiro.

E depois, em março, cinco estrangeiros foram levados para a prisão: um homem e uma mulher, exploradores de Novo Ocidente, e seus guias acometidos pela praga. Cabeza de Cabra sentiu curiosidade e dor em igual proporção quando eles chegaram: haviam trazido lapena e, com ela, um monte de problemas. Na condenação, ele sentiu uma pontada de compaixão. A mulher era firme e determinada; quando o padre pronunciou a sentença na ponte de pedra, ela olhou para ele como se analisasse uma víbora. Seu marido era paciente, sem um pingo de rancor ou ressentimento, nem mesmo quando Cabeza de Cabra cortou suas amarras e explicou as palavras do padre.

— Vocês foram condenados a entrar na Era das Trevas, onde ela tomou as estradas que levavam a Ausentínia — disse ele. — Se conseguirem fugir, jamais poderão voltar a Murtea. Podem dizer suas palavras finais.

O padre e grande parte da cidade assistiam à cena. A mulher colocou a mão entre as saias, pegou um maço de papéis e um relógio em uma longa corrente. Então entregou os papéis para Cabeza de Cabra.

— Você poderia guardar isto? — perguntou em voz baixa.

— Sim, eu guardo.

A mulher entregou o relógio para o marido.

— Vamos tentar Wren uma última vez, Bronson?

Ele sorriu.

— Acho que não custa tentar. — Abriu o relógio, pressionou o dedo sobre algo no interior e depois o fechou. Ficaram olhando um para o outro.

— Diga que o tempo deles acabou — interveio o sacerdote com severidade.

Cabeza de Cabra ficou em silêncio.

— Shadrack vai cuidar dela, Minna — disse Bronson.

— Sim. Eu sei que vai. Ele a ama tanto quanto nós, não é? — E deu uma risadinha que ficou presa na garganta. Havia lágrimas em seus olhos.

— Ama sim — Bronson concordou baixinho. — Agora vamos fazer aqui como fizemos no *Francelho*. — Ele pegou a longa corrente do relógio, enrolou-a no pulso da esposa e depois no seu. — Para onde quer que estejamos indo, vamos juntos. Seja lá o que perdermos naquelas colinas, não vamos perder um ao outro.

— Sim, Bronson — disse Minna. Com os pulsos amarrados pela corrente do relógio, eles deram as mãos e caminharam até a ponte de pedra. Ficaram parados por um instante no limite dela e então deram um passo adiante, de forma deliberada e certeira, como se soubessem exatamente para onde estavam indo. O vento subiu, uivou e saiu em perseguição. Exatamente como Bruno havia desaparecido, o mesmo aconteceu com Minna e Bronson, e, depois de alguns minutos, a multidão começou a perder o interesse e se afastou, decepcionada.

— Acho que podemos confiar que a sentença foi executada — disse o padre para Cabeza de Cabra. Quando o xerife não respondeu, acrescentou: — Não vai voltar para o vilarejo?

— Vou ficar aqui até eles aparecerem — ele respondeu, ainda olhando para a ponte de pedra.

— Faça como quiser. — O padre deu de ombros e foi embora, e Cabeza de Cabra ficou sozinho.

— *Dois rostos estarão vazios* — ele disse a si mesmo em voz baixa. — *O terceiro, que une os outros dois, terá doze horas. Siga os três rostos aonde quer que o levem, cruzando as muitas eras, pois sua busca está com eles.*

32
Lançando-se em campanha

> **22 de junho de 1892: 14h00**
>
> *O século XIX já ia bem avançado e o Partido Lembrança da Inglaterra continuava a delimitar uma política nacional em torno da memória daquele poder imperial perdido, a Grã-Bretanha. O partido, de forma gradual, porém decisiva, perdeu o pouco de credibilidade que um dia conseguira reunir. Todos, à exceção dos habitantes mais nostálgicos em Novo Ocidente, reconhecem que relações mais estreitas com aquela parte do mundo, agora chamada Império Fechado, seria uma empreitada custosa, perigosa e, sem dúvida, deprimente.*
>
> — Shadrack Elli, *História de Novo Ocidente*

AO SABER QUE BROADGIRDLE tinha forçado Shadrack a fazer um acordo, e que, em parte, era um acordo para protegê-lo, Theo sentiu uma espécie de fúria imprudente que aumentava e diminuía na presença do parlamentar. Parecia que todos em Boston estavam mentindo, e estavam fazendo isso por causa de Broadgirdle. Shadrack escondera a coerção sofrida. Bligh escondera o crime cometido por Broadgirdle. E, claro, o próprio Theo estava mentindo para encontrar explicações para as mentiras maiores ainda com as quais Broadgirdle escondera sua coerção e seus crimes.

Pior, Theo percebia agora que sua habilidade de mentir, aquele talento confortável que ele havia valorizado como se fosse uma competência, não era habilidade nenhuma. Era a malignidade plantada ali no passado pelo próprio Graves. As mentiras de Graves eram contagiosas e engendravam medo; o medo engendrava outra mentira, e logo o jeito de falar a verdade estava totalmente perdido. Theo nunca havia parado para pensar em que momento de sua vida a falsidade começara, mas agora ele via com clareza que tinha sido com Graves.

À medida que os dias passavam, ele mergulhava no labirinto de memórias que compunha aqueles dois anos de sua vida, na tentativa de encontrar o primeiro episódio. Ele não tinha certeza. Então se lembrou de um momento em que, preocupada, uma mulher em um rancho de cavalos o acusou de estar sendo mal alimentado. Theo havia mentido sem considerar as alternativas e sem considerar que aquilo significava defender Graves. *Naquela época eu já estava doente com a mentira*, pensou. *Naquela época, eu já mentia sem pensar.*

Agora ele odiava mentiras, incluindo as próprias. Odiava ter mentido para Nettie sobre quem ele realmente era. Odiava ter mentido para a sra. Clay sobre o emprego no Palácio do Governo, e odiava, acima de tudo, que tivesse mentido para conseguir o emprego. Odiava que Shadrack, que dizia a verdade por instinto, também tivesse sido obrigado a mentir. Quando Broadgirdle estava ausente, ele se enfurecia com a injustiça de tudo aquilo e dizia a si mesmo repetidas vezes que Graves pagaria — por Shadrack, por Bligh, por tudo.

Quando Broadgirdle estava por perto, rodeando a mesa de Peel ou escrevendo discursos em sua sala, a raiva de Theo parecia esfriar e ficar imóvel, como brasa presa em gelo. Então o parlamentar saía do gabinete para se pavonear, e a raiva voltava: lenta, silenciosa e atormentada em sua impotência. A fúria imprudente tornava Theo mais audacioso em sua busca. Ele examinava os arquivos quando Peel deixava o gabinete; fazia perguntas sempre que era possível construí-las de forma que tangenciassem assuntos de trabalho; observava todos os detalhes por sua possível relevância, sabendo que Winnie também vigiava além do Palácio do Governo.

Entretanto, para sua frustração, não tinha descoberto nada de novo. Já havia se passado uma semana, e ele não tinha feito nenhum progresso desde o dia da entrevista. Não conseguia encontrar nada sobre o paradeiro dos Temperadores; nenhuma explicação sobre o motivo de Broadgirdle trabalhar com os Homens de Areia; e nada que o relacionasse diretamente ao assassinato de Bligh. Além disso, a revelação de como Shadrack tinha sido pressionado só tornava as coisas mais confusas: se Broadgirdle queria a ajuda de Shadrack, por que o enquadraria pelo assassinato de Bligh?

Theo sentia que estava batendo a cabeça na parede. A resposta estava ali, do outro lado, mas era impossível alcançá-la. Ele estava aprendendo mais do que desejava sobre os planos de Broadgirdle para o futuro de Novo Ocidente, mas não descobria nada sobre seus segredos.

Finalmente, no dia 22, Theo descobriu uma peça vital do quebra-cabeça. Broadgirdle estava preparando mais um discurso; com a campanha agora em pleno andamento, ele fazia discursos duas ou três vezes por dia. Mais tarde, naquela noite, ele explicaria à Guilda dos Mercadores de Boston como a política de manter fechadas as fronteiras a leste e de expandir a fronteira a oeste presumivelmente lhes traria riqueza e grandes oportunidades comerciais. Com desgosto, Theo o ouviu ensaiar em sua sala. E como exatamente cortar o comércio legal com as Terras Baldias e com as Índias Unidas ajudaria os comerciantes? Ele meneou a cabeça e voltou para a tarefa de arquivamento deixada por Bertie Peel, que fazia o papel de plateia entusiasmada para o discurso de Broadgirdle.

Os papéis eram relatórios um tanto aborrecidos sobre minutos no parlamento comprados durante o mês de maio, mas, enquanto estava organizando a pilha, algo caiu no tapete. Theo se abaixou para pegar e seu coração acelerou. Era um pequeno panfleto, cuja capa dizia:

Theo o abriu e leu o que estava escrito.

Você gostaria de saber qual é
o propósito da vida?
Você se faz perguntas sem resposta sobre
por que o mundo está do jeito que está?
OS NIILISTIANOS TÊM A RESPOSTA.

Há muito tempo, durante a Grande Ruptura, o profeta Amitto
escreveu um livro de acerto de contas e profecia.
As *Crônicas da Grande Ruptura* relatam como o mundo mudou e
provam que o verdadeiro mundo desapareceu com a Grande Ruptura.
Vivemos em um mundo de ilusão.
Nada neste mundo é como deveria ser.

> O niilistianismo pode explicar por quê.
> O niilistianismo é o caminho da verdade.
> Encontre as respostas que você está procurando.
> "O remorso vai dominar aqueles que seguem o
> caminho falso e não buscam a Era da Verdade."
> — *Crônicas da Grande Ruptura*

Theo lia com entusiasmo crescente. O panfleto estava ali, no meio dos documentos de contabilidade, o que lhe dava uma desculpa para perguntar diretamente a Broadgirdle ou a Peel por que aquilo estava no gabinete. Talvez agora ele finalmente descobrisse a natureza da ligação entre Broadgirdle e os Homens de Areia.

Enquanto a quarta iteração do discurso para a Guilda dos Mercadores chegava ao fim, Theo colocou o panfleto no bolso da camisa e tomou uma decisão. A porta da sala interna se abriu e fechou; passos distintos e afetados no corredor anunciavam o retorno de Peel; em seguida, Peel em pessoa entrou na sala da frente.

— Sr. Slade — disse ele.

— Sim, sr. Peel?

— Preciso sair para buscar o material impresso que nosso parlamentar vai distribuir esta noite no encontro da guilda. Por favor, continue seu arquivamento até eu voltar.

— Certamente, sr. Peel.

Peel saiu do escritório com um passo saltitante e eufórico — a campanha o deixava completamente afetado —, e, depois de um ou dois minutos, Theo caminhou com calma para a sala interna. Bateu à porta.

— Entre — ribombou a resposta.

Broadgirdle estava em pé ao lado da janela, com o discurso na mão, examinando o Boston Common com um olhar crítico, como se considerasse o que faria assim que o parque, Boston e Novo Ocidente fossem seus.

— Sim? — ele perguntou, sem se virar.

— Senhor — Theo começou, com sua voz mais mansa —, eu queria perguntar uma coisa muito peculiar.

Broadgirdle se afastou da janela.

— O que foi, Slade?

— Encontrei este papel entre o material que eu estava arquivando, senhor, e fiquei me perguntando... será que...? É...? O senhor...? — Gaguejando deliberadamente, Theo entregou o panfleto a Broadgirdle e aguardou, fazendo o melhor para parecer intimidado e esperançoso ao mesmo tempo.

— Ah, sim — disse Broadgirdle, largando o panfleto sobre a mesa. Em seguida passou os dedos cuidadosamente tratados sobre a espessa barba negra e olhou para Theo atentamente. — Você é niilistiano? Eu não o vi usando um talismã.

Theo hesitou. A resposta de Broadgirdle não dizia nada sobre as próprias crenças.

— Não — ele admitiu. — Mas estou interessado. Eu tinha esperanças de aprender mais a respeito.

O parlamentar assentiu com jeito de aprovação.

— Vale a pena aprender. Os niilistianos são excelentes aliados no plano de expansão para oeste. De acordo com as crenças deles, deveríamos, a esta altura, ser uma nação muito maior, estendendo-nos da costa leste à costa oeste das Terras Baldias.

Theo ficou horrorizado.

— Sério? — indagou com espanto.

— É sim, e eu gostaria que toda a população de Novo Ocidente olhasse para oeste com o mesmo fervor com que os niilistianos o fazem. Eles consideram que é nosso direito como nação, uma vez que foi esse o rumo tomado na Era da Verdade. — Broadgirdle tamborilou os dedos, pensativo.

— Fascinante.

— Fascinante e útil. Pretendo trabalhar em estreita colaboração com os niilistianos depois que for eleito. Eles têm a visão certa para o que esta nação deve fazer: olhar para oeste, expandir, trazer ganho e lucro como consequência ao longo do caminho.

— Então o senhor mesmo não é niilistiano? — Broadgirdle franziu a testa, e Theo ficou preocupado que a pergunta tivesse sido direta demais. — Eu tinha esperanças de falar com alguém que... — Ele deu de ombros com um ar de constrangimento. — Acho que preciso de um pouco de orientação.

O cenho franzido de Broadgirdle relaxou um pouco.

— Eu fui niilistiano — disse ele, com a voz mais suave do que o habitual —, um dia. Foi por meio do niilistianismo que descobri minha missão. Fiquei sabendo sobre a Era da Verdade, e sobre a expansão para oeste, que deveria ter ocorrido muito tempo atrás. — Ele observou a superfície limpa de sua mesa.

— No entanto, um político de sucesso precisa ser flexível em suas crenças. — Ele olhou para Theo e sorriu com o charme natural que lhe havia feito ganhar tantos adeptos. — E os niilistianos não são flexíveis. Mas eu continuo... me identificando com as visões deles. Com sua situação difícil. — Ele estendeu a mão aberta em um gesto de oferta. — Se quiser, posso colocá-lo em contato com o braço niilistiano em Boston.

— Obrigado, senhor.

E, com um aceno de cabeça, Broadgirdle retornou para sua contemplação do Boston Common.

33
A votação

> ### 30 de junho de 1892
>
> *Em parte, Novo Ocidente abraçou tão prontamente a ideia de comprar assentos no parlamento porque vira fraude eleitoral o suficiente para um século todo. Um candidato rico tinha meios de comprar votos com grande facilidade, ou de comprar força que compelisse os votos. Então, muitos argumentaram, por que não comprar logo o assento na casa?*
>
> — Shadrack Elli, *História de Novo Ocidente*

As ELEIÇÕES ERAM SEMPRE um assunto tenso em Boston, como eram em quase todas as cidades grandes e pequenas de Novo Ocidente. Como a única oportunidade de exercer direitos de voto em nível nacional, a eleição do partido que governaria se tornava um dever sério e sombrio. Ao mesmo tempo, por causa das dificuldades em manter todos os votos justos e dentro da legalidade, o Dia da Eleição, inevitavelmente, acabava se parecendo bastante com um circo. Algumas pessoas não se importavam; elas gostavam do tumulto, da sensação de que qualquer coisa poderia acontecer e de que tudo estava em jogo.

Winnie não estava entre elas. Estava com o corpo curvado em um beco perto do Palácio do Governo desde a madrugada, com os olhos ainda semicerrados de sono, observando o crescente burburinho das atividades. Ele estava inquieto. Às vezes tinha pressentimentos — curiosas e inexplicáveis sensações sobre o futuro, que pareciam ser baseadas em absolutamente nada e, no entanto, muitas vezes acabavam se mostrando verdadeiras. A mãe de Winnie era propensa a pressentimentos semelhantes, que, dadas suas circunstâncias atuais, faziam tudo parecer mais perigoso do que útil. Somente as pessoas que haviam ganhado a confiança absoluta de Winnie já tinham ouvido falar daquilo. Ele chamava aquelas sensações peculiares de "incômodos", e ele estava tendo um naquele momento, no dia 30 de junho, o Dia da Eleição.

Embora as pessoas se movimentassem com bastante calma nos arredores do Palácio do Governo, Winnie teve a sensação de que algo muito explosivo iria acontecer, mas não conseguia saber por quê. O ar parecia imóvel; a névoa da manhã abafava o reconfortante clique-claque dos bondes e depois revelava os carros de repente, quando dobravam a esquina, do jeito que um mágico faria. Os outros meninos que perambulavam ao redor do Palácio do Governo começaram a se materializar com a névoa, famintos ou satisfeitos, dependendo da sorte. Na hora oito teve início a votação, e um fluxo constante de eleitores começou a formar fila com a lista impressa dos candidatos.

Todos os três partidos — o Partido dos Novos Estados, o Partido Lembrança da Inglaterra e o Partido Ocidental — haviam impresso listas em abundância com o nome da agremiação e montado estandes por toda a cidade para que os eleitores pudessem pegar a lista de sua escolha e levá-la ao Palácio do Governo. Não era raro ver algum tipo de malícia ao redor dos estandes, como um partido roubando listas de outro, ou algum eleitor sofrendo emboscadas. Apesar disso, perto de onde Winnie estava, os policiais da cidade de Boston formavam filas nos degraus do Palácio do Governo, e não havia corrupção de nenhum tipo, apenas pessoas subindo os degraus para votar.

Ainda que o dia tivesse começado bem, Winnie tinha uma sensação de incômodo. Parecia que algo daria errado. Ele teria relatado o tal incômodo para Theo, em quem podia confiar totalmente, mas Theo já estava trancafiado no gabinete de Broadgirdle, ajudando o parlamentar a preparar seu discurso final, e, apesar de Winnie ter passe livre na cidade, tentar entrar no Palácio do Governo o faria chamar atenção como uma mosca em uma tigela de doce.

Broadgirdle praticou seu discurso final apenas duas vezes, na manhã de 30 de junho, tão confiante estava em seu poder de persuasão. Depois de preparar uma cópia limpa, Peel remexeu em sua mesa como efeito da tremenda ansiedade pelo importante evento.

Finalmente, Broadgirdle saiu do escritório e ficou entre as mesas do assistente e do segundo assistente: era a própria imagem da dignidade política. Seu cabelo negro havia recebido laquê e estava penteado de forma que brilhava como um capacete reluzente. A barba negra era um complemento lustroso. A centopeia experiente parecia calma e preparada, pronta para qualquer situação. As mãos com manicure perfeita estavam cobertas por luvas brancas de algodão, e o tronco imponente da pessoa do parlamentar estava adequadamente coberto por um terno marrom de aparência sóbria. Broadgirdle olhou para o relógio e o colocou no bolso do colete.

— Vamos prosseguir, senhores — disse ele, a voz ecoando portentosa pela sala.

Gamaliel Shore e Pliny Grimes já tinham proferido seus discursos; Broadgirdle, naturalmente, havia arquitetado as coisas de modo que o seu fosse deixado por último. Os outros candidatos estavam seguros em seus gabinetes, e a multidão que aguardava do lado de fora do Palácio do Governo estava pronta para ouvir o terceiro. Ostensivamente, os discursos davam aos eleitores indecisos a oportunidade de ouvir os argumentos das partes pela última vez. Na realidade, Theo notou, enquanto observava os espectadores, que a maioria dos eleitores já havia tomado sua decisão e só aparecera para vaiar ou aplaudir.

Broadgirdle parou no palanque e olhou para a multidão. Observou que era muito menor do que a outra perante a qual tinha falado dias antes, naquele mês, por ocasião da morte do primeiro-ministro. Ele ergueu a cabeça orgulhosa e começou:

— Povo de Boston. Acredito que um bom político só usa palavras e ações quando necessário, e o uso moderado de ambas é aconselhável na maioria dos casos. Portanto, vou manter breves meus comentários. A triste perda do nosso amado primeiro-ministro Bligh exigiu esta eleição emergencial, e cá estou eu para lhes dizer por que nosso partido, o Partido Ocidental, não só oferece o melhor plano, mas o plano que Bligh mais teria gostado. Ele entendeu tarde demais, e tragicamente, que esta nossa grande era guarda uma grande promessa. Por muito tempo, nós representamos o papel passivo; como uma esponja, ficamos sentados sobre a costa leste, absorvendo as ondas de estrangeiros que chegam das Terras Baldias, das Índias Unidas e de mais longe, concedendo a eles benefícios totais de cidadãos, mas obtendo pouco em troca. Eu lhes pergunto: é isso que somos? Será que somos uma esponja? É assim que queremos ser lembrados pelas outras eras? A Era da Esponja?

A voz de Broadgirdle ergueu-se com indignação, e foram ouvidos gritos entre a multidão de "Não!" e "Nada de esponjas!".

— Eu lhes digo — ele continuou — que não devemos ser a esponja. Devemos ser a onda! Somos uma era poderosa, e devemos agir como convém a uma era poderosa. Devemos manter nossas fronteiras fechadas a leste, e temos de crescer para oeste, para os Territórios Indígenas e para as Terras Baldias Setentrionais, alçando-as a uma posição de proeminência, assim como uma onda poderosa que carrega um navio em sua crista.

Broadgirdle parou para uma salva de palmas, mas a resposta que rompeu o silêncio foi inesperada:

— Proteja nossa terra natal! — veio um grito estridente. — Deixe os Territórios Indígenas para os índios! — Perto da proteção da colunata, Theo olhou para baixo e viu um pequeno grupo de pessoas segurando um cartaz impresso com as palavras: "PRESERVEM OS TRATADOS, PROTEJAM NOSSOS LARES". Eram dos Territórios Indígenas: homens e mulheres, jovens e velhos. As mulheres que haviam gritado em protesto tinham uma aparência determinada. — Novo Ocidente já tomou o suficiente. Até mesmo o lugar onde você está era terra indígena. E veja só agora. Preservem os tratados, protejam nossos lares! — Os que a acompanhavam repetiram o refrão, erguendo o cartaz no alto. — Preservem os tratados, protejam nossos lares!

A multidão ao redor dos manifestantes ficou momentaneamente sem fala. Alguns olharam para Broadgirdle, esperando sua reação. Theo percebia a fúria tomando corpo. Houve um momento de silêncio longo e tenso.

Theo prendeu a respiração. Não havia nada que Graves odiasse tanto quanto o constrangimento público. A maioria das afrontas eram encaradas por ele como oportunidades divertidas de pagamento com juros, mas os insultos que o envergonhavam diante de uma plateia o enfureciam, já que ele não podia insultar todos os presentes.

Theo se lembrou de assistir, horrorizado, quando um taberneiro em New Orleans, de moral menos flexível do que a maioria de seus pares, se recusou a servir Graves. Nem sequer havia ocorrido a Theo sentir prazer na humilhação de Graves; ele conhecia o preço daquilo bem demais. Graves mostrara um sorriso para o taberneiro, exibindo cada um de seus afiados dentes de metal. A taverna ficou em silêncio. Os clientes que conheciam sua reputação ficaram olhando, com pavor.

— Se você recusasse comida e bebida para cada homem que tivesse negócios questionáveis, em breve perderia o seu estabelecimento. — Havia um traço de ameaça em sua voz.

— Não importa — o taberneiro disse com firmeza. Era um homem de cabelos cor de areia, barba avermelhada e peito largo, assim como o de Graves, e cruzou o braço por cima dele. — Prefiro perder meu estabelecimento a entregá-lo a homens como você.

Em resposta, Graves soltou uma risada baixa.

— Então que assim seja — disse ele, com o tom de um homem que aceitava a rendição de seu inimigo.

Theo deu um suspiro de alívio, sem entender inteiramente o final da fala de Graves, mas feliz porque o homem usara apenas palavras em vez de apontar uma pistola. Ficaram em New Orleans por mais dois dias, e, quando partiram, Theo soube que a taverna havia sido totalmente queimada por um incêndio que começou no meio da noite: um incêndio que se tornara explosivo quando o álcool pegou fogo.

Theo agora observava Broadgirdle olhar feio para os manifestantes e reviveu a sensação de pavor. Com esforço, Broadgirdle respirou fundo. Ele ignorou a interrupção e continuou:

— Seus representantes no Partido Ocidental têm uma mensagem, eu digo. E a mensagem está no nome. Nós somos a última e melhor esperança do oeste. O nosso é o Partido Ocidental. Temos de ir para oeste!

Esse foi o fim do discurso, e houve vivas e aplausos, mas foram menos estrondosos do que Broadgirdle esperava. Peel já estava tremendo em antecipação; seu futuro prometia uma onda de fúria em vez de uma onda de expansão para o glorioso oeste. Broadgirdle entrou nos longos corredores do Palácio do Governo com passos pesados. Theo e Peel o seguiram, às pressas.

Quando chegaram ao gabinete, Broadgirdle tinha recuperado a compostura.

— Peel, lembre-se de que temos uma reunião esta noite, na hora dezoito, depois que o anúncio for feito.

— Sim, senhor.

— Quando nos encontrarmos — acrescentou —, quero saber quem lidera aquele grupo de índios manifestantes. — Ele dobrou o discurso ao meio e o entregou a Peel com um sorriso significativo. — Um nome será suficiente. Posso partir dele.

Theo ouvia a conversa e pensava em como poderia alertar os manifestantes. Uma outra parte sua insistia que ele precisava continuar em busca do indício para provar o que Broadgirdle tinha feito.

Com a ajuda de Nettie e Winnie, Theo tinha desenvolvido uma teoria que dava conta muito bem de todas as maquinações de Broadgirdle — quase todas. Ele havia capturado os Temperadores, e, quando Virgáurea veio em busca deles, Broadgirdle enviou um Homem de Areia para atacá-la. Ele matara Bligh por saber a localização da Eerie desaparecida, e enquadrar Shadrack como o assassino era uma maneira perfeita de ganhar vantagem sobre o mais famoso cartógrafo de Novo Ocidente.

A mais nova informação de Theo havia explicado por quê. As visões niilistianas de Broadgirdle guiavam grande parte de suas ambições de expansão para oeste. Theo entendia que um niilistiano, mesmo um niilistiano não praticante, encontraria significado no livro escrito pelo outro Shadrack Elli: significava que o Shadrack de Novo Ocidente estava destinado a criar mapas das terras ocidentais que ainda seriam incorporadas.

O que estava faltando, em mais de uma maneira, eram os três Eerie. Sem saber onde eles estavam ou por que Broadgirdle os tinha capturado, o edifício todo não se sustentava.

Theo já tinha decidido, no dia do discurso final, que encontraria uma forma de perguntar sobre os Eerie, mesmo que isso lhe custasse o cargo. A farsa tinha ido longe demais. Agora, com Broadgirdle distraído por causa dos manifestantes, seria a melhor oportunidade.

— Senhor — disse ele timidamente.

— Sim, Slade?

— O senhor deve se lembrar da pergunta que me fez durante a entrevista. A pergunta sobre ouvir alguma coisa por acaso. Aquela feita a todo mundo que trabalha no seu gabinete? — Ele olhou de Broadgirdle para Peel, a própria imagem de hesitação e do nervosismo. Esse último, pelo menos, não era fingido.

Os olhos de Broadgirdle se aguçaram.

— Sim, eu me lembro. Certamente.

— Receio que situação semelhante tenha acontecido. Eu ouvi algo e acho que o senhor deve ficar sabendo.

— O que foi?

Theo engoliu em seco.

— Eu ouvi dois homens discutindo o plano de expansão para oeste. Eles... estavam criticando. Mas isso não pareceu ter importância, até que eu ouvi quando do eles mencionaram os Eerie.

O rosto de Broadgirdle ficou paralisado. Apenas seus olhos, iluminados por uma espécie de fogo lento, pareciam registar as palavras de Theo.

— O que, exatamente, eles disseram?

Theo havia praticado essa parte do seu jogo de azar. Tinha que parecer preciso e plausível, embora vago o suficiente para cobrir todas as possibilidades dos fatos que ele não entendia.

— Um deles disse: "Os três Eerie desaparecidos não são segredo", e o outro respondeu: "Mas Broadgirdle gostaria que fossem". Peço desculpas, senhor. Foi ele que falou do senhor sem o título, não eu.

Os olhos de Broadgirdle tinham um ar distante.

— Eu entendo. E quem eram esses homens, Slade?

Essa era a parte perigosa. Theo não desejava direcionar a ira de Broadgirdle para nenhum homem que trabalhava no Palácio do Governo, mas sua história dependia da existência deles.

— Eu não os reconheci. Os dois eram de mais idade. Bem-vestidos, mas nada exagerado. Um de cabelo grisalho e bigode, o outro de cabelo castanho e barba cerrada. — Sua descrição servia à metade dos funcionários do Palácio do Governo, e suas esperanças eram de que isso fosse suficiente. — Se eu os vir de novo, posso identificá-los — Theo ofereceu.

— Seria útil — concordou Broadgirdle. — Obrigado por me alertar. — E lançou um olhar para Peel, que estava por perto, às vezes parecendo furioso, às vezes parecendo perdido. — Talvez, Slade, seja uma boa ideia você se juntar a nós esta noite, depois que os resultados da eleição forem divulgados. — Peel agora parecia ferido, como se Theo tivesse ganhado um prêmio destinado a ser dele. — Vamos discutir nossos planos para o futuro, e acredito que você pode ter um papel importante neles.

Theo curvou a cabeça ligeiramente para mostrar apreço.

— Certamente, senhor! Obrigado.

Broadgirdle se voltou para Peel.

— E agora, se puder escrever algumas cartas.

— Claro, senhor. Com prazer. — Peel carregou a escrivaninha portátil para a sala interna.

Essa escrivaninha viu todas as palavras que Broadgirdle ditou durante meses, Theo pensou. *Se ao menos soubesse falar.* Ele se sentou, sem saber por que a ideia de uma escrivaninha que pudesse falar cruzou sua mente. Havia alguma conexão, mas estava fora de alcance. Ele ficou olhando para a superfície de sua mesa e tentou seguir o pensamento. Depois percebeu o que era: a superfície lisa da escrivaninha o fazia lembrar de um mapa — um mapa de memória que lhe diria tudo o que havia se passado dentro da sala de Broadgirdle.

De repente, Theo arrastou a cadeira para trás. *Mas existe um mapa de memória: um mapa que esteve bem na minha frente e que eu venho ignorando como um idiota. A régua de madeira! Não é uma cifra, uma mensagem ou uma lembrança. É um mapa.*

Sem se preocupar em arrumar sua mesa, Theo apanhou o paletó e foi para a porta. Precisava pegar a régua de madeira com Nettie.

—◦‿◦—

O inspetor Roscoe Grey estava em casa, para variar. Theo o observava pela janela com impaciência desesperada. Grey já havia passado vinte minutos perdendo tempo na sala de piano com Nettie, e parecia a pessoa mais relaxada do mundo. *Ele não vai embora nunca?*, pensou, mexendo com o bigode guardado dentro do bolso. Finalmente, próximo da hora quinze, o inspetor se levantou, afagou a cabeça de Nettie e saiu, fechando a porta atrás de si. Theo saltou de seu esconderijo no rododentro do vizinho e deu toquinhos urgentes na janela.

— Charles, o que *foi*? — perguntou Nettie, inclinando-se para fora.

— Não tenho tempo. É urgente. Preciso da régua. Preciso pegá-la emprestada um pouco.

Ela franziu as sobrancelhas.

— Você descobriu alguma coisa. Me conte.

— É só uma teoria, mas preciso tentar.

— Que teoria?

— Pode, por favor, apenas me dar a régua? Não tenho tempo para discutir.

Nettie fez uma careta.

— Está bem. Mas, no minuto em que você testar a teoria, vai ter que me dizer o que é. — Ela foi para o banco do piano e o abriu. — Aqui — disse ela, entregando-lhe a régua pela fresta da janela.

— Obrigado, Nettie. — Theo mostrou um sorriso largo. — Você é a melhor.

— No minuto em que você testar isso aí — ela repetiu, estreitando os olhos.

—☙—

Theo entrou com tudo na cozinha do número 34 da East Ending Street.

— Parcas nas alturas, Theo! — exclamou a sra. Clay. — O que aconteceu?

— O que a senhora sabe sobre mapas de memória feitos de madeira?

Era evidente que ela não esperava aquela pergunta.

— Feitos de madeira?

— A senhora viu algum na academia de Nochtland?

A sra. Clay piscou.

— Vi, acho que os estudantes trabalhavam com madeira em algumas ocasiões. Madeira em vez de papel, você quer dizer.

— Sim, madeira… uma superfície dura. O que eu quero saber é como acordar um mapa de madeira.

A sra. Clay sentou-se à mesa.

— Como acordar um mapa de madeira — ela repetiu. — Deixe-me pensar. — E fechou os olhos.

Theo ficou ali, tentando acalmar a respiração.

— Estou tentando imaginar o que eles fariam. — Ela abriu os olhos brevemente. — Você tem que entender, eu nunca participei de nenhuma aula.

— Eu sei — ele respondeu com impaciência. — Qualquer coisa que a senhora lembrar.

Ela fechou os olhos de novo.

— Não é água nem luz... por que não consigo lembrar? Ah! — exclamou, ao abrir os olhos. E sorriu com triunfo. — Fumaça.

— Claro! — disse Theo. — Fumaça. — Ele disparou pela cozinha, pegou uma panela, um pedaço de papel de mercearia e uma caixa de fósforos. Em seguida, acendeu o palito e o segurou próximo ao papel até que pegasse fogo. Deixando-o cair na panela, Theo segurou a régua por cima até que a fumaça envolvesse todas as superfícies e depois a afastou. A régua parecia praticamente igual, mas uma fina linha vermelha aparecera do lado sem a graduação, junto à data. Theo sorriu. — Eu sabia — disse ele. — Esta régua é um mapa de memória.

A sra. Clay ainda estava perplexa.

— Um mapa da memória de quê?

— Acho que são as memórias dos Temperadores que vieram para Boston. Esta régua vai nos dizer o que aconteceu com eles.

34
Sete asas

> **1º de julho de 1892: 16h11**
>
> *Existem até mesmo rumores de uma era confinada no sul, onde todas as coisas perdidas no mundo foram descansar, de modo que, ao chegar a ela, o viajante se encontra cercado por todas as chaves perdidas, os amores perdidos e os sonhos perdidos que já existiram. Sem dúvida, apenas os contadores de histórias dos Estados Papais poderiam acreditar na existência de tal era.*
>
> — Fulgencio Esparragosa, *História completa e oficial dos Estados Papais*

SOPHIA TINHA PERDIDO A noção do tempo. Também não sabia ao certo onde se encontrava. Estava tão completamente submersa nas memórias do mapa de contas que sentia como se tivesse vivido um ano na pele de Alvar Cabeza de Cabra. Ela vira o mundo duro e árido da forma como ele via, sofrera as perdas como ele as sofria, sentira o fio tênue de sua esperança da forma como ele sentia. Em algum lugar, como se fosse um eco distante, ela também sentia aquelas coisas como Sophia: a amargura de um mundo desconhecido que não cedia respostas; a perda dos pais; a dor de saber o que acontecera com eles; e, com esse conhecimento, a esperança frágil de acreditar que eles pudessem estar vivos. Sua mente vagava sobre sua própria vida com a mesma liberdade com que viajava pelo mapa, sofrendo, tendo esperanças e sofrendo de novo. Quando retornou para o quarto na estalagem nos Estados Papais, Sophia sentiu que tinha passado uma vida inteira fora.

Havia mudado durante aquela vida. Não era apenas o conhecimento do que acontecera com seus pais e o sofrimento de ver diante dos olhos as causas daquilo tudo. Era algo diferente. Talvez tivesse ficado tempo demais com as memórias de Cabeza de Cabra, ou talvez os pensamentos e sentimentos do xerife de Murtea fossem tão fortes que a tivessem marcado como um ferro quente.

Cabeza de Cabra era um homem que perdera a fé e partira em sua busca. Quando emergiu do mapa, Sophia sabia que sua fé também tinha se desvanecido.

Não havia significado maior para a perda de seus pais e nenhuma orientação que a levasse até eles. O que havia acontecido com seus pais era cruel e sem sentido. Outras pessoas apenas assistiram enquanto eles sofriam. Sophia sabia, tão completa e absolutamente, como se soubesse disso a vida inteira, embora desejasse que não: as Parcas não existiam.

Ninguém a estava conduzindo a lugar nenhum. Ela estava por si só.

Errol dormia na rede. Sophia percebeu que tinha recuperado a consciência pela aparição de Virgáurea na entrada do cômodo. Ela encarava Sophia, com os olhos aguçados de preocupação.

— O que aconteceu?

Como resposta, Sophia desceu da rede e estendeu o mapa de contas.

— É um mapa elodeano — Virgáurea disse em voz baixa.

Errol se mexeu e despertou, levantando-se da rede.

— É. E contém as memórias de um homem sobre um lugar não longe daqui. — A voz de Sophia parecia estranha a seus ouvidos: rouca e sumida. Ela percebeu que devia ter chorado em algum momento sem que soubesse. — O nome dele é Alvar Cabeza de Cabra, um homem dos Estados Papais que viajou daqui até o mar Eerie em busca de sua fé perdida. Ele era o xerife de uma cidadezinha chamada Murtea. Foi para esse vilarejo que meus pais viajaram quando eu era pequena, à procura de um amigo. Esse mapa diz o que aconteceu com eles.

Errol se materializou perto delas, com olhos alertas. Virgáurea observou Sophia com atenção.

— Me mostre — pediu.

Sophia estendeu o mapa sobre a mesa no centro do quarto.

— É o espaço de um ano, que não está marcado, mas deve ser 1880 e parte de 1881. Começa em abril. Veja: 20 de abril, hora onze, depois 9 de dezembro, 11 de janeiro e 17 de março, todos esses ao amanhecer.

Errol parecia confuso, mas Virgáurea colocou os dedos sobre o mapa sem uma palavra. Ela ficou em silêncio, com a testa franzida pela concentração.

— O que ela está fazendo? — Errol sussurrou, frustrado, para Sophia.

Assim que colocou o mapa nas mãos de Virgáurea, Sophia se sentiu exausta, como se todo o tempo passado dentro dos limites do mapa tivesse subitamente a exaurido.

— Lendo. Ela vai lhe mostrar como depois de terminar. Preciso descansar. — Sophia cambaleou de volta para a rede e se arrastou para dentro dela meio sem jeito. Antes que erguesse os pés do chão, já estava adormecida.

270

2 de julho: 5h10

SOPHIA ACORDOU DESORIENTADA E encontrou o quarto vazio e escuro. Não sabia ao certo que dia ou que horas eram. Depois se lembrou do mapa e de tudo o que tinha descoberto dentro dele e sentiu o corpo ficar tenso de dor. Então saiu da rede, como se ainda estivesse sonhando, amarrou as botas de couro desgastadas e saiu para procurar seus companheiros de viagem.

Estavam sentados na sala de jantar da estalagem à luz de velas, conversando baixinho um com o outro à mesa, enquanto a estalajadeira se aconchegava junto da lareira, enrolada num manto de lã como se para se proteger de um frio cortante. Sophia percebeu de imediato que algo havia mudado entre eles.

Colocou a mão no bolso e olhou no relógio; acabava de passar da hora cinco; ela havia dormido quase até o amanhecer. Parecia que seu sono durara dias.

Algo acontecera durante a noite, e agora o falcoeiro e a Eerie tinham um propósito comum. Olhavam para ela como pessoas que compartilham um segredo e um acordo. Pálidos e sérios, o rosto deles tinha uma harmonia surpreendente, mesmo com traços contrastantes: os olhos azuis e penetrantes de Errol no rosto anguloso, e os olhos escuros e pensativos de Virgáurea sob a fronte calma.

— Dormiu bem? — ela perguntou.

Sophia assentiu.

— Dormi, obrigada.

— Nós lemos o mapa. — A expressão da Eerie se tornou sombria. — Nós entendemos o que aconteceu com os seus pais.

Sophia olhou de um para o outro, sem piscar.

— É quase certeza que eles se tornaram Lachrimas.

— É — Virgáurea respondeu sem titubear, depois olhou para Errol. — O termo não é conhecido aqui, mas tomei conhecimento dele nas Terras Baldias.

— Se entendemos corretamente — disse ele —, esse homem pode ter seguido seus pais até o mar Eerie.

— Ele seguiu — Sophia respondeu. — Foi onde meus amigos encontraram o mapa. O homem que escreveu essas memórias já estava morto. Ele seguiu as instruções que recebeu em Ausentínia. E isso significa que ele seguiu as Lachrimas, meus pais, por todo o caminho até lá.

— A distância que eles percorreram é longa — disse Virgáurea. — Muito longa. Você deve saber que os Lamentosos, ou Lachrimas, como vocês os chamam, às vezes desaparecem e se tornam menos corpos e mais vozes.

— Sim, eu ouvi sobre isso — Sophia respondeu, em tom inexpressivo.

— Eles vão desaparecendo conforme viajam. Quanto mais se afastam da era na qual perderam a face, menos corpórea sua presença se torna.

Sophia despencou.

— Então é ainda pior do que eu tinha imaginado.

— Talvez — disse Virgáurea. — Mas talvez não. — Ela hesitou. — Não quero alimentar falsas esperanças.

Ela se virou para Errol, que concordou balançando a cabeça levemente.

— Melhor contar tudo a ela, a parte boa e a parte ruim.

Virgáurea estendeu a mão para Sophia.

— Venha se sentar com a gente — convidou. — Exausta, Sophia foi e afundou num banquinho de madeira. Virgáurea apertou sua mão, num gesto de encorajamento. — Existem alguns entre nós, os elodeanos, que são curandeiros maravilhosos, da forma que se imagina que são todos os Eerie. Nós os chamamos de Temperadores. Eles são videntes, visionários, grandes intérpretes. Agora existem quatro deles entre nós, embora três estejam desaparecidos. Eram esses três que eu procurava em Boston. Você pode imaginar a necessidade que temos deles, que curam qualquer tipo de enfermidade, grande ou pequena. Eles também conseguem curar os Lamentosos; podem restaurar o semblante e a mente.

Sophia olhou para ela com uma agitação de esperança. Sua mente voou para um lugar distante: uma masmorra em Nochtland, a capital das Terras Baldias, onde uma mulher coberta por um véu havia falado com ela e feito ameaças. Blanca, que se lembrava de quem ela era e que só encontrava dor nas memórias; Blanca, que era uma Lachrima, mas havia recuperado seu passado. *Claro que elas podem ser curadas*, Sophia percebeu. *Se um homem pode fazer isso por acidente, por que não seria possível fazer de propósito?*

— Como? Como eles podem curar as Lachrimas?

Virgáurea sacudiu a cabeça.

— Não sou Temperadora. Só posso explicar o que eles nos relataram, de procurar em memórias de vidas inteiras para encontrar as lembranças do Lamentoso diante deles. Mas é possível.

— Você os viu curar?

— Sim. Três vezes na vida.

— E eles são totalmente curados?

— Se forem corpóreos, sim.

A esperança de Sophia perdeu força.

— Mas as Lachrimas que viajaram para longe vão desvanecer. — Ela suspirou. — Então não faz diferença.

— Não sabemos. Isso pode ter acontecido ou não com seus pais durante a longa jornada. Se não aconteceu, então podemos buscar a ajuda de um Temperador.

Errol entrou na conversa.

— Qual é o seu desejo, Sophia? Sua intenção é procurar por eles nessa região, perto do mar Eerie?

Sophia engoliu em seco e desviou o olhar para a estalajadeira, que olhava fixo para o fogo, como se contemplasse uma visão. Um som na sala trouxe a atenção da idosa de volta para o presente, e ela se levantou devagar, esticando cada parte do corpo. Com passos rápidos, ela deixou o recinto. Sophia estremeceu.

— Eu ainda desejo ver o diário. Podem ser as últimas palavras da minha mãe. Agora mais do que nunca quero ler essas anotações, mas decidi que vou para Ausentínia primeiro. Vou pedir um mapa para eles.

Errol e Virgáurea se entreolharam.

— Mas parece que esse lugar, Ausentínia, desapareceu — Errol objetou suavemente.

Sophia negou com a cabeça.

— Não desapareceu. Talvez as fronteiras estejam mudando de lugar. Talvez Ausentínia tenha sido aprisionada pela Era das Trevas, mas não acredito que tenha desaparecido.

Virgáurea a observou por um instante, pensativa, depois lançou um olhar cheio de significado para Errol. Ele havia feito menção de falar, mas, com um olhar de quem entendia, fechou os lábios.

— Muito bem — disse ela.

— Vamos acompanhá-la para leste, para essa cidadezinha chamada Murtea, e ajudar você como pudermos — acrescentou Errol.

— Duvido que Murtea exista — Sophia respondeu. — Alguns meses depois de meus pais desaparecerem, meu tio pediu a muitos amigos dele, exploradores, para visitarem os Estados Papais em busca dos meus pais. Nada nunca foi encontrado. Depois, em dezembro passado, quando recebemos uma carta do meu pai, uma carta enviada dez anos antes e que mencionava Ausentínia e os vestígios perdidos, meu tio Shadrack entrou em contato com todo mundo que ele conhecia. Ninguém tinha ouvido falar de nada daquilo. Eu estudei os mesmos mapas que ele estudou; aliás, estou com eles aqui comigo, e eles mostram Murtea. Se bem que os mapas são antigos. São os mesmos que ele usou para ajudar a planejar a expedição dos meus pais. Acho que a Era das Trevas, depois de cercar Ausentínia, se moveu mais para longe e levou Murtea consigo. Todo mundo que conhecia Murtea se foi. E ninguém sabe como o lugar está agora.

Havia uma luz estranha nos olhos de Virgáurea.

— Eu não ficaria surpresa se você estiver certa — ela disse em voz baixa. — Vamos com você, apesar de tudo. Se não encontrarmos Murtea, talvez possamos encontrar Ausentínia. E, se não encontrarmos Ausentínia, então vamos continuar até Granada, em busca do diário. — De repente ela ficou em alerta. — Alguém está se aproximando a cavalo, e bem rápido. Não é a Cruz Dourada. É alguém que vem sozinha. Ela vem para nos ajudar. — A Eerie franziu o cenho. — Mas por que...

Um ruído veloz de passos soou na entrada. A velha estalajadeira gritou algo para Errol e se afastou às pressas.

— Quatroasas — Errol disse rapidamente. Ele pegou o arco e a aljava e correu para a porta. — Venham — chamou por cima do ombro. — Não podemos continuar aqui dentro. Eles vão cavar o teto e vasculhar. É isso o que eles fazem.

— Mas as minhas coisas... — Sophia começou.

— Deixe suas coisas, pequena, se dá valor à vida. — Ele a puxou pela porta e então saíram na pálida manhã.

Na luz cinzenta da alvorada, duas criaturas aladas voavam em círculos no céu. Pareciam pequenas como morcegos. Gritavam com sua voz rouca e metálica, como o ruído de uma faca raspando uma superfície áspera. O som de cascos a galope cortou o silêncio que os quatroasas deixaram em seu rastro, e Sophia viu um cavalo claro se aproximar a leste.

— Aqui estão o cavalo e a amazona. — Foi a resposta de Virgáurea para a pergunta não feita. — Ela não quer nos fazer mal.

— Fiquem em local aberto — Errol ordenou. — Vai ser mais seguro.

Virgáurea colocou o braço ao redor de Sophia e a puxou para perto.

— Você consegue falar com eles, com os quatroasas? — Sophia perguntou. — Como fala com o Sêneca?

— Eu já tentei — a Eerie respondeu, olhando para as criaturas com expressão angustiada. — Mas é como falar com uma parede. Eles não ouvem nada. Não dizem nada. Nunca encontrei criaturas como essas.

Os pássaros foram se tornando cada vez maiores, e seus gritos se fizeram ouvir novamente, ásperos e amargos. O cavalo e a amazona também se aproximavam, até que Sophia pôde ver a capa dela farfalhando e os cascos do cavalo levantando poeira.

De repente, os quatroasas estavam sobre eles. Um, com as garras à mostra, desceu voando em direção à estalagem. Era coberto de penas lustrosas preto--azuladas. O bico, ligeiramente curvado, reluzia como uma foice polida. Seus grandes olhos eram dourados, mas sem íris. O telhado foi amassado como papel e desabou para dentro sob o impacto do enorme pássaro, destruindo o prédio onde os viajantes estavam sentados poucos minutos antes. O bater das asas derrubou as paredes.

— Fiquem atrás de mim — murmurou Errol. — Ele ainda não nos viu. Eles vão atrás dos cavalos primeiro e depois virão atrás de nós. Temos que matar os dois pássaros depressa, um depois do outro. Vamos esperar pelo outro aqui.

O segundo quatroasas gritou, descendo em redemoinho para encontrar o companheiro. Tinha apenas três asas. Onde deveria ser a quarta, havia uma protuberância disforme, pontuada com penas magrelas. A carne à mostra entre elas era branca. Enquanto o segundo quatroasas caía sobre a estalagem, o cavalo claro se aproximou e deslizou até parar. A amazona apeou: uma mulher com uma balestra.

Rapidamente, ela se juntou a Errol e mirou nos quatroasas.

— *Ahora* — disse. — *El roto es mío.* — Então soltou a flecha da balestra ao mesmo tempo em que Errol soltou a do arco, e os dois quatroasas se encolheram com o impacto. Eles se viraram para os quatro viajantes com olhos dourados duros e gritos tão altos que Sophia cobriu os ouvidos. As criaturas se levantaram e se arrastaram sobre a parede quebrada da estalagem, avançando em direção a eles.

— *Otra vez* — Errol disse para a mulher. Mais duas flechas atingiram as aves, e a que tinha três asas desabou com um dardo alojado fundo no peito. A outra investiu, o bico abrindo com um grito para revelar dentes brancos e uma língua comprida igualmente branca. A mulher disparou na boca da criatura quando o bico da ave mergulhou para atingir Errol, que sacou a espada. Pressionando-a com força no pescoço do pássaro, ele o prendeu ao chão. A ave bateu as asas e soltou um grito agonizante, mas elas logo se fecharam, e os olhos dourados ficaram imóveis e vidrados.

Sophia se viu agarrada à túnica de Virgáurea. Lentamente ela soltou o tecido. A espada de Errol estava coberta com o sangue preto e oleoso do quatroasas. Ele a limpou na grama seca.

— Você está bem? — perguntou Virgáurea.

— Ótimo — disse ele. — Obrigado pela ajuda inesperada — acrescentou para a mulher com a balestra.

— Vocês falam inglês — disse ela, com sotaque acentuado, mas de forma clara. Seus olhos verdes observavam os presentes.

— Sim — ele respondeu. — Sou do Império Fechado. Minhas amigas são de Novo Ocidente e do mar Eerie. E por que você fala inglês? E como aconteceu de você estar aqui neste exato momento?

Ela jogou a trança por cima do ombro e baixou a balestra. Sua estatura baixa, compacta e forte rivalizava com a fragilidade do rosto e a expressão de sofrimento antigo em seus olhos.

— Aprendi sua língua há muito tempo com um amigo querido. Um homem chamado Bruno. E cheguei aqui seguindo as instruções deixadas para mim em um pedaço de papel: "Quando vir as sete asas, siga-as até o pombo cinzento. Você encontrará a viajante sem tempo". Qual de vocês — ela acrescentou — é a viajante sem tempo?

35
Cordão branco, cordão azul

> **2 de julho de 1892: 5h51**
>
> *Desde que a praga fincou raízes, muita gente nos Estados Papais escolheu uma vida em trânsito. Nas regiões mais ao norte, as pessoas vivem em casas-barco ao longo dos canais. Nas regiões mais secas do sul e nas áreas montanhosas, vivem em habitações sobre rodas. Sempre em movimento, sempre nas periferias, as pessoas acreditam-se a salvo da praga; não há dúvida de que estão, pelo menos, mais a salvo das Ordens.*
>
> *— Fulgencio Esparragosa, História completa e oficial dos Estados Papais*

— ROSEMARY — SUSSURROU Sophia.

— Sim — respondeu a mulher. — Sou Rosemary. Como você sabe meu nome?

As palavras saíram numa enxurrada:

— Conheço você de uma carta que Bruno enviou aos meus pais. Meus pais, Minna e Bronson Tims. Eles conheceram você. Lembra? Foi há mais de dez anos. E eu a conheço de um mapa escrito pelo xerife de Murtea, Cabeza de Cabra. Ele fala de você e do que aconteceu com Bruno. — Sophia fez uma pausa. — E com meus pais.

Rosemary se aproximou um passo mais.

— Então você é a viajante sem tempo.

— Não tenho relógio interno — Sophia concordou. — Acho que pode ser eu. Quem descreveu dessa forma?

Rosemary colocou a mão dentro da capa e tirou um rolo de pergaminho amarrado com um cordão branco.

— O mapa que me foi entregue em Ausentínia.

Embora Sophia tivesse segurado mapas de Ausentínia enquanto estava dentro das memórias do xerife, era a primeira vez que via um com os próprios olhos.

Ela examinou o papel espesso e tingido de cinza. Linhas irregulares em tinta preta descreviam uma paisagem sarapintada dividida em caminhos sinuosos. Ela virou o mapa do outro lado; o texto era inescrutável.

— Não sei ler em castelhano — disse ela.

— Vou traduzir — respondeu Rosemary, pegando-o de volta.

Sem som, gritamos no coração; em silêncio, esperamos nas sombras; sem palavras, falamos do passado. Encontre-nos nas duas extremidades de onze anos.

Tomando a Trilha de Incerteza, aceite o guia que chega sob a lua cheia. Viaje com ele para o Prado da Amizade e, quando o carrinho quebrar, vá para a Cabeça da Cabra. Seu companheiro de viagem é falsamente acusado. Fale, então, e fale a verdade, pois tanto a verdade quanto a falsidade levam para a Íngreme Ravina da Perda.

Você vai se aventurar sozinha no Vale da Esperança Desvanecente. Quando estiver deixando o vale, encontrará os Bruxos Ocidentais e uma bifurcação no caminho. Se os bruxos partirem em liberdade, você será levada para a Floresta da Tristeza Prolongada, e lá passará muitos anos antes de encontrar o caminho para as Cavernas do Medo, onde habita a Danação. Os ossos de sua mãe nunca serão descobertos, e o sol os branqueará até que se desfaçam em pó.

Se os bruxos forem condenados, você fará uma viagem sozinha para as Montanhas de Solidão, onde vagará por muitos anos. Quando vir as sete asas, siga-as até o pombo cinzento. Você encontrará a viajante sem tempo. Dê-lhe o mapa para Ausentínia. Ela vai levá-la aos ossos de sua mãe, e você vai colocá-los em solo sagrado, para que possam descansar em paz.

Rosemary enrolou o mapa cuidadosamente e amarrou o cordão branco ao redor dele.

— Quando vi os dois pássaros, eu soube. Peguei os mapas e segui as aves até aqui.

Sophia sentiu o coração palpitar.

— Existe um mapa para Ausentínia? — perguntou, mal se atrevendo a acreditar.

Dessa vez, Rosemary pegou um rolo de pergaminho amarrado com um cordão azul.

— Eu o tenho comigo — disse ela. — Este é o mapa que me deram para que um dia eu entregasse a você.

Era escrito em inglês. Ela olhou primeiro para as imagens com nomes curiosos — "Caverna da Cegueira" e "Deserto Amargo" —, antes de se voltar para o texto no verso. Leu em voz alta:

Ocultos em plena vista, cercados sem círculo, presos sem armadilha. Encontre-nos no fim do caminho que você planejar, pois outros não podem.

A mão que floresce deve lhe falar dos antigos. Um bando de pássaros dourados voará para leste em busca de perseguição, brilhando ao sol.

O caminho se divide, levando à Cordilheira Escarpada do Temor ou às Baixas Dunas do Desejo. As Baixas Dunas levam ao Deserto Amargo, onde você se encontrará descendo para a Caverna da Cegueira. De lá, pode retornar ou não.

Ao longo das Cordilheiras Escarpadas do Temor, os pássaros dourados se tornam pretos. O falcoeiro e a mariquita a defendem. Não acredite naquilo o que é dito sobre a escuridão e as sombras. Isso brota do medo, não da verdade.

Além da Cordilheira está o Labirinto da Lembrança Emprestada. Para sobreviver ao labirinto, você deve confiar em seus próprios sentidos. Ao sair dele, você tem uma escolha: defende a ilusão ou não a defende. Se a ilusão morrer, o caminho leva à Lagoa Comum e, finalmente, ao Bosque do Longo Esquecimento. Evite o bosque a todo custo. Confie em seus instintos, e também em seus sentidos. Defenda a ilusão, tomando o Caminho da Quimera. Ao longo dele, você pode se perder, mas encontrará Ausentinia.

Quando o vento subir, deixe o antigo habitar suas memórias, como você já habitou as memórias de outros. Abra mão do relógio que você nunca teve. Quando o vento se assentar, descobrirá que nada foi perdido.

Sophia leu de novo o papel que tinha diante de si e olhou para Rosemary.

— Como alguém poderia saber disso? Como tudo isso acontece? O seu se tornou realidade?

— Sim. Todas as partes. Havia trechos que eu não entendia até que estivessem acontecendo, e partes que eu só vi quando já tinham passado. Mas, em todos os casos, o que o mapa previu se tornou realidade.

— E depois vamos ser perseguidos pela Cruz Dourada — disse Errol. — "Um bando de pássaros dourados." Não é muito difícil de prever — acrescentou com ironia.

— Tem alguma coisa nessas frases — disse Sophia, enrugando a testa. — A mão que floresce. O falcoeiro. Errol, essas são as palavras que minha mãe falou para mim em Sevilha. Ela disse "o falcoeiro e a mão que floresce irão com você".

— O que tem isso?

— As mesmas palavras estão no mapa. Está claro que você é o falcoeiro. E você — ela disse para Virgáurea — é a mão que floresce.

Virgáurea falou pela primeira vez desde que Rosemary havia se apresentado.

— Sim, parece que sou eu.

— Quem são os antigos?

A Eerie olhou para oeste, com o rosto perturbado.

— Sim, eu entendo — disse ela. — Vou lhe falar dos antigos, mas vou fazer isso enquanto viajamos, pois há cinquenta soldados da Cruz Dourada na estrada para Sevilha, e é bem possível que estejam procurando por nós.

—ejɔ—

Errol encontrou a dona da estalagem encolhida perto de uma amendoeira atrás do edifício despedaçado. Depois de colocá-la no caminho que levava à fazenda do filho dela, ao norte, Errol se juntou às companheiras de viagem. O quarto onde haviam dormido, felizmente, não estava tão destruído quanto a sala principal da estalagem. Depois de recolher seus pertences, eles prepararam os cavalos e começaram a viagem para leste.

Para desgosto de Sophia, Rosemary insistiu em arrancar os olhos dos quatroasas. Ela guardou dois na mochila e colocou dois em sua habitação sobre rodas, a qual ela havia desatrelado do cavalo e deixado perto da estrada quando os quatroasas apareceram. Sophia se surpreendeu com a beleza colorida: flores, vinhas e pássaros haviam sido pintados na superfície da carroça, e sobre a porta estava empoleirada uma andorinha dourada de asas abertas, como se estivesse prestes a levantar voo.

Rosemary atrelou a carroça ao cavalo e eles continuaram para leste.

— Esta estrada foi muito utilizada durante séculos de viagens, embora recentemente não mais — ela disse enquanto cavalgavam. — Entre aqui e o perímetro da Era das Trevas, há uma fonte a duas léguas e outra a cinco, mas nenhuma outra estalagem. Há um pastor próximo da quinta légua que me vende carne de carneiro. Outras comidas devemos carregar conosco.

— E quando chegarmos ao perímetro? — Errol perguntou. — Lá não vai ter guarda?

— A guarda não é tão numerosa a ponto de circundar toda a Era das Trevas. Eles trabalham em pares, patrulhando distâncias de três léguas. Conheço muitos deles e alguns são sensatos.

— Fico surpreso por você achar isso — Errol respondeu com notável desdém.

Rosemary lançou-lhe um olhar.

— É um acordo, não se trata de amizade. Eu patrulhei o perímetro durante anos, à espera de Bruno, e muitas vezes eu os alertei sobre quatroasas que estivessem se aproximando, ou tempestades escuras que vinham de dentro da Era. Eles fizeram o mesmo por mim. Embora nosso propósito seja muito diferente, onde existe ajuda mútua pode haver tolerância, ou até respeito mútuo.

— Imagino que você não faça uso de respeito mútuo com os cinquenta cavaleiros, não é?

Rosemary sacudiu a cabeça com rigidez.

— Não conheço ninguém da Ordem de Sevilha. — Ela incitou o cavalo, e a carroça deslizou para a frente.

Sophia viajava com Virgáurea, desta vez sentada na frente, e ia observando o céu ininterrupto da manhã.

— Agora você pode me falar sobre os antigos?

— Sim. Falei antes para Errol e Sophia — ela explicou para que Rosemary entendesse — que o meu povo, os elodeanos, são intérpretes. Podemos conversar com todas as criaturas vivas. A maioria delas — especificou. — Mesmo as que não são visíveis ou reconhecíveis como seres.

— Como a praga — Sophia interveio.

— Sim, como os andarilhos conhecidos aqui pelos danos que causam na forma de lapena. Os antigos são seres como esses. São poderosos e anciãos, como nosso nome para eles sugere. Eles têm um conhecimento do mundo que você e eu não entendemos nem de longe. De fato, a maioria das coisas que eles fazem é difícil de compreender. Nosso entendimento sobre eles é parcial, na melhor das hipóteses. É por meio deles, conversando com eles, que eu sei de coisas que estão acontecendo ao longe. Pedi um redemoinho de vento a um deles quando a Cruz Dourada se aproximou de nós, e um redemoinho apareceu. Os antigos são poderosos, tremendamente poderosos. Às vezes, eles fazem coisas maravilhosas com seus poderes. Às vezes fazem coisas terríveis.

— Que tipo de coisas terríveis? — Sophia perguntou. — O redemoinho de vento?

— Coisas como a perturbação conhecida em Novo Ocidente como a Grande Ruptura.

Sophia teve um sobressalto e girou para encarar Virgáurea com espanto.

— *A Grande Ruptura?*

— Certamente. Foi causada por um conflito entre os antigos.

— Mas o que são esses "antigos"? — Errol perguntou. — Que aparência eles têm? Parecem ser deuses pagãos, mas tenho razoável certeza de que estes não existem. São invisíveis ou assumem formas diferentes?

— Eles são muito visíveis — Virgáurea respondeu. — Você os vê o tempo todo. Em todo lugar.

— Eu não vejo — Errol declarou.

— Vê sim — insistiu Virgáurea. Sophia podia ouvir o sorriso em sua voz. — Talvez seja mais correto dizer que você os vê, mas não os enxerga. Você os vê sem compreender o que eles são. Entre os elodeanos, nós os chamamos de "Climas". Na maioria dos lugares, como em Novo Ocidente e no Império Fechado, eles são conhecidos como "Eras".

PARTE 4

A resposta

36
Os Climas

> ### 2 de julho de 1892: 6h30
>
> *A não ser pela investigação de exploradores, cartógrafos e filósofos da natureza, existe, é claro, um ramo inteiro da ciência dedicado a entender as causas da Grande Ruptura. As explicações dos pesquisadores nessa área divergem tanto que o campo de estudo é marcado por ressentimento e animosidade. A antiga crença de que um poder superior causara a Ruptura como parte de algum plano grandioso foi, cada vez mais, sendo questionada por aqueles que acreditam na culpa dos habitantes de alguma era futura.*
>
> — Shadrack Elli, *História de Novo Ocidente*

DE ONDE ESTAVA SENTADA, no lombo do cavalo, na frente de Virgáurea, Sophia considerava a paisagem diante de si, tentando imaginá-la como um ser: um indivíduo que se estendia por quilômetros, contendo planícies, montanhas e cavernas, com capacidade de sentir os cursos d'água dentro de si e os oceanos lambendo seus contornos.

Ela hesitou, sem acreditar.

— Você quer dizer que... este lugar em volta de nós... está desperto? — perguntou, sentindo Virgáurea respirar.

— Isso — disse a Eerie, com um sorriso na voz. — Desperto e consciente. Sente as coisas como você e eu.

Sophia olhou para o arbusto e para as amendoeiras amareladas, para os afloramentos rochosos e para a terra com pedregulhos, remexidos por sua passagem.

— Ele pode... nos ouvir?

— De mais formas do que você pode imaginar. Sua maneira de perceber e entender é muito mais poderosa do que a nossa. Não sabemos como, mas parece que os Climas têm ciência de tudo o que acontece em sua esfera.

O céu era uma cúpula azul lá no alto.

— Qual o tamanho... deste aqui?

— Estamos nos limites de um vasto Clima, que se estende da costa, inclui Sevilha e a maioria do que vemos ao nosso redor. Porém, mais a leste, na estrada à nossa frente, existem mais dois.

— A Era das Trevas — Sophia sussurrou.

— Isso mesmo, a Era das Trevas. E Ausentínia. Posso sentir a presença, mas não consigo ouvir a voz.

O significado disso foi fazendo sentido na mente de Sophia.

— Mas consegue ouvir a Era das Trevas?

— Não — respondeu Virgáurea, perturbada. — Não consigo. É diferente de todos os Climas que já encontrei. Parece... ausente. Mas isso seria impossível.

Rosemary falou pela primeira vez:

— O que você diz desses antigos me parece uma grande verdade. Eu quase suspeitei disso, conhecendo Ausentínia. O jeito como o caminho até lá aparece e reaparece, como se a própria cidade desejasse nos guiar. E a Era das Trevas também, mesmo que você não possa ouvi-la. Por que mais as Eras lutariam umas com as outras, da forma que têm feito, tomando porções e as perdendo, e lutando por elas de novo?

— Nós vimos no mapa de Cabeza de Cabra que a Era das Trevas havia se estendido pelas colinas de Ausentínia e por todo o caminho até a ponte de pedra — disse Sophia.

Rosemary assentiu num gesto brusco.

— E mais além. Depois que o xerife se foi, a Era das Trevas se expandiu para norte e para leste.

— Além de Murtea?

— Muito além. Um dia nós acordamos e a encontramos quase nas muralhas do vilarejo. Todo mundo fugiu. No mês seguinte, eu voltei. Murtea não existia mais. Antes, precisávamos de mais de três dias de cavalgada de Sevilha até os limites da Era das Trevas. Agora levamos menos de dois.

— Então a Era das Trevas deve ser um Clima como qualquer outro — refletiu Virgáurea. — É isso que eles fazem quando não estão assentados: mudam de lugar, aumentam e se contraem. Foi isso que aconteceu tudo de uma vez durante a Grande Ruptura: a Guerra dos Climas.

— A Guerra dos Climas — Sophia repetiu. As palavras a chocavam com o mundo de significado que eles sugeriam. Um novo mapa se desfraldou em sua mente: um que vivia, respirava, em conflito consigo mesmo.

— Os próprios Climas mantêm as causas escondidas, por isso não posso dizer o que foi que provocou; é um de seus muitos mistérios. Mas sabemos que a desavença aumentou, se tornou violenta e, por fim, resultou na alienação e na divisão que temos agora. E eles não têm se mantido parados. Especialmente nesses últimos tempos, houve hostilidades, discussões amargas que mudam o formato do mundo como nós o conhecemos. Não apenas aqui, com a Era das Trevas.

— A geleira que se moveu para o norte, ano passado... — Sophia começou.

— Sim. Um Clima do sul que avançou para o norte. Mais uma vez, não sabemos por quê.

Sophia ficou em silêncio e se perdeu em pensamentos. Sua mente girava num redemoinho com as consequências do que Virgáurea havia explicado. Seria possível que nenhum dos acadêmicos e cientistas de Novo Ocidente, nenhum dos cartógrafos e exploradores que Shadrack conhecia — nenhum deles estava sequer perto de entender a Grande Ruptura porque nenhum deles percebia como o mundo era na realidade? Sophia se sentiu momentaneamente zonza; a cidade de Boston, como ela aprendera, de repente parecia minúscula e muito pobre em conhecimento. Se esses Climas existiam, então muito do que ela havia considerado inexplicável agora fazia sentido. Quanto mais revirava os pensamentos, mais difícil parecia negar a verdade de tudo aquilo.

— Então eles são *mesmo* como os deuses pagãos — Errol concluiu. — Lutam e subjugam os humanos a seus caprichos, sem se importar com as consequências.

Virgáurea hesitou.

— São completamente diferentes, mas talvez você possa dizer que os seus pagãos entendiam, por algum tipo de instinto, que os antigos existiam, e eles tentaram de alguma forma explicá-los, descrevendo-os como deuses com aspectos humanos.

— Guerra é guerra — Errol disse em tom seco, e estendeu o braço para Sêneca, que pousou com um farfalhar das asas. — Só criaturas egoístas se envolvem em guerras.

— Não discordo de você — disse Virgáurea. — Dá para ver por que os Eerie guardam segredo desse conhecimento. Com nossa capacidade de falar com os Climas, talvez até dobrar sua vontade com a persuasão... Há muitos que iriam querer usar essas capacidades para fins terríveis.

Eles se abrigaram do pior do calor do meio-dia na habitação de Rosemary. Através das cortinas brancas, a luz do sol iluminava um ambiente mais espaçoso e mais agradável do que Sophia esperava. Na frente da carroça coberta, uma cama construída em cima de um guarda-roupa baixo ficava sob uma janela. Os dois lampiões de teto tinham os olhos recém-obtidos dos quatroasas, sem brilho e sem vida sob a luz clara. Prateleiras e armários, muitos deles pintados com pássaros cinzentos, cobriam as paredes internas à direita e eram preenchidos por louças, potes e cestas. À esquerda, um fogão preto, baixo e robusto ficava sobre um grande quadrado de ladrilhos pintados. Poltronas baixas de couro no formato de almofadas de alfinete haviam sido bordadas com fios azuis e brancos por alguém de mãos pacientes.

Era evidente para Sophia que muito dos itens da habitação haviam sido feitos pela própria Rosemary. Ela os convidou a se sentar, pegou um pedaço de pão e um pote de manteiga de um dos armários pintados com aves cinzentas. Serviu água de uma moringa azul.

Sophia agradeceu e comeu avidamente. Tinha deixado a estalagem sem tomar o desjejum, e parecia que eras haviam se passado desde a última refeição, na noite anterior.

— Você tem um lar confortável — Errol disse para Rosemary, com apreço.

— É luxuosa comparada à forma como você viaja, Errol — observou Virgáurea, sorrindo.

— Dou pouca importância para o luxo, mas invejo que possa levar sua casa com você — ele admitiu para Rosemary.

— Há pouco para invejar — Rosemary respondeu sem meias palavras. — Perdi uma fazenda inteira. O que você vê são pedaços recolhidos do que sobrou.

— Perdão — ele se desculpou. — Mas você deve admitir que também há engenhosidade, além dos fragmentos de uma vida perdida. A balestra... foi você mesma quem fez, não foi?

— Foi. Eu estava farta de fugir dos quatroasas cada vez que ouvia aqueles gritos detestáveis. — Rosemary entregou a balestra a Errol e ele a avaliou. — E você? E quanto ao seu lar?

Errol devolveu a balestra.

— Os únicos retalhos do meu lar que carrego comigo são o arco e as botas. Todo o resto que você vê foi encontrado nos Estados Papais; de Sêneca, aos cordões.

— Você deve sentir falta de casa — disse Sophia.

— Eu sinto, pequena. Oswin, minha irmã Cat, minha mãe e meu pai, meu avô; somos... — Ele parou. — Nós éramos uma família feliz.

Sophia lhe ofereceu um sorriso.

— Espero que voltem a ser.

— Existe mais uma coisa que você esqueceu — interveio Virgáurea. — Certamente você carrega seu lar no coração e na mente.

— É verdade — Errol assentiu. — Carrego as colinas verdes, o cheiro da chuva no início da primavera. Longas noites de inverno vendo minha mãe e minha irmã cerzindo. As antigas ruínas onde meu irmão e eu brincávamos quando crianças. — Ele suspirou.

— Devemos continuar — disse Rosemary, levantando-se do assento. — O próximo trecho de estrada está cheio de fazendas abandonadas, e há ataques frequentes dos quatroasas.

—◈—

Enquanto deixavam a habitação e voltavam ao calor do meio do dia, Errol observava Sophia, repreendendo a si mesmo por mencionar os pais e o avô. Ele a percebia deslizando de volta para seus pensamentos, de volta para as memórias tristes do mapa de contas.

— Vou dizer o que mais me faz sentir falta de casa, pequena — Errol falou, ao ajudá-la a subir na sela antes de Virgáurea. — Sinto falta das histórias que contávamos uns para os outros à noite. Depois de uma refeição, em vez de sairmos em disparada para o sol ofuscante para fugir de clérigos, nós contávamos histórias.

Sophia deu um leve sorriso.

— Parece mais agradável.

— Muitíssimo mais agradável — disse Errol, montando sobre seu cavalo. — Às vezes para rir, às vezes para chorar, às vezes por causa de uma lição contida na narrativa. Como estamos seguindo para leste, na direção da Era das Trevas, tenho na mente uma história que meu avô recontava muitas vezes. É a história de Edolie e do homem da floresta. Se nenhuma de vocês se opuser, vou contá-la.

— É uma história de um arqueiro valente que protege três mulheres em uma floresta escura? — Virgáurea perguntou, em tom leve.

Errol apertou os lábios, pensativo.

— Essa é uma história ainda melhor que vou contar quando chegarmos a Granada. Primeiro, Edolie e o homem da floresta.

Enquanto reiniciavam a viagem, ele reuniu os pensamentos e, enfim, falou:

— É um conto de fadas. Meu avô mudou pouco essa história ao longo dos anos, o que me faz acreditar que é mais verdadeira do que a maioria. Ele sempre começava nos lembrando de uma coisa importante: o povo das fadas não é nem de todo bom, nem de todo mau. Eles são muito como nós, pois combinam o que é bom e o que é ruim, e às vezes mudam diante dos nossos olhos, tornando-se o oposto do que eram. Julguem por si mesmas que tipo de fadas essa história descreve.

E, com isso, ele começou:

— Era uma vez uma garotinha que vivia em um pequeno vilarejo na beira da floresta. Era uma criança rebelde, que desde muito pequena entrava e saía quando bem entendesse e se aventurava na floresta, apesar dos muitos perigos. Embora tentassem mantê-la por perto, seus pais não conseguiam controlá-la, e pelo menos uma vez, entre as luas crescente e minguante, a menina desaparecia dentro da floresta durante horas, o que os deixava desesperados até que ela voltasse, sã e salva, contando em voz de criança as aventuras que tivera com as fadas. Quando cresceu e se tornou adulta, ela começou a perder o interesse pela floresta, e seus pais ficaram muito aliviados. Não se falava mais nas fadas. A moça nem mais se lembrava delas, e elas começaram a parecer fruto de sua imaginação durante aqueles dias infantis em que ela gostava de se divertir com coisas que não eram reais. Como acontece com os jovens, ela perdeu o interesse pelo mundo de magia e começou a pensar no amor. Ela ouvira muitas histórias sobre se apaixonar, algo ao mesmo tempo tão maravilhosamente lindo e tão terrivelmente doloroso, e ficava sempre atenta, da mesma forma que as pessoas ficam atentas no inverno, com medo de pegar uma gripe forte. Mas isso não lhe aconteceu. Ela conhecia todas as pessoas do vilarejo — meninos e meninas, mulheres e homens —, mas ninguém inspirava nela aquela enfermidade. A verdade era que ela os conhecia a vida toda. Uma vez ou duas ela sentiu uma pontinha de algo no coração, ao mesmo tempo lindo e doloroso, e se perguntou se o amor era aquilo. Mas não era, ela decidiu. Aquilo não era amor. Era costume, naquele lugar e naquele tempo, se casar jovem. Quando as crianças chegavam à idade da Sophia — disse Errol, erguendo levemente a voz —, já podiam começar a pensar em casamento.

Sophia se virou para ele com surpresa.

Errol sorriu.

— Não que você deva, Sophia. E nem nessa heroína, Edolie. De fato, por mais de dez anos, apesar da vigília pela misteriosa doença, ela não mostrou sintomas de amor, nem interesse algum em casamento, de forma que seus pais começaram a aceitar que ela nunca aumentaria a família com marido e filhos. A própria Edolie começou a pensar menos sobre a enfermidade que um dia ela havia temido e desejado. Edolie percebeu certa manhã, no início da primavera, para sua grande surpresa, que a ausência do amor era um alívio. Ela não tinha mais que se preocupar que o amor surgisse, que aparência teria ou qual seria a sensação. Sentiu um enorme alívio, como se uma tarefa monumental que antes lhe aguardava tivesse sido repentinamente realizada por alguma outra pessoa, sem que ela esperasse. É certo que aquela sensação de ter a mente e o coração livres foi o que lhe permitiu enxergar o que não tinha visto ao longo de tantos anos. Um dia, caminhando à beira da floresta, com a mente tranquila, Edolie olhou para dentro da vegetação e viu ali, mais claro que tudo, uma silhueta encapuzada se afastando. Sem parar um instante, ela a seguiu. "Olá?", ela chamou. A pessoa de capa se virou, e Edolie teve um vislumbre de um rosto branco antes que o capuz o cobrisse. A pessoa deu um leve gemido e se abaixou atrás de uma árvore. "Olá. Você está bem?", perguntou Edolie. O vulto seguiu em frente mancando, claramente com dor, parando para descansar atrás de uma árvore, depois de outra. Edolie correu atrás, com todos os pensamentos voltados para alcançá-lo. Ela ganhava terreno depressa, gritando sem sucesso. Finalmente, parou bem ao lado da figura encapuzada, que ficou imóvel, os ombros arqueados de um jeito que dava dó. Edolie lhe estendeu a mão. "Você está machucado? Posso ajudar?" De repente, a estranha figura se virou e seu capuz caiu para trás, revelando seu rosto. Uma fada pegou as mãos estendidas de Edolie, e mais três fadas pularam de trás das árvores para cercá-la, agarrando suas roupas e seu cabelo. Edolie gritou, mas estava tão surpresa que mal tinha forças para resistir. A criatura que a levara para dentro da floresta tinha a pele tão branca que dava para ver as veias esverdeadas por baixo. Seus olhos eram largos e dourados e suas feições eram pontudas: orelhas pontudas, um narizinho pontudo e reto e fileiras de pequenos dentes afiados. As asas compridas e translúcidas em suas costas se tornaram angulosas e ganharam pontas delicadas e pretas. Seus cabelos se espalhavam e ondulavam, como se estivessem se movendo na água, e tinham uma cor branco-dourada, puxando para o verde. As outras fadas eram muito parecidas: altas e imponentes, lindas e terríveis, encantadoras e ameaçadoras. O sorriso de dentes afiados podia mudar de doce a perverso em um instante. Edolie ficou perplexa. Antes que se desse conta do que estava acontecendo, as fadas a envolveram nas capas e a encasularam numa escuridão que cheirava a folhas mofadas e musgo. E então a carregaram para dentro da floresta. No início Edolie lutou, mas as capas pareciam mágicas e, quanto mais ela se esforçava, mais apertadas ficavam ao seu redor. Assim, ela tentou ficar imóvel. Depois de viajarem por algum tempo, Edolie sentiu que finalmente a tinham largado no chão. Ela implorou para as fadas a deixarem respirar, e, depois de um momento, as capas foram retiradas. Edolie olhou em volta e viu que estava em uma pequena clareira cercada de pinheiros. As quatro fadas se preparavam para dèscansar no tapete formado pelas agulhas das árvores. A que tinha levado Edolie para a floresta pegou uma mecha de cabelo e a envolveu nos pulsos de Edolie. A mecha branco-dourada, firme e forte como arame, se enrolou como se por vontade própria. "Espere", protestou Edolie. "Por que vocês me pegaram? Eu não tenho nada que interesse a vocês. Por favor, me soltem." A fada a observou com uma expressão curiosa e então falou num sussurro que parecia o sopro do vento numa árvore de inverno: "Você tem algo que nós queremos. Nosso rei se apaixonou por você e vamos levá-la para ele". Edolie sacudiu a cabeça. "Vocês cometeram um erro. Não sou eu que ele está procurando. Eu nunca vi o seu rei." "Nunca viu?", a fada perguntou. Em seguida, para o choque de Edolie, a fada pegou-lhe as mãos atadas e mordeu uma vez, com força, na ponta do dedo. Edolie levou um susto, e a fada lhe mostrou um sorriso cruel antes de se virar e se acomodar para dormir. As longas asas translúcidas estremeceram e foram ficando imóveis. Edolie não se atrevia a se mover; as capas haviam ficado mais apertadas ao seu redor quando ela se mexia, e ela suspeitava de que o cabelo da fada faria o mesmo. Seu dedo estava doendo onde levara a mordida, e os furinhos minúsculos feitos pelos dentes afiados sangravam livremente.

Errol parou por um instante para receber Sêneca no braço.

— Percebo por que você está ansioso para evitar a companhia das fadas — comentou Virgáurea.

— Precisamente — Errol respondeu. — São criaturas imprevisíveis.

— Mesmo que eu não tenha mordido nenhum de vocês até agora. Pelo menos não me lembro — Virgáurea disse, pensativa.

— Ainda bem que é Sophia que viaja com você, assim eu não vou ser mordido primeiro — Errol disse solenemente. Sophia riu. — Enquanto as fadas descansavam — ele continuou —, Edolie tentou se localizar na floresta. Foi inútil; o brilho do sol era muito tênue debaixo da densa copa das árvores. Ela nem conseguia dizer que dia era. A luz era cinzenta e meio violeta, como se fosse a alvorada ou o crepúsculo. No entanto, conforme o tempo passava, a floresta parecia ficar mais escura, e Edolie supôs que a noite estava caindo. As fadas pareciam dormir profundamente. Edolie sabia que seria sua melhor chance de fugir. Levantando-se devagar para não cortar os pulsos, vigiou as fadas, observando qualquer sinal de movimento. Elas continuavam dormindo. Edolie foi se afastando de costas sobre as agulhas de pinheiro, o mais silenciosamente possível. Passo a passo. Ainda assim, as fadas não acordaram. Edolie alcançou as bordas da clareira e entrou na floresta. Não fazia ideia de para qual lado ficava seu vilarejo, mas não importava. Pé ante pé, ela se afastou da clareira. Foi preciso todo o seu esforço para caminhar devagar quando sua vontade era correr desesperadamente. Então ela viu: uma leve centelha de luz amarela nas árvores adiante. Edolie desembalou numa corrida, sem se importar se as fadas a ouviriam ou se as amarras a cortariam. Correu o mais depressa que pôde, mesmo presa como estava, e, conforme avançava em meio às árvores, a luz amarela foi ficando cada vez mais forte. Ali estava, ela conseguia ver. Um chalé, com luz nas janelas e fumaça na chaminé. Edolie chorou de alívio. E depois ouviu uma lufada de vento e um grito abafado atrás dela quando as fadas levantaram voo. Ofegante, Edolie correu os últimos metros em direção ao chalé e bateu com força na porta, com as mãos atadas. Dava para ouvir o farfalhar das asas das fadas. Podia vê-las: as faces brancas e os cabelos branco-dourados, como rajadas de vento sacudindo os galhos. Edolie as observava com terror, encolhida contra a porta robusta de madeira do chalé. E depois, na extremidade da pequena clareira onde ficava a casinha, elas pararam, como se tivessem chegado a uma barreira além da qual não podiam passar. Naquele exato momento, a porta se abriu atrás de Edolie, e ela caiu dentro do cômodo. Então ficou sobre um piso de madeira que reluzia, cor de mel, à luz da fogueira. Ela ergueu os olhos para ver quem abrira a porta, quem a salvara das fadas. Ali, parado acima dela, estava um homem da floresta. Era um estranho, alto e esguio. Seus olhos escuros debaixo das sobrancelhas grossas a encaravam de um jeito proibitivo. Edolie sentiu um momento de apreensão. Mas, quando os olhos do homem encontraram os seus, o rosto dele mudou. O semblante fechado aliviou. Os olhos escuros suavizaram com algo parecido com surpresa... e compaixão. Ele vira as algemas de fada ao redor dos pulsos de Edolie. Se algum dia vocês já tentaram, sabem que é absurdamente difícil se levantar quando as mãos estão atadas. Com algum esforço, Edolie conseguiu ficar de joelhos. O homem da floresta estendeu a mão para ajudá-la. "Sinto muito", disse ele, em uma voz baixa e educada, "por não ter aberto a porta mais depressa. Nunca recebi visitantes nessa floresta." Ele a levou para uma cadeira perto da lareira. "E sinto muito por incomodar", Edolie respondeu. "Eu estava sendo perseguida." Ele assentiu e apontou para as mãos atadas. "Pelas fadas." "Sim", respondeu Edolie. "Deixe-me tirar essa mecha dos seus pulsos", disse ele, ajoelhando-se na frente dela. "Tive medo de que isso nunca fosse sair", Edolie lamentou. "É forte como uma corrente de ferro e afiada como a lâmina de uma faca." E, de fato, os pulsos da pobre Edolie estavam cortados e sangrando, pois, à medida que ela corria pela floresta, a mecha de cabelo ia ficando cada vez mais apertada, o que provocou ferimentos na pele. De forma inesperada, o homem da floresta sorriu para ela e, ajoelhado, segurou suas mãos. De repente, Edolie sentiu todo o ar deixar seus pulmões, como se tivesse sido roubado. O rosto do homem da floresta, seus olhos castanhos límpidos, seu sorriso, pareceu de repente tão familiar e querido e, ao mesmo tempo, tão maravilhosamente único que ela não conseguia imaginar a vida sem ele. A enfermidade havia tomado conta dela, finalmente. Edolie o encarou com espanto. "Você vai se sentir boba", disse ele, ainda sorrindo, "quando eu mostrar como se corta o cabelo de uma fada." "Vou?", Edolie perguntou, intrigada. "Nenhuma lâmina pode cortá-lo. Nenhuma tesoura de metal ou vidro afiado. Como você acha que deve ser feito?" Edolie sacudiu a cabeça. "Não sei." O homem da floresta baixou o rosto em direção às mãos dela, e Edolie o encarou sem compreender. Ele levou a boca aos pulsos atados e mordeu a fina mecha de cabelo. Instantaneamente, o nó se partiu, e os fios branco-dourados caíram no chão. O homem olhou para Edolie, ainda sorrindo. "Viu só?" Edolie sorriu de volta. "Vi." "O que você não vê é isto: assim como cabelos de fada podem prender a pele humana, o cabelo humano pode prender uma fada. Amarre seu cabelo ao redor do dedo de uma fada e o coração dela será seu para sempre." Edolie ficou perplexa. Ela encarou a mecha branco-dourada na lareira de pedra e ficou se perguntando sobre o poder desconhecido das coisas comuns. "Agora", disse o homem da floresta, "vou limpar e fechar esses cortes, pois devem estar doendo muito." E ele realmente os limpou e fechou com mãos gentis, enrolando bandagens ao redor dos pulsos, enquanto Edolie o observava e lhe contava sobre o vilarejo e sobre como ela havia se desviado para dentro da floresta. O homem lhe serviu um jantar de cogumelos ensopados e pão marrom-escuro, depois indicou um nicho no topo de uma escada: uma cama estreita com uma grade com vista para o cômodo. Edolie adormeceu observando o homem da floresta sentado perto da fogueira, entalhando um graveto e cantarolando, quase inaudível, uma canção que ela poderia jurar que conhecia. Pela manhã, quando Edolie acordou, o chalé estava silencioso e vazio. Era um cômodo organizado, com a louça azul empilhada nas prateleiras e a vassoura desgastada de guarda na lareira fria. Edolie ouviu o som de um machado partindo lenha. Ela desceu de seu poleiro e espiou pela janela. Ali, viu o homem da floresta partindo madeira logo ao lado da casa. A visão dele a encheu de uma satisfação repentina, tranquila. *Ele ainda está aqui*, Edolie pensou consigo mesma. *Ele é real.* Instantes depois, ele entrou no chalé com os braços carregados de lenha para a fogueira. Assim que a viu, o homem da floresta mostrou um sorriso radiante. Edolie sentiu um murmúrio no coração e pensou em quanto as fadas tinham sido sábias, apesar de toda sua crueldade mesquinha, ao levá-la até aquele lugar, naquele bosque. Vocês podem imaginar como o dia transcorreu para Edolie e o homem da floresta. Eles passaram toda a manhã conversando e logo a manhã deu lugar à tarde. O homem da floresta era sábio e engraçado e apenas um tiquinho melancólico. Edolie sabia que deveria retornar para o vilarejo, mas uma parte sua não queria partir nunca. O homem da floresta também não falou sobre levá-la de volta à segurança. O dia foi ficando mais longo e, finalmente, Edolie sentiu que deveria pensar em ir embora para casa, mesmo que não quisesse. "Vai escurecer logo", disse ela, com pesar, "e tenho que voltar." O homem da floresta a olhou, não mais melancólico, mas verdadeiramente triste. "Você quer voltar?" Edolie sacudiu a cabeça. "Não quero, mas devo." "Muito bem", disse ele, com o rosto carregado de tristeza. "Vou levá-la de volta para o vilarejo." Edolie não falou nada enquanto ele fazia os preparativos para deixar o chalé. Ela lamentava ir embora, mas não conseguia entender o sofrimento do homem da floresta. Afinal, pensou consigo mesma, com certeza ela poderia encontrar o caminho de volta para o chalé, ou ele poderia chegar até o vilarejo. Eles se veriam novamente, não? Foi uma longa jornada pela floresta. Ao caminharem entre as árvores, em silêncio, com os pinheiros se mexendo ao seu redor e os galhos ainda nus dos carvalhos retinindo em resposta, Edolie quis saber sobre as fadas que a haviam mantido prisioneira na noite anterior. Ela não sabia ao certo por que não pensara naquilo antes, mas agora estava curiosa para saber por que elas haviam parado tão perto do chalé quando, com certeza, podiam alcançá-la. E se perguntava como o homem viajava pela floresta sem nenhuma preocupação. Por que ele morava ali sozinho? Edolie lançou um olhar para seu companheiro de caminhada e viu que a longa capa de lã verde havia assumido a textura folhosa dos trajes das fadas, o que não a surpreendeu completamente. Ela percebia que as mãos fortes do homem da floresta, de vez em quando afastando um galho do caminho para que não caísse sobre ela, eram pálidas à luz sarapintada entre a vegetação. Então percebeu que eles estavam se aproximando das bordas da floresta. Ela via, entre os troncos de árvores, as ondulantes colinas verdes do campo que margeava o bosque. "Pare", pediu. O homem da floresta virou e a encarou. Era o rosto familiar que ela já amava, mas estava diferente. Havia centelhas de ouro em seus olhos cheios de tristeza. "Como você pôde?", Edolie perguntou, ressentida. Ela olhou com dor e anseio para o rosto do rei do Povo das Fadas e finalmente entendeu como a enfermidade de que ela ouvira falar podia ser tão terrível e tão maravilhosa ao mesmo tempo. Ele a olhou, igualmente perturbado.

"Eu não queria", sussurrou. "Por que você simplesmente não falou comigo do jeito que é de verdade?", ela perguntou. "Eu sabia que você tinha esquecido de mim", ele respondeu, "e não conseguia pensar em como fazer você se lembrar." Ele lhe estendeu a mão, pálida e com veias esverdeadas, e Edolie viu o anel no dedo indicador: uma mecha de cabelo da cor do seu, presa firmemente ao redor do dedo dele. "Éramos apenas crianças. Eu não a teria mantido presa à promessa se tivesse conseguido esquecê-la também. Mas não consegui." Edolie olhou para o anel com horror e soube que ele estava certo. Aquelas horas imaginadas na floresta não haviam sido imaginadas. O amado ser diante dela, por tantos anos ausente, estivera em seu coração desde a infância. E ela via que o sentimento era recíproco; ambos queriam e não queriam que aquela tênue ligação entre eles fosse quebrada. Edolie segurou-lhe a mão. "O que vai acontecer se eu cortar?" "Não sei dizer se o que há entre nós é apenas o poder de união dessa mecha, ou se existe algo mais do que os fios de cabelo." Rapidamente, antes que pudesse mudar de ideia, Edolie se inclinou para a mão dele e cortou, com os dentes, a mecha de cabelo que sua versão infantil havia colocado no dedo do rei do Povo das Fadas. Então a jogou de lado e olhou para ele, esperando raiva ou indiferença, ou algo pior. Em vez disso, ela viu a face do homem da floresta que havia se ajoelhado diante de suas mãos à beira do fogo: sorridente, olhos cheios de satisfação com a perspectiva de surpreendê-la.

Errol continuava cavalgando, com os olhos pensativos. Olhou para Sêneca, que projetava uma sombra pequena sobre ele.

— Esse é o fim? — perguntou Sophia.

— Esse é o fim — ele respondeu.

— O que significa?

Ele passou os dedos pelo queixo.

— O que você acha que significa?

— Acho que é sobre o perigo de perder o coração para a floresta — Rosemary disse prontamente. — O perigo de se perder tão jovem em uma força sombria que não entendemos.

— Você vê como um alerta — Virgáurea refletiu. — Talvez seja. Para mim, é sobre o poder das coisas que não lembramos. Coisas que vão acontecer, e que podem desaparecer da nossa mente, mas nos unem com tanta força quanto uma corrente. E nem sempre isso é algo ruim.

— Acho que é sobre confiar nas pessoas — Sophia opinou. — E confiar no coração. Tudo o que Edolie fez foi perigoso e até mesmo tolo, mas acabou em felicidade.

— Confiar nas pessoas — Virgáurea ecoou. — Talvez. Mas isso é verdade em relação às *pessoas*? Algo que tenho observado nesse tipo de histórias é que frequentemente elas falam dos antigos, mesmo quando não parecem falar. Pense na atração poderosa da floresta, na forma como ela conduziu Edolie sem que a garota compreendesse. Isso parece verdade porque acontece mesmo. Os Climas têm um jeito de trabalhar por intermédio de nós.

Errol sacudiu a cabeça.

— E aqui estava eu, pensando que era uma simples história de amor.

— Acho improvável que você tenha pensado assim — Rosemary disse, em tom irônico. Em seguida apontou para a frente. — Sua história nos levou longe. Estamos a menos de uma hora do perímetro.

— Devo perguntar — disse ele — qual é nosso plano quando chegarmos lá. Se entendi corretamente o mapa do xerife, qualquer um que tente colocar os pés nos fragmentos remanescentes de Ausentínia perde a face quando surge aquele vento da Era das Trevas.

— Não é o vento — Virgáurea corrigiu. — É a fronteira móvel.

— Seja como for — Errol continuou —, você não consegue falar com esse Clima, a Era das Trevas, para que possamos negociar nossa entrada. E, embora o mapa de Sophia para Ausentínia possa prenunciar o inevitável, como Rosemary defende, não é extremamente preciso. O que ele diz? "Temor ou Desejo"? De alguma forma, duvido que vamos encontrar placas nos limites da Era das Trevas.

— Tenho pensado sobre isso — disse Sophia, ao pegar o precioso mapa no bolso. "O caminho se divide, levando à Cordilheira Escarpada do Temor ou às Baixas Dunas do Desejo. As Baixas Dunas levam ao Deserto Amargo, onde você se encontrará descendo para a Caverna da Cegueira. De lá, pode retornar ou não. Ao longo das Cordilheiras Escarpadas do Temor, os pássaros dourados se tornam pretos. O falcoeiro e a mariquita a defendem."

Ela olhou para Errol e Rosemary.

— Temor ou Desejo. Acho que entendo o que temos de fazer. Desejamos chegar a Ausentínia, e seria tentador encontrar fragmentos dessa era se conseguíssemos. Mas é o caminho errado. Vocês notaram que, no mapa de Cabeza de Cabra, a Era das Trevas devorava qualquer porção de Ausentínia onde alguém pisava? Mas Ausentínia não fazia o mesmo.

— Entendo o que você quer dizer — Virgáurea comentou devagar. — Seja lá o que incite a Era das Trevas a alterar suas fronteiras não incita Ausentínia da mesma forma.

— Tive a sensação, ao ler o mapa — Sophia disse em tom pensativo —, de que a Era das Trevas queria pessoas, mas Ausentínia queria apenas a si mesma, a terra que antes era sua.

— Muito bem observado, Sophia. Eu não havia enxergado assim, mas você está certa.

— Tememos entrar na Era das Trevas. Pelo menos eu temo — disse Sophia, enrolando o mapa. — Mas é assim que devemos prosseguir. E os pássaros dourados vão se tornar negros. Acho que isso significa que a Cruz Dourada não vai nos perseguir na Era das Trevas, mas, em vez disso, vamos encontrar os quatroasas. Errol e Rosemary, vocês são o falcoeiro e a mariquita. — Ela sorriu. — Já nos defenderam uma vez.

— Acredito que é verdade que a Cruz Dourada não vai entrar na Era das Trevas — Rosemary concordou. — Eles fazem guarda na fronteira e tentam matar os quatroasas que escapam, mas nunca entram. Se adentrarmos a Era das Trevas, eles vão acreditar que estamos perdidos.

— E vão considerar a tarefa cumprida — disse Errol. — Muito bem. Então nosso caminho nos leva para dentro da Era das Trevas, e não ao redor dela.

— E vamos torcer — disse Rosemary, baixinho — para que o pior que nos aguarde sejam fadas com dentes afiados e um belo homem da floresta.

37
Lendo a régua

> **30 de junho de 1892: 16h05**
>
> *As Índias Unidas exportam açúcar, melaço, rum e café desde antes da Ruptura. Novo Ocidente e as Terras Baldias são seus maiores mercados. Em menor medida, Novo Ocidente importa o arroz, a noz-moscada e o cacau das Índias. Tradicionalmente, essas mercadorias eram enviadas em estado natural, mas, conforme as Índias foram crescendo em riqueza e sofisticação das manufaturas, suas exportações foram se tornando cada vez mais refinadas.*
>
> — Shadrack Elli, *História de Novo Ocidente*

O MAPA ESCRITO SOBRE a régua era menos um mapa e mais um conjunto de memórias incipientes e pouco claras. Theo pressionou o dedo na linha vermelha sinuosa e se sentiu mergulhar em um espaço escuro e com o cheiro pesado do medo. Estava em uma masmorra, ou um espaço fechado que parecia uma masmorra. As paredes não tinham janelas e eram feitas de tijolos. Ele não conseguia se mover. Olhou para baixo e viu que estava com os pés e as mãos amarrados a uma cadeira de metal. Em sua frente, em cadeiras idênticas, havia outras duas pessoas sentadas: uma mulher jovem e um homem velho. Ele não podia vê-los com clareza, escuro do jeito que estava, mas sentiu um pulsar de sofrimento angustiante. Estavam amarrados com a mesma firmeza, e estavam caídos, imóveis.

A memória cessou, e outra surgiu diante de seus olhos, terrível e penetrante. Tudo começou com um grito. A masmorra agora estava cheia de lâmpadas-tocha e cheirava a madeira queimada. A moça na cadeira se contorcia e esperneava contra as cordas que a prendiam. As pernas da cadeira estavam enegrecidas. As saias da moça estavam chamuscadas na barra, e flocos do que fora um tecido estavam espalhados ao redor dela como neve preta. Uma fogueira, engenhosamente concebida em uma bandeja de metal com uma grelha, queimava perto de seus pés verdes e descalços. Não a atingira — ainda. Um homem com longas cicatrizes dos dois lados da boca estava junto da bandeja, aproximando-a da moça com o pé. Ela se afastava o máximo que suas amarras permitiam, tremendo de terror. Theo sentiu o coração explodir. Não suportava ver a garota sendo tratada daquele jeito. Enquanto observava, ela ficou tensa, esticando desesperadamente as cordas, e flores vermelho-sangue brotaram de suas palmas.

Outra lembrança se interpôs de forma abrupta. A masmorra estava em silêncio novamente. A bandeja de metal com a terrível fogueira havia sido apagada e estava num canto. As cinzas agora eram inofensivas. Havia uma larga mesa de metal cercada por pedaços espalhados de madeira e ferramentas: um martelo, uma caixa de pregos, uma régua de madeira, uma serra e um lápis. No chão havia duas caixas de madeira vazias, tão longas e largas como caixões. A terceira estava sobre a mesa de metal. Os Homens de Areia haviam colocado a moça dentro da caixa e agora a cercavam de terra solta, até que apenas seu rosto branco e calmo com o sono de inverno ficasse exposto. Theo travou os olhos com o velho à sua frente, amarrado à cadeira de metal. Sua expressão dizia muitas coisas de uma só vez: *Desculpe. Eu amo você. Estou com medo. Você vai conseguir.*

Theo afastou o dedo do mapa.

— Aqui — disse ele, passando a régua para a sra. Clay. — Não consigo decifrar o que isso quer dizer. A senhora tem que ver com os próprios olhos.

17h00

A CIDADE DE BOSTON ficou acordada até tarde para receber a notícia de quem seria o próximo primeiro-ministro de Novo Ocidente. As urnas eram fechadas na hora quinze, mas os resultados não foram anunciados até a hora dezessete, depois da contagem dos votos. Enquanto a cidade esperava e o calor do verão seguia forte, as pessoas percorriam as ruas, especulando, discutindo e desafiando os limites da força policial de Boston.

O parlamentar Broadgirdle e os outros dois candidatos estavam no Palácio do Governo, cada um em jantares oferecidos pelos respectivos partidos, também à espera do resultado. Embora o Partido Ocidental fosse amplamente projetado como o vencedor, a atmosfera de festa em seu jantar era um pouco forçada. Broadgirdle estava sentado à cabeceira da longa mesa e comia energicamente, dominando a conversa, enquanto os demais parlamentares, com nervosismo, faziam seu melhor para personificar uma plateia de apoiadores jubilosos. Peel rondava por ali ansiosamente em um canto, com o restante dos assistentes parlamentares. Os garçons entravam e saíam afobados do salão, carregando travessas de peixe fumegante, tigelas de sopas aromáticas e pratos com enormes pilhas de carne assada.

Embora os integrantes do Partido Lembrança da Inglaterra soubessem que tinham sido derrotados, o humor no jantar do partido era mais alegre. Pliny Grimes fizera um bom discurso, e dois dos parlamentares do Partido Ocidental haviam sido corajosos o bastante para debandar e se juntar ao Lembrança da Inglaterra, o que fez as fileiras desse partido inchar de cinco para sete integrantes; por isso o resultado mudaria o formato do parlamento, mas era interpretado por todos como um grande sucesso, e os parlamentares lembravam uns aos outros, mais uma vez, que tinham pelo menos a notória conquista de ter preservado o sistema parlamentarista de Novo Ocidente.

Na hora dezesseis, o Partido Lembrança da Inglaterra decidiu bater à porta do jantar oferecido pelo Partido dos Novos Estados, na outra ponta do corredor, onde Gamaliel Shore tentava manter os ânimos alegres. Foram recebidos com cordialidade, e a expectativa geral de derrota compartilhada permitia a ambos os partidos se encararem de modo amigável. Erguendo as taças quentes de vinho doce, eles fizeram um brinde aos dois partidos e à sua aliança inesperada, porém fortuita.

Theo estava no número 34 da East Ending Street com a sra. Clay. Seus humores eram sombrios, e não apenas por causa do terrível mapa de memória. A régua havia oferecido provas, mas Theo sabia que não seriam suficientes para um inspetor de polícia de mente literal e seguidor de regras. Ele queria uma localização, o que o mapa não oferecia. Agora Theo precisava aparecer na reunião com Broadgirdle e Peel no Palácio do Governo para consegui-la.

E assim ele fora forçado a confessar sua falcatrua para a sra. Clay. Antes de sair, Theo pretendia persuadi-la de que a reunião conquistaria a última peça do quebra-cabeça.

Em vez disso, a sra. Clay havia sido persuadida a acreditar que Theo estava assumindo um risco imperdoável. E ficou transtornada.

— Ah, Theodore, o que o sr. Elli diria? — ela ficava repetindo. A sra. Clay insistia que deveriam contar ao inspetor Roscoe Grey sobre as descobertas de Theo, para que Grey pudesse investigar Broadgirdle pessoalmente. — Deixe que *ele* encontre essas pobres criaturas — ela insistiu. — É isso que ele faz para ganhar a vida. Você está se colocando em grande perigo.

Theo insistiu que ele precisava de mais. Ele queria levar o inspetor ao local das paredes de tijolos. Queria que o inspetor visse cada migalha de provas de que ele precisasse. O mapa de memória não era suficiente.

Por fim, sem chegar a um acordo, Theo e a sra. Clay tiveram um jantar melancólico e esperaram pelo resultado das eleições. Ficaram sentados à mesa da cozinha, cada um pensando sobre as pessoas que estavam faltando em East Ending Street, e como a noite teria transcorrido de modo diferente.

Todos os relógios da casa bateram a hora dezessete, e a sra. Clay suspirou.

— Então vão fazer o anúncio agora — disse ela.

Theo empurrou o prato de lado.

— Acho que sim.

— Pobre sr. Elli. Trabalhou tão duro para derrubar o fechamento das fronteiras. — A governanta meneou a cabeça.

Ficaram sentados em silêncio. Por fim, Theo se levantou.

— Bom, estou de partida para a reunião.

— Theodore, imploro uma última vez. Por favor, fique em casa. Você já fez o bastante, com toda a certeza. Não posso forçá-lo, mas imploro que pense no perigo. Esse homem é capaz de coisas terríveis.

Theo continuou parado, pensando no que mais poderia dizer para persuadir a sra. Clay. Então, no silêncio, ele ouviu os ruídos de passos na rua, na frente da janela aberta. Sem dúvida, eram pés pequenos e estavam descalços. Theo correu para a porta lateral logo que começaram a bater. Ao escancarar a porta, encontrou Winnie na soleira, as mãos nos joelhos, arfante, tentando recuperar o fôlego.

— O que foi, Winnie?

A sra. Clay se juntou a Theo na porta.

— Winston, você está machucado?

Winnie negou com a cabeça.

— Broadsy ganhou — ele ofegou. — Acabaram de anunciar. De lavada.

A sra. Clay suspirou.

— Já esperávamos. Temo por esta era, sinceramente.

Winnie se endireitou, ainda em busca de ar.

— Embargo… as Índias declararam.

— O quê?! — exclamou Theo. — Já?

— Eles estavam esperando no porto — arfou Winnie — para declarar. E começou um tumulto. — Respirou fundo. — Nos armazéns. Perto do porto. E os navios. Foram invadidos.

— Parcas nas alturas — suspirou a sra. Clay. — Por que motivo? A eleição de Broadgirdle?

Winnie negou com a cabeça.

— Melado. Açúcar. Rum. Café. Antes que tudo acabe.

Theo tirou o paletó do encosto da cadeira.

— Vou voltar com você.

— Mas para quê?! — exclamou a sra. Clay. — Vai estar um caos no porto.

— Posso informar Broadgirdle — ele disse às pressas. — É o que Slade faria.

— Por favor, não vá, Theodore — ela implorou. — Vocês dois deveriam ficar aqui.

— Não vamos chegar muito perto.

A sra. Clay bagunçou o cabelo do coque desordenado.

— Ah, cuidem um do outro, meninos! E que as Parcas olhem por vocês.

— Não se preocupe — Theo sugeriu, de forma um tanto inútil.

— Pegou o bigode? — perguntou Winnie.

— Peguei. Está aqui. — Ele bateu no bolso. — Temos que sair pela janela da biblioteca. — Apertou a mão da sra. Clay de forma encorajadora e em seguida os dois se foram.

17h31

CORRERAM LADO A LADO pela rua de pedras, os pés de Theo lentos e fazendo um barulho alto comparado ao *tap-tap* dos pés descalços de Winnie. Embora as ruas de South End estivessem quase vazias, as luzes estavam acesas na maioria das casas. Pessoas por toda a cidade esperavam — cada uma na segurança de sua casa — o anúncio oficial do vencedor. Winnie refletia enquanto corriam que, como de costume, seus pressentimentos tinham fundamento. Ele havia apenas vislumbrado a confusão, mas já tinha visto um navio cheio de rum queimando no porto, e a explosão causada pelo álcool lançando lascas de madeira que caíam na água como folhas.

Conforme se aproximavam do porto, começaram a ouvir os gritos. As luzes da rua iluminavam mais e mais gente que conversava, reunida nas ruas em grupos.

Dobraram numa esquina, e Winnie viu o primeiro sinal de problema. Ele e Theo estavam correndo para o porto, mas todo mundo estava *fugindo* dele. E não estavam correndo casualmente como Winnie. Estavam correndo de verdade, como se numa fuga para salvar a própria vida.

Theo puxou Winnie para fazê-lo parar e o empurrou para a lateral da rua, abrindo espaço para as pessoas correrem.

— O que foi? — ele gritou para um dos homens que vinham passando. — O que aconteceu?

O homem nem respondeu, pois já estava longe. Winnie ficou olhando para um sapato amassado que alguém abandonara na calçada. Ouviu-se um berro a alguns quarteirões de distância. Gritos, mais berros, depois começou uma barulheira crescente de vidro quebrando e madeira estourando.

Winnie e Theo se entreolharam.

— *Corram!* — alguém gritou. — *Salve-se quem puder!*

Theo continuou plantado no lugar, com a mão no ombro de Winnie. E então eles viram: uma onda escura, a alguns quarteirões de distância, com a metade da altura dos edifícios de tijolos dos dois lados da rua. Vinha apagando a luz dos postes e avançando na direção deles, engolindo dois homens que estavam no caminho. Sem uma palavra, Theo e Winnie deram meia-volta e saíram em disparada.

Após alguns passos, Theo percebeu que Winnie não conseguiria acompanhar. As pernas curtas, por mais depressa que se movessem, não o levariam longe o suficiente. Enquanto corria, Theo olhou por cima do ombro e viu a onda avançando atrás deles, carregando escombros — telhados quebrados, carrinhos, janelas destruídas — que eram jogados contra a rua, contra as paredes de tijolos e contra qualquer coisa que estivesse no caminho. Eles não conseguiriam escapar. Theo olhou para Winnie, com seus bracinhos curtos em movimento contínuo. Naquele ritmo, a onda e seus escombros mortíferos os engoliriam inteiros.

Apertando os olhos para enxergar na rua mal iluminada, Theo viu um beco estreito entre uma loja de pães e uma peixaria, dali a uns vinte passos.

— Vamos virar ali! — ele gritou para Winnie acima do ruído provocado pela enxurrada e pelos gritos das pessoas que corriam ao redor.

Winnie não deu sinais de ter ouvido. Seu rosto estava vazio de medo. Eles chegaram ao beco, e Theo puxou Winnie pela ponta rasgada da camisa. Tropeçando sobre o lixo que cobria a passagem estreita, eles mergulharam mais fundo entre os prédios.

— A escada de incêndio! — Theo gritou. — Vou levantar você, depois empurre a escada de volta para mim.

Theo mal conseguia alcançar o terraço baixo onde ficava a escada de incêndio adiante. A onda havia chegado à abertura do beco. A enxurrada se infiltrou entre os prédios e sobre o lixo como se fosse mera poeira. Theo ergueu Winnie pela cintura e quase o jogou para cima do cercado. Por um momento, o garoto ficou agarrado à grade de metal, dependurado de um jeito impotente. Depois se arrastou e se impulsionou, passando por cima da proteção. Abaixo, a onda quase os alcançara.

Theo pulou para a varanda; era alta demais. Winnie chutou a escada metálica com o pé descalço, fazendo-a descer com um clangor seco. Theo pulou de novo, agarrou a escada e tomou impulso para cima, ao lado de Winnie. A onda já estava engolindo a base da escada, empoçando-se rapidamente e subindo.

— Sobe! — Theo gritou. — Vai continuar subindo... olhe como já está na rua.

E, de fato, na rua principal além do beco, a cola preta não mostrava sinais de retroceder. Winnie e Theo subiram os degraus de metal até chegarem ao telhado. Então pararam, sem fôlego, e olharam para baixo. A onda havia engolido as janelas do primeiro andar, mas tinha alcançado seu limite ali e não subiria mais. Ofegante, Theo caminhou para a frente do edifício e olhou para a rua.

Todos os lampiões a gás haviam sido apagados. Na luz tênue do luar, ele viu os destroços afundando lentamente. Winnie se juntou a ele, depois se deitou sobre o telhado de barriga para cima. Estava ofegante.

— Ufa — disse o menino, agora percebendo que o "incômodo" não tinha sido sobre a eleição, mas sobre aquilo.

Theo respirou fundo e sacudiu a cabeça, incrédulo.

— É melaço! Está sentindo o cheiro?

— Pode apostar que sim — respondeu Winnie. — Deve ter sido o tanque no Long Wharf.

— Você acha que explodiu?

— Vai ver eles tentaram fazer uma torneira.

Theo se jogou no telhado ao lado de Winnie.

— Belo começo para Broadgirdle. Uma enxurrada de melaço foi excelente.

38
Perdendo o bigode

> **30 de junho de 1892: 18h11**
>
> *Acredite no mundo que perdemos, não no mundo que você vê, pois o mundo atual é mera ilusão: uma distorção disforme da realidade. Além dela, na evanescência da memória, encontra-se a Era da Verdade.*
>
> — Profeta Amitto, *Crônicas da Grande Ruptura*

APÓS DESCANSAREM O SUFICIENTE, Winnie e Theo seguiram em frente. Descobriram um pedaço longo de madeira na extremidade do telhado e o usaram como ponte para cruzar ao prédio seguinte. Levaram a tábua com eles e foram atravessando becos estreitos até chegarem ao final do quarteirão. Ali, espiando pela beirada, viram a rua seca e uma grande multidão que seguia para oeste. O melaço preso entre os edifícios escorria pelas ruas da cidade.

Desceram rapidamente pela escada de incêndio e margearam a multidão, correndo pela beira do cemitério, em direção ao Palácio do Governo. Os grupos voltavam a aparecer no Boston Common: agrupamentos agitados de pessoas, algumas chorando e se consolando, outras gritando e apontando. Não havia como dizer quantos mais haviam sido engolidos pela onda de melaço, e muitos dias se passariam antes que as ruas estivessem limpas e todos os danos fossem apurados.

Winnie e Theo encontraram os degraus do Palácio do Governo cheios, mas, acima deles, o prédio estava tranquilo, e a colunata estava escura.

— Ei — Theo disse para um rapaz parado sozinho —, nós perdemos os discursos?

O rapaz assentiu.

— Shore e Grimes fizeram discursos de concessão. Broadgirdle saiu para celebrar a vitória.

— Ele falou alguma coisa sobre o tumulto?

O rapaz negou.

— Nada. Apenas tagarelou mais sobre seguir para oeste.

As pessoas nos degraus, em sua maioria, eram homens e, pela aparência, apoiavam Broadgirdle. Theo percebeu que era apenas uma questão de tempo até que o povo furioso e aflito que escapara da enxurrada de melaço alcançasse o Palácio do Governo e confrontasse os apoiadores vitoriosos e cheios de si do Partido Ocidental. Era muito provável que o resultado fosse violento.

Observando o rosto de Theo com ansiedade, Winnie entendeu o que ele estava pensando.

— Mais rum e fogo, não é? Fogo aqui, fogo ali. Não vai ser bonito quando o fogo se espalhar.

— Você está certo, Winnie — disse Theo, apoiando a mão no ombro do menino.

— Tenho incômodos sobre essas coisas — Winnie disse, mais com melancolia do que com orgulho. Ele sentia que as coisas tinham ficado complicadas o suficiente e estava se perguntando por que essa agitação toda não podia ficar mais espaçada e animar um pouco os dias chatos, em vez de acontecer de uma vez só e tornar difícil de apreciar.

Theo quis perguntar o que ele queria dizer com "incômodos", aliás estava prestes a fazer isso, mas uma consulta rápida ao relógio lhe disse que ele já estava atrasado.

— Winnie — disse, balançando o ombro do garoto —, tenho que ir me encontrar com Broadgirdle e Peel, mas você não deve ficar esperando aqui. Isso aqui vai ficar feio. Faça um favor para mim: volte e diga à sra. Clay que estamos bem, pode ser? — Theo sabia que Winnie nunca passaria a noite em East Ending Street se o convite parecesse um ato de bondade. Mas, se ele lhe desse uma tarefa para cumprir lá e a sra. Clay insistisse para ele ficar, talvez ele atendesse.

Winnie hesitou.

— Claro — respondeu. — Agora vá, que você está atrasado.

Com um aceno breve, Theo subiu rapidamente os degraus em direção à entrada do Palácio do Governo. Ele não viu Winnie cruzar a rua a caminho de onde os outros moleques estavam agrupados, conversando ansiosos sobre tudo o que havia acontecido desde o meio da noite. Winnie disse algo para um deles e depois colocou uma moeda em sua mão. O menino disparou pelo Common, rumo a South End. Winnie correu de volta para os degraus do Palácio do Governo e se enfiou num cantinho na extremidade da colunata. Dali, sem ser visto, ele podia vigiar com facilidade a porta principal e os degraus. Winnie se agachou, abraçou os joelhos junto do peito e esperou.

—❦—

Enquanto andava pelos corredores agora vazios, Theo colocou a mão no bolso em busca do bigode. Estava um pouco pior por causa do amassado, assim como o terno. Ele o colou sobre o lábio superior e torceu pelo melhor.

Ao se aproximar do gabinete do parlamentar Broadgirdle — agora primeiro-ministro —, Theo viu que a sala da frente estava vazia. Dava para ouvir Broadgirdle e Peel conversando na sala interna. Respirou fundo e seguiu para lá. *É isso*, ele pensou, nervoso e ao mesmo tempo animado.

— Olá? — chamou para anunciar sua presença.

— Aqui, sr. Slade — respondeu Broadgirdle. — Por favor, junte-se a nós. Theo lhe mostrou um largo sorriso.

— Parabéns — disse em tom caloroso e, quando estava prestes a estender a mão, percebeu que havia esquecido as luvas. Com um movimento desajeitado, enfiou as mãos de volta nos bolsos.

Broadgirdle retribuiu o sorriso de Theo de uma forma que parecia mais ameaçadora que comemorativa.

— O que foi, *sr. Slade*? Esqueceu as luvas?

Theo percebeu então, tarde demais, que havia sido manipulado. Teve o impulso de dar meia-volta e fugir, ao mesmo tempo em que sua mente repassava em um instante sua rota de fuga, mas Peel já tinha passado atrás dele e fechado a porta. Ele olhou de novo para Broadgirdle, querendo encontrar as palavras certas que fariam tudo voltar a como estivera momentos antes, quando estava no corredor, mas não conseguia pensar em nada.

O homem que Theo conhecia como Wilkie Graves soltou um rugido de risada.

— Se você pudesse ver seu rosto, Theo Sortudo. É verdadeiramente impagável. Toda a inconveniência valeu a pena por esse rosto... tão surpreso, tão abobalhado... — Quando ele se levantou de trás da mesa, seu sorriso se alargou ainda mais. — Achou de verdade que eu não o reconheceria? Você cresceu um pouco, mas ainda é o mesmo garoto: um ladrão, um mentiroso e um covarde — disse, avançando num movimento repentino e agarrando o braço de Theo —, com a mão que parece ter visto o lado errado do moedor de carne. — Theo tentou se desvencilhar, mas não conseguiu. Graves, ainda muito mais forte e ainda quase duas vezes o seu tamanho, apertava-o como um torno. — Acredito que isso aqui é obra minha, não? — ele perguntou, pensativo, apontando para o nó do dedo anelar de Theo. — E isso aqui?

— Me solta — Theo disse, enfim, com a voz abafada.

— Ah, sem chance, Theo Sortudo. Sem. Chance. Por um momento valeu a pena ver o que você estava tramando, por causa de sua ligação com Shadrack Elli. Mas sua especulação sobre os Eerie mostrou que você não sabe de nada. Portanto, é lamentável, mas suas mentiras não são mais interessantes.

— Vou sair do gabinete — Theo ofereceu.

— Ah, vai, mas ainda não — disse Graves. Ele se inclinou para a frente e, com um puxão rápido, arrancou-lhe o bigode. Deu uma risada baixa. — Real·· mente, Theo Sortudo. Você não mudou nadinha. Ainda confiante demais em si mesmo. Confiante demais na boa sorte que, de verdade, você nunca teve. — O aperto de sua mão ficou dolorosamente mais forte, e ele se aproximou mais.

Theo sentiu uma onda de repulsa ao sentir o cheiro familiar: fumaça e podridão, associado agora a um creme de cabelo perfumado. Com o rosto de Graves a centímetros do seu, Theo viu que seus olhos estavam ligeiramente injetados. As sobrancelhas eram aparadas e desenhadas em barras escuras. Nos cantos de sua boca, onde a barba negra cobria uma porção de seu rosto, Theo viu, para seu choque, as linhas finas e sem pelos de cicatrizes.

Ele soltou uma exclamação.

— Você... — Theo começou. — Você tem as cicatrizes. Você é um Homem de Areia.

A fronte de Broadgirdle se contraiu, e seu ar de alegria desapareceu.

— O que você sabe sobre os Homens de Areia? — perguntou, mordendo as palavras.

— Eu sei, eu sei o que vocês são — Theo gaguejou. — Eu estava lá quando Blanca morreu. É tudo por isso? Por causa daquele plano louco dela?

Graves deu um sorriso horrível, recuperando parcialmente o autocontrole.

— Na verdade, no momento, o plano é todo meu. — Ele encarou Theo com frieza, sem nenhum traço de humor. — Como de costume, você parece ter todos os instintos certos e todos os fatos errados. Meus companheiros e eu sobrevivemos às perseguições daquela mulher, e agora temos um propósito muito maior do que antes.

Ele afundou os dedos no braço de Theo.

— O armário — pediu a Peel.

Theo tentou espernear para se libertar, mas os dois homens, apesar dos tamanhos diferentes, eram facilmente capazes de contê-lo. Por um instante, enquanto

Peel abria a porta do armário, Theo conseguiu escapar da mão de Graves, mas logo os dois estavam sobre ele e, ao empurrarem-no para dentro do armário, Peel usou a oportunidade para plantar um chute rápido do sapato pontudo no estômago de Theo. Grunhindo, ele caiu de costas de encontro à parede do armário. A porta se fechou, deixando-o em total escuridão, a não ser pela fresta de luz que penetrava por baixo da porta. A fechadura foi trancada.

— Theo Sortudo — disse Graves, com a voz leve novamente, como se mal conseguisse conter o riso. — Apenas imagine que você está de volta à carroça. Isso vai fazer o tempo passar depressa. — E soltou um riso baixo.

Em seguida, a luz do escritório se apagou, e Theo ouviu a porta externa se fechar com uma pancada.

Ao erguer os braços, ele testou a porta do armário, embora soubesse que estava trancada. Espiou pelo buraco da fechadura. Na luz tênue e prateada que entrava pelas janelas, viu pedaços do escritório vazio. Os instrumentos de escrita na mesa do político reluziam com um brilho frio.

Theo se sentou de novo e tentou lutar contra o pânico que brotava dentro dele. Estava suando, as palmas tão lisas que não conseguia segurar a maçaneta. De olhos fechados, tentando desesperadamente imaginar uma rota de fuga, se jogou contra a parede. *Ele está certo*, Theo pensou, com o terror pulsando por seu corpo como veneno. *Graves está certo. Sou o mesmo de antes. Indefeso do mesmo jeito. Assustado do mesmo jeito. O medo que tenho dele nunca vai passar.*

A ideia havia sido plantada ali e não havia como evitar a lembrança da carroça, exatamente como Graves desejava.

—ᴏʝ໐—

Naquele primeiro dia, Graves soltara o cachorro em cima dele e só recolheu o animal depois que tinha mastigado a mão e o antebraço de Theo. Então, enquanto ele gemia de dor, Graves destrancou a carroça.

— Levante-se — disse.

Theo tentou correr, mas a dor era grande demais e ele não conseguia soltar o braço. Graves o agarrou pelas costas da camisa e o levantou.

— Você queria entrar na carroça — disse de modo falsamente afável —, e agora estou lhe dando o que você queria. *Entre.* — Ele empurrou Theo sem dó, o que o fez cair de queixo no chão, mas, quando Graves o empurrou de novo, o instinto assumiu o controle e ele se levantou num salto.

Theo vira o que havia dentro da carroça e não conseguia acreditar em seus olhos. Nos breves segundos de luz antes de Graves bater a porta, ele viu: quatro homens e uma mulher, de mãos agrilhoadas, cujas algemas se ligavam a correntes presas ao chão. A carroça, de fato, levava uma carga preciosa, mas não do tipo que ele imaginara. Graves, ele percebeu, era negociante de escravos.

A viagem de carroça foi interminável. As pessoas não falavam com ele, exceto o homem ao seu lado, que o afagou no ombro quando Theo começou a chorar.

— Não se preocupe, garoto. Você é magrelo demais. E agora sua mão é quase inútil. Ninguém vai querer comprar você. — A ideia não serviu para confortar, mas o homem estava certo. Graves estava a caminho de um leilão de escravos a várias horas para oeste, e todas as pessoas na carroça foram vendidas naquele dia, à exceção de Theo.

Graves não pareceu se incomodar.

— No começo você era livre — disse ele, em tom sereno. — Acho que agora pode trabalhar para mim. — Ele sorriu, e seus dentes metálicos reluziram.

39
Uma era de trevas

> **2 de julho de 1892: 13h30**
>
> *As circunstâncias das primeiras incursões na Era das Trevas se perderam no tempo, mas, logo após a Ruptura, sua natureza se tornou conhecida. Qualquer perspectiva de colonização foi rapidamente abandonada. Uma expedição papal de 1433 retornou, depois de perder todos os seus integrantes, exceto dois, e declarou que a era seria proibida a todos os habitantes dos Estados.*
>
> — Fulgencio Esparragosa, *História completa e oficial dos Estados Papais*

ENQUANTO PERCORRIAM O ÚLTIMO quilômetro e meio até a fronteira, Sophia refletiu sobre as mudanças que haviam acontecido com ela desde a leitura do mapa de Cabeza de Cabra. Quando pensava em seus anos anteriores, ou no último verão, ou mesmo no último dia, parecia que estava contemplando uma pessoa diferente. Em todas as mirabolantes fantasias de encontrar seus pais, ela sempre se imaginara alguém que receberia, agradecida, alguma guinada maravilhosa dos eventos. Isso era passado. Aliás, a pessoa capaz de sentir estava no passado. Seus pais não voltariam como um desejo maravilhosamente realizado pelas gentis Parcas. Em vez disso, buscá-los seria uma tarefa longa e árdua. Podia ser que não os encontrasse. Poderiam ter desaparecido, como tantos outros, nos abismos de memórias. E, se encontrasse as Lachrimas que haviam sido seus pais, descobrir, enfim, aqueles rostos vazios seria mais doloroso do que qualquer coisa que Sophia tinha vivenciado.

Os pensamentos não a faziam se sentir indefesa ou derrotada; ao contrário, faziam-na se sentir firme, com um claro senso de direção. Contudo, tomar consciência de tudo isso a fazia se sentir velha. Ela havia deixado a velha Sophia para trás em Sevilha: uma menina inocente que acreditava nas Parcas; apenas mais fantasmas para assombrarem as ruas vazias da cidade ao entardecer.

312

Sophia se perguntava se aquilo sempre fora parte do processo de amadurecimento. Talvez sim: a consciência de que o mundo não era obrigado a nos dar o que queríamos, e, mais importante, a decisão do que fazer e de como nos sentir quando tomássemos essa consciência. Será que recuaríamos, ressentindo o mundo? Ou faríamos as pazes com ele, aceitando as injustiças sem rancor? Ou tentaríamos encontrar e pegar o que o mundo não tivesse nos proporcionado? Talvez os três, ela refletiu, em momentos diferentes.

Sophia tocou o carretel no bolso e passou o polegar sobre a linha prateada. Era estranho pensar que aquela lembrança que significara tanto para ela, que parecera carregar o poder das Parcas, parecesse agora sem vida e inerte. Era simplesmente um carretel de linha. A maior força que carregava consigo eram as memórias — memórias queridas — do último dia de sua vida. Não havia outro poder ali.

Sophia percebia que tinha ficado mais velha porque não se incomodava com a forma com que era tratada por Errol. Ela sabia que ele havia relatado o conto de fadas com o propósito de distraí-la, e apreciara tanto a história quanto a intenção. E quando ele disse: "Bem, pequena, você está nos levando para o coração sombrio da Era das Trevas. Não se afaste de mim e de Rosemary em nenhum momento", ela não se sentiu irritada por ser tratada como criança. Isso só lhe dava uma estranha sensação de melancolia. Queria ser realmente tão forte e pequena quanto Errol a imaginava.

— Está bem — ela concordou.

— A habitação vai ter que ficar na fronteira — disse Rosemary, com pesar. — Os espinhais são muito densos. — Ela espiou adiante. — Não vejo nenhum guarda nesta porção da fronteira. É uma pena, pois eu teria deixado a carroça sob os cuidados deles.

— Os cavaleiros estão avançando — disse Virgáurea, olhando por sobre o ombro.

Sophia, que não conseguia se virar, observava a floresta em vez disso. Era diferente de qualquer outra era e de qualquer outra paisagem que ela já vira. Embora as memórias do xerife a tivessem preparado para uma era de trevas, não podiam materializar totalmente a sensação de estranhamento que emanava do musgo negro, de nuance levemente roxa, e das altas árvores pretas, afiadas e brilhantes como ferro polido.

Rosemary deteve o cavalo. Ao desmontar, desconectou a carroça e depois a amarrou a uma estaca que fincou no solo. Enquanto isso, Virgáurea virou para oeste e Sophia viu o conjunto de pássaros dourados, cuja aproximação fora prevista pelo mapa, cintilando aqui e ali, onde as máscaras refletiam o sol.

— E assim entramos na Era das Trevas — disse Errol. — Tem certeza disso, pequena?

— Quase — Sophia respondeu com nervosismo.

Ele mostrou um sorriso irônico.

— Que encorajador. — Errol guiou o cavalo adiante. — Vou na frente. Virgáurea e Sophia vêm atrás de mim, e depois Rosemary, com a balestra.

— Lembrem que cada espinho tem veneno na ponta — Rosemary os alertou. — Um único espinho é capaz de matar um homem adulto. Já vi acontecer. Não toquem neles por nada.

O cavalo de Errol pateava o solo seco. O musgo negro adiante era exuberante e úmido, como se tivesse uma fonte oculta de hidratação. Duas árvores altas e espinhentas criavam um arco que parecia convidá-los a prosseguir. Os espinhos afiados nos troncos eram longos como o antebraço de Sophia, e os galhos repletos de espinhos menores se curvavam ligeiramente na brisa.

Errol incitou o cavalo através do arco. Sêneca estremeceu. Por um momento o homem parou, na expectativa de alguma rajada de vento, mas nada aconteceu. Ele olhou sobre o ombro.

— Parece que você estava certa, Sophia. Até agora.

Virgáurea e Rosemary seguiram. O barulho dos cascos dos cavalos era absorvido completamente pelo musgo. Sophia olhava em volta, fascinada. As árvores, agora ela via, tinham folhas finas quase transparentes que farfalhavam de leve, enchendo o ar com um murmúrio de papel. Inesperadamente, os galhos eram lindos, curvados em arcos suaves para fora e para cima. Vinhas se entrelaçavam pelos troncos espinhentos com flores parecidas com esponjas roxas; elas se expandiam e se contraíam suavemente, como num movimento de respiração. Em um comprido espinheiro adiante, um verme longo e luminescente se sustentava em pé, descrevendo um lento traçado em oito no ar.

Sophia enrugou a testa, perguntando-se como aquele tipo de coisa podia acontecer. A Era das Trevas ficava logo ao lado dos Estados Papais. Não recebia mais chuva que seu vizinho; ainda assim, parecia uma paisagem que recebia chuvas diárias. De súbito, a mente de Sophia recordou um mistério similar: um solo que conservava o calor enquanto o ar em volta era frio. Ela prendeu a respiração.

— O que foi? — Errol perguntou de repente, virando-se na sela.

— Nada. Eu... eu me dei conta de uma coisa.

Ele a observou, em expectativa.

— Eu me dei conta de uma coisa sobre a Era das Trevas. No verão passado, quando estávamos nas Terras Baldias, nos deparamos com uma era futura cujo solo era feito pelo homem. Ele permanecia quente, mesmo em um lugar frio. Aquecia a água e fazia sementes crescerem diferente... elas se tornavam outros tipos de plantas. Fiquei pensando... será que algumas partes da Era das Trevas foram feitas pelo homem? Talvez seja por isso que Virgáurea não consegue falar com ela.

O corpo de Virgáurea ficou rígido atrás de Sophia.

— Sim — disse ela. — Claro. Se fosse feita pelo homem, não poderia me ouvir. Nem falar.

Errol olhou ao redor, pasmo.

— Isso é impossível. Como os humanos poderiam fazer isso?

— Eles podem — respondeu Virgáurea. — Ouvi que, em eras futuras, a manipulação e até mesmo a invenção de seres animados não é algo desconhecido, mas nunca imaginei que pudesse acontecer com uma era inteira. — Sophia sentiu a Eerie menear a cabeça. — Seria impressionante, mas concebível.

— Mas a Era das Trevas fica num passado remoto, não no futuro — objetou Rosemary.

— Como você sabe? — Sophia pensou em Martin Metl, o botânico, e em seus experimentos com o solo. Ela teria de encontrar um jeito de recolher uma amostra para ele. — Talvez as pessoas dos Estados Papais *presumissem* que fosse de um passado remoto porque é o que parece.

— Acho que é possível. — Rosemary sacudiu a cabeça. — Quer seja feita pelo homem ou por Deus, me parece uma abominação.

— Concordo — disse Errol, incitando o cavalo adiante.

— Acho que é lindo — Sophia murmurou, com a mente acesa pelas possibilidades. Ela começou a considerar o que significaria para um Clima ser, ao mesmo tempo, um ser vivo e um ser artificial: vivo, mas ao mesmo tempo não, consciente, mas ao mesmo tempo não. Talvez as pessoas dessa era tenham inventado formas de se adaptar, assim como o povo da Era Glacine inventou um solo aquecido para enfrentar o frio extremo.

Haviam prosseguido uns duzentos metros para dentro da floresta quando Rosemary os fez parar.

— Olhem atrás de nós — ela disse. — Vocês os verão ficar na fronteira.

Virgáurea virou o cavalo com cuidado na passagem estreita para evitar os galhos caídos com os espinhos. Sophia enxergava o brilho do ouro a distância. Um dos homens gritou para dentro da floresta, com a voz dura.

— O que ele disse? — Sophia perguntou.

— Ele parece acreditar que somos bruxos habitantes da Era das Trevas, e nos deseja uma volta veloz para nosso criador. — Errol sorriu com ironia. —

Queria que fosse verdade. Mas, já que não somos bruxos, preciso fazer uma pergunta: podemos cavalgar facilmente para leste por algum tempo, mas o caminho para Ausentínia se foi. Como era mesmo que planejávamos encontrá-la?

— Eu tive uma ideia — respondeu Sophia. — O mapa me disse para entrar no Labirinto da Lembrança Emprestada.

— Sim — respondeu Errol. — Conselho muito útil.

Ela sorriu.

— A verdade é: eu vi a estrada a leste de Murtea e o caminho para Ausentínia muitas vezes. Dezenas de vezes. No mapa de Cabeza de Cabra.

— E você acha que poderia seguir essa rota, apesar de estarmos em uma era diferente?

— Acho que sim. Tenho uma noção de onde estamos. — Sophia imaginava que as eras não eram muito diferentes dos mapas de memória, em camadas, umas por cima das outras. Ela se visualizou em um mapa da Era das Trevas feito de metal e depois, enxergando através da paisagem feita pelo homem, o mapa de argila por baixo.

— Muito bem, pequena. Vou seguir para leste, e você vai me dizer se devemos mudar a rota.

A tarde se estendeu conforme eles continuavam em passo lento, escolhendo caminhos menos cheios de espinhos. O ar na floresta era fresco, apesar de o sol brilhar no céu, e o leve farfalhar das folhas, acompanhado do zumbido ocasional dos besouros pretos, fazia a viagem enganosamente tranquila.

Sophia esperava pela aparição dos quatroasas, esquadrinhando as manchas de céu lá no alto, mas nada apareceu. Enquanto buscava a rota familiar nas memórias emprestadas de Cabeza de Cabra, outra parte de sua mente revirou e revirou as palavras no mapa de Ausentínia. *Ao sair do labirinto, você tem uma escolha: defende a ilusão ou não a defende.* Sophia se sentira confiante de que o Labirinto da Lembrança Emprestada significava as memórias do xerife, ainda que não se sentisse confiante de que poderia se orientar por elas perfeitamente. No entanto, não conseguia conceber qual seria a ilusão, ou como a defenderia. Seria uma ilusão de segurança? Um fragmento de Ausentínia que pareceria seguro? Ou talvez a ilusão já existisse ao redor: a ilusão de um Clima vivo, o que ela sabia ser falso. Como poderia defender tal ilusão?

— Parem — Errol sussurrou, detendo o cavalo, com a espada desembainhada.

Sophia ergueu a cabeça e apurou o olhar para observar o que havia diante dele. Um quatroasas estava bem no seu caminho, enrolado na base de um espinheiro. Os espinhos mais próximos pingavam um líquido branco, e o bico da ave estava coberto pela mesma substância leitosa. O quatroasas ergueu a cabeça e soltou um grito rouco e sem entusiasmo. Depois enterrou a cabeça entre as asas como se para dormir.

Errol esperou, mas o pássaro não se moveu. Lentamente, ele os guiou para a direita, fazendo um círculo amplo ao redor do quatroasas.

Quando o animal ficou deitado em segurança atrás deles, Sophia se virou para olhar para Virgáurea.

— Ele estava envenenado?

— Acho que estava bêbado — Errol respondeu com um riso surpreso.

— Os quatroasas fazem ninhos nos espinheiros — Rosemary comentou. — Os espinhos não os envenenam.

— Então ele estava bebendo da árvore — disse a Eerie.

Nisso, Sophia entendeu por que não tinham ouvido os gritos dos quatroasas dentro da Era das Trevas; em sua terra natal, as criaturas estavam sempre saciadas e meio intoxicadas pelo leite dos espinhos. Ela se maravilhava com a possibilidade de que pessoas tivessem criado aquele mundo. Por mais que a criação fosse um mistério para Sophia, ela conseguia apreciar a simetria: uma floresta que se protegia dos forasteiros, as árvores que alimentavam as criaturas que viviam nelas, o solo que dava água para o musgo e para as árvores.

Quando o sol começava a mergulhar no horizonte, Sophia contou que estavam chegando ao lugar que fora Murtea. Subiram uma colina, onde os espinhais eram baixos e esparsos. Olhando para a paisagem escura à frente deles, Rosemary gritou:

— Ali! Estão vendo? A mancha amarela entre o preto.

— E outra — Virgáurea apontou.

— Ausentínia ainda se defende — disse Rosemary com orgulho. — Tenho certeza de que está lá, esperando que a encontremos.

— Vai anoitecer logo — disse Errol. — Temo que vai ser quase impossível viajar em segurança perto dos espinhos na escuridão.

— Eu trouxe um dos olhos dourados. — Rosemary retirou o objeto de sua mochila e o segurou no alto. Pendurado em uma rede frouxa, o orbe emitia uma luz amarela penetrante. — Além disso, a floresta tem sua própria iluminação, como vocês vão ver. Já acampei perto daqui e vi o solo ficar brilhante.

— Mesmo assim — Errol respondeu com ceticismo, incitando o cavalo a continuar —, devemos avançar enquanto ainda temos a luz do dia.

O céu se tornou um laranja brilhante que depois desvaneceu para um violeta. O musgo ao redor deles começou a brilhar de leve, como se iluminado de dentro para fora.

317

— Como você disse, Rosemary — Virgáurea observou —, talvez não seja tão difícil viajar à noite.

O grupo alcançou uma clareira onde o musgo rasteiro formava montinhos suaves. Um anel de espinheiros ao redor se inclinava para o centro e criava um espaço parecido com uma capela negra de espinhos e musgo. Errol parou abruptamente. Virgáurea e Rosemary pararam atrás dele. O falcoeiro apeou do cavalo, pegou o arco, dependurado em seu ombro, e uma flecha verde da aljava.

— Você ousou me seguir até aqui — disse numa voz dura ao mirar com a flecha.

Uma silhueta surgiu por entre as árvores. Pálida e luminosa, ela estendeu as mãos em um gesto de súplica.

— *Na Cidade da Predição, você terá uma escolha.*

— Um *spanto* — Rosemary disse sem fôlego e fez o sinal da cruz. — É de mau agouro.

Agora sem cavaleiro, o cavalo de Errol recuou, relinchando com nervosismo. Virgáurea pegou as rédeas e murmurou algo para acalmar o animal.

— Não me fale de escolha — Errol disse, com a voz tensa.

— *Na Cidade da Predição, você terá uma escolha.*

Errol liberou a flecha, e uma haste verde mergulhou no fantasma, que implodiu e desapareceu como um fiapo de névoa.

— Sua flecha o derrubou — disse Rosemary, num sussurro. — Nunca vi ninguém fazer isso antes.

— Qualquer galho verde serve — Errol respondeu sucintamente. Enquanto ele retornava para a montaria, outra forma emergiu dentre os espinheiros: uma mulher, esbelta e ereta: Minna Tims. O cavalo empinou de repente. Com um berro de terror, o animal se virou e saiu cavalgando em meio às árvores.

— Não! — Virgáurea berrou. — Volte! — Então pegou Sophia e a baixou ao chão. Depois incitou o cavalo e mergulhou entre os espinheiros.

— Virgáurea! Você é louca? — Errol correu para a borda da clareira e olhou entre as árvores. Praguejando, ele girou nos calcanhares, de frente para o fantasma de Minna e sacou outra flecha verde da aljava.

— Está avançando, Errol — Rosemary alertou, fazendo o sinal da cruz de novo enquanto a figura se aproximava.

De repente, várias vozes ecoaram todas de uma vez na mente de Sophia. Ouviu de novo as frases que o fantasma de Minna havia falado em Boston: *Desaparecidos, mas não perdidos; ausentes, mas não sem volta…* Ela ouviu Errol recontar a história de Edolie e do homem da floresta: *O amado ser diante dela, por tantos anos ausente, estivera em seu coração desde a infância.* E ouviu Rosemary falando com orgulho ao olhar sobre as colinas: *Ausentínia ainda se defende...*

— Pare! — ela gritou, correndo para se colocar entre Errol e o fantasma de Minna. Ela agora entendia que era aquela ilusão, o espectro de Minna Tims, que teria de defender.

— O que você está fazendo? — Errol perguntou bruscamente, baixando o arco.

— Ela não é um fantasma. — O coração de Sophia batia forte. — É um guia.

— *Confie neste companheiro, embora a confiança pareça mal-empregada.* — A voz do fantasma de Minna soou clara e límpida.

— Como assim, ela é um guia? — Errol questionou.

— Ela é um *spanto*, Sophia — disse Rosemary. — Um fantasma amaldiçoado.

— Ouçam as palavras dela — Sophia insistiu. — São como as que estão nos mapas de Ausentínia. Ela vem até nós de Ausentínia e está nos conduzindo para lá.

— *Confie neste companheiro, embora a confiança pareça mal-empregada* — Minna repetiu.

Errol olhou para ela.

— Como algo assim seria possível?

— Não sei. Eu também não entendo, Errol, mas acho que o fantasma não quer nos fazer nenhum mal. — Sophia o pegou pelo braço e empurrou o arco de lado. — As pessoas dizem que eles nos conduzem para o esquecimento. Se os fantasmas nos trouxeram para cá, para cruzarmos a Era das Trevas até chegarmos a Ausentínia, não seria como o esquecimento? E, ainda assim, tudo o que eles estão fazendo é nos levar até os mapas que queremos, os mesmos mapas que vão nos guiar a Oswin e à minha mãe.

Errol a observou em silêncio.

— É perigoso demais, Sophia — Rosemary disse, inflexível.

— Ela é a ilusão que vai nos levar a Ausentínia. — A voz de Sophia assumiu um tom de súplica. — O mapa esteve certo até agora.

Errol sacudiu a cabeça.

— Muito bem. — Ele deu um passo ao lado e guardou novamente a flecha verde na aljava, mas sacou a espada. — Não confio nesse fantasma nem por um instante, mas espero que esteja certo em confiar em você.

Virgáurea apareceu na borda da clareira, conduzindo o próprio cavalo.

— Seu cavalo foi ferido pelos espinhos — ela disse com tristeza para Errol. — Não pude fazer nada.

— E ainda assim Sophia quer nos fazer acreditar que os fantasmas são inofensivos — disse Rosemary.

— Eu não disse isso — Sophia protestou. — Eu disse que eles podem ser guias de Ausentínia. As palavras que eles dizem são muito parecidas com as dos mapas.

— *Confie neste companheiro, embora a confiança pareça mal-empregada* — Minna repetiu, em seguida se virou e deslizou por entre os espinheiros.

— Temos que segui-la.

— Sophia, espere! — Errol chamou.

— Não vou esperar — Sophia insistiu. — Ela vai desaparecer daqui a pouco. — E então mergulhou entre os espinheiros e seguiu o espectro pálido que aos poucos se afastava.

40
O fantasma de Minna

> **2 de julho de 1892: 17h00**
>
> *Sêneca, o Jovem, um filósofo estoico do mundo antigo, nasceu em Córdoba, no que se tornariam os Estados Papais. Hoje ele não é popular em sua terra natal, mas, no Império Fechado, ao norte, Sêneca é amplamente ensinado e admirado entre os estudiosos.*
>
> — Shadrack Elli, *História do Novo Mundo*

SOPHIA PODIA OUVIR ERROL e Virgáurea chamarem seu nome. Podia ouvi-los ficar para trás enquanto tentavam seguir sua rota que serpenteava pelos espinhais. Mas seu olhar estava fixo na silhueta pálida que tinha adiante, e logo os sons desapareceram.

O fantasma de Minna avançava depressa. Sophia sentiu um anseio no peito que parecia roubar seu fôlego; primeiro pensou que fosse seu desejo ansioso e ardente de que houvesse entendido o mapa de Ausentínia corretamente. Mas depois se deu conta de que era apenas o anseio de ver a figura pálida: de nunca a perder de vista; de segui-la aonde quer que ela fosse, contanto que ela pudesse continuar vendo aquele rosto amado que se virava, a cada poucos passos, para se certificar de que Sophia estava ali.

Uma parte dela percebia que estava caindo no encanto do fantasma. Era isso que tinha acontecido com o irmão de Errol, Oswin, quando ele perseguiu o fantasma de seu cavalo, sem se importar com a própria localização e com quem mais o perseguisse. Mas uma outra parte de Sophia — a parte principal — não se importava. Era o que ela queria. Ela queria seguir Minna. A sensação de estar certa era inquestionável, mas ela não sabia dizer se era porque seu raciocínio de que Minna a levaria para Ausentínia estava certo ou se era simplesmente porque ela queria que parecesse certo.

A consciência que tinha da Era das Trevas ao seu redor foi perdendo força, até que tudo o que via era o fantasma de Minna. O longo vestido deixava um rastro sobre o musgo, varrendo-o levemente. Quando ela parava e se virava, olhando por cima do ombro, Minna sorria de um jeito que Sophia achava dolorosamente familiar. *Como esquecer esse sorriso?*, Sophia se perguntou, sentindo nele todo o conforto e a tranquilização que lhe fizeram falta durante os longos anos da ausência de Minna. Então começou ficar na expectativa de que Minna virasse a cabeça e lhe sorrisse mais uma vez. E, a cada vez, ela sentia uma descarga de felicidade. Apressou o passo por cima do musgo.

Os espinhos haviam se tornado quase invisíveis na escuridão. Seu caminho era iluminado apenas pelo musgo do solo e pelo fantasma à frente. Sophia não sabia mais se continuavam seguindo para leste; além disso, aquele ritmo inconstante de caminhada a fizera perder a noção do tempo. Minna não falara novamente depois de deixar a clareira, mas Sophia parecia ouvi-la mesmo assim, não por meio de palavras, mas de pensamentos e sentimentos. Minna disse que não queria ter partido de Boston, que tinha sentido falta de Sophia em cada etapa da jornada, e que tinha lhe partido o coração descobrir que Sophia teria de esperar por ela... e esperar por ela, e esperar. Contudo, Minna também dizia algo mais animador: *Estou aqui agora*, eram suas palavras a cada pausa, a cada vez que virava a cabeça. *De onde quer que eu tenha vindo, estou aqui com você agora.*

As colinas escuras foram ficando mais pronunciadas e, quando elas saíram da floresta, avistaram um vale. Minna estava diante de Sophia com as mãos estendidas.

— *Você ainda não conheceu o medo* — disse, sorrindo docemente, com os olhos se enchendo de lágrimas.

Depois colocou a mão direita sobre o coração e ergueu a palma, como fizera da primeira vez em que aparecera em Boston. A figura luminosa que parecia feita de papel amassado desvaneceu levemente e depois clareou.

— *Você ainda não conheceu o medo.* — E então desapareceu.

— Mãe! — Sophia exclamou, correndo e agarrando o ar. — *Onde você está?* — ela gritou, com os olhos também se enchendo de lágrimas. — Volte!

Desesperada, Sophia procurou em volta pela figura pálida e, à medida que seus olhos observavam o espaço a meia distância, viu o vale. Aturdida, Sophia parou e sentiu como se estivesse se libertando do encanto do fantasma.

Estava no topo da colina. O musgo da floresta criava um grande tapete debaixo de seus pés, subindo a encosta adiante. Na base da colina, o musgo negro encontrava a grama verde em uma fronteira vívida. Além dela, a grama ficava alta e exuberante, pontuada por flores silvestres que viravam as faces expectantes para a lua amarela. Abetos, ciprestes e pinheiros se agrupavam no vale. Bétulas e bordos ladeavam um caminho de terra que levava a uma muralha de pedra, onde o portão de entrada estava aberto. A cidade de Ausentínia brilhava ao luar, com os telhados de cobre cintilando como uma dúzia de chamas brancas.

— Ausentínia — Sophia sussurrou. Com dedos trêmulos, ela puxou o mapa de dentro do bolso. — "Defenda a ilusão, tomando o Caminho da Quimera. Ao longo dele, você pode se perder, mas encontrará Ausentínia. Quando o vento subir, deixe o antigo habitar suas memórias, como você já habitou as memórias de outros. Abra mão do relógio que você nunca teve. Quando o vento se assentar, descobrirá que nada foi perdido."

Sophia olhou para a cidade que por tanto tempo quis encontrar.

Então se virou para onde o musgo se juntava à grama verde de Ausentínia. Desde quando Virgáurea descreveu a natureza dos antigos, Sophia havia suspeitado o que o mapa pediria dela. Agora ela sabia com certeza.

Um grito repentino atraiu seu olhar para cima. Sêneca, mergulhando em sua direção, pousou abruptamente sobre sua mochila. Sophia perdeu o equilíbrio pela força da descida.

— Volte, Sêneca — disse sobre o ombro, embora visse a atitude de desdém do falcão pelo canto do olho. — Volte — Sophia insistiu. — Você precisa guiar os outros até aqui. Diga a Virgáurea para onde eu fui.

Ela se deixou cair colina abaixo, com os pés se movimentando depressa sobre o musgo. Enquanto ela descia, Sêneca abriu as asas e, num impulso, levantou voo. Sophia sentiu que ganhava velocidade e então começou a frear, pensando de repente se o peso da mochila a faria ser lançada vertiginosamente para dentro de Ausentínia. Sophia tirou a bagagem das costas, e a descida diminuiu o ritmo.

Parou no limite da Era das Trevas, olhando para o caminho de terra que estava a um curto passo de distância e, ao mesmo tempo, a uma era de distância.

— Estou pronta — disse ela, ofegante.

Uma poderosa lufada de vento movimentou as bétulas mais próximas e perturbou as folhas semelhantes a papel, que farfalharam e se soltaram. O vento atingiu Sophia no rosto, mais repentino e violento do que ela esperara, e a fronteira de Ausentínia passou por ela. Sophia desapareceu dentro das memórias de outro ser: as memórias do lugar onde ela estava agora.

Não sentia o próprio corpo. Se tinha um corpo, essa noção havia desaparecido.

O mundo era vermelho e preto. Tudo era escuridão, exceto onde o céu era perfurado por uma chama vermelha que se tornava violentamente branca e depois escorria para a terra, enchendo o ar de rugidos terríveis e nuvens de poeira. Quando as chamas se tornaram brancas, a paisagem foi brevemente iluminada. Havia pedras pretas, muito pretas, em todas as direções. Uma impaciência enfurecida chiou no fundo de sua mente, e Sophia soube que aquela não era a sua mente, mas a de Ausentínia. Impaciência e inquietação: um desejo de ser tudo, de ser nada, de ser outra coisa. A terra escura, as chamas vermelhas, os lampejos de luz perfurante, o rugido e as nuvens de poeira prosseguiam e prosseguiam. Continuaram por mais tempo do que Sophia pensou ser possível. A violência inquieta a percorreu e parecia não haver fim. Bruxuleante em algum lugar na escuridão infinita em seu próprio ser, Sophia sentiu uma fagulha de terror: um medo que continuaria para sempre.

Abra mão do relógio que você nunca teve, ela se lembrou.

Ela teria que perder a noção do tempo de forma tão completa e irrecuperável quanto possível, para que não passasse anos perambulando sem rumo pelas memórias do Clima: para que as memórias de Ausentínia não apagassem as suas. Ela podia entender o pavor que todos os que se tornaram Lachrimas deviam ter sentido: o horror gigantesco de ser engolidos inteiros por uma vastidão antiquíssima. E podia sentir o impulso que todos que se tornaram Lachrimas deviam ter seguido: o impulso de se apegarem a si mesmos com ferocidade, como se se agarrassem a uma rocha em um grande oceano do tempo. Mas esse, ela sabia, não era o caminho. O caminho era abrir mão de si mesmo, abrir mão da noção de tempo, abrir mão da rocha: flutuar.

Sophia mergulhou para a frente, deixando-se afundar pelas memórias da forma como ela mergulhava colina abaixo, como havia corrido no mapa de contas. Ela se moveu, e a escuridão se desfez. Em um instante, passou de um mundo de escuridão em chamas para um mundo de água. Ondas subiam e desciam ao seu redor. Uma luz gigantesca e brilhante, que parecia próxima a ponto de ser tocada, surgiu no horizonte. Uma sensação constante de propósito havia substituído a violência temerária: Ausentínia olhava para a luz e sentia uma comoção que parecia contentamento. Uma agitação ainda espreitava abaixo da superfície das ondas, mas, no ar acima delas, havia tranquilidade. Sophia deixou-se flutuar de novo, lançando-se mais depressa entre as memórias. As ondas desapareceram. O gelo se curvava em todas as direções ao redor, e o sol se sustentava fracamente no céu pálido. Enquanto ela deixava o tempo se esvair, escorrendo depressa por entre seus dedos e depois mais depressa, forçando-lhe os limites, o gelo continuou, e apenas o tremeluzir do sol — dia e noite e dia de novo — assegurava-lhe de que o tempo estava, de fato, passando.

O gelo parecia interminável: gelo e indiferença. Uma indiferença penetrante e imobilizadora recaiu sobre Sophia, e ela se esqueceu de todo o resto. Enfrentando a sensação de pânico, ela se forçou a continuar; a infinitude daquele mundo irreconhecível e as memórias incompreensíveis ameaçavam os limites de sua consciência, como uma promessa terrível. Tinha de haver alguma coisa familiar — algum lugar, algum momento.

Abruptamente, como se nunca tivesse desaparecido, o mundo que ela conhecia surgiu-lhe à frente. Aliviada, Sophia inspirou o ar com força. Havia colinas e árvores, e um pássaro girava antes de pousar entre as rochas. As pedras desmoronaram e cederam, criando uma ravina profunda que logo se encheu de pedregulhos. Ausentínia havia se livrado de sua indiferença. Curiosa, hesitante e exploradora, a era percorria o mundo. Sophia se lembrou das árvores crescendo de sementes, espalhando-se para cobrir grandes extensões, se vestindo e se despindo com as estações. Um caminho apareceu diante dela, dividido em três. Andando a passos lentos e pesados em direção a Sophia, uma mulher se aproximou. Sophia parou para observar. Os cílios da mulher estavam cobertos de poeira e ela caminhava cansada pelo caminho ladeado de bétulas.

Prosseguindo pelas memórias de Ausentínia, Sophia viu viajantes, primeiro em pequeno número, depois cada vez mais numerosos, até que se tornassem um borrão. Jovens e velhos, sempre sozinhos, eles caminhavam ao longo do caminho. Ausentínia sentia uma afeição aguda por eles. Sophia sentiu algo cutucando sua mente: algo que tentava chegar a ela, puxando um fio entre seus pensamentos, como se puxasse uma linha prateada de tapeçaria. Ausentínia precisava encontrar uma rota através da Era das Trevas que a havia subjugado, um caminho para sair da escuridão, e cutucava a memória de Sophia com insistência. A memória se libertou. O caminho que ela havia tomado através da floresta escura se desfraldou adiante, perfeitamente resgatado na lembrança e em todos os detalhes.

Sophia abriu os olhos. Uma luz forte e ofuscante brilhava ao seu redor. Seu corpo parecia estranho. Sua cabeça estava leve; seus ouvidos pulsavam; sua garganta parecia áspera, em carne viva. Quando ela respirou fundo, seus pulmões doeram, mas o ar começou a revigorá-la.

Ela ergueu a cabeça. Não era uma luz brilhante que a envolvia, mas a completa escuridão. Por um momento, sentiu uma onda de terror; tinha acontecido: Sophia havia se transformado em Lachrima. Suas mãos voaram para o rosto, e, enquanto sentia os contornos familiares das feições, ela percebeu que a escuridão em volta era o céu noturno, aprofundado pela reunião de nuvens acima de sua cabeça. O caminho entre as bétulas que seguia para Ausentínia estava à sua frente.

Sophia desabou no chão e, com esforço, levantou-se um pouco para olhar atrás dela. Subindo a encosta da montanha, em meio ao musgo, estava um caminho empoeirado que ela sabia que Ausentínia havia construído a partir de suas memórias: uma rota que atravessava a era invasora, uma passagem segura através da escuridão.

—⊶⊷—

Meia hora depois, Sêneca apareceu e Errol chegou ao topo da colina atrás dele para encontrar Sophia curvada em si mesma, deitada na grama, à beira da estrada. Errol deu um grito, soltou as rédeas do cavalo e correu até Sophia. Virgáurea e Rosemary o acompanharam às pressas. Quando ele a pegou, temendo o pior, Sophia abriu os olhos assustados.

— Ela está viva — disse ele, a voz áspera de alívio.

— Eu disse que ela estaria — respondeu Virgáurea, embora estivesse quase tão agitada quanto ele, ao se abaixar ao lado. — Ausentínia me deu sua palavra de que ela estaria bem.

— *Você descobrirá que nada foi perdido* — disse Sophia, com um sorriso fraco.

— Você é um milagre, Sophia — disse Rosemary, segurando-lhe a mão com força. — Você nos levou até Ausentínia. Você refez o caminho.

— Foi muito corajoso da sua parte — disse Virgáurea, puxando-a para um abraço repentino — se perder completamente para que Ausentínia pudesse ser encontrada.

41
Executando a prisão

> **1º de julho de 1892: 6h12**
>
> *A maioria das pessoas em Novo Ocidente considera a guerra sulista pela independência de Nova Akan, que aconteceu logo depois da Ruptura, carnificina suficiente, e não deseja mais conflitos com nossos vizinhos. Ainda assim, existem aqueles, em particular os nülistianos, que acreditam que a nação se cria no cadinho da guerra e, ainda que não abertamente, se preparam para tal eventualidade.*
>
> — Shadrack Elli, *História de Novo Ocidente*

O INSPETOR ROSCOE GREY nunca estava em casa para o almoço e, com frequência, perdia o jantar quando trabalhava num caso que exigia muito. Por essa razão, a casa tinha uma rotina matinal meticulosa que quase nunca era perturbada. A sra. Culcutty colocava a mesa na sala de jantar e punha o jornal matinal ao lado do prato do inspetor. O inspetor bebia café e lia o jornal até Nettie chegar, bocejando e com os cabelos presos em laçarotes. Depois eles tomavam o desjejum juntos, discutiam os acontecimentos do dia anterior e faziam planos para o dia que se iniciava.

A manhã de 1º de julho, entretanto, não começou como deveria. Roscoe estava diante do espelho, alisando a gravata preta fina, quando alguém bateu à porta de seu quarto.

— Sr. Grey... ah, sr. Grey, é a sra. Culcutty. — Sua voz demonstrava ansiedade.

Com a testa franzida pela surpresa, ele a deixou entrar. A sra. Culcutty estava sem fôlego: havia subido as escadas rápido demais e segurava um jornal nas mãos.

O inspetor Grey esperava com toda certeza ler no jornal da manhã que o Partido Ocidental vencera a eleição e que Gordon Broadgirdle tinha sido nomeado primeiro-ministro. Por isso, custou-lhe vários segundos compreender as manchetes:

GUERRA DECLARADA
O PARTIDO OCIDENTAL VENCE A ELEIÇÃO:
BROADGIRDLE É O NOVO PRIMEIRO-MINISTRO
AS ÍNDIAS UNIDAS DECLARAM EMBARGO IMEDIATO
REVOLTAS NO PORTO CAUSAM EXPLOSÃO DE TANQUE
ENXURRADA DE MELAÇO CEIFA DEZENAS DE VIDAS

Nas primeiras horas de 1º de julho de 1892, um anúncio de secessão foi emitido conjuntamente pelos Territórios Indígenas e por Nova Akan. Como resposta, Novo Ocidente declarou guerra.

Pouco depois de Gordon Broadgirdle, o novo primeiro-ministro e líder do eleito Partido Ocidental, fazer seu discurso de vitória no Palácio do Governo de Boston e declarar sua intenção de conduzir Novo Ocidente em uma expansão imediata para oeste, a proclamação da secessão foi entregue por um representante das duas jurisdições. O documento, reproduzido na íntegra abaixo, afirma a intenção de formar uma nação independente. Também repudia muitos dos objetivos políticos declarados pelo primeiro-ministro; em particular, sua adesão à política de fronteiras fechadas. O primeiro-ministro Broadgirdle foi rápido ao emitir uma declaração de guerra, aprovada por maioria simples no parlamento em uma sessão de emergência. Ele planeja falar no Palácio do Governo esta manhã, para fazer um chamado de alistamento.

Gamaliel Shore, o candidato derrotado do Partido dos Novos Estados, não conseguiu esconder o pesar. "Temo que a secessão e a guerra sejam desastrosas para Novo Ocidente. Tudo decorre da nossa política equivocada de fronteiras", argumentou Shore, "que o Partido dos Novos Estados teria derrubado. Estou muito temeroso pelo futuro."

Uma representação artística de Broadgirdle no palanque, acompanhado de Peel e outros membros de seu partido, ocupava um boxe ao lado do artigo. O inspetor Grey deu uma olhada nas outras manchetes. Guerra? Secessão? Embargo? Enxurrada de melaço? Como pôde acontecer tanta coisa em meras seis horas? Ele se deu conta de que a sra. Culcutty ainda estava à sua frente, recuperando o fôlego e observando-o ansiosamente.

— Obrigado, sra. Culcutty — disse ele. — De fato, é uma notícia grave e urgente. Vou descer com a senhora.

— Ah, sr. Grey, o que significa tudo isso?

Grey balançou a cabeça.

— Não sei. Mas uma coisa posso dizer: Broadgirdle é um homem determinado, e, se ele colocou as coisas nesse pé, é porque tem intenção de seguir em frente. Ele não é de recuar.

Enquanto se dirigiam para as escadas, a porta do quarto de Nettie se abriu e ela apareceu, envolta em um robe lavanda e com a cabeça repleta de laçarotes coloridos.

— Pai? O que aconteceu?

— Desça, Nettie. Eu lhe conto durante o café.

Nettie ficou alarmada com a seriedade inesperada do pai.

— Conte agora, pai.

Grey parou, com a mão apoiada no corrimão da escada de carvalho.

— Novo Ocidente declarou guerra contra os Territórios Indígenas e contra Nova Akan.

Nettie soltou uma exclamação.

— Guerra? — Ela seguiu a sra. Culcutty e o pai às pressas escada abaixo, em direção à sala de jantar, com os chinelos lilases tamborilando nas escadas e, depois, nas tábuas do assoalho.

— Sim. O Partido Ocidental foi eleito, o que levou a um embargo das Índias Unidas e a uma proclamação de secessão dos Territórios Indígenas, aliados a Nova Akan. — Quando chegaram à sala de jantar, Grey tomou seu lugar, e a sra. Culcutty lhe serviu café com a mão trêmula. — Além do mais — continuou, observando o jornal —, parece que isso provocou tumultos no porto de Boston e a explosão de um tanque de melaço. Embora eu não faça ideia de como isso pôde acontecer.

A porta da sala de jantar se abriu. O sr. Culcutty, que claramente estava esperando pelos demais, mostrava a mesma expressão de ansiedade da esposa. Roscoe fez sinal para que entrasse.

— Sentem-se, sr. Culcutty, sra. Culcutty. Nettie.

— O que vai acontecer, pai?

— Não sei — disse ele, balançando a cabeça. — Agora estamos em guerra. E, como Novo Ocidente tem uma força armada pequena, isso significa que Broadgirdle terá de recrutar a população civil.

Nettie encarava o pai, com os olhos arregalados.

— O senhor vai ter que ir para a guerra?

Grey colocou a mão sobre a da filha.

— Não, minha querida. Tenho quase certeza que não. Sou velho demais, graças às Parcas, como o sr. Culcutty — disse ele, e o outro homem assentiu.

— A menos que as coisas mudem muito, nenhum de nós será convocado a se alistar.

— A menos que as coisas mudem muito? — Nettie ecoou. — Isso significa que pode acontecer?

— Francamente, é impossível dizer, com um primeiro-ministro como esse. Broadgirdle é um extremista. Ele vai tomar medidas extremas.

— Ah, eu não gosto dele! — Nettie disse, de repente. — Homem horrível, horrível.

Assim que ela acabou de falar isso, houve uma batida na porta da frente. A sra. Culcutty se levantou e se dirigiu para o vestíbulo. Os outros ouviram a porta se abrir e, em seguida, o som de uma voz de mulher, baixa e tensa. Um momento depois, a governanta voltou acompanhada de uma mulher mais velha, com uma expressão de profunda angústia e um menino pequeno vestindo quase nada. O inspetor Grey reconheceu a mulher como a sra. Sissal Clay, a governanta de Shadrack Elli.

— Sr. Grey — disse a sra. Culcutty, claramente tentando preservar uma aparência de normalidade —, a sra. Sissal Clay está aqui com o que diz ser um assunto urgente. Um dos oficiais do senhor está com ela. Ele está esperando na porta.

— Sinto muito interromper seu desjejum, inspetor — disse a sra. Clay, desculpando-se ao olhar para o jornal sobre a mesa. — Ainda mais diante dessa notícia tão preocupante. Mas vim aqui com um problema mais imediato. — Ela fez uma pausa e, de repente, apertou as mãos com nervosismo.

— Sim? — instigou Grey.

— Diz respeito ao primeiro-ministro Broadgirdle e... Theo. Theodore Constantine Thackary.

— O que aconteceu?

A sra. Clay respirou fundo.

— Veja bem, inspetor, Theo tomou para si a tarefa de... bem, de investigar por conta própria o assassinato do primeiro-ministro Bligh.

Grey franziu a testa, pressentindo uma dificuldade desagradável, como uma nuvem escura no horizonte.

— Ele tem investigado o assassinato e descobriu bastante coisa. Mas... — A sra. Clay limpou a garganta. — Mas, ao fazer isso, ele não foi totalmente honesto com o senhor. Na verdade, nenhum de nós foi.

O rosto de Grey ficou ainda mais franzido.

— Theo acredita que Gordon Broadgirdle é o responsável pelo assassinato — continuou ela, com dificuldade. — E decidiu encontrar provas, por isso está trabalhando no gabinete de Broadgirdle há mais de duas semanas, com um nome diferente, e encontrou algumas circunstâncias suspeitas. No entanto, a dificuldade é esta: ontem à noite, ele estava com Winston aqui — ela indicou o menino maltrapilho — e entrou no gabinete de Broadgirdle para uma reunião. Broadgirdle saiu do Palácio do Governo meia hora mais tarde, mas Theo não. Winston esperou por Theo durante toda a noite. — Ela se recompôs. — Estamos preocupados. Tememos que algo tenha acontecido com ele naquele lugar.

Não tinha como Grey fechar mais a cara, mas segurou o relógio na mão e bateu na tampa, um sinal claro de que sua consternação havia atingido um pico incomum. A sra. Culcutty piscou com espanto. O sr. Culcutty parecia perplexo. Nettie ouvia atentamente, com uma expressão sagaz nada típica dela.

— Foi extremamente perigoso isso que ele fez — o inspetor Grey finalmente disse. — Quais são as provas de que a senhora falou?

— Theo tem um mapa. Não é um mapa comum, mas um que grava memórias. Ele descreve outro crime, relacionado ao assassinato do primeiro-ministro.

— Entendo — disse Grey, cético. — E há alguma outra evidência que ele descobriu e escondeu?

— Suponho que sim — respondeu a sra. Clay, e seu rosto, de repente, foi tomado por um rubor vermelho-sangue —, se considerarmos as luvas e o roupão encontrados na cena do crime. E a faca.

Houve uma longa pausa, durante a qual a sra. Clay teve muito medo de olhar para cima e encontrar os olhos do sr. Grey.

— Que luvas, roupão e faca? — ele perguntou, com voz de aço.

Ela respirou fundo, como se estivesse prestes a mergulhar em uma piscina gelada. Depois, enfiou a mão na cesta que carregava e tirou uma trouxa branca. Sem pedir permissão — pois ela receava que, se falasse alguma coisa, talvez não conseguisse continuar —, colocou a trouxa sobre a mesa e desenrolou o lençol branco. O sr. e a sra. Culcutty estavam perplexos. Um par de luvas e um roupão, ambos manchados de sangue, ao lado de uma faca de lâmina curta, repousavam sobre o lençol.

— Estes — sussurrou a sra. Clay, olhando para o chão.

Se tivesse olhado para cima, teria visto que o inspetor Grey não estava tão bravo quanto consternado. Ele pensava, não pela primeira vez, que pessoas bem-intencionadas conseguiam fazer coisas muito tolas, não raro cometendo crimes graves no processo. Essa era uma das circunstâncias que mais o exasperavam sobre seu trabalho. Prender malfeitores era fácil, até mesmo agradável. Mas não havia prazer algum em ir atrás de crimes perpetrados por pessoas boas que cometeram erros muito sérios.

— Veja bem, Theo estava lá! — exclamou a sra. Clay, colocando a mão impulsivamente no braço do inspetor. — Ele estava lá na sala com o sr. Elli e o sr. Countryman quando encontraram o corpo. Mas, depois que os policiais chegaram, ele se escondeu e levou essas coisas com ele. Theo sabia que o sr. Elli e o sr. Countryman não eram culpados, assim como sabia que essas coisas iriam incriminá-los.

— E esses objetos estavam com a senhora? — perguntou o inspetor.

Ela fez que sim.

— E a senhora sabia que tinham sido encontrados na cena do crime?

Ela assentiu novamente.

Agora Grey estava com raiva. Estava com raiva porque a investigação tinha sido sabotada por esforços equivocados de esconder provas, e estava com raiva porque agora teria que prender alguém que não era o assassino do primeiro-ministro Bligh. Ele se levantou.

— Sissal Clay — disse calmamente. — A senhora está presa por ocultação de provas ligadas ao homicídio do primeiro-ministro Bligh.

— Pode me prender se for preciso — disse a sra. Clay, com a voz trêmula —, contanto que eu não seja deportada.

— Isso pode muito bem acontecer na sentença.

Ela olhou para ele por um momento e cobriu o rosto com as mãos.

— Ah, inspetor, por favor, tenha piedade!

Grey avançou para recolher as provas.

— Eu não tenho escolha — respondeu, e sua voz traía um toque de raiva. — A senhora ocultou provas e me confessou.

— Mas eu vim aqui para dizer que Theo está correndo perigo! — ela protestou.

— Mas, ao fazer isso, admitiu um crime! — rebateu o inspetor Grey, exasperado. — As provas contra Broadgirdle são tênues, na melhor das hipóteses, mas as provas das transgressões da senhora e de Theo são incontestáveis. Venha comigo. Vocês armaram uma bela confusão com tudo isso.

— E quanto ao Theo? — Winnie explodiu. — Ninguém vai ajudá-lo?

Nettie, que, para a surpresa de Grey, estudava os terríveis instrumentos do assassinato com algo parecido com escrutínio pensativo, interrompeu abruptamente:

— 332 —

— Ah, sim, pai, temos que ajudá-lo.

Grey meneou a cabeça, cada vez mais irritado.

— Eu não posso ajudá-lo, minha querida, até que encaminhe estas provas e tenha levado a sra. Clay.

— Ele precisa de ajuda agora — insistiu Winnie.

— Tenho certeza de que ele está simplesmente fazendo sua investigação — Grey disse acaloradamente — e vai aparecer logo, logo, para continuar a ser um incômodo. Venha — se dirigiu à sra. Clay.

— Pai, a prisão pode esperar! Mas esse garoto Theo não pode!

— Henrietta, para começo de conversa, não posso imaginar por que você se importa.

— Ela se importa porque gosta do Theo — Winnie despejou. — Também conhecido como Charles.

A sala ficou em silêncio. Segurando com cuidado o amontoado de provas, Grey olhou atentamente para a filha.

Por um momento, Nettie olhou para Winnie, e a irritação cruzou sua testa. Em seguida, ela se colocou em pé com um berro.

— Charles! — gritou. — Pai, pai... temos que ajudá-lo! — Ela o agarrou pelo braço e o sacudiu. — Ele pode estar ferido. Temos que salvá-lo!

— É isso que estou dizendo! — Winnie concordou.

— Ah, por favor, mande alguém para o gabinete de Broadgirdle! — implorou a sra. Clay.

Em pé em sua sala de jantar, ouvindo os gritos da filha e os apelos dos visitantes indesejados, o inspetor Grey sentiu que poucas manhãs de sua vida tinham sido tão frustrantes e tão pouco auspiciosas quanto aquela. Felizmente, Roscoe Grey tinha princípios e, quando as coisas ficavam complicadas, sempre podia contar com eles. Havia alguém parado à sua frente que cometera um crime grave. Isso exigia uma atitude. Era seu dever levá-la presa e colocar as provas no devido lugar. Onde seu dever fosse claro, Grey não sentia nenhuma incerteza.

— Muito bem — disse com firmeza, recebendo em troca o silêncio na sala. — Já chega.

— Pai... — Nettie começou.

— Não — disse ele, levantando a mão. — Não se intrometa no que não lhe diz respeito, Henrietta. Vou levar a sra. Clay para a delegacia, com estas provas. E, sim, vou enviar agentes para procurar Theodore. Cuidarei disso assim que chegar à delegacia. Ele é suspeito de ter cometido um delito muito grave, e é uma pessoa de interesse no assassinato do primeiro-ministro. Acredite em mim, eu tenho total intenção de encontrá-lo.

42
Arrombando a fechadura

> *1º de julho de 1892: 7h15*
>
> *Não há dúvida de que, se o único requisito para angariar um assento fosse ter recursos suficientes, certos membros do parlamento teriam qualificações questionáveis. Algum tipo de restrição poderia ser estabelecido e executado pela lei? Idade, sexo, sanidade mental? A lei tem sido bastante liberal sobre esse ponto até o momento. Certamente existem parlamentares mulheres, e há alguns políticos que, em sua debilidade, se esforçaram para se apresentar como pessoas no domínio de suas faculdades. Contudo, até agora nenhuma criança se apresentou para testar a não declarada, porém tácita, restrição de idade.*
>
> — Shadrack Elli, *História de Novo Ocidente*

DEPOIS QUE A PORTA da frente se fechou, Nettie ficou na sala de jantar, com os punhos cerrados, os laçarotes de cabelo tremendo, e fumegando de raiva.

— Eu, me intrometer! — exclamou, furiosa. — Ele disse que eu me *intrometo*!

O sr. e sra. Culcutty sabiam que era melhor não tentar apaziguá-la. Eles a observavam com preocupação, esperando que a raiva passasse ou talvez terminasse em uma explosão de lágrimas.

Winnie, que percebera na raiva de Nettie uma possível vantagem e até mesmo a oportunidade de ter uma aliada improvável, decidiu pôr lenha na fogueira para ver o que aconteceria.

— Ninguém vai ajudar, então — ele disse, cabisbaixo. — Exatamente como eu pensava. Tentei conseguir ajuda para ele, e agora ele não vai receber nada. — E fungou.

Nettie se virou para ele com um olhar fulminante. Por um momento, Winnie temeu que pudesse ter calculado mal.

— Ah, ele vai conseguir ajuda, vai sim. — Winnie ficou um pouco surpreso com a veemência. — Meu pai vai se arrepender amargamente disso aqui — ela disse, ressentida. — Eu mesma vou atrás do Theo. — Nettie se virou de frente para os Culcutty. — E vocês nem sequer pensem em me deter. — Ela se voltou para Winnie. — E você vai me ajudar.

Winnie piscou.

— Está bem.

Nettie respirou fundo. Depois, em tom menos feérico, disse:

— Só preciso de cinco minutos para vestir alguma coisa mais apropriada. Não posso sair de laçarotes no cabelo.

Ele assentiu.

Nettie girou nos calcanhares e subiu as escadas apressadamente. Tirou todos os laçarotes, passou uma escova rapidamente nos cabelos, escolheu sua saia cinzenta mais discreta e uma camisa branca com seis bolsos, calçou meias cinzentas e botas marrons resistentes e, finalmente, enfiou suprimentos nos bolsos da camisa: corda, lupa, lápis, papel, um par de luvas e um lenço. Sem fôlego, mas pronta, desceu as escadas.

O sr. e a sra. Culcutty tinham se recuperado um pouco e decidido que uma frente unida causaria maior impacto. Enquanto Nettie corria para a sala de jantar, o sr. Culcutty parecia severo e a sra. Culcutty disse:

— Querida, não acho sensato...

— Sinto muito, mas eu não me importo com o que é sensato neste momento — Nettie disse bruscamente. — Meu pai foi muito insensato esta manhã, e vocês podem lhe dizer, quando ele voltar, que qualquer insensatez da minha parte é resultado direto da tremenda, irresponsável e ofensiva insensatez *dele*. — E lhes deu as costas. — Winston — chamou em voz de comando. Com um sorriso mal disfarçado, Winnie assentiu. — Estamos de saída.

—◦૭◦—

Nettie, com suas roupas impecavelmente passadas, e Winnie, com sua camada formidável de sujeira, formavam uma dupla excessivamente estranha nos degraus do Palácio do Governo. Winnie hesitou na entrada.

— Eu não posso entrar aí — disse ele. — Eles vão me expulsar.

— Eles não têm o direito de expulsá-lo — Nettie se exaltou. — Você é um cidadão de Novo Ocidente como todo mundo. E se ousarem olhar estranho para você, vou falar poucas e boas.

Gostando um bom tanto da perspectiva de tal confronto, Winnie seguiu Nettie apressadamente até o edifício majestoso que tantas vezes ele vira de fora e no qual nunca conseguira entrar.

No entanto, não aconteceu confronto nenhum. Ninguém prestou atenção neles enquanto caminhavam pelos corredores do Palácio do Governo. Havia muitas coisas acontecendo naquela manhã, e os atentos recepcionistas, que em circunstâncias normais teriam lançado olhares desconfiados para os dois visitantes incompatíveis, pareciam aceitar que secessão, guerra, revoltas maciças e uma inundação de melaço com certeza trariam companhias estranhas.

Nettie examinou o diretório de gabinetes gravados em uma placa de metal perto da imponente escadaria.

— Último piso — murmurou. — Naturalmente.

Winnie seguiu Nettie escada acima, olhando com admiração relutante para o teto da rotunda. Em situações normais, Winnie desdenhava o Palácio do Governo, pois tinha visto o lado injusto e desagradável das pessoas que trabalhavam ali, alegando poder com aparente tranquilidade e, ainda assim, fazendo tão pouco com ele. Ele nunca tinha contado a ninguém, nem mesmo a Theo, por que começara a rondar o Palácio do Governo.

Depois de sua mãe ser internada, Winnie fora levado para um orfanato, e, quando reclamou com o diretor (por meio de gritos incessantes e um soco desesperado de esquerda) que sua mãe não estava doente e que eles não tinham o direito de trancafiar os dois, o diretor recomendou sarcasticamente que, se ele quisesse seus direitos, que levasse o assunto a seu representante no parlamento.

Winnie havia parado de gritar imediatamente, ficado pensativo e levado a sugestão a sério. E não fora pequeno o esforço de encontrar uma garota mais velha que o ajudasse com a carta e a enviasse para o endereço correto. Ele entrara em contato, esperando por uma resposta; mas, quando finalmente a recebeu, ficou confuso.

Obrigado pelo contato. O parlamentar Riche ouve com atenção os comentários e as perguntas de todos os seus eleitores. Obrigado pelo apoio.

Winnie havia se agarrado ao bilhete cor de creme, embora este tivesse sido roubado duas vezes, rasgado ao meio uma vez e finalmente queimado durante um terrível confronto com Impy, o valentão residente do orfanato. Olhando para as cinzas, Winnie havia decidido que era hora de fugir e levar a questão ao parlamentar Riche de forma mais pessoal. Ele chegou ao Palácio do Governo alguns dias mais tarde, apenas para ser enxotado, antes mesmo de cruzar a soleira.

No entanto, para sua surpresa, ele não era o único menino que rondava a escadaria. Jeff, Barney, Bicho (baixo e peludo) e Enguia (que era tão liso que escapava das garras de quem quer que fosse) se mostraram companhia melhor do que o pessoal do orfanato. Winnie se tornou um deles, fazendo bicos aqui e ali para o pessoal do Palácio do Governo, sempre que possível.

Ele esperava que os ocupantes do parlamento fossem tão dignos e grandiosos quanto o edifício e, de fato, muitos eram. Mas aprendeu muito rápido com seus companheiros, e pela própria observação, que ser grandioso não era a mesma coisa que ser ótimo e, dentro de uma semana, sua esperança infantil de encontrar justiça escrevendo para o parlamentar Riche parecia a coisa mais tola que ele já havia sentido.

Mas agora, subindo a escadaria, Winnie sentia que um pouco de sua antiga reverência pelo lugar começava a retornar. O poder dali era real; dava para ver no próprio edifício e na tensão do clima ao seu redor. Como seria, ele se perguntava, usar aquele poder da forma como um dia ele havia imaginado, em vez de como os parlamentares faziam? Winnie parou por um instante, com o pé sujo suspenso acima da passadeira borgonha do corredor onde acabavam os degraus. Era realmente tão impossível? As pessoas à sua volta não eram ótimas, por mais que pudessem ser grandiosas. Certamente alcançar aquilo não podia ser tão difícil.

Winnie sorriu e fez um pacto consigo mesmo ali naquele lugar: ele teria sucesso.

— Você vem? — perguntou Nettie. — É neste andar.

— Logo atrás de você, Henry.

— Não me chame de Henry — disse Nettie, distraída, enquanto examinava as placas com os nomes ao lado das portas dos gabinetes.

Caminharam lado a lado pelo corredor. Embora a atmosfera no térreo fosse agitada, ali os corredores eram silenciosos e estavam vazios. Sem dúvida, Winnie pensou, os membros do parlamento e todo seu pessoal estavam ocupados em reuniões, esforçando-se para encontrar uma forma de saírem ilesos da confusão criada por Broadgirdle.

A porta do gabinete de Broadgirdle estava aberta, mas a sala da frente, com suas duas mesas, estava vazia. Nettie e Winnie se entreolharam.

— E agora? — ele perguntou.

— Vamos procurar pistas — determinou Nettie. — Você sabe que Theo veio aqui; vamos tentar encontrar pistas do que aconteceu depois disso. Vigie o corredor enquanto dou uma olhada aqui.

Winnie assumiu seu posto junto à porta.

— Alguma coisa? — ele perguntou, depois de um momento.

— Nada ainda — disse Nettie, olhando em meio às pilhas na mesa de Peel. Ela tentou as gavetas e as encontrou trancadas, depois se desviou para a outra mesa. Os papéis em geral estavam cobertos de rabiscos. — Deve ser aqui que o Theo trabalha — disse Nettie em voz baixa. — Mas não tem nada aqui. — Ela ergueu os olhos. — Para onde você acha que essas outras duas portas dão?

— Em outros escritórios?

A primeira estava trancada, mas a segunda se abria para um corredor estreito e atapetado, com várias portas fechadas.

— Shhh — disse ela.

Winnie abandonou seu posto e fechou a porta para o escritório atrás deles.

— Estão todas trancadas — Nettie relatou em um sussurro. — Pelo menos essas quatro. O corredor vai para o fundo por aqui — acrescentou, apontando.

De repente, Winnie ficou alerta.

— Você ouviu isso?

— O quê?

— Ouça.

Eles se entreolharam em silêncio, depois Winnie ouviu novamente: uma série de baques altos, como se alguém estivesse batendo o punho numa porta. Após alguns instantes, veio o grito abafado:

— Graves! Abra a porta. Eu quero negociar.

— É o Theo! — gritou Winnie.

— Theo, somos nós... Nettie e Winnie — ela chamou.

Houve um momento de silêncio, e então uma série de batidas rápidas.

— Aqui! Estou aqui. Dentro da sala do Broadgirdle, em um armário.

— Qual é a sala dele?

— A primeira, à direita.

Eles tentaram de novo, mas era óbvio que a porta estava trancada. Theo disse de dentro do cômodo:

— Vocês vão ter que arrombar ou quebrar a fechadura.

— Eu não sei arrombar uma fechadura! — exclamou Winnie, exasperado.

— Tem um abridor de cartas no escritório da frente. Corra e traga para mim — ordenou Nettie.

Ele correu para a mesa de Peel, pegou o abridor de cartas e voltou às pressas. Com habilidade, Nettie começou a trabalhar com o abridor. Winnie estava a centímetros de distância, com os olhos arregalados.

— Ah! — disse Nettie, abrindo um sorriso no rosto. A fechadura fez um clique.

Winnie virou a maçaneta e abriu a porta.

— Você conseguiu, Henry! — exclamou.

— Muita prática — respondeu Nettie, em tom leve. — E não me chame de Henry. — Ela fechou a porta e examinou rapidamente o escritório. Era menos luxuoso do que esperava. Amplo, com um bom tapete e uma cadeira de couro sofisticado, a sala tinha papel de parede listrado e cortinas pesadas. A mesa estava impecável. Uma caneta elegante, um pote de cristal com tinta, uma pilha de papel e um relógio eram os únicos itens ali em cima.

— A porta do armário também está trancada — disse Theo, depois acrescentou para si mesmo: — Obviamente.

— Eu consigo — disse Nettie, confiante, agachando-se ao lado da porta.

Ela já estava trabalhando na fechadura quando Winnie olhou pela janela e de repente ficou rígido. Tinha ouvido alguma coisa.

Não havia dúvida: vozes, muito próximas.

— Nettie! — chamou em tom urgente. — Alguém está vindo.

Eles ouviram uma porta se abrir, e o ribombar inconfundível da voz de Broadgirdle encheu o corredor.

— As cortinas! — Nettie sibilou. Ela mergulhou atrás de uma das grossas cortinas de veludo, e Winnie correu para outra, bem quando a porta se abriu.

— Peel! — Broadgirdle rugiu. — Por que minha sala está destrancada?

— E-eu não sei, senhor. Eu não a abri esta manhã.

— Você deve lembrar que a deixamos bem trancada ontem à noite — disse Broadgirdle, em tom macio.

— Sinto muito, senhor. Talvez o pessoal da limpeza tenha se esquecido de trancar a porta. Vou falar com eles.

— Faça isso. Policial, aqui, por favor.

Nettie sentiu uma onda de alívio. Seu pai tinha vindo, afinal. Contudo, tão rápido como tinha surgido, a sensação de alívio evaporou.

— Com prazer, primeiro-ministro — a resposta soou afetada. Ela reconheceu imediatamente a voz de Manning Bacon, um oficial renomado no departamento pelo apreço por cerveja e pela tendência muito condizente de extraviar provas.

— Este jovem estava trabalhando no meu gabinete sob falso pretexto, além de ter espalhado mentiras sobre mim e roubado documentos dos meus arquivos — disse Broadgirdle, com a voz dura. — Não tenho ideia de qual pode ter sido seu objetivo. Chantagem, talvez. Eu não ficaria surpreso se ele estivesse trabalhando para alguém.

— Deixe comigo, primeiro-ministro, deixe comigo. Logo vamos descobrir suas motivações sinistras, tenha certeza.

Ouviu-se uma confusão quando Broadgirdle abriu a porta, e Theo esperneou ao ser agarrado pelo policial Bacon, cujas mãos carnudas faziam jus ao nome dele.

Theo soube no instante em que a porta se abriu que não seria capaz de se livrar dos três homens, mas tentou. Chutou a coxa de Bacon e mergulhou debaixo do braço de Broadgirdle. Infelizmente, o muito mais ágil Bertie Peel estava parado ao lado da porta e o capturou debaixo do braço ossudo. Recuperado do chute, Bacon estalou um par de algemas no pulso esquerdo de Theo e, em seguida, deu um tranco para trás e tomou-lhe o direito. Theo fez uma careta de dor, mas não protestou.

Enquanto Bacon travava as algemas, Theo viu Broadgirdle, calmo e complacente, com os braços cruzados sobre o peito. *Posso estar com tanto medo agora quanto eu tinha antes*, Theo disse a si mesmo. *Mas isso não significa que tenho de ficar em silêncio, como naquela época.*

Ele precisou de todas as suas forças para encarar Broadgirdle.

— Eu sei quem você é — disse, baixo e com a voz instável. — Você pode me trancafiar, mas não pode trancar a verdade. E você estava errado: eu não sou o mesmo de antes, porque não estou mais sozinho, sem possibilidade de recorrer a ninguém. Agora eu posso contar às pessoas o que você fez. Seus planos de assassinar Bligh. Seus anos como traficante de escravos. O fato de que você nem é de Novo Ocidente. Que você é um Homem de Areia, e que os Homens de Areia que trabalham para você torturaram três Eerie indefesos. — Sua voz ganhara força, e agora ele falava em tom mais firme. — E, quando as pessoas ficarem sabendo, não vão aceitar nada disso. Você acha que o povo de Boston é tão fraco que vai lutar uma guerra por um traficante de escravos conspirador das Terras Baldias?

Broadgirdle assistiu ao discurso de Theo sem expressar nada. Por fim, deu uma gargalhada.

— Talvez eu estivesse errado, detetive, por acusá-lo de algo tão racional como chantagem. Escravagismo? Assassinato do primeiro-ministro? Tortura de Eerie?

Parcas nas alturas! É evidente que o rapaz é louco. Considere a internação o caminho mais certo para uma mente tão perturbada.

Atrás da cortina de veludo, Winnie abafou uma exclamação. Depois apertou os lábios, fechou os olhos e se concentrou profundamente em ficar bem quieto.

O policial Bacon riu.

— Não precisa se preocupar, sr. primeiro-ministro. Vou encontrar o lugar certo para ele.

— E como vai a investigação sobre o terrível assassinato do primeiro-ministro Cyril Bligh? — perguntou Broadgirdle, com a voz cheia de preocupação.

— Muito bem, sr. primeiro-ministro. Muito bem. O inspetor Grey está no caso, e ele às vezes é terrivelmente lento nas investigações, mas rumores na delegacia dizem que ele fez uma grande descoberta esta manhã.

— É mesmo? — perguntou Broadgirdle, a voz genuinamente curiosa.

— Algo a ver com um mapa feito de madeira — Bacon riu. — Aquele Grey é uma figura. Ele encontra as coisas mais estranhas e depois, clique! De repente o caso todo se encaixa.

— *Está vendo?* — Theo interrompeu. — Você pensou que os Eerie eram indefesos, mas eles encontraram um jeito. Mesmo que fosse por meio de fogo e fumaça. Aquele mapa prova o que você fez. Eu vi a garota gritar. Grey também vai ver, e você já era.

Perplexo, Bacon o encarou.

— Garota gritar?

— É verdade! — Theo retrucou ferozmente. — Pergunte para ele.

Broadgirdle o olhou por um momento, o bigode estremecendo.

— Mais uma invenção fascinante, embora um tanto bizarra, desse rapaz muito imaginativo — emendou timidamente.

— O inspetor Grey está na sua pista — disse Theo, com voz de aço. — Ele vai descobrir a verdade. E vai vir atrás de você.

— Acho que seria melhor levá-lo, policial Bacon — disse Broadgirdle.

— Certamente, sr. primeiro-ministro. — E puxou Theo em direção à porta.

— Parabéns mais uma vez pelo sucesso do seu partido. Tenha ótimas celebrações.

43
A confissão do crime

> **1º de julho de 1892: 8h17**
>
> *Rebotalho é um termo emprestado de uma era futura. Em tal era significa "lixo". Em Novo Ocidente e nas Terras Baldias, onde o material é mais comum, "rebotalho" é usado para designar fragmentos — como a própria palavra — que foram transferidos de outra era para a nossa.*
>
> — Shadrack Elli, *História de Novo Ocidente*

QUANDO TERMINOU A PAPELADA de Sissal Clay, colocando-a sob a custódia do diretor de presídio feminino, o inspetor Grey pensou que já tinha ouvido o máximo de confissões para aquela manhã. Mas estava errado. Caminhando de volta para seu escritório, encontrou o policial Bacon, um dos que ele menos gostava, esperando em sua porta com um jovem algemado, que reconheceu como Theodore Constantine Thackary.

— Ele insistiu em falar com o senhor — disse o policial Bacon.

— Inspetor Grey — alguém chamou atrás dele. Grey se virou e encontrou o policial Kent se aproximando, acompanhado de Bertram Peel. Teve uma sensação de mau presságio, como tivera mais cedo naquela manhã. Ele sabia que alguma coisa desagradável estava prestes a acontecer.

— O que foi, policial Kent? — perguntou Grey com cautela.

— Estou aqui com Bertram Peel, do gabinete do primeiro-ministro Broadgirdle. Ele quer fazer uma confissão.

Grey ergueu as sobrancelhas.

— É mesmo? O que gostaria de confessar? — ele perguntou a Peel, que estava com a postura rígida, os dedos finos apertados em punhos ao seu lado.

Peel ficou parado por um instante mais. Seus olhos miravam o chão, seu olhar estava perdido. Ele ergueu a cabeça. O inspetor ficou chocado ao ver lágrimas em seus olhos.

— Eu gostaria de confessar o planejamento e a execução do assassinato do primeiro-ministro Cyril Bligh.

Houve um silêncio atônito no corredor.

— Não! — exclamou Theo. — Não foi ele. Não dê ouvidos a ele. Foi Broadgirdle quem planejou e foram os guardas dele que executaram. Ele me ouviu dizer que o senhor tinha provas contra ele, e agora está enviando Peel para assumir a culpa.

— Fui eu — Peel disse com firmeza.

— Não, não foi! Ele tem alguma coisa contra você. O que é? Não deixe que ele trate você assim, Peel — Theo disse desesperadamente.

— Do jeito que você não deixou que ele tratasse você? — disse Peel calmamente.

Theo ficou sem resposta.

Grey assistiu ao confronto calado.

— Realmente deseja fazer essa confissão, sr. Peel?

— Sim.

Theo ficou olhando para o homem magro que parecia tão ridículo em todo o seu zelo, sua exagerada presunção e sua lealdade para com Broadgirdle. Agora Peel não tinha pretensões de presunção. Era apenas um homem que vivera tempo demais sob a intimidação de Broadgirdle. Com surpresa, Theo viu o lampejo de algo parecido com convicção nos olhos de Peel, e se perguntou que segredo — ou que pessoa — Peel estava protegendo. Ele tentou alcançá-lo, mas suas mãos estavam atadas.

— Eu sinto muito, Peel. Realmente sinto muito. Se eu não tivesse dito o que disse no gabinete...

— Eu não sei o que você quer dizer — ele respondeu calmamente. — O que está feito está feito, e o que você falou há pouco não fez a menor diferença. De uma forma ou de outra, eu teria vindo até aqui para confessar. — Ele olhou para o inspetor. — Podemos continuar?

Grey abriu a porta gentilmente e convidou Peel para segui-lo até seu escritório.

— Leve Thackary para a prisão, policial Bacon. Não posso cuidar dele agora. Mais tarde conversarei com ele.

—ejo—

Theo não resistiu quando o policial Bacon o levou para a Prisão Nova. Sua mente estava em Peel. Ele já não se perguntava mais o que Peel estava protegendo;

em vez disso, ponderava os passos que exporiam a confissão como falsa, para que Grey fosse obrigado a virar a investigação para Broadgirdle. Ele tentou, mas não encontrou solução alguma.

À medida que Bacon o levava pelo bloco de celas, Theo vislumbrava seus ocupantes. Seu ânimo evaporou. Aos olhos experientes de Theo, havia homens de todos os estilos ali, mas todos eles tinham uma coisa em comum: estagnação. Fazia algum tempo que estavam ali e não tinham expectativas de ir embora. Alguns nem sequer ergueram os olhos quando Bacon e Theo passaram. Os poucos que faziam contato visual observavam-no vagamente, sem curiosidade.

Naquele momento, todas as especulações de Theo sobre Peel e Broadgirdle desapareceram. Ele tinha que sobreviver a seu tempo na Prisão Nova sem adquirir aquele mesmo olhar vago, por isso voltou toda sua atenção para o problema.

— Quanto tempo vou ter de ficar aqui? — ele perguntou a Bacon.

— Até que um juiz ouça o seu caso, o que provavelmente vai ser amanhã ou depois. Uma vez que o caso está montado, os juízes são rápidos — Bacon respondeu com satisfação.

— Mas Shadrack Elli e Miles Countryman estão aqui há semanas.

— Porque a polícia estava montando o processo contra eles.

— E o meu advogado?

Bacon riu.

— Se você conseguir convencer um advogado a pegar o seu caso, parabéns. Mas eu duvido que encontre alguém interessado em fraudes insignificantes, o que, no máximo, renderia ao profissional algumas notas.

Theo considerou.

— Então eu tenho que me defender em tribunal?

— Suponho que você pode tentar — Bacon deu de ombros. — Vai ser um caso para abrir e fechar — disse confortavelmente, empurrando Theo para uma cela aberta e trancando a porta. — Mãos — declarou, e Theo as colocou através das grades. — O que você fez com essa? — O policial riu quando olhou para a mão direita de Theo, enquanto lhe tirava as algemas. — Virou do avesso?

— Claro. — Theo estalou os dedos em forma de arma. — É um truque meu. Um dia eu mostro.

— Ah, duvido que vou ver você de novo — disse Bacon de um jeito complacente. — As pessoas tendem a se perder aqui na Prisão Nova. Olhe ao seu redor — disse ele, descansando o corpo pesado contra as barras por um momento, enquanto prendia as chaves no cinto. — Estamos em Novo Ocidente, onde você pode comprar qualquer coisa, inclusive o tempo. Por que você acha que todos esses homens estão aqui? Porque eles não podem comprar nada. É assim que vai ser — concluiu amavelmente e foi se afastando, as chaves tilintando a cada passo arrastado.

Theo ficou por um momento no centro da cela. Fechou os olhos, tentando organizar os pensamentos e imaginar uma rota de fuga. Não conseguiu enxergar nada.

— Não se preocupe, amigo — disse uma voz baixa nas proximidades. — Os policiais só veem um lado deste lugar. Eles não conhecem nem metade.

Theo abriu os olhos e se virou para a cela adjacente, onde um homem estava deitado de qualquer jeito em seu catre, com as mãos apoiadas nos joelhos. Tinha a cor da pele de Theo, o que o marcava como um forasteiro das Terras Baldias ou dos Territórios Indígenas. Sua expressão era despreocupada, e seu rosto tinha uma beleza impressionante — metade dele, ao menos. O lado direito da face e do pescoço, o braço direito e a mão estavam desfigurados por uma cicatriz horrível de queimadura.

— O que isso significa? — Theo perguntou, irônico. — A Prisão Nova é divertida e a polícia simplesmente não sabe?

O homem se levantou, tirou um livro surrado e sem capa de dentro da camisa e o entregou a Theo por entre as barras.

— Tem seus momentos — respondeu com um sorriso gentil. — Livros são permitidos.

Theo o pegou.

— Nós revezamos os livros, no sentido horário. Fazia algum tempo que essa cela estava vazia, por isso Sapo-Boi, na cela ao lado da sua, está faminto por novo material de leitura. — Ergueu o queixo e apontou para a outra cela.

Theo se virou e viu um homem atarracado com uma expressão desolada.

— Então, se você puder ler este aqui depressa e passar adiante, tenho certeza de que ele vai agradecer — concluiu o homem das cicatrizes.

Theo olhou para o livro sem capa em suas mãos: *Robinson Crusoé*.

— Eu já li esse — disse.

— Perfeito — respondeu o homem das cicatrizes. — Sapo-Boi ficará feliz com ele. É uma história de aventura, Sapo-Boi.

Theo cruzou a minúscula cela e entregou o livro para Sapo-Boi, cuja expressão se iluminou um pouco.

— O último que li foi *Rei Lear*, muito deprimente — disse ele, imediatamente se apoiando na cama e abrindo as páginas.

— E quanto a esse? — o homem das cicatrizes perguntou a Theo, segurando outro volume sem capa.

— Lucrécio, *Sobre a natureza das coisas* — Theo leu em voz alta. — Ainda não li.

— Excelente. — O homem o passou entre as grades. — Me chamam de Casanova — acrescentou.

— Theodore Constantine Thackary — disse Theo, apertando a mão coberta de cicatrizes do homem com a sua.

— Ah, o escritor de rebotalho. Nós temos um dos livros de Thackeray. Acabei de ler na semana passada — disse Casanova, pensativo.

— Nenhuma relação — Theo respondeu com um sorriso irônico.

Metade do rosto de Casanova sorriu, e Theo percebeu que o desespero que havia sentido minutos atrás tinha se desvanecido, o que fora a intenção de Casanova desde o início.

— Você me surpreende — disse Casanova. — Me conte o que achou de Lucrécio — acrescentou, sentando-se no catre. — Ele mudou bastante minha visão das coisas.

44
Ausentínia

2 de julho de 1892: 19h52

Da mesma forma, o povo dos Estados Papais encontrou uso para as penas dos quatroasas. Por mais bonitas que sejam, seu brilho preto iridescente é considerado feio pela maioria, que prefere explorar sua incrível força. Flexíveis como tecido e fortes como metal, as penas se misturam ao adobe para criar paredes de notável durabilidade.

— Fulgencio Esparragosa, *História da Era das Trevas*

SOPHIA VIAJAVA NA FRENTE de Virgáurea e, se o braço da Eerie não a tivesse apoiado, ela teria desabado no chão.

— Estamos quase lá, pequena — disse Errol, olhando para ela com preocupação. No topo da colina, Sophia viu uma luz estranha oscilando perto da cidade. Os quatro viajantes desceram, e, conforme se aproximavam, Sophia percebeu que o que ela havia pensado ser uma luz na verdade eram muitas: um conjunto de velas tremeluzentes.

Além dos portões, com o rosto iluminado pelas chamas que carregavam, o povo de Ausentínia tomava a larga rua de paralelepípedos. Sophia olhou ao redor com espanto. Todos lhe sorriam com o rosto feliz, curiosos e expectantes. Uma mulher com longos cabelos brancos deu um passo à frente e se curvou com formalidade.

— Você deve ser a viajante sem tempo — disse ela. — Estávamos esperando por você.

Os viajantes apearam. Sophia avançou, apoiada em Virgáurea. O povo de Ausentínia abriu caminho para eles, e, apesar do cansaço, Sophia observava tudo com espanto. As ruas de paralelepípedos eram iluminadas por postes altos com lâmpadas, e ela podia ver as lojas de mapa fechadas atrás deles, com suas janelas que refletiam a luz das velas. A mulher de cabelos brancos os levou a uma porta iluminada, com uma placa de madeira em que se lia: "O ASTROLÁBIO". Entraram em um grande salão de uma estalagem confortável, onde a dona lhes deu boas-vindas com um sorriso.

— Vocês vão descansar aqui — disse a mulher de cabelos brancos —, pois sei que sua viagem foi difícil. — E fez uma reverência. — Até de manhã.

A estalajadeira os levou a seus quartos. Sophia bebeu água de um jarro branco até seu estômago doer. Em seguida tentou desamarrar as botas, mas parecia um esforço grande demais. Sentiu um breve momento de pesar por não conseguir tirá-las antes de cair na cama e adormecer.

3 de julho: 6h37

ERROL ENCONTROU VIRGÁUREA NO jardim da estalagem, descansando na grama macia debaixo de uma ameixeira em flor. Durante o sono, o lenço que atava o cabelo da Eerie havia se soltado. Suas luvas, sem dúvida tiradas por desconforto em algum momento da noite, estavam amarrotadas ao lado. Seus pezinhos verdes estavam descalços.

Errol se agachou e observou-lhe o rosto. Podia ver o formato dos ossos sob a pele. Às vezes, ela parecia muito humana. Mas as mãos... Ele voltou o olhar para os dedos verdes esguios da mão direita, a apenas alguns centímetros dos seus. Pareciam ramos de uma árvore jovem. Errol sentiu que não precisava entender como ela extraía forças do sol e do solo; mas precisava entender se ela era humana.

Virgáurea estendeu a palma, mas não falou nada. Errol piscou.

— Você está analisando minha mão — disse ela. — Quer saber como as flores aparecem. — Ela colocou a mão com a palma para cima sobre o joelho de Errol. — Continue. Veja se consegue resolver o mistério.

Seu rosto estava sério, mas a voz sorria.

Errol pegou-lhe a mão e a acomodou na sua. Olhou para as linhas de sua mão, levemente brancas sobre o verde-pálido. Os dedos eram delgados e macios em comparação aos dele. Ele colocou o polegar esquerdo no centro da palma de Virgáurea e apertou, depois ergueu os olhos para os dela e sustentou seu olhar. Lentamente, a pele abaixo das bochechas dela ficou rosada.

Errol percebeu que estava prendendo a respiração e então soltou o ar, aliviado. Ela era humana, afinal.

—◦◦◦—

Sophia comeu os damascos e o pão que estavam sobre uma pequena mesa ao lado da varanda, devorando-os até a última migalha. Depois tirou a roupa, peça por peça, e se arrastou para a banheira de cobre cheia de água que ficava no canto, com uma barra de sabonete e uma toalha branca dobrada ao lado. A água havia esfriado levemente, passara de fumegante a morna. Sophia submergiu e lavou cada centímetro de sua pele, depois se envolveu na grande toalha branca. Começou a sentir a mente enfim despertar.

Quando se juntou a Errol e Virgáurea no jardim, encontrou-os conversando em voz baixa, muito próximos um do outro, como se nem mesmo as árvores devessem ouvi-los. Observou por um instante, curiosa sobre o riso silencioso que se derramava da boca de Virgáurea. Parecia muito diferente de como ela era de verdade. Errol tocou seu rosto de leve com o polegar, como se para capturar o som.

— Sophia — Virgáurea disse, levantando-se. — Como está se sentindo?

— Um pouco melhor. Ainda cansada — ela admitiu.

— Vai levar algum tempo para se sentir descansada — disse a Eerie, de um jeito tranquilizador, pressionando a mão de Sophia e a conduzindo a um banco de pedra sob as árvores. — Você compartilhou pensamentos com um antigo. Isso exige um grande esforço.

— É assim que você chama? Compartilhar pensamentos?

— Eu ainda não entendo, por mais que minha fada repita a explicação — disse Errol, não parecendo nem um pouco incomodado pela falta de compreensão. E sorriu para Virgáurea.

Virgáurea sorriu também e, em seguida, voltou o sorriso para Sophia.

— Ausentínia leu suas memórias do percurso através da Era das Trevas.

— É estranho pensar… agora eu sei como um mapa se sente quando alguém o lê.

— Foi assim que Ausentínia encontrou o caminho de saída.

— Mas eu também… vi coisas. Lembrei de coisas.

— As memórias de um antigo são longas e poderosas. Você vislumbrou pedaços delas quando Ausentínia compartilhou seus pensamentos.

— Foi o que eu senti. Mas existe muito mais… — Sophia balançou a cabeça. — Ausentínia falou com você? Sabe mais sobre como ela chegou a ficar presa dentro da Era das Trevas?

— Sim, ela falou — disse Virgáurea. — Você especulou que a Era das Trevas tinha sido feita por mãos humanas. Ausentínia me disse que é verdade. A Era das Trevas é tanto um Clima quanto um fantoche é gente. Mas, em alguns aspectos, ela se comporta como um Clima, o que explica por que se expandiu. A era foi criada para manter a vida natural, para sustentar a vida nativa que havia dentro dela. Inclusive, seu único propósito é sustentar essa vida; se nenhuma criatura permanecesse lá dentro, a Era das Trevas desapareceria, como uma árvore com raízes apodrecidas. E isso explica por que ela tem se expandido. Houve um tempo em que ali habitavam muitos seres nativos: pessoas, plantas e animais. Do jeito que está agora, toda a era sustenta apenas uma criatura nativa.

— Os quatroasas?

Ela balançou a cabeça.

— Os andarilhos... a praga. Os quatroasas foram feitos para sustentá-los. São o seu lar. Mas, como você sabe, o povo dos Estados Papais tem caçado os quatroasas até quase a extinção. Logo após a Ruptura, quando as pessoas encontraram a Era das Trevas pela primeira vez, tentaram cortar os perigosos espinhais. Os quatroasas defenderam suas casas, atacando nas fronteiras e, finalmente, voando cada vez mais longe para deter os invasores. Os habitantes dos Estados Papais destruíram tantos quatroasas quanto puderam, e assim também destruíram as criaturas das quais a lapena sobrevivia. E assim a praga foi buscar em outra parte: deixou a Era das Trevas e perambulou para outras, para que pudesse sobreviver. Esses outros, o povo dos Estados Papais, não são tão fortes quanto os quatroasas; as pessoas não suportaram bem sua presença.

— Então, se os quatroasas tiverem permissão para viver, a praga vai voltar para eles?

— Talvez. Levaria tempo.

Sophia ficou sentada em silêncio.

— Existe uma outra possibilidade — disse Virgáurea.

— As virgáureas — Sophia adivinhou.

A Eerie assentiu.

— Qualquer flor produzida por um Eerie serviria. Acontece que eu tenho as virgáureas. — Ela abriu a palma da mão e revelou uma florzinha amarela.

— Ao longo dos anos, o povo dos Estados Papais tem gasto uma fortuna em ouro — disse Errol. — Fios de ouro. Correntes de ouro. Máscaras de ouro. Um enorme desperdício.

— É um modo antigo de pensar. Proteger-se de uma doença em vez de falar com ela. Não podemos culpá-los por tentar — disse Virgáurea.

Sophia sorriu.

— Eu posso imaginar a Era das Trevas cheia de virgáureas. Ficaria muito bonita.

Errol fez um ruído de desdém.

— A flor seria a única beleza naquele lugar miserável.

— Mas cresceria de forma diferente — Sophia refletiu. — Se o solo é feito pelo homem.

— É uma boa possibilidade — concordou Virgáurea. — Veremos.

Sophia a observou espalhar as pétalas amarelas no chão ao lado deles.

— Quero ir com vocês.

— Você precisa descansar — Errol objetou.

— Ela vai descansar — Virgáurea lhe disse. — E então poderemos ir todos juntos.

— Todos os dias, mais pessoas morrem da praga — disse Sophia. Errol e Virgáurea não responderam. Sophia mordeu o lábio. — Vocês deveriam ir logo. Como ela é, Virgáurea?

— A praga? — Ela apertou os lábios. — Imagine uma pequena mariposa feita de luz.

Sophia contemplou a existência de tal criatura e ficou pensando como seria criar uma era inteira para sustentá-la. Enquanto imaginava as pequenas mariposas e suas asas tremeluzentes, seus olhos se fecharam. Ela se reclinou para trás no tronco da bétula e se deixou levar, respirando tranquilamente.

45
O resgate

> **3 de julho: 12h21**
>
> *Confesso para o leitor que viajei apenas até os limites da Era das Trevas e olhei para dentro de suas profundezas. Fico me perguntando, com otimismo em vez de temor, o que essa era poderia oferecer se não proibíssemos sua exploração.*
>
> — Fulgencio Esparragosa, *História da Era das Trevas*

Sophia acordou em seu quarto no Astrolábio, aconchegada em um cobertor verde. Rosemary estava sentada nas proximidades em uma cadeira de madeira, olhando para as portas abertas que davam para a varanda. Ela segurava um pedaço de tecido azul nas mãos e mexia nele distraída. Sophia ficou em silêncio por um instante, contente e sem vontade de se mover. A expressão de Rosemary era pensativa. Ela puxou o cabelo para trás com um movimento treinado e fez uma trança folgada, depois passou a trança sobre o ombro e roçou as pontas na palma, como se escrevesse alguma coisa na pele. Então levantou o tecido azul mais uma vez e o sustentou diante de si, contemplativa. Sophia se sentou.

— O que é isso? — perguntou.

— Você está acordada — disse Rosemary, virando-se para ela.

— Devo ter adormecido no jardim.

— Sim. Errol trouxe você aqui. — Ela olhou para o colo.

— Esta é a concha de seda da minha mãe.

— Eu ouvi falar sobre as conchas de seda, mas nunca vi uma.

Rosemary a ergueu.

— Você gostaria?

— O que ela faz? — perguntou Sophia.

— Quando você sentir a seda, vai ter uma noção de quem era minha mãe.

Sophia se arrastou para a beira da cama e tomou a seda nas duas mãos. No momento em que a tocou, sentiu-se na presença de uma mulher risonha, gentil, fácil de se afeiçoar. Quanto mais tempo Sophia segurava a seda, mais profunda ficava a sensação da mãe de Rosemary. Ela havia sido um pouco indulgente demais com a filha única, e admitia, com algum constrangimento, não se sentir nem um pouco arrependida. A mulher lutara durante a vida toda contra as dúvidas sobre em quem confiar. Havia sido forte em sua fé e flexível em suas opiniões. Não tinha medo da morte, mas temia, a todo momento, a dor ou o sofrimento que isso significaria para sua criança.

Sophia devolveu a seda, comovida por Rosemary ter compartilhado algo tão precioso com ela.

— É quase como um mapa de memória. Mas sem as memórias, apenas com as emoções.

Rosemary assentiu e dobrou o valioso tecido cuidadosamente.

— Foi bondoso da parte dela deixá-lo para mim no final.

— E ela usava isso para você também — disse Sophia. — Por muitos anos, pelo visto. — Parou por um instante. — Lamento que não a tenhamos encontrado ainda.

Rosemary sorriu.

— Estou certa de que vou encontrá-la. — E se levantou. — Está com fome?

Sophia percebeu que estava.

— Muito.

— Alba disse que você pode pedir o que quiser. Ela é a idosa que nos trouxe para a estalagem. Faz parte do conselho de Ausentínia e diz que a cidade está em grande dívida com você. — E sorriu novamente. — Então, o que você gostaria de comer?

— Qualquer coisa.

Sophia e Rosemary tomaram sopa e comeram pão e queijo em silêncio. Quando seus pratos de pudim com mel ficaram limpos, Rosemary sugeriu caminharem por perto, até a fronteira da Era das Trevas, para que pudessem ver o que Virgáurea estava plantando.

— Isto é — ela acrescentou —, se você estiver se sentindo bem o suficiente.

Não havia dúvida de que Sophia iria. Vestir suas roupas agora limpas e amarrar as botas foi mais cansativo do que ela havia imaginado, e ela tentou esconder a respiração ofegante enquanto caminhavam pelas ruas de Ausentínia. Todos por quem elas passavam sorriam, frequentemente acenando seus agradecimentos para a viajante sem tempo.

Quando chegaram aos portões, descansaram à sombra da muralha de pedra.

— É melhor voltarmos — disse Rosemary. — Não sei por que eu não trouxe o cavalo.

— A distância é curta — insistiu Sophia, olhando pelo caminho que tinham tomado na noite anterior, quando ela não estava totalmente consciente. Rosemary seguiu com relutância. — Você... — Sophia hesitou. — Você poderia me dizer como eles estavam quando os encontrou? — Ela parou. — Minna e Bronson?

Rosemary não respondeu de imediato. Seus passos soavam fortemente na terra batida.

— Eles foram muito gentis — ela disse, por fim. — Temiam por suas vidas, e ainda assim se comportaram com grande compaixão. Eu podia ver que aquela atitude havia nascido da forma como eles amavam. Como amavam um ao outro e, tenho certeza, você. Quando falei com sua mãe, eu me senti encorajada. — Ela sorriu. — Você pode imaginar? Mesmo atrás das grades, ela estava *me* encorajando. Eles eram... eles *são*... pessoas maravilhosas. Vieram até aqui para resgatar um amigo. Eu reconheço que isso não diminui a perda para você, mas eles agiram com grande altruísmo e humanidade.

Sophia sentiu as lágrimas escorrendo sobre suas faces. Mas também sentia que seus pés se moviam com mais firmeza e com mais energia, e logo elas chegaram à colina onde Ausentínia havia adentrado a Era das Trevas, traçando um caminho de terra através dela até os Estados Papais, do outro lado.

Uma vez no topo da colina, Sophia viu o que a Eerie tinha feito. No solo da Era das Trevas, as virgáureas tinham fincado raízes e estavam exuberantes. Grandes dosséis se dependuravam sobre os espinheiros como nuvens. Sophia prendeu a respiração.

— Que lindo! — exclamou.

— Sim — Rosemary concordou. — Muito lindo. Ela e Errol estão fazendo o caminho até os Estados Papais, e as virgáureas vão crescer dos dois lados da trilha. — Os ramos dourados se entrelaçavam pela Era das Trevas até onde eles podiam enxergar. — Uma cura dourada em uma era de trevas. A mais bela solução para a praga mais brutal.

Sophia e Rosemary ficaram sentadas no topo da colina e observaram as flores ondularem com a brisa. Quando se sentiu recuperada, Sophia se levantou e olhou de volta para o vale de Ausentínia. Agora podia ver o que fora invisível à noite: um caminho que circundava a cidade, ladeado por ciprestes e abetos.

— Rosemary — disse ela, descendo a colina —, vamos pegar o caminho que dá a volta na cidade.

— Devemos voltar para você poder descansar.

— Só vai levar um instante — insistiu Sophia. O silêncio entre as árvores era profundo, perturbado apenas pela conversa ocasional dos pássaros em seus galhos. Sophia sentiu mais energia na sombra. Caminharam em ritmo lento, mas constante. Ao parar e se apoiar em um tronco de bordo, ela admirou o mundo que Ausentínia tinha preservado. Depois, um reluzir de branco chamou sua atenção. De início, pensou que fosse algum tipo estranho de pássaro, depois, um ornamento feito por algum ausentiniano e colocado entre as árvores.

— Você consegue ver o que é aquilo, Rosemary?

Rosemary deixou o caminho e desapareceu de vista. Sophia se permitiu afundar no chão e descansou a cabeça no tronco de bordo. Minutos se passaram. Quando Sophia abriu os olhos, Rosemary ainda não retornara. Ela olhou no relógio e descobriu que quase meia hora havia se passado. Alarmada, levantou e caminhou o mais rápido que pôde em direção à forma branca que havia atraído seu olhar.

— Rosemary — chamou, pisando sobre as agulhas dos pinheiros. — Rosemary? — chamou de novo, com mais urgência.

Não houve resposta, mas, quando Sophia alcançou as raízes retorcidas de um cipreste, viu por quê. As raízes aéreas e branqueadas formavam uma espécie de abrigo — um nicho, uma caverna — na base da árvore. Rosemary estava sentada ao lado.

— Veja, Sophia, aonde você me trouxe. — Seus olhos estavam inchados por causa das lágrimas. Dentro do abrigo do cipreste, como se alguém tivesse se refugiado ali havia muito tempo, estava uma forma humana meio escondida, o branco frágil dos ossos secos. — A cruz que ela usava em uma corrente de ouro... eu a reconheço, sem dúvida.

Sophia se ajoelhou e olhou para a figura esquelética.

— Você encontrou o local de descanso da sua mãe — sussurrou.

Rosemary assentiu.

— Ela veio aqui para fugir de mim... para me proteger. — Suas lágrimas voltaram, e ela cobriu o rosto com as mãos. — Mas agora eu a encontrei.

46
Deixando a prisão

> **5 de julho de 1892: 8h00**
>
> *Um rebotalho descoberto em 1832 criou uma sensação que lançou uma longa sombra sobre a política de Novo Ocidente. Era uma história escrita em 1900 que falava de uma grande guerra que dividiu a nação quarenta anos antes. Por três décadas, Novo Ocidente esperou, em certa medida, em suspense. A guerra não ocorreu, é claro. E nunca ocorreria. Pertencia a uma era diferente.*
>
> — Shadrack Elli, *História de Novo Ocidente*

— THEO! THEO! — Alguém o chamava, mas ele tinha dificuldade para despertar do sonho no qual estava ajoelhado ao lado da janela da prisão, observando a grama lá fora ficar maior e maior até extinguir toda a luz. A cela estava escura, e era difícil acordar sem a insistência do sol.

Theo abriu os olhos e viu de imediato que havia várias pessoas em pé diante da grade trancada. Ele se sentou. Uma parte dele, mesmo enquanto dormia, reconhecera a voz.

— Shadrack? — perguntou, incerto.

— Sim, sou eu — foi a resposta.

— Eles soltaram vocês! — Theo se colocou em pé. No corredor escuro, viu Shadrack, Miles, a sra. Clay, Nettie e Winnie, todos agrupados na entrada de sua cela. Um sorriso lento rastejou por seu rosto. — Que bom ver vocês — disse, surpreso pela forma como sua voz saiu embargada. Então estendeu a mão entre as barras e abraçou Shadrack.

Miles, com o rosto pressionado entre as barras, deu-lhe um abraço.

— Igualmente, meu garoto.

Tomada pela emoção, a sra. Clay ficou em silêncio ao passar a mão para afagar o braço de Theo. Nettie lhe deu um beijo fresco na bochecha. Sem conseguir se conter, Winnie passou os braços pelas grades e o abraçou pela cintura. Theo riu e bagunçou o cabelo do menino, ajoelhando-se para retribuir o abraço.

— Vieram se juntar a mim, então? Tem espaço de sobra. — Winnie deu um pequeno suspiro. — Ei, não é tão ruim! — disse Theo com outra risada. — Eles deram minha sentença ontem: só dois meses nesta droga de lugar. Se bem que foi um pouco mais do que vocês tiveram de aturar — acrescentou com um sorriso para Shadrack e Miles. — Contem, como saíram?

— O caso contra Bertram Peel foi muito célere — disse Shadrack. — Ele confessou tudo, e o conhecimento que tinha de detalhes que não foram divulgados pela polícia tornou o processo muito rápido. Felizmente, o julgamento da sra. Clay foi ainda mais rápido.

Theo imediatamente olhou para ela.

— Da *sra. Clay*?

— Ocultação de provas, meu querido. — Ela fungou. — Nada sério. Só uma pequena multa, e bem paga.

Ele balançou a cabeça, sorrindo mais uma vez.

— E quanto a Broadgirdle?

— Saiu impune! — Miles explodiu com frustração.

— Foi o que pensei — disse Theo calmamente, aceitando que Broadgirdle, de alguma forma, colocaria o assassinato nas costas de Peel.

— Ele alegou que não sabia de nada — esbravejou Miles — e que Peel agiu com os Homens de Areia por iniciativa própria, um esforço para bajular. E, maldito seja, não há nenhuma prova em contrário.

— Broadgirdle vai continuar como primeiro-ministro?

O pequeno grupo ficou em silêncio. Shadrack assentiu.

— Receio que sim.

Theo apertou as barras.

— Broadgirdle é um Homem de Areia. Ele tem as cicatrizes, eu mesmo vi. Por acaso isso não prova que ele está amarrado nesse negócio?

— Nettie e Winnie nos contaram — disse Shadrack lentamente. — Mas receio que isso não muda nada.

Theo notou que todos eles evitavam seu olhar; olhavam para o chão, para a cela, para todos os lugares, menos para ele. Havia algo mais, ele percebeu, que ainda não tinham lhe contado.

— O que foi? — ele perguntou. Shadrack o olhou ansiosamente, quase com pena. Theo sentiu um tremor inesperado de nervosismo. — Me contem o que é — pediu.

— A guerra no oeste a que Broadgirdle deu início... — Shadrack titubeou.

— Sim?

— Novo Ocidente não tem quase exército nenhum — Shadrack tentou novamente. — Broadgirdle fez uma chamada de alistamento, mas também está recrutando soldados. — Shadrack engoliu em seco. — Ele recrutou toda a população carcerária de Novo Ocidente. Vão anunciar hoje... esta manhã.

Theo ficou olhando para ele sem compreender, embora as palavras fossem claras o suficiente.

— Recrutou? — repetiu.

— Ele vai enviar os prisioneiros para lutar na guerra, Theo — Miles explicou com a voz friamente furiosa.

Theo ficou em silêncio. Winnie pegou a mão dele entre as barras e o olhou com a expressão mais confusa e desolada que Theo já tinha visto. Ele sorriu.

— Não se preocupe. Você acha que eu vou ficar lá de uniforme enquanto alguém atira em mim? Até parece. Na primeira oportunidade eu vou cair fora, assim, ó — e estalou os dedos.

— Sim, nós sabíamos que você diria isso, mas a pena para a deserção é a morte! — exclamou a sra. Clay, cobrindo o rosto com um lenço. O afloramento de emoções da sra. Clay era aparentemente contagioso, porque Nettie começou a fungar, e Miles teve que se virar, tossir algumas vezes e pigarrear.

— Isso se eles conseguirem me pegar — respondeu Theo.

— Você não poderia voltar para Novo Ocidente — Shadrack disse em tom firme.

Theo hesitou. Então olhou novamente para o rosto de Winnie, agora manchado pelas lágrimas, e sorriu.

— Bem, então não vou poder, mas não se preocupem comigo. Eu vou ficar bem. Essa guerra vai acabar antes que a gente perceba.

— Espero que sim — respondeu Shadrack. — E eu farei tudo o que estiver ao meu alcance para garantir que isso aconteça.

— Você vai continuar no ministério? — perguntou Theo, surpreso. — Mesmo tendo Broadgirdle como primeiro-ministro?

Shadrack parecia arrasado.

— Broadgirdle... — E, novamente, engoliu em seco. — Ele sugeriu que eu ficasse no novo governo. Algo a ver com quem eu era na Era da Verdade. Um cartógrafo de guerra.

Os olhos de Theo se estreitaram.

— Ele está pressionando você.

— Não, não — disse Shadrack muito rapidamente. — A verdade é que eu posso ser mais útil no ministério que na minha biblioteca em East Ending. Além disso, tem os Eerie. — Ele balançou a cabeça. — O mapa de régua nos diz o que aconteceu, mas não onde. Sinto que é meu dever encontrá-los.

— E quanto a Sophia?

— Os piratas chegaram ao porto de Boston no dia 19 de junho e deixaram uma mensagem dizendo que partiriam imediatamente para Sevilha, mas não ouvi nada mais. Miles quer zarpar o quanto antes para os Estados Papais.

— Não seria melhor esperar por eles?

— Não consigo me decidir — disse Shadrack, passando a mão na testa. — Estou doente de preocupação, mas não vejo como Miles pode chegar a Sevilha antes de Calixta e Burr...

— Eu acho que devemos esperar — disse a sra. Clay com a voz calma.

— E eu decidi que vou zarpar imediatamente — Miles afirmou, depois de se recuperar o suficiente para pronunciar seu veredicto.

— Como você pode ver — Shadrack disse para Theo com um sorriso irônico —, também não conseguimos tomar uma decisão coletiva.

O trinado agudo de um apito soou pelo corredor de pedra, e o grupo se virou como um único ente para assistir à aproximação de vários guardas da prisão. A cela de Theo, perto do final do corredor, era a mais distante do primeiro guarda, que apitou novamente antes de começar o anúncio.

— Atenção, prisioneiros da Ala Um. — Ele fez uma pausa, e, por trás das cinquenta grades trancadas da ala, ecoou o som abafado de passos, correntes e algumas reclamações e réplicas um pouco mais rudes, antes que o guarda voltasse a falar. — Vocês foram chamados para servir a nação. Por ordem do primeiro-ministro Gordon Broadgirdle, serão levados deste local de encarceramento e treinados para o combate no campo Monecan. Qualquer prisioneiro inapto para o dever do combate receberá nova função do ministro da Guerra. Prisioneiros, coloquem as mãos por entre as barras para que possamos ver claramente. Vamos passar para levá-los das celas.

O fim do anúncio foi recebido com tamanha gritaria de protesto dos presos que Theo mal pôde ouvir a despedida de seus amigos. Os detentos gritavam, sacudiam as barras e insultavam os guardas, que placidamente andavam de cela em cela, colocando algemas nos braços estendidos dos prisioneiros que estavam de acordo e, quando necessário, empunhando os cassetetes para garantir a ordem.

— Adeus, Theo — disse Shadrack, abraçando-o através das grades. — Nós vamos tirar você dessa confusão.

Theo assentiu.

— Não se preocupe comigo — disse ele. — Eu vou ficar bem. Encontre os Temperadores. E Sophia.

Shadrack assentiu com a cabeça e virou. Seu rosto estava perturbado.

Entre as grades, Miles envolveu Theo em um abraço de urso e disse em seu ouvido:

— É muita gentileza sua fazer um espetáculo para nós, Theo. Você tem mais coragem do que qualquer homem que eu conheço. Eu o admiro, meu amigo. — Ele bateu nas costas de Theo com força e depois se afastou, enxugando os olhos rapidamente com o punho.

Os guardas avançavam rapidamente. Já estavam na metade do caminho, embora o ruído só agora estivesse ficando mais alto.

— Adeus, meu querido menino — disse a sra. Clay, chorosa. Quando ela abraçou Theo, seus soluços se tornaram incontroláveis. — Eu sinto muito, muito mesmo — disse ela. — Você está sendo tão corajoso, mas eu simplesmente não posso… — Ela o puxou para mais perto. — Por favor, tenha cuidado.

Nettie, que tinha se virado bruscamente por causa das lágrimas de indignação, abraçou-o e depois apertou sua mão com firmeza.

— Obrigado por ter vindo me ver — disse Theo com um sorriso torto —, mesmo que eu meio que tenha mentido para você sobre quem eu sou.

— Eu não o perdoei ainda — Nettie respondeu com jeito afetado. — Você vai ter que voltar logo e me compensar por isso.

Theo a pegou pelo braço.

— Você vai continuar no caso, não é? — perguntou em voz baixa.

— Claro que sim — Nettie sussurrou.

— Então você precisa saber uma coisa sobre Broadgirdle. Você ouviu o que eu disse na sala dele.

— Eu ouvi tudo. Eu lembro.

— O nome verdadeiro dele é Wilkie Graves. Isso pode ajudar.

Os olhos de Nettie se estreitaram.

— Você deveria ter me dito antes — ela sibilou.

Theo sorriu.

— Tenha cuidado. Ele é muito pior do que parece.

Ele se agachou para se despedir de Winnie, mas o menino não parecia disposto a chegar mais perto. Estava a poucos passos de distância; horrorizado, observava os guardas e os prisioneiros furiosos.

— Ei, Winnie — Theo chamou, pegando a mão do menino. — Venha aqui se despedir direito de mim.

Relutante, Winnie chegou mais perto.

— Eu não quero me despedir.

— Eu sei, mas, ei, olhe pelo lado positivo. Ainda bem que sou eu e não você que está sendo mandado embora. Eu não ia gostar de ver você por aí nos Territórios Indígenas com uma pistola!

Winnie balançou a cabeça e olhou para Theo de um jeito emburrado até que, de repente, as lágrimas se derramaram de seus olhos.

— Eu sinto muito — disse ele, engolindo as lágrimas. — Eu deveria ter chegado lá antes. Eu mesmo deveria ter entrado. Não sei por que não fiz isso. Fui muito idiota. Idiota. Me desculpe, Theo.

Theo sentiu um aperto doloroso na garganta. Winnie passou a mão suja sobre os olhos, com frustração e tristeza. De repente, Theo percebeu como o garotinho era parecido com ele — não apenas porque vivia de sua astúcia e cuidava de si mesmo, mas também porque ter de cuidar de si o havia convencido de que ele era mais velho do que realmente era. Winnie tinha plena certeza de que era responsabilidade sua repelir os males, e que teria de conviver com eles se não conseguisse fazê-lo. O menino não compreendia que tais males continuariam a existir, inteiros e terríveis em suas consequências, mesmo se ele não existisse.

E pensar que eu era mais novo do que ele é agora. Eu não podia fazer nada. Não pude impedir o comércio de escravos de Graves, assim como Winnie não pode parar essa guerra. Theo sentiu uma onda de tristeza pelo tormento provocado quando, mais jovem, decidiu tomar tamanho fardo para si, depois uma onda de compaixão pelo menino que ele fora e pelo menino que estava diante dele agora. Se ao menos alguém tivesse lhe dito naquela época o que agora ele enxergava com tanta clareza: *Você não tem culpa. Perdoe a si mesmo.*

— Escute — Theo insistiu, puxando Winnie pela mão, de modo que ninguém mais pudesse ouvir. — Isso não é culpa sua. Eu teria acabado aqui de uma forma ou de outra. Você entende? — O menino confirmou com a cabeça, mas não olhou para cima. — Winnie, olhe para mim. — Com relutância, ele o fez. — Mesmo que você só fizesse coisas boas todos os dias, durante a vida inteira, coisas ruins ainda aconteceriam.

— O bem não é suficiente — disse Winnie com tristeza.

— É suficiente, *sim*. É isso que eu estou dizendo. É suficiente. O que importa é *fazer*. — Ele apertou a mão de Winnie. — Tudo bem?

Winnie fungou.

— Tudo.

— Quero que você cuide de todos por mim. A sra. Clay está arrasada. E Shadrack e Miles vão discutir sem parar sobre o que fazer, até que nada seja feito. Você vai ter que dar a eles o conselho que eu daria se estivesse por perto. Fazê-los enxergar com um pouco de juízo. Você pode fazer isso? — Winnie olhou de novo para o chão e em seguida assentiu ligeiramente. — Então está bem. — Theo abraçou o menino e o soltou. — Agora vá. — Ele deu uma piscadinha. — Fique longe de problemas.

Aproximando-se do final escuro do corredor, os guardas finalmente avistaram os visitantes.

— Vocês não podem ficar aqui — um deles vociferou. — Visitas são proibidas depois da hora oito.

— Estamos de saída — disse Shadrack. E, passando o braço em volta da inconsolável sra. Clay, começou a caminhar pelo corredor, seguido pelos outros.

Theo os observou ir embora. Eles formavam uma pequena procissão tristonha, serpenteando em meio à gritaria e aos insultos dos prisioneiros por todo o caminho até a entrada da Ala Um. Suspirou e sentiu um espasmo de tristeza quando Winnie se virou na porta para acenar. Theo engoliu em seco e colocou as mãos através das grades.

— Theodore Constantine Thackary? — gritou o guarda.

— Sim.

— A partir de agora você está convocado para as Forças Armadas de Novo Ocidente. Sua sentença de dois meses de prisão será considerada cumprida quando a missão de sua unidade tiver terminado, ou, se isso acontecer em menos de dois meses, quando sua pena chegar ao fim. — E se virou para o guarda ao lado. — Algemas.

Os aros se fecharam nos punhos de Theo, e os guardas se prepararam para abrir as grades da cela.

EPÍLOGO
A vela oferecida

> **15 de julho de 1892: 12h00**
>
> *SEVILHA: Calle Abades, Libreria del Sabio. A livraria com o nome que homenageia Alfonso, o Sábio, é especializada em mapas detalhados dos Estados Papais. Vocês não encontrarão muitos mapas úteis para outras eras, mas encontrarão mapas-guia mais que suficientes para viagens e peregrinações locais.*
> — Neville Chipping, *Fornecedores de mapas em todas as eras (conhecidas)*

SEVILHA TINHA MUDADO. NOS primeiros dias após o fim da praga, ninguém conseguia acreditar. As pessoas consideravam que o breve respiro fosse apenas isso: uma pausa no terrível progresso. No entanto, depois de uma semana, as pessoas começaram a ter esperanças de que talvez, depois de tantas décadas, o contágio finalmente tivesse dado meia-volta e fugido. A esperança se tornou alívio, que se tornou euforia.

De uma semana para outra, Sevilha se transformou de uma cidade fechada e deserta em outra, viva e alegre; de um amontoado de solo seco em um ramo verdejante. Portas foram destrancadas, comerciantes abriram suas lojas, cavalos pateavam pelas ruas, as crianças mais uma vez brincavam juntas e as casas de culto ecoavam música.

A maioria das pessoas não sabia o que tinha causado o fim da praga. Mas Sophia, cavalgando ao lado de Virgáurea e Errol, com Sêneca deslizando no céu acima deles, sabia, com certeza, e sentiu uma onda de felicidade inesperada ao pensar no papel que havia desempenhado. Sophia tinha de lembrar a si mesma que assumira um grande risco e gastara toda a sua energia no processo. Era fácil demais, agora, cavalgando com os amigos, esquecer a longa jornada pela Era das Trevas e o terror de estabelecer uma ligação tão próxima com um Clima.

O tempo passado em Ausentínia havia permitido sua recuperação. Sophia se restabeleceu, ainda que devagar, Ausentínia se recuperou gradualmente de seu longo isolamento e os Estados Papais se recuperaram de forma ainda mais lenta pelos longos efeitos da praga. Quando o primeiro viajante de Ausentínia chegou, seguindo o caminho pela Era das Trevas e buscando um mapa para o que ele havia perdido, a cidade celebrou.

Durante seus dias em Ausentínia, Sophia conversou inúmeras vezes com Alba sobre sua jornada e mencionou o fantasma de Minna.

— O que eu não entendo é de onde veio a aparição. Fiquei com medo dela no início, mas depois tive certeza de que, de alguma forma, ela veio daqui... de Ausentínia. Mas como algo assim poderia acontecer?

Alba pensou por um instante.

— Você está certa de que ela veio de Ausentínia. Deixe-me perguntar uma coisa: se você chegasse aqui buscando algo que tivesse perdido, o que seria?

— Minha mãe e meu pai — Sophia respondeu sem hesitar.

— E se Errol tivesse chegado aqui em busca de algo que ele havia perdido, o que seria?

— O irmão dele — Sophia respondeu um instante depois.

Alba assentiu.

— Vocês teriam buscado mapas para encontrar essas pessoas. Na verdade, esses mapas já existem; sempre existiram. Estão esperando aqui por vocês como sempre esperaram. No entanto, enquanto Ausentínia permanecia aprisionada na Era das Trevas, ninguém podia chegar na cidade. O impulso orientador que escreve os mapas de Ausentínia teve que chegar até vocês de alguma forma; de alguma forma ele teve de encontrá-los e guiá-los.

Sophia refletiu em silêncio.

— Digamos — Alba acrescentou — que a aparição é o mapa que tomou vida; a presença física do guia que vai, algum dia, levar você para sua mãe e seu pai.

— Então eles não estão mortos? — Sophia sussurrou.

— Eles estão ausentes — Alba respondeu suavemente —, mas não partiram.

— Então isso significa que... significa dizer que me trazer a Ausentínia era parte do meu caminho para encontrá-los?

Alba sorriu.

— Sim. Você não vai mais ver a imagem, pois agora vai ter o mapa para guiá-la. O mapa que vai levá-la até Minna e Bronson. Eu estava esperando o momento certo. — Ela parou de falar e colocou a mão entre as dobras da capa. — Aqui está. — Estendeu a Sophia um rolo de papel amarrado com um cordão branco. — E aqui está o mapa que você um dia vai passar para outra pessoa —

acrescentou, entregando-lhe uma pequena bolsa de couro presa com um cordão azul. — Seu mapa vai lhe dizer quando o momento certo chegar.

Sophia pegou o rolo de papel e a bolsa, mas não tocou o cordão branco. Suas mãos estavam trêmulas.

— Eu sei que foi uma longa espera, Sophia — Alba disse calmamente. — Vou deixar você ler o mapa em paz.

—ᴄᴊᴑ—

Sophia deu um tapinha na bolsa e no mapa, guardados no bolso de sua saia. A bolsa, curiosamente, não tinha rolos de papel, mas um conjunto de pedras vermelhas. Virgáurea disse que eram granadas. O mapa era igualmente misterioso. Sophia não entendia a maior parte do que estava escrito; no entanto, o começo era familiar e lhe dava um caminho claro a seguir:

Desaparecidos, mas não perdidos; ausentes, mas não sem volta; invisíveis, porém audíveis. Encontre-nos enquanto ainda respiramos.

Deixe minhas últimas palavras no Castelo da Verdade; elas vão chegar a você por outra rota. Quando voltar para a Cidade da Privação, o homem que cuida do tempo por dois relógios e segue um terceiro vai esperar por você. Aceite a vela oferecida e não lamente aqueles que você deixa para trás, pois o falcoeiro e a mão que floresce irão com você. Embora a rota possa ser longa, eles vão levá-la àqueles que manejam o tempo. Um par de pistolas e uma espada se mostrarão boa companhia.

Por ora, ela estava simplesmente feliz em saber que o caminho à sua frente seria ao lado de Virgáurea e Errol. Sophia não desejava se separar deles. Errol havia recebido seu próprio mapa, tão inescrutável quanto o de Sophia, embora ele acreditasse que seu irmão estava ao final dele.

Entretanto, nem todas as rotas seguiam para a mesma direção. Depois de encontrar o que havia procurado por tanto tempo, Rosemary levou os ossos de sua mãe para solo sagrado. Viajara com eles até Sevilha, e lá ela se despediu.

Quando se aproximaram do porto, o coração de Sophia disparou. A visão de tantos navios com seus altos mastros a encheu de emoção. Em breve, muito em breve, ela estaria em casa.

— É melhor encontrar algo para comer antes de procurar nosso navio — Errol disse, desmontando. — Minha fada aqui pode sobreviver com sol, ar e água, mas nós dois precisamos de algo mais substancioso, Sophia. — Ele apoiou a mão no braço enluvado de Virgáurea e lhe deu um breve sorriso.

— E quanto a pão com passas? — perguntou Sophia, permitindo que Errol a ajudasse a descer da sela. — Lembra da rua onde você me encontrou? Tem alguém lá que eu quero agradecer.

— Muito bem. Que seja pão com passas. — Errol parou de falar por um instante. — Posso ser útil? — perguntou em tom rígido.

Sophia se virou e olhou para o homem que estava ali perto, olhando atentamente para o trio. Era alto, de pele bronzeada, quase marrom. Seu largo sorriso mostrava uma fileira de dentes brancos e retos.

— Eu é que gostaria de ser útil.

— Richard — disse Virgáurea com naturalidade, mostrando-lhe um sorriso caloroso ao estender a mão enluvada. — Que bom ver você. Fiquei sabendo que você tinha chegado, e finalmente entendi minha viagem tão incomum pelo Atlântico.

— É impossível surpreender você — disse o homem alto, curvando-se levemente. Ele falava inglês com um sotaque aberto que repuxava sua boca em um sorriso. — Mas também estou muito contente de vê-la, sã e salva. E você — disse ele para Sophia — deve ser Sophia Tims.

Ela assentiu, surpresa.

— Sou. Como você sabe?

— Muito prazer — disse ele, com um aperto de mãos. — Meu nome é capitão Richard Wren. Recebi sua descrição. Faz algum tempo que estou ancorado no porto de Sevilha, à espera de sua chegada. — Como que por hábito, ele enfiou a mão no bolso e tirou um relógio, examinando-o através de um monóculo cor de âmbar. — Quinze dias e sete horas, para ser exato. — Ele mostrou seu sorriso brilhante e devolveu o relógio ao bolso.

Subitamente, Sophia se deu conta de que ele tinha duas correntes de relógio de bolso.

— Capitão Wren? — ela perguntou e seu pulso acelerou. O nome era familiar: Cabeza de Cabra o havia gravado em seu mapa, em sua memória de ver Minna e Bronson se preparando para atravessar a ponte que levaria a Ausentínia. — Quem lhe deu minha descrição?

— Minha colega em Boston que, acredito — disse ele com uma pitada de contrariedade —, instruiu você a me encontrar aqui no porto de Sevilha.

Sua resposta fez Sophia se lembrar de um passado remoto.

— *Remorse?*

— Ela mesma. Parece que houve alguns contratempos, mas pelo menos você está aqui agora.

Sophia ficou atônita.

— Eu... como... — Ela balançou a cabeça. — Estou confusa.

Wren deu uma gargalhada.

— Tudo será explicado, prometo. Talvez isto ajude: tenho aqui o documento que você estava procurando. — O capitão Wren entregou a Sophia um maço de papéis dobrados. — É uma cópia que fiz de um diário em Granada, que trouxe comigo para quando nos encontrássemos, a fim de demonstrar minhas boas intenções. E, como você verá, fala em uma pequena parte sobre mim. — Ele disse isso um pouco constrangido, como se tivesse tomado uma grande liberdade em aparecer nas páginas do diário.

Sophia pegou o maço de papéis e olhou para a folha de rosto, que dizia:

Diário pessoal de Wilhelmina Tims.
A partir do original encontrado no Acervo de Granada.
Copiado em 25 de junho de 1892 por Richard Wren.

Os olhos de Sophia se arregalaram. Ela olhou para o capitão.

— O diário! Ela escreveu sobre você?

Ele assentiu.

— Sua mãe e seu pai navegaram comigo em 1881. Pouco tempo depois, enviaram uma mensagem pedindo minha ajuda. Por várias razões, não pude ir ao auxílio deles. Estou chegando agora, muitos anos mais tarde, na esperança de não estar atrasado demais para ser de alguma ajuda.

Sophia olhou para as páginas em silêncio, mal acreditando que finalmente tinha em mãos as palavras de sua mãe.

— Obrigada — disse, olhando para o capitão Wren. — Obrigada.

Ele se curvou, radiante de satisfação.

— O prazer foi meu. — Em seguida se virou para Errol e fez uma pequena reverência. — E ainda não tive o prazer de conhecer...?

— Errol Forsyth, de York — disse Errol, trocando um aperto de mãos com Wren. Em um primeiro momento, ele encarara o homem com suspeita, a qual aos poucos se desvaneceu, dando lugar a uma curiosidade cautelosa. — É um prazer conhecer alguém que ajudou os pais de Sophia, capitão Wren.

— Por favor, me chame de Richard. Estou muito feliz em conhecê-lo. E, se me permitem — disse, apontando para o porto —, sugiro negociarmos passagem com um desses navios. Estamos seguindo para oeste para encontrar a autora desse documento, não é? — E sorriu para Sophia.

Ela assentiu, tomada pela emoção.

O sorriso de Wren se alargou.

— Excelente. Eu gostaria que o navio que seus pais conheceram, o *Poleiro*, estivesse aqui comigo. Contudo, por razões que logo mais explicarei, tive de encontrar outros meios de viajar. Mas vamos encontrar uma solução adequada. — Ele os levou em direção ao porto, sustentando sobre os olhos, para protegê--los, a grande mão temperada pelo tempo.

Como sempre em Sevilha, o sol brilhava tão forte que Sophia tinha dificuldade para distinguir as várias bandeiras e velas que flutuavam no porto. No entanto, conforme o sol se escondia atrás de um mastro alto, Sophia avistou uma bandeira especial que fez seu coração parar. Seus olhos desceram pelo mastro do navio, procurando avidamente o nome da embarcação. Lá estava: o *Cisne*. Um largo sorriso irrompeu no rosto de Sophia.

— Um par de pistolas e uma espada — disse ela em voz alta. — É mesmo uma boa companhia.

Uma esperança se acendeu dentro dela, rápida e repentina, de que Theo estivesse a bordo. Sophia mal podia esperar para vê-lo.

— Acho que sei quem vai nos levar para oeste — disse, seguindo para a doca.

Agradecimentos

Um sincero obrigada a todos os leitores, livreiros, bibliotecários e colegas escritores — jovens e antigos — que receberam *O mapa de vidro* com tanto carinho e entusiasmo. Sua recepção foi inspiradora e me incentivou a assumir alguns riscos neste mundo da Grande Ruptura.

Aos leitores que se engalfinharam com as primeiras versões de *O amuleto de ouro* — Pablo, Alejandra, Paul, Tom, Moneeka e Sean: seus comentários foram inestimáveis para a concepção deste livro. Obrigada pela disposição de ler, em alguns casos várias vezes, esses primeiros rascunhos não lapidados.

Sinto-me extremamente sortuda pelo fato de a série Mapmakers ter encontrado uma casa na Viking e no Penguin Young Readers Group; obrigada a Ken Wright e a tantos outros que apoiaram inquestionavelmente estas criações bastante incomuns. A experiência de trabalhar com Jessica Shoffel, Tara Shanahan e o restante da equipe de marketing mudou minha visão de como os livros chegam aos leitores — inteiramente para melhor. Sou grata a eles e a Jim Hoover, Eileen Savage, Janet Pascal, Tricia Callahan, Abigail Powers, Krista Ahlberg e à incrível equipe de vendas da PYRG por transformar os estágios que seguem a escrita solitária. Antes, tudo parecia assustador; agora, graças a vocês, tudo é emocionante e divertido.

Obrigada a Dave A. Stevenson por trazer vida a Shadrack mais uma vez por meio destes mapas maravilhosos, e a Stephanie Hans por captar tão perfeitamente a sensação de mistério, aventura e mau presságio em seu trabalho artístico.

Laura Bonner, de alguma forma, persuadiu leitores do mundo todo a pegar Mapmakers em mãos, e fico muito grata (e espantada) por saber que esta história intencionalmente global vai ser lida globalmente.

Sou profundamente grata a Sharyn November, por cuidar deste mundo e destes personagens como se fossem tão vitais e reais quanto os que nos rodeiam. Sharyn, sua paixão por estas pessoas ressaltou o melhor delas. (E quem sabe, por vezes, o pior. Ninguém nunca vai detestar tanto Broadgirdle como você!)

Como sempre, não tenho palavras para expressar como me sinto sortuda por contar com o senso de leitura infalível de Dorian Karchmar. Obrigada por suas percepções e sensibilidades, nas quais passei a confiar tão fortemente. Confio em seu julgamento mais do que no meu!

Obrigada à minha mãe, por afirmar em cada declaração o valor e a importância da escrita; ao meu pai, por todas as ideias espirituosas (mesmo as que eu não usei), e ao meu irmão, pelas aguçadas leituras e releituras — apesar do fato de que isso aqui é "*faaaaan*-tasia".

Ao folhear as primeiras provas deste livro, arrancando meus post-its, Rowan ofereceu exclamações exuberantes que eu considero elogiosas. Obrigada, Rowan, por de alguma forma colocar tudo em perspectiva.

Por último, gostaria de agradecer a Alton, a quem este livro é dedicado. Obrigada por ler trecho por trecho, capítulo por capítulo, várias e várias vezes. Obrigada por fazer os melhores esforços da minha imaginação — o humor de Theo, o cavalheirismo de Errol e a sabedoria de Virgáurea — se eclipsarem quando comparados a você.